Mein Held

Die Ritter von de Ware

ISBN-13: 978-1-63480-108-9

Glynnis Campbell – Verlag
P.O. Box 341144
Arleta, California 91331
Kontakt: glynnis@glynnis.net

Übersetzerin: Angelika Dürre
Redakteurin: Tanja Dürre
Bucheinbanddesign von Richard Campbell
Formatierung von Author E.M.S.

Erfahren Sie mehr über Glynnis Campbell und ihre Bücher auf www.glynnis.net

WEITERE BÜCHER VON GLYNNIS CAMPBELL

Die Kriegerinnen von Rivenloch
Schiffbruch (*The Shipwreck*) [Novelle]
Eine gefährliche Braut (*Lady Danger*)
Ein Herz in Fesseln (*Captive Heart*)
Des Ritters Belohnung (*Knight's Prize*)

Die Ritter von de Ware
Das Verlöbnis (*The Handfasting*) [Novelle]
Mein Ritter (*My Champion*)
Mein Krieger (*My Warrior*)
Mein Held (*My Hero*)

Geächtete im Mittelalter
Die Viehdiebin (*The Reiver*) [Novelle]
Ein gefährlicher Kuss (*Danger's Kiss*)
Die Zuflucht der Leidenschaft (*Passion's Exile*)
Die Erlösung des Verlangens (*Desire's Ransom*)

Die schottischen Frauen
Der Verdammte (*The Outcast*) [Novelle]
MacFarlands Frau (*MacFarland's Lass*)
MacAdams Frau (*MacAdam's Lass*)
MacKenzies Frau (*MacKenzie's Lass*)

Danksagungen

Mein herzlicher Dank geht an:

„America", Kathy Baker, Brynna Campbell,
Dick Campbell, Richard Campbell, Carol Carter,
Lucele Coutts, Lynette Gubler, Karen Kay,
Heath Ledger, Natalie Portman, Lauren Royal,
Betty and Earl Talken, Shirley Talken;
die Verkäuferinnen in meinem großartigen Street Team:
Ana Isabel Arconada, Terra Codack
Mariah Kathleen Crawford, Joelle Deveza, Diane Dunn,
Marguerite Hembree, Etta Miller, Lois J. Miller,
Heather M. Riley, Sandra M. Schaeffer,
Leslie Thompson, Jodi Villanueva,
und alle, die gern *Savage* spielen.

Widmung

Für
meinen Sohn Dylan…
der mit mir die Liebe für Schwerter,
den Super Bowl
und Action-Filme teilt, auch wenn man bei Letzteren ein schlechtes Gewissen hat,
und der mich davon überzeugt hat, dass Liebesromane wirklich gute Kampfszenen
und Knallerei brauchen.

Mein besonderer Dank geht an:
Melanie, Helen, und Lori,
die mir immer wieder Mut gemacht haben.

PROLOG

SOMMER 1329

„Jungs", murmelte Cynthia le Wyte leise und schlug das Gartentor hinter sich zu, wobei sie den bestickten Rand ihres besten Surcots nur knapp verfehlte. „Ich werde niemals ein solch unerträgliches Wesen heiraten."

Mehr konnte ein elfjähriges Mädchen von den de Ware Jungen nicht ertragen. Wäre sie doch nur bei ihrer Mutter Zuhause geblieben. Wenn Duncan de Ware sie nicht gerade wegen ihres unglücklicherweise orangefarbenen Haars hänselte, drohte sein Bruder Holden ihre Locken mit seinem Schwert abzuschneiden. Dankenswerterweise hatte Lady Alyce ihr an diesem Morgen den Schlüssel zum Privatgarten gegeben, sonst würde sie immer noch den Angriffen der de Ware Knappen ausweichen müssen.

Sie lehnte sich gegen die gewölbte Eichentür und steckte den Schlüssel in die Tasche ihres samtenen Surcots, wobei sie lauschte, ob sie verfolgt wurde. Zu ihrer Erleichterung kam niemand.

Sie war froh, dass sie nicht mehr den Fuchs für die Meute spielen musste und trat vor, um ihren Zufluchtsort zu betrachten. Sofort verliebte sie sich darin.

„Oh!", entfuhr es ihr.

Vor ihr lag der Garten einer Zauberin. Elegante Weiden und Obstbäume – Apfel, Birne, Pflaume, Zwetschge und Kirsche – standen auf Beeten mit duftender Minze. Zierliche Blüten, die zum Teil weiß wie der Frost oder rosa wie errötete Wangen waren, durchzogen die Luft mit einem berauschenden Parfüm, das sie schwindelig machte.

An einer sonnigen Stelle wuchsen Küchenkräuter und Gemüse – Reihen mit Radieschen und Rüben, Petersilie und Erbsen, Kohl und Fenchel, Knoblauch und Pastinaken und dazu Salbei und Rosmarin und Thymian.

Bunte Primeln wuchsen zu Füßen der langen Stängel der lila Iris. An einer feuchten Stelle an der westlichen Mauer wucherten Veilchen und Borretsch und inmitten von Lavendel und Sonnenwenden streckten Ringelblumen ihre hellen Köpfe hoch. Reihe um Reihe Lilien und Narzissen wuchsen entlang der nördlichen Grenze des Gartens und wurden nur hin und wieder von einem Gänseblümchen gestört, das seinen Kopf zwischen den Reihen herausstreckte.

Vorsichtig ging sie auf Zehenspitzen weiter, damit sie nicht versehentlich auf einen Zauber trat, den eine Elfe in ihrer Eile auf den Boden hatte fallen lassen. Jeden Augenblick stellte sie sich vor, dass ein Waldgeist hinter einer Butterblumenstaude hervorschauen würde. Oder vielleicht würde eine winzige Fee in ein Spinnennetz fliegen.

Cynthia fühlte sich so magisch wie ihre Umgebung, zog ihre weichen Stiefel und wollenen Socken aus und erlaubt es ihren nackten Füßen den Teppich aus feuchtem Gras zu genießen.

Während der diplomatischen Besuche ihres Vaters musste sie sich immer perfekt benehmen, aber das schien ein recht geringer Preis für die Entdeckung des magischen Gartens auf der Burg de Ware zu sein.

Sie strich mit einem Fuß über eine Staude mit Gänseblümchen und ließ sich von den zarten Blütenblättern kitzeln. Ihr Kichern erschreckte einen Spatz auf einem Weidenast. Sie atmete tief durch und nahm den Duft der Blumen, Kräuter und Bäume auf, als wären sie ein Zauberelixier.

Dann entdeckte sie die Rosen.

Eine Kaskade dicker Blüten ergoss sich über die alte Steinmauer. Einige der Blüten waren dunkelrot, einige so weich und weiß wie frische Sahne und einige waren im zartesten Rosa, das sie jemals gesehen hatte. Wie eine Girlande wuchsen sie entlang der Gartenmauer und rankten, wie das mit Juwelen geschmückte Haar einer Prinzessin.

Sie seufzte ehrfürchtig und ließ ihren Blick wie ein Schmetterling von Blume zu Blume flattern.

Sie wollte sie. Sie *wollte* sie.

Der Garten ihrer Mutter auf der Burg le Wyte war so trostlos und praktisch und enthielt zum größten Teil nur essbare Nutzpflanzen und Kräuter, um die Kranken zu heilen. Wie schön es wäre, wenn Rosen über die Zäune rankten. Und sie überlegte hinterhältig, wie einfach es wäre ein paar Ableger abzuschneiden.

Sie runzelte die Stirn und schüttelte den Kopf. Man stahl keine Pflanzen. Nicht von seinem Gastgeber.

Jedoch ...

Die Büsche waren schon gut gewachsen. Unten waren sie bereits knorrig durch den Überlebenskampf über viele Jahre und Cynthia wusste, wie man Ableger für neue Pflanzen nahm, ohne die alten zu beschädigen. Sicherlich würde niemand hier und da einen Zweig vermissen.

Sie biss sich auf die Unterlippe.

Scheinbar war niemand in der Nähe. Ihr Vater war mit Lord James ausgeritten und besichtigte die de Ware Domäne. Lady Alyce arbeitete in ihrem Privatgemach an einer Stickerei und sie hatte versucht Cynthia davon zu überzeugen, dass dies faszinierend war. Die beiden älteren de Ware Brüder kämpften wahrscheinlich inzwischen auf dem Übungsplatz und der Jüngste hatte sich so rar gemacht wie eine Biene im Winter. Cynthia war auf sich allein gestellt. Niemand würde es herausfinden.

Die Rosen waren atemberaubend. Wenn sie sehr vorsichtig wäre ...

Sie schürzte die Lippen vor Entschlossenheit, zog den kleinen Speisedolch aus ihrem Gürtel und schlich sich heimlich weiter vor.

Garth de Ware musterte die junge Attentäterin, wie diese sich an die Rosen heranschlich. Verärgert runzelte er die Stirn.

Er war zu seiner Lieblingsstelle im Garten unter der Weide gekommen, um Latein zu lernen. Da seine beiden älteren Brüder heute auf dem Übungsplatz, in der großen Halle, auf dem Burghof und überall dort übten, wo genug Platz war um zwei Schwerter zu ziehen, war Ruhe ein wertvolles Gut. Hier inmitten der *Flora* hatte er die komplizierte lateinische Konjugation in *pax* durchgehen wollen.

Zumindest hatte er geglaubt, dass er Frieden finden würde.

Dann hatte das dünne Mädchen mit dem orangefarbenen Haar das Gartentor ächzend geöffnet.

Er blickte finster, bevor er seine meuternden Gedanken mäßigen konnte. Verdammt! Er wollte jetzt nicht von einem kleinen Mädchen gestört werden, das darauf bestand, dass er sie zur Falkenjagd oder zum Reiten oder ähnlichem Unsinn mitnahm. Er blieb still in seinem schattigen Zufluchtsort sitzen, bewachte seine Privatsphäre wie ein Huhn seine Eier und er beobachtete, wie die kleine Mörderin die Gelassenheit des Gartens verletzte.

Mit einem zögerlichen Lächeln musste er zugeben, dass das Kind nicht ganz so schlecht war. Sie war vor zwei Tagen mit ihrem Vater gekommen und in der ganzen Zeit hatte sie ihn nicht einmal gebeten sie zu unterhalten. Für einen fünfzehnjährigen Jungen war das ein unerwarteter Segen.

Wenn sie ein paar Jahre älter und viel hübscher gewesen wäre, hätten seine Brüder sich bemüht, ihr zu gefallen. Ein hübsches junges Gesicht verursachte häufig einen vorübergehenden Wahnsinn und eine erhitzte Rivalität zwischen den beiden.

Dieses Mädchen konnte jedoch kaum mehr als zehn Jahre alt sein und sie war dem Schönheitsideal ungefähr so nah wie ein Huhn einem Falken. Eine Dame sollte so blass wie Alabaster, blond, zurückhaltend, lieblich und zart sein. Die kleine Cynthia le Wyte hatte keine dieser Eigenschaften. Sie war kräftig gebaut und hatte Sommersprossen. Ihr Haar hatte einen ungeheuerlichen Orangeton. Mit ihren nackten Füßen sah sie aus wie ein armes Bauernkind. Die Art und Weise, wie sie den Dolch in ihrer Faust hielt und sich heranschlich war alles andere als zart.

Trotzdem hatte sie etwas – etwas erdiges und ehrliches, was sie interessant machte.

Dann hielt sie inne und lächelte.

Und Garths Welt blieb stehen.

Ihr Lächeln erleuchtete ihr ganzes Gesicht, als wenn die Sonne nur für sie scheinen würde und weder ihre

Sommersprossen noch ihr orangefarbenes Haar konnten verhindern, dass sie in dem Augenblick voll reiner Schönheit war und von innen strahlte. In jenem magischen Augenblick konnte Garth die Frau erblicken, die sie einmal werden würde.

In ihren Augen war Leben, Leuchten und Schalkhaftigkeit zu sehen. Ihr Lächeln war ansteckend und so fröhlich und rein wie ein sprudelnder Bach und er überlegte, wie es wohl wäre, aus diesem Bach zu trinken.

Er war plötzlich voller Verwunderung. So wie er sich fühlte, wenn die seltsamen kleinen braunen Zwiebeln im Garten seiner Mutter ihn überraschten, wenn sie wie durch ein Wunder zu raren und herrlichen Blumen erblühten.

Garth beobachtete amüsiert wie die Blütenschlächterin sich an die Arbeit machte. Voller Konzentration mit der Zunge in einem Mundwinkel sägte sie geduldig an den Rosenzweigen, wobei sie sich vor den Dornen in Acht nahm und dann steckte sie die ein Fuß langen Stücke vorsichtig in die Taschen ihres Surcots. Das Zwitschern eines Spatzen erschrak sie und sie ließ ihren Dolch fallen. Danach schaute sie von Zeit zu Zeit verstohlen über ihre Schulter. Sie bemerkte jedoch nicht, dass er regungslos unter dem Baum saß.

Ihre Geheimnistuerei war natürlich sinnlos. Seine Mutter hätte nichts dagegen gehabt. Lady Alyce war sehr freigiebig mit ihren Rosen, die überall bekannt und preisgekrönt waren. Wenn die kleine Räuberin gefragt hätte, hätte seine Mutter ihre Taschen gern mit Ablegern gefüllt.

Das Mädchen ging zu einem dunkelroten Rosenbusch, dessen gefallene Blütenblätter Garth immer an vergossenes Blut erinnerten. Als wenn sie seine Gedanken gelesen hätte, stach sie sich in dem Augenblick an einem seiner Dornen, aber das mutige Mädchen weinte nicht. Sie zuckte nur zusammen und steckte ihren plumpen Finger in den Mund, um an der kleinen Wunde zu saugen.

Dann hielt sie inne, hob langsam ihren Kopf und sie schaute verträumt. Er wusste sofort, dass sie den Duft des Jasmin Busches seiner Mutter an der Mauer gerochen hatte. Die kleinen Blüten waren voll aufgeblüht und ihr süßer Duft verführte die Besucher, welche die exotische Pflanze nicht kannten, immer wieder.

Wie er in den vergangenen Sommern jedoch gelernt hatte verführten jene Blüten auch die Bienen. Das war einer der Gründe, warum seine Mutter den Busch überhaupt besorgt hatte. Sie sagte, dass Bienen im Garten dafür sorgten, dass die Ernte reicher war.

Außerdem stachen sie die Einfältigen.

Natürliche würde das kleine Mädchen, das unter den Rosen hockte, nichts über den Busch mit den weißen Blüten wissen. Sie würde wahrscheinlich nach einem Büschel Blüten greifen und die Hand direkt in einen Haufen Bienen stecken.

Das konnte er nicht zulassen. Nicht bei einer Dame. Die de Ware Männer beschützten die Damen.

Er ließ sein Buch auf das Gras fallen, sprang auf die Füße, kam von unter dem Baum hervor und rief: „Passt auf!"

Das Mädchen keuchte laut und war offensichtlich erschrocken. Sie sprang auf, wobei die Rosenabschnitte zu Boden fielen und sie drehte sich zu ihm mit Augen, die so groß waren wie Silbermünzen.

Er schaute finster. Er hatte ihr keine Angst machen wollen. Zumindest nicht *so viel.*

„Ich wollte nichts Böses, Mylord", sagte sie außer Atem, wurde knallrot und trat zurück. „Ich schwöre es. Ich wollte nur ..."

„Geht da weg!" Dieses Mal war sein barscher Befehlston

absichtlich. Dutzende Bienen flogen nur wenige Zoll von ihrer Schulter entfernt um sie herum. Das Mädchen schien sich der kleinen gelben Biester gar nicht bewusst zu sein. Unter seinem Blick stand sie erstarrt wie ein Hirsch, der die Anwesenheit des Jägers spürt. „Jetzt sofort!"

Cynthias Herz schlug so schnell, dass sie Angst hatte, dass es zerbersten würde. Sie stolperte bei seiner herrischen Stimme völlig verlegen rückwärts. Der Sohn von Lord James de Ware hatte sie beim Stehlen erwischt!

Der Junge hob seinen Kopf und einen wahnsinnigen Augenblick lang dachte sie, dass er sie für ihr Verbrechen verprügeln wollte. Sie duckte sich rückwärts in den Jasmin. Sofort umgab sie ein angenehmer Duft und ein Zweig kitzelte sie an ihrem Hals. Sie hob eine zitternde Hand, um ihn beiseite zu schieben und so unerwartet wie ein Sommergewitter schoss ein scharfer Schmerz durch ihre Schulter, dann in ihren Hals und unter ihrem Ohr. Sie kreischte verwirrt und verraten.

„So!", sagte der Junge, schüttelte den Kopf und stolzierte heran. „Seht Ihr? Der Busch ist voller Bienen. Ich habe Euch gewarnt, dass Ihr weggehen sollt."

Er zog sie am Arm weg von dem Strauch wobei er sie mit einem Blick finster anschaute, der so hart war wie Jade.

Beschämt und mit Schmerzen schaute sie zu ihm hoch, war aber zu stolz, als dass sie geweint hätte. Bei Gott, was würde der Sohn des Lords mit ihr machen? Sie war sich nicht sicher, was ihr mehr Angst machte, dass sie von den Bienen gestochen oder beim Diebstahl der Rosen erwischt worden war.

Sie war noch nie von einer Biene gestochen worden. Als ihre Eltern einmal ein besonders schmutziges Herrenhaus besucht hatten, war sie von Flöhen gebissen worden. Ihre

Mutter hatte genau gewusst, welcher Kräuterumschlag das Jucken lindern würde, aber das hier waren keine Bisse von Flöhen. Sie fühlten sich so scharf wie feurige Nadeln an. Außerdem war ihre Mutter nicht hier. Hochschwanger war Lady Elayne Zuhause geblieben.

Cynthia hatte Angst. Manche Leute bekamen schreckliche Schwellungen nach Bienenstichen. Manche Leute starben sogar daran. Ihre Mutter hatte sie ein Heilmittel für Stiche gelehrt, aber Cynthia konnte sich in keiner Weise daran erinnern.

Sie verschränkte ihre Finger und hatte Angst die Stellen zu berühren, die mit einem feurigen Schmerz pochten.

„Ich bin verwundet", flüsterte sie.

Garths Mund verzog sich zu einem Lächeln. „Ganz so ernst ist es nicht." Amüsiert schüttelte er den Kopf und das Grün seiner Augen änderte sich zu dem von Tannenwäldern.

Für den Augenblick war sie beruhigt.

Bis er seinen Dolch zog.

Sie keuchte und legte eine Hand über ihren Mund.

„Kommt", drängte er sie, ignorierte ihr Keuchen und ergriff sie am Handgelenk. „Lasst mich schauen."

„Nay." Widerwillig zog sie zurück und atmete unbehaglich ein. Warum hatte ihre Mutter nicht mitkommen können? Dieser Barbar war mit einem Messer hinter ihr her!

„Was ist mit Euch los, Mädchen?", forderte er sie heraus, wobei er eine Augenbraue hob. „Ihr habt doch keine Angst, oder?"

Ihr Blick blieb an der glitzernden silbernen Klinge hängen. Aye, sie hatte Angst. Sie war wie gelähmt.

Dann schaute sie in Garths Augen. Sie waren jetzt wie ein Nebel über einer Frühlingswiese. Ein Hauch von Humor glitzerte in ihnen, aber auch Mitleid.

Garth de Ware würde ihr nichts zuleide tun. Dessen war sie sich so sicher wie sie wusste, dass die Sonne jeden Morgen aufgehen würde. Niemand mit solch freundlichen Augen konnte Schmerzen zufügen.

Sie hob ihr Kinn ein wenig. „Ich habe keine Angst."

Er schmunzelte. Zärtlich strich er ihr widerspenstiges Haar zurück und betrachtete ihren Hals. Sie überlegte, was für eine schreckliche Schwellung sich dort gebildet hatte. Als er seinen Dolch hob, zwang sie sich nicht zu zittern.

„Die Bienen müssen gedacht haben, dass Ihr eine seltene neue Blume seid", murmelte er fröhlich, „bei Eurem hellen Haar." Er legte die scharfe Klingel flach an ihren Hals. Sie war immer noch warm von der Messerscheide.

Sie hielt die Luft an und schloss die Augen, während er leicht mit dem scharfen Rand des Messers über ihren Hals kratzte.

„Da ist einer", sagte er triumphierend und zeigte ihr einen winzigen kleinen schwarzen Stachel, der feiner als ein Seidenfaden war.

Sie blinzelte überrascht. Wie unbedeutend der Stachel doch aussah. Jedoch hatte er weitaus mehr Schmerzen verursacht als Garths großer Dolch.

Er drehte sie zum Sonnenlicht und neigte ihren Kopf auf eine Seite, um die zweite Wunde weiter unten an ihrem Hals zu orten. Bei seiner Behandlung fing ihre Angst an zu schwinden. Seine Finger, die über ihren Hals strichen, fühlten sich so zärtlich an wie die ihrer Mutter. Trotz seines düsteren konzentrierten Blicks leuchteten seine Augen vor Weisheit. Vielleicht war er doch nicht so ein Spitzbube wie seine Brüder.

Die junge Cynthia starrte ihn an und war sich nicht sicher, ob sie ihm vertrauen sollte. Auch wenn das Mädchen ein mutiges Gesicht aufsetzte, zitterte sie wie eine gefangene Taube unter seinen Händen.

„Ich wette, dass Ihr noch nie einen solchen Strauch gesehen habt“, murmelte er und hoffte, dass er mit einer Unterhaltung ihre Ängste lindern könnte.

Sie warf einen kurzen Blick auf den Busch. „Der Jasmin?“

Er erwischte den winzigen kleinen Stachel zwischen seinem Daumennagel und dem Dolch. Langsam zog er den Stachel heraus. „Ihr kennt ja seinen Namen.“

Er stoppte seine Behandlung und wandte sich zu ihr. Ihre Köpfe waren nur wenige Zoll voneinander entfernt. Trotz ihrer seltsamen Haarfarbe was sie eigentlich recht hübsch, beschloss er. Ihre großen hellblauen Augen leuchteten im Vergleich zu ihrer gebräunten Haut. Ihr orangefarbenes Haar war faszinierend.

„Meine ... meine Mutter hat mich die Namen der Blumen gelehrt“, sagte sie stockend und errötete hübsch.

Garth nickte und ging zurück an seine Arbeit. Seine Mundwinkel waren zu einem leichten Grinsen verzogen. Sie war errötet. Tatsächlich taten das all die kleinen Mädchen, die er kannte, wenn er sie anschaute. Seine Mutter sagte, dass dies der Fluch der de Wares sei. Sie behauptete, dass Garth viele Herzen brechen würde, bis er ein erwachsener Mann wäre. Was auch immer das bedeutete.

Er legte seine Hand leicht auf den bestickten Ausschnitt ihres Surcots. „Verzeiht mir meine grobe Berührung, Mylady", sagte er mit einem entschuldigenden Lächeln. Er hatte gehört, wie sein Bruder Duncan diese Worte schon oft bei Frauen benutzt hatte. Er war sich ihrer Bedeutung nicht ganz sicher, aber die Damen schienen es gern zu hören.

Cynthia schluckte. Garths Berührung war alles andere als grob. Seine Finger fühlten sich wie warme Seide auf ihrem

Fleisch an, als er ihren Surcot und ihr Unterkleid ein ganz klein wenig von ihrer Schulter schob, wobei ihre Haut kribbelte.

„Kennt Ihr die Frucht?", fragte er und nickte zu einem Baum mit weißen Blüten.

Träge schaute sie zu dem Baum und schüttelte dann den Kopf.

„Das", verkündete er, „ist eine Aprikose. Mein Großvater hat sie aus dem Heiligen Land mitgebracht. Er hat in den Kreuzzügen gekämpft."

Cynthia nickte und hörte Garth nur halb zu. Sie war viel zu hingerissen von der festen und doch zarten Berührung seiner großen Hände an ihrem Hals und dem Funkeln in seinen stolzen graugrünen Augen mit den dichten, sanft gebogenen Wimpern, durch die er viel zu eindringlich blickte, als dass sie auf das geachtet hätte, was er sagte. Seine edle Nase, die dünnen männlichen Haare an seiner Oberlippe und das starke, kantige Kinn hatten eine seltsame Wirkung auf sie. Ihre Wangen nahmen eine fieberhafte Röte an und ihre Haut wurde seltsam empfindlich.

„Dies ist der letzte", sagte er.

Cynthia blinzelte und versuchte sich zu erinnern, was er gesagt hatte. „Der letzte ... Aprikosenbaum?"

Er lächelte schief. „Nay. Der letzte Stachel."

„Oh!"

Cynthias Herz raste wie das eines gefangenen Kaninchens, als Garth sich nahe zu ihr beugte. Schweiß bildete sich auf ihrer Oberlippe. Was war bloß los mit ihr? Hatten die Bienenstiche sie vergiftet und sie fiebrig gemacht?

„Er muss tief vergraben sein. Ich kann den Stachel nicht sehen." Er kniff die Augen zusammen und drehte den Kopf hin und her an ihrer Schulter, um den Stachel zu finden. Zweimal hob er seinen Dolch. Zweimal senkte er ihn.

„Vielleicht ist da kein Stachel", sagte Cynthia schrill. Sie wusste nicht, wie viel mehr von dieser nervenaufreibenden Intimität sie ertragen könnte.

„Nay, da ist ein Stachel, aber die Stelle ist auf die Größe des Silbermedaillons meines Vaters angeschwollen." Er schaute finster. „Wenn ich nur fühlen könnte ..."

Cynthia runzelte die Stirn. Was fühlen? Was hatte er vor? Er steckte seinen Dolch in die Messerscheide und schaute sich verstohlen um wie ein böses Kind, das einen Kuchen stehlen will.

Ohne Warnung ergriff er sie an den Schultern und senkte seinen Kopf auf den Bienenstich. Cynthia stockte der Atem. Seine weichen braunen Locken strichen über ihre Wange wie ein Streicheln. Seine Lippen fühlten sich feucht und warm an gegen das Fleisch ihrer Schultern, wie ein Kuss. Sie zitterte angesichts des Schreckens seiner Umarmung, als sie spürte, wie er dort knabberte. Einen angespannten Augenblick lang atmete sie nicht. Dann hob er plötzlich seinen Kopf und spuckte zur Seite.

„Ha!", rief er siegreich.

Cynthia schaute ihn mit feuchten Augen an. Sie fühlte sich schwindelig und schwach. Zum Teil war es Erleichterung, dass das Martyrium vorbei war, aber zum Teil war es auch das kribbelige Gefühl, die Geburt eines Verlangens, das so übermächtig war, dass es drohte ihre Knochen zu schmelzen.

Dann richtete Garth sich auf und blockierte die Sonne mit seinen breiten Schultern und sprach eine strenge Warnung aus. „Bleibt weg von dem Busch, Püppchen. Er ist immer voller Bienen."

Mit der Sonne hinter ihm, die wie ein Heiligenschein um seinen herrlichen Kopf schien, sah Garth de Ware aus wie ein

Held und das war er auch. Er war zu ihrer Rettung gekommen wie ein Ritter in glänzender Rüstung.

Cynthia seufzte sehnsüchtig. Ihre Lider fühlten sich seltsam schwer an. Ihre Schulter brannte herrlich, wo seine Lippen ihr Fleisch versengt hatten und sie schwor, dass sie diese Stelle nie wieder waschen würde. Mit glühender Bewunderung drückte sie eine Hand bescheiden an ihre Brust und knickste formvollendet.

„Ich werde nie vergessen, welchen großartigen Dienst Ihr mir erwiesen habt, Sir Garth", sagte sie atemlos. „Ihr seid ein äußerst mutiger und höflicher Ritter."

Natürlich wusste sie, dass er nicht wirklich ein Ritter war. Noch nicht. Aber sie bemerkte, dass er sie nicht korrigierte. Tatsächlich sah er recht erfreut aus wegen des Titels. Er lächelt sie noch einmal charmant und strahlend an, holte sein Buch und nickte ihr zum Abschied zu.

Sie starrte ihm unbeirrt hinterher und wollte keinen Blick auf ihren neu gefundenen Helden verpassen.

Als er das Tor hinter sich schloss, rief er ironisch über seine Schulter: „Vergesst Eure Ableger nicht, kleine Diebin. Lasst besser keine Beweise liegen."

Cynthia blickte auf die belastenden Rosenabschnitte. Wie unwichtig sie jetzt erschienen. Als sie wieder hochschaute, war ihr Held verschwunden.

Verträumt lächelte sie in Richtung Gartentor. Dann wickelte sie die Arme um sich und drehte sich einmal vor Freude.

„Vielleicht werde ich doch eines Tages heiraten", erklärte sie ihrem blumigen Publikum. Mit einer graziösen Bewegung hob sie ihre Stiefel und Strümpfe auf und bedachte den Garten mit einem wissenden Grinsen. „Garth de Ware", flüsterte sie, „eines Tages werdet Ihr mir gehören."

Das Schicksal hatte jedoch die grausame Angewohnheit selbst die besten Pläne zu durchkreuzen. An jenem Abend verlor Cynthias Mutter den Jungen, der in ihrem Leib herangewachsen war und wurde todkrank. Cynthia und ihr Vater wurden noch vor Sonnenaufgang nach Hause gerufen. Als sie zurückkamen, war es bereits vorbei. Lady Elayne war tot. Cynthia war jetzt die neue Herrin von le Wyte. Ihre kindischen Träume wurden aufgegeben und ihre wertvollen Ableger vertrockneten und starben.

Kapitel 1

FEBRUAR 1338

Im schummerigen Schlafzimmer herrschte bis auf Elspeths leises Weinen und dem Knistern des Kaminfeuers Stille. Draußen prasselte der Regen auf den Boden, aber das Geräusch wurde von den schweren Wandteppichen, die an den Fenstern hingen, gedämpft.

Der Lebenswillen hatte den Mann im Bett fast verlassen. Cynthia spürte, wie sein Griff schwächer wurde. Ihre Heilkräfte konnten ihren lieben Mann nicht retten. Sie legte ihre liebenden Hände auf seine klamme Stirn. Mit diesen Händen hatte sie ihn oft getröstet und durch sie vollbrachte Gott manchmal Wunder, aber als sie dieses Mal die Augen schloss, sah sie das deutliche Bild einer schwarzen Schlange vor ihrem inneren Auge.

Tod.

Es war unvermeidlich. Lord John war kein junger Mann mehr. Er hatte schon seit Wochen gewusst, dass er im Begriff war zu sterben. Aber als Cynthia das dunkle, unumstößliche Bild vor ihrem inneren Auge sah ...

John hatte sich bereits von den anderen verabschiedet.

Der Abt hatte die Sterbesakramente gegeben. Johns Verwalter und bester Freund Roger stand grau und kerzengerade Wache am Fuß des Bettes wie ein treuer Hund. Neben ihm tupfte Elspeth mit einer Ecke ihrer Schürze die verweinten Augen trocken. John brauchte sich nur noch von seiner Ehefrau vorabschieden.

Cynthia unterdrückte ein Schluchzen und ergriff wieder seine kühlen Finger. Er runzelte die Stirn und sie beugte sich vor, um seinen letzten geflüsterten Wunsch zu hören. Bei seinen Worten bewegten sich ihre eigenwilligen Locken, die aus ihrer Haube herausgefallen waren, kaum, aber das machte sie nicht weniger störend. Sie zog sich plötzlich zurück.

Trauer brannte in ihrem Hals. „Nay“, protestierte sie, „das kann ich nicht.“

Sein Gesicht verzog sich vor Enttäuschung und Cynthia musste sich zusammenreißen, dass sie sich nicht in Tränen auflöste. Sie hatte sich jedoch geschworen, dass sie nicht weinen würde.

„Bitte Cynthia.“ Seine Stimme war so schwach wie der Wind durch einen Türspalt.

Sie zog ihre Unterlippe zwischen ihre Zähne und war entschlossen stark zu bleiben. Wie könnte sie das tun? Wie könnte sie ein solch unmögliches Versprechen halten? Wie könnte sie ihn sterben lassen, ohne ihm seinen letzten Wunsch gewähren? „Also gut“, brachte sie heraus und drückte beruhigend seine Hand. „Ich verspreche es.“

Er lächelte schwach. Dann war er weg.

Seine schwachen, knorrigen Finger wurden schlaff in ihrem Griff. Seine alten Augen waren tot. Er atmete ein letztes Mal aus und dann sank sein Körper in das Federbett.

Lange zurückgehaltene Tränen stiegen Cynthia in die

Augen um aus ihr heraus zu brechen. Es war einerlei, dass sein Tod schon seit Monaten abzusehen war. Es war einerlei, dass er ein langes, lohnenswertes Leben gelebt hatte. Ihr freundlicher und sanfter Ehemann, der ihr zwei Jahre seines wertvollen Lebens geschenkt hatte, war tot. Sie konnte nichts dagegen tun.

Sie ließ Johns Handgelenk vorsichtig auf seine Brust fallen und streckte die Hand aus, um seine Augen zu schließen.

Hinter ihr gab Elspeth einen einzigen Schluchzer von sich und vergrub dann ihr Gesicht in Rogers Surcot, um die restlichen zu dämpfen.

Aus reiner Gewohnheit zog Cynthia die Felldecken hoch bis an Johns Hals und steckte sie um ihn herum ein. Dann betrachtete sie noch einmal sein markantes, faltiges Gesicht. Bemerkenswerterweise hingen an seinen schlaffen Mundwinkeln die Reste eines Lächelns.

Plötzlich fühlte sie sich in den letzten Frühling zurückversetzt, als sie Hand in Hand mit ihm durch eine Wiese voller Narzissen spaziert war und die Luft frisch und süß nach einem Regenschauer duftete. Was hatte er damals zu ihr gesagt? Dass sie seine Rettung war. Dass sie das Unkraut aus seinem Leben gezupft und es mit Blumen gefüllt hatte. Sein Lächeln war so voller Freude und so aufrichtig gewesen, dass sie ihm ihre Zuneigung sofort hatte zeigen wollen, ihren Mantel geöffnet hatte und sie sich zwischen den Narzissen geliebt hatten.

Die Jahreszeiten kamen und gingen und die Tage waren voller Licht und Lachen. Alles in allem hatten sie nur ein Dutzend Monate zusammen. Jedoch würde sie sich immer so an John erinnern, wie er an jenem Frühlingstag gelächelt hatte.

Sie schloss die Augen und wartete, dass der hohle Schmerz in ihrem Hals nachlassen würde. John würde nicht wollen, dass sie um ihn weinte. Sein letzter Wunsch auf dem Sterbebett war Beweis dafür. Jetzt hatte er seinen Frieden gefunden. Sein langes Leiden war vorüber. Mit diesem kleinen Trost schaffte sie es, ihre Trauer hinunter zu schlucken. Zum Abschied küsste sie zuerst seine blasse Stirn und dann seine Wange, deren Haut wie Pergament war.

Ein plötzliches Geräusch des mürrischen Abtes, der sich räusperte, störte ihr privates Ritual. Erschrocken zuckte sie zusammen. Sie hatte fast vergessen, dass er da war. In ihrem verletzbaren Zustand wollte sie sich mit dem schaurigen Abt nicht befassen müssen.

Zögerlich wandte sie sich zu ihm hin und unterdrückte ein Zittern. Heute sah er einem Todesengel sogar noch ähnlicher. Seine dunklen Roben standen in heftigem Kontrast zu seiner blassen Haut und sein scharfkantiges Gesicht mit den eingefallenen Wangen sah schon fast skelettartig aus.

„Er ist jetzt bei Gott, Kind", sagte er in ernstem Leierton und faltete seine spinnenartigen Finger vor sich in einer demütigen Geste.

Kind. Das Wort ging ihr so sehr auf die Nerven. Nur der Abt schaffte es, dass liebevolle Worte sich wie Beleidigungen anhörten.

Er hatte sie noch nie gemocht. Das hatte er von Anfang an klargestellt. Sie hatte auch keine Zuneigung für ihn vorgetäuscht, aber um Johns Willen, der dem Abt scheinbar sehr zugetan war, hatte sie ihre Meinung für sich behalten. Sie hatte die herablassende Art des Mannes ebenso ertragen wie seine heuchlerische Gängelung, seine unendlichen Sermone über die Minderwertigkeit von Frauen und seine völlige Blindheit der Tatsache gegenüber, dass Cynthia eine erwachsene Frau mit ihrem eigenen freien Willen war.

Aber jetzt war es vorbei. Jetzt war John tot und sie musste die Heuchelei väterlicher Sorge des Abtes nicht mehr ertragen. Schon bald würde er Wendeville verlassen. John hatte ihm ein Anwesen auf einer seiner benachbarten Domänen vermacht. In wenigen Tagen würde der Abt ihr Leben verlassen haben.

In der Zwischenzeit wagte sie es nicht ihm zu zeigen, wie sehr Johns Tod sie lähmte. Das würde seine Kritik an ihr nur weiter befeuern. Sie setzte sich gerade hin und schaute ihn teilnahmslos an.

„Bitte kümmert Euch sofort um die Einsegnung und das Begräbnis, Abt. Dann werdet Ihr Eure Sachen packen ..."

Der Abt durchbohrte sie mit einem scharfen missbilligenden Blick. Dann senkte er mit Bedacht seinen Blick und verbarg seinen dunklen Zorn. „Natürlich. Wie Ihr wünscht." Nachdenklich legte er seine Finger unter sein Kinn. „Aber Kind, was ist, wenn seine Familie ihn vielleicht sehen will, bevor ..."

„John hatte außer mir keine Familie." Sie kniff die Augen zusammen. „Ich bin mir sicher, dass Ihr das wusstet."

Natürlich tat er das. Seiner Meinung nach konnte eine Ehefrau, die weniger als zwei Jahre verheiratet war, kaum als Familie bezeichnet werden. Das Blut kochte in ihm hoch bei dem Gedanken, dass der ganze Wendeville Reichtum jetzt in den Händen eines Kindes lag. Sie sah noch nicht einmal aus wie eine aufrichtig trauernde Witwe. Sie sollte heulen wie die alte Elspeth, ihre Hände wringen und sich hilflos an die Kirche, an *ihn* wenden, um Trost und Führung zu erhalten.

Stattdessen waren ihre Wangen augenscheinlich trocken, schon fast, als wäre sie erleichtert. Das goldene Licht des flackernden Feuers tanzte über ihr junges, leuchtendes Gesicht und ließ ihr zerzaustes Haar wie eine Flamme oder das Feuer des Teufels aussehen. Aye, sie sah wirklich erleichtert aus, als wenn in dem Augenblick, als die Seele des alten Mannes aus seinem Körper wich, eine große Last von ihren Schultern genommen worden wäre.

Es war nicht richtig. Das Weib war viel zu sehr in Kontrolle und zu distanziert. Außerdem war sie viel zu klug für seinen Geschmack. Lord Johns Körper war noch nicht kalt und schon plante sie ihn weg zu schicken – *ihn,* einen Diener Gottes, der sein eigenes Kloster vernachlässigt hatte, um ständig an der Seite des sterbenden Mannes zu bleiben. Sie würde sich einen mächtigen Feind machen, wenn sie dachte, sie könnte ihn so einfach loswerden. Er hatte nicht die Absicht, sie mit dem riesigen Wendeville Vermögen allein zu lassen. Irgendwie würde er schon bekommen, was ihm zustand.

Er drehte seine Finger in wortlosem Ärger und widerstand dem Drang das eigenwillige Weib zu würgen, bis sie mit ihm übereinstimmte. Er wusste jedoch, dass Zorn nicht die Antwort war. Zorn war niemals klug. Nay, er musste bescheiden bleiben. Schließlich erbten schlussendlich die Bescheidenen ...

„Abt?"

„Vielleicht handelt Ihr übereilt, Kind." Er setzte einen nichtssagenden, mitleidvollen Blick auf und schaute entlang seiner Nase auf sie herab „Es ist eine schwere Prüfung, wenn man einen Ehemann verliert und Ihr seid noch so jung. Wartet ein oder zwei Tage. Erlaubt mir, Euch geistlichen Beistand anzubieten."

Zu seiner Bestürzung zuckte sie bei seinen Worten tatsächlich zusammen. „Ich finde Trost in seinem friedlichen Tod, Abt", sagte sie und machte das getrocknete Rosenspray von ihrem Surcot los und legte es auf Lord Johns ruhige Brust. „Ich wünschte, dass alle Männer so zufrieden wie mein John sterben dürften."

Seine Nasenflügel bebten. Das war John Wendeville sicherlich gewesen. Glücklich jenseits jeder Vernunft. Glücklicher, als ein sterblicher Mann es verdient hatte. Das Weib hatte ihn verhätschelt wie ein Kind. Er warf einen düsteren Blick auf die verschiedenen Duftöle und Arzneitränke an Lord Johns Bett, die sie für seine Gebrechen zusammengerührt hatte. Es drehte ihm den Magen um, wenn er sich vorstellte wie Cynthias Hände die teuflischen Salben auf die faltige Haut des alten Mannes aufgetragen hatten. Schließlich glaubte die Kirche an die Leiden des Körpers. Sein eigener vernarbter Rücken bestätigte die Tatsache, dass Schmerz der Weg zur Erlösung war. Warum sollte dem alten Mann der Schmerz seines eigenen Todes erspart bleiben?

Er schmollte, während er zusah, wie Lady Cynthia eine Kerze am Kopfende des Bettes ausblies. Das heidnische Weib sollte verflucht sein! John sollte verflucht sein, dass er sie geheiratet hatte. Sie hatten seine Pläne zerstört. All die Jahre hatte er den alten Ziegenbock umschwärmt, als wäre er ein Freier und hatte sich gezwungen zu lächeln und Nettigkeiten auszutauschen und Geduld mit dem kinderlosen Lord gehabt, der immer weiter zu leben schien. Das war jetzt alles umsonst gewesen wegen der Dirne vor ihm. Cynthia le Wyte war gekommen, um den Reichtum des Lords mindern, indem sie die eine Waffe einsetzte, die der Abt nicht einsetzen konnte.

Sie hatte bei der runzeligen Pflaume gelegen.

Er kniff die Augen zusammen und konnte das ekelhafte Bild, das ihm in den Kopf kam, wie die junge Cynthia in eifriger Ekstase auf den abgemagerten alten Mann stieg, nicht ausblenden. Voller Widerwillen wandte er sich ab und das dämmerige Licht verbarg die vor Zorn vorstehenden Adern an seinem Hals.

Er würde diesen Zorn kontrollieren müssen, wenn er etwas von der Belohnung haben wollte. Es war vielleicht zu spät, um das Erbe zu retten, aber es gab immer noch die Chance, der trauernden Witwe eine ordentliche Pfründe abzuschwatzen.

Trauernd? Bei dem Gedanken musste er fast lachen. In Gegensatz zu ihrer schniefenden Dienerin hatte die kalte Cynthia nicht eine Träne für ihren Mann vergossen. Offensichtlich hatte sie ihn nicht geliebt. Es würde einfacher sein Blut aus einem Apfel zu drücken als auch nur einen Penny von der Lady Cynthia zu bekommen.

Wenn das Weib nur mit John gestorben wäre ... er verschränkte seine Finger und stellte sich das Gefühl ihres weichen samtenen Halses zwischen seinen Händen vor, wenn er das Leben aus ihr herausdrückte.

„Ich glaube, er würde eine einfache private Zeremonie wollen, nicht wahr, Abt?", fragte Cynthia. „Abt?"

Erschrocken hob der Abt den Kopf. Cynthia konnte sehen, dass er mit den Gedanken woanders war. Er überlegte sich wahrscheinlich, wie er ihre eigenwillige Seele retten könnte. Sie seufzte und schaute noch ein letztes Mal auf Johns friedliches Gesicht.

Wenn nur alle Männer so zufrieden sterben dürften wie mein John.

Ihr Ehemann war zufrieden gewesen. Zwei Jahre lang war Cynthia an seiner Seite geblieben und war ihm eine treue Ehefrau, eine angebetete Begleiterin und eine enthusiastische Liebhaberin gewesen. Dass er ein ganzes Jahr überlebt hatte, nachdem der Arzt ihn schon auf das Sterbebett gelegt hatte, lag wahrscheinlich eher an ihrer Zuneigung als an dem Fingerhut und Wermut, die sie ihm mühsam wegen seines schwachen Herzens verabreicht hatte. Sie hatte sich der Aufgabe gewidmet ihn zu erfreuen, ihm sein Lieblingsessen vorbereitet, für ihn gesungen und ihn gelegentlich beim Schach gewinnen lassen.

Vorsichtig beugte sie sich vor und blies die letzte Bienenwachskerze neben dem Bett aus. Eine Rauchfahne stieg auf und berührte die Bettvorhänge aus goldenem Brokat.

Sie hatten eine Vernunftehe geführt. Keiner von ihnen hatte sich deswegen etwas vorgemacht. Cynthias Vater hatte nur wenig Land, war verwitwet und hatte keinen Sohn und das Gesicht seiner ältesten Tochter konnte man bestenfalls als *gesund* beschreiben. Als der reiche, aber schwache Lord John Wendeville um Cynthias Hand anhielt, arrangierte le Wyte eilig ihr Opfer für den erbenlosen Lord, um das Familienvermögen zu vergrößern.

Cynthia war deswegen nie verbittert gewesen. Sie akzeptierte, dass die Ehe häufig ein praktisches Arrangement war. Gegen diesen Umstand hatte sie sich beim Tod ihrer Mutter vor vielen Jahren bereits gewappnet. Mit achtzehn war ihr klar, dass sie keine große Schönheit war. Auch hatte sie keinen ausreichenden Landbesitz, um einen Freier in Versuchung zu führen. Daher war sie die Verbindung mit Lord John mit pragmatischer Würde und vielleicht sogar Enthusiasmus eingegangen.

Und es stellte sich heraus, dass John recht angenehm war. Er war geduldig und freundlich, liebevoll und großzügig. Er kleidete sie in Samt und Seide, schenkte ihr Smaragde, ertrug die freche alte Elspeth und erlaubte ihr sogar ihren Traum eines Lustgartens zu erfüllen, in dem sie jeden Tag einen Strauß für ihn pflückte.

John wusste, dass er sterben würde. Er hatte in seinen letzten Jahren Kameradschaft gewollt.

Cynthia hatte ihm viel mehr als das gegeben. Sie war ihm im wahrsten Sinne des Wortes eine Ehefrau gewesen und hatte ihn mit einer Hingabe überrascht, von der er glaubte, dass sie ihn verjüngte. Sie freute sich, wenn sie ihn vor Dankbarkeit weinen sah, während sie ihn mit unerschütterlicher Geduld in ihrem Bett befriedigte. Es lag nicht an mangelnden Versuchen, dass sie keinen Erben von ihm empfangen hatte.

Während ihrer Ehe erblühte Cynthias Garten unter ihren liebevollen Händen ebenso wie ihr Ehemann. Die Tatsache, dass er bald sterben würde, hielt sie nicht davon ab, sich rührend um ihn zu kümmern. Er war wie die einjährigen Pflanzen, die sie jeden Frühling pflanzte. Sie hegte und pflegte sie, dass die Beete reichlich blühten und dann akzeptierte sie, dass sie verwelkten und starben. Das war der natürliche Kreislauf. Cynthia war stolz darauf, dass sie in dem kurzen Leben, das dem alten Mann noch blieb, nicht einmal in ihrer Zuwendung nachließ.

Trotz des lautstarken Entsetzens des Abtes beinhaltete ihre Pflege viele Arzneitränke und Umschläge, die sie sich aus dem riesigen Kräutergarten, den sie im Burghof angelegt hatte, holte.

Selbst jetzt schaute der Abt finster auf die gemahlenen Kräuter, mit denen sie Johns Wein in den letzten zwei Tagen versetzt hatte, um seine Schmerzen zu lindern. Zweifellos glaubte der Abt, dass sie ihren eigenen Mann mit ihrer *Teufelsmedizin* vergiftet hatte.

Es war einerlei. Diese *Teufelsmedizin* hatte schon so manchen Vasallen und Diener in Johns Haushalt geheilt. Schon zur Zeit ihrer ersten Blutung hatte sie sich ihr Wissen über Kräuter angeeignet und sie in Verbindung mit ihrer Gabe, Menschen zu heilen verwendet und selbst die Leute in den umliegenden Dörfern glaubten an ihre Wunder. Außerdem war es ihr einerlei, was der Abt dachte. Am Wochenende würde er weg sein.

„Lord John hat Eure ... Loyalität und Euren Dienst durchaus anerkannt, Abt“, sagte sie und versuchte ruhig zu bleiben. „Er war recht großzügig.“

„Oh?” Sein beiläufiger Tonfall täuschte nicht über das Interesse in seinem bohrenden schwarzen Blick hinweg.

„Er hat Euch das Anwesen in Charing mit den umliegenden Feldern vererbt.“

Der Abt blinzelte. „Charing?”

„Aye.”

„Wie freundlich.“ Seine Stimme brach. Sein Kinn zitterte.

Cynthia verspürte Reue. Vielleicht war sie doch zu eilig und voreingenommen gewesen. Vielleicht war der Abt gar nicht so gefühllos, wie er erschien. Vielleicht hatte der Verlust seines Wohltäters ihn doch gerührt, auch wenn er *sie* verachtete. Sie überlegte, wie sie tröstende Worte finden könnte, aber als sie den ernsten blassen Mann anstarrte, der vor ihr in seinen tödlichen dunklen Gewändern aufragte, fielen ihr keine Worte ein.

„Nach der Zeremonie“, sagte sie so freundlich wie möglich, „schicke ich Euch zwei Diener, die Euch helfen sollen, Euch in Charing einzuleben.“

In der unbehaglichen anschließenden Stille zog sie sich mit Roger und Elspeth zurück und schloss die Tür hinter dem Abt und einem Kapitel ihres Lebens.

Verwirrt starrte der Abt auf die geschlossene Tür. Seine Brust zog sich zusammen. Er konnte kaum atmen.

Charing. Lord John hatte ihm Charing hinterlassen. Das Charing Anwesen machte noch nicht einmal ein Zwanzigstel des Reichtums des alten Mannes aus. Es war eine Farce, ein Schlag ins Gesicht. Nach allem, was er ausgehalten hatte, den Opfern, die er gebracht hatte, war dies nun seine Belohnung – eine heruntergekommene Burg mit unfruchtbaren Feldern neben Wendeville. Der geizige Tribut hinterließ einen bitteren Beigeschmack in seinem Mund wie ein schimmeliger Knochen, den man einem treuen Hund zuwarf.

Zorn kochte in ihm hoch, während er auf den Leichnam herabblickte, der so friedlich auf dem Bett lag.

Er war betrogen worden. Anders konnte man es nicht nennen. Er war von dem unverbesserlichen Verlangen des alten Narren für seine lüsterne junge Frau verraten worden. Wie viele Male hatte er Lord John vor den Gefahren der Lüsternheit gewarnt? Wie viele Male hatte er sonntags in der Kapelle von Wendeville über diese tödliche Sünde gepredigt?

Aber er war ignoriert worden. Das Wort Gottes hatte keine Beachtung gefunden. Der Mund des Abtes verzog sich vor Ekel. Zorn schärfte seinen Blick. Er ballte die Finger einer Hand zu einer knochigen Faust. Mit einem verzweifelten Versuch rief er den Zorn Gottes zur Buße an und schlug seine Faust immer wieder mit der ganzen Verbitterung eines betrogenen Ehemanns in Lord Johns leblosen, sündigen Unterleib, wobei er bei jedem Schlag den Namen der Sünde des alten Mannes deutlich aussprach ... Cynthia!

Als sein Zorn abebbte, stand ihm der Schweiß auf der

Stirn. Er keuchte nach Luft. Die Knochen seiner Hand pochten vor Schmerzen.

Aber Schmerz war ein alter Freund und dieser alte Freund tröstete ihn und ließ ihn klarer denken. Vorsichtig wischte er sich die Feuchtigkeit mit seinem Ärmel aus dem Gesicht und strich seine Soutane glatt.

Er wusste jetzt, was er zu tun hatte. Lady Cynthia Wendeville hatte ihn zwar weggeschickt, aber das hieß nicht, dass sie ihn nicht wiedersehen würde. Es gab andere, die er als Instrumente für seinen Zweck gebrauchen konnte.

Er hatte wenigstens ein Jahr Zeit. Keine Witwe würde es wagen vor Ende dieser Trauerzeit zu heiraten. Bis dahin würden die Schatzkisten von Wendeville sicher sein.

Einen Spion bei den Dienern einzuschmuggeln wäre ein Kinderspiel. In seiner Welt gab es so viele Büßer und verlorene Schafe, die ihr Leben riskieren würden, um ihm zu dienen und einem angesehenen Hirten wie ihm gerne ihre Seelen verkaufen würden.

Als Abschiedsgeschenk an die Hinterbliebenen und aus Sorge um den ganzen trauernden Wendeville Haushalt würde er Lady Cynthia sogar helfen einen neuen Geistlichen auszusuchen. Er würde ihr einen niederen ehrgeizlosen Geistlichen aus dem ärmsten Kloster im Land suchen; einen, der an die Glückseligkeit der Armut glaubte, kurzum, der die Gier des Abtes nach Reichtum und Macht nicht stören würde. Oh aye, er würde einen Geistlichen für Wendeville finden. Tatsächlich kannte er genau den richtigen Mann für die Stellung.

KAPITEL 2

APRIL

Garth de Ware keuchte, als die lüsterne Frau ihn gnadenlos ritt. Sie war exquisit. Ihr langes schwarzes Haar fiel nach vorn gegen seine nackten Rippen. Ihre Augen glitzerten wie Smaragde. Ihre Fingernägel kratzten über seine Schultern und ihr schlanker runder Po hämmerte so unaufhörlich auf ihn herab wie die Gezeiten. Er spürte jeden herrlichen Zoll, als er sich nach oben streckte, um in den warmen Vertiefungen ihres Fleisches Zuflucht zu finden.

Sie beugte sich über ihn und schob ihre üppigen Brüste nach vorn. Glücklich umfasste er sie mit seinen Händen. Sie waren so weich und so zart, dass er Angst hatte, dass er sie verletzen könnte. Dann beugte sie sich zu ihm, strich sein Haar beiseite und leckte gierig an seinem Ohr und er musste sich zusammenreißen, dass er ihr in seinem Eifer nicht weh tat. Sie legte eine Brustwarze zwischen seine Lippen und er saugte vorsichtig daran, wobei er wegen des süßen Honigs ihrer Haut keuchte.

Sein Körper streckte sich vor Anspannung bis er sich wie eine Bogensehne fühlte, die kurz vor dem Zerreißen war. Ihre

Brustwarze schlüpfte aus seinem Mund und er bewegte seinen Kopf fiebrig hin und her.

„Mariana", stöhnte er und atmete flach und schnell. „Ah, Mariana ..."

Plötzlich erwachte er. Über ihm ragte keine Frau auf, sondern nur die helle Decke und die aufgehende Sonne warf Schattenmuster auf den nackten Putz. Einige Sekunden lang hatte er die Orientierung verloren. Dann donnerte die Wahrheit auf ihn herab wie ein eisernes Fallgitter.

Der Albtraum war zurückgekommen, um ihn zu verfolgen.

Er stöhnte und schloss die Augen. Seine zerknitterte Soutane war von Schweiß durchtränkt und zwischen seinen Oberschenkeln spürte er den vertrauten, gierigen Schmerz.

Seine animalische Lüsternheit sollte verflucht sein – sie verhöhnte ihn schon wieder. Er war ein Mann der Kirche und lag hier steif wie eine Lanze, obwohl er Keuschheit gelobt hatte.

Er zwang sich ein kaltes und ernstes Gesicht aufzusetzen, um die Ekstase seines Traumes auszublenden.

Er weigerte sich den verräterischen Teil seines Körpers anzuerkennen. Er würde sich sicherlich nicht beschmutzen, indem er Erleichterung suchte, obwohl er kurz davor war zu platzen und er sie mit einem einzigen Streichen seiner Hand erreicht hätte. Er war nur ein Mensch und wenn es Gottes Wille war, dass er den jämmerlichen Albtraum weiterhin ertragen musste, dann war er vielleicht als Prüfung seines Glaubens gedacht.

Also biss er die Zähne zusammen, starrte vor Angst an die Decke und wartete, dass die feurige Sehnsucht in ihm nachließ. Er versuchte die zauberhafte Gestalt der Lady Mariana zu vergessen und nur an ihre grausame Ehrlichkeit und ihr höhnendes Gelächter zu denken. Er zwang sich, sich daran zu erinnern, wie sehr sie ihn verletzt hatte.

Im Gegensatz zu seinen Brüdern, hatte er den Weibern erst später nachgestellt. Holden und Duncan hatten jeweils bereits ein Dutzend oder mehr junge Damen probiert, bis sie zwanzig Jahre alt waren. Für sie war Garths Jungfräulichkeit immer ein Grund zur Heiterkeit.

Da Garth eine kirchliche Laufbahn verfolgen wollte, zögerte er, sich den fleischlichen Gelüsten hinzugeben. Ein junger Mann, der zwei so brillante ältere Brüder hatte, konnte sein Glück nur in der Kirche finden. Da er insbesondere im Vergleich zu seinen großartigen Geschwistern, besser lernen als mit dem Schwert kämpfen konnte, schien sein Schicksal klar vorgezeichnet zu sein.

Oh, er hatte das Leben eines Ritters probiert und er konnte das Schwert besser als die meisten Männer schwingen. Sein Vater hatte ihn damit betraut, auf seinen ältesten Bruder Duncan, welcher der Erbe der de Ware Domäne war, bei seinen vielen Abenteuern aufzupassen und als Garth mit Holden nach Norden in das schottische Grenzland gereist war, hatte sein Bruder ihn als Verwalter der Burg eingesetzt, die er erobert hatte. Unglücklicherweise waren sie jämmerlich gescheitert und er war von dem schottischen Weib, das Holden schließlich heiratete, ausgetrickst worden. Danach beschloss er nach Hause zurückzukehren und den frommen Weg der Kirche einzuschlagen.

Sechs Monate lang hatte er gewissenhaft unter der Aufsicht des Priesters der de Ware Burg gearbeitet und auswendig gelernt und er hatte sich den Rhythmus von Gebet und Segen, Gottesdienst und Liedern zu eigen gemacht. Der Priester informierte seinen Vater, dass er vielversprechend war und vielleicht das Amt eines Bischofs anstreben könnte. Garth schien zu Höherem bestimmt.

Bis Lady Mariana de Martel kam, um auf der Burg zu leben.

Sie war die Waisentochter eines Lords ohne Landbesitz und James de Ware hatte Mitleid mit ihr. Sie fegte in Garths Leben wie ein zerstörerischer Wirbelwind und brachte ihn vom Kurs ab und dominierte jeden seiner Gedanken. Sie gab sich dem sexuellen Vergnügen so gründlich und tief hin wie Garth sich der Kirche hingab und es war nur eine Frage der Zeit, bevor sie ihn mit ihrer viel faszinierenderen Religion in Versuchung führte.

Sie höhnte, neckte und quälte seinen jungfräulichen Körper mit Verführung und Verweigerung, bis er verrückt war vor Verlangen. Ihm wurde heiß bei ihrem Anblick und sein Herz raste, wenn sie auch nur seinen Arm im Vorbeigehen berührte.

In einer schrecklichen Sommernacht rief Mariana ihn an ihr Bett und weinte und wand sich unter dem Einfluss teuflischer Albträume, wie sie sie nannte. Sie schickte ihre Dienerin weg und bat ihn, die Tür von innen zu verriegeln. Ein halbes Dutzend Mal nahm sie seinen jungen, männlichen Körper in jener Nacht in Anspruch, um die Dämonen ihrer Träume zu vertreiben. Bei Tagesanbruch stolperte Garth verwirrt und erschöpft zurück in sein eigenes Zimmer.

Anstatt Garths Verliebtheit zu lindern, hatte sie diese nur angestachelt. Er wandte sich von der Kirche ab und begann Mariana zu verehren. Er beschloss, dass er erst glücklich sein würde, wenn sie seine Ehefrau wurde.

Mariana hatte jedoch andere Pläne. Sie war seiner überdrüssig geworden. Er schien ihre endlosen Begierden nicht mehr befriedigen zu können. Sie mied ihn, erfand Ausreden und ließ ihn im leeren Bett warten.

Garth war jung und unerfahren und Liebe machte blind. Wie ein Ritter, der sich zum ersten Mal einer Stechpuppe gegenübersah, bemerkte er gar nicht, wie der Schlag auf ihn zukam.

Er konnte sich an jedes Wort erinnern, das sie gesagt hatte, während er nackt vor Erschöpfung und beschämtem Zorn zitternd da lag. Es schmerzte ihn zu sehr, sich jetzt an all jene Worte zu erinnern. Erst als sie mit ihm fertig war, nachdem sie jeden Fetzen seiner neu entdeckten Männlichkeit so einfach wie sie seine Unterwäsche von ihm heruntergerissen hatte, war er mit einer solchen Selbstverachtung und Demütigung erfüllt, dass er kaum atmen konnte.

Er schwor, dass er sich niemals wieder von einer Frau demütigen lassen würde.

Daraufhin widmete er sich mit ganzem Herzen der Kirche. Er zog sich hinter einer so dicken Mauer zurück, dass Amors Pfeile die Wände nicht durchbohren konnten. Zum Ärger seiner Eltern zog er aus der Burg aus und erniedrigte sich auf die Stufe eines einfachen Mönches in einem armen Kloster. Dort nahm er sein neues Leben mit dem Eifer eines Büßers an und er schaute niemals auf das Leben zurück, das er einst geführt hatte, bis die Albträume anfingen, um ihn zu verhöhnen und ihn zu zwingen sich zu erinnern und seine Vergangenheit erneut zu erleben.

Er seufzte schwer. Der Druck in seinen Lenden hatte jetzt nachgelassen. Jetzt blieb nur noch die Schande. Dafür musste er dem Prior beichten. Buße für die Sünde der

Lüsternheit war die einzige Art und Weise, wie man sie für immer loswerden konnte.

Er schob die grobe Wolldecke zurück und setzte sich auf, wobei er sich zwang seine nackten Füße mit absichtlicher Grausamkeit auf den kalten Steinboden zu stellen. Der Rücken seiner Soutane klebte an ihm. Die feuchte Wolle juckte an seiner Haut, aber er verweigerte sich das lindernde Kratzen. Er murmelte ein eiliges Gebet, während er sich bekreuzigte und hoffte, dass er nicht zu spät zur Sonntagsmesse kam.

Prior Thomas tapste durch sein Büro, strich sich mit einer Hand über sein frisch rasiertes Kinn und mit der anderen über seinen stattlichen Bauch.

„Ich verstehe", murmelte er unbehaglich.

Thomas überlegte, wie lange diese Angelegenheit dauern würde oder vielmehr, wann er etwas essen könnte. Möge der Herr ihm verzeihen, aber dies war der Teil seines Berufes, den er wirklich hasste, wenn er ein Urteil über Männer fällen sollte, die nicht mehr Fehler hatten als er selbst.

Wie zu einem büßerischen Scherz hatte Gott es in seiner Güte heute für nötig befunden, ihm Garth de Ware zu schicken. Bruder Garth kam mindestens alle zwei Wochen mit irgendeiner meist imaginären Sünde, für die er meinte Buße tun zu müssen.

Diese Woche war es die Lüsternheit.

Der Prior rieb sich mit der Hand wieder über das Gesicht. Angesichts des griesgrämigen Blicks in Garths Augen würde er wohl nicht erklären können, dass jeder normale Mann seines Alters die Regungen des Körpers spürte. Er befürchtete auch, dass Garth sich nicht mit einem strengen Vortrag zufrieden geben würde. Nay, Garth war einer von jenen seltenen irritierenden Fanatikern, die auf einer harten Bestrafung bestanden. Irgendetwas war in Garths Vergangenheit passiert, das ihn glauben ließ, dass er unwürdig war und nichts im Himmel oder auf Erden konnte ihn vom Gegenteil überzeugen. Gott sei Dank hatte der Prior die Geißel des Klosters weggeschlossen. Sonst würde Garth zweifellos darauf bestehen täglich ausgepeitscht zu werden.

Garth starrte erwartungsvoll zu ihm hoch und obwohl der Junge demütig vor ihm kniete, musste Prior Thomas sich daran erinnern, dass der junge Mann sein Untergebener war. Das Gesicht von Garth de Ware war alles andere als demütig. Sein steter edler Blick zeichnete ihn als den Sohn eines Lords aus. Er hatte das Gesicht eines Mannes, der zum Herrschen geboren war, ein Gesicht, das Respekt forderte, Armeen führte und Recht sprach.

Als Garth zuerst in das Kloster kam, war sein Körper stark und fit, obwohl sein Geist irgendwie verloren schien. Er war ein gutaussehender Junge. Jetzt hatte Gleichgültigkeit dem Jungen den Appetit genommen und nach Meinung des Priors war er zu dünn. Von Haus aus hatte Garth den Körper eines Kriegers, der für die Untätigkeit des Klosterlebens nicht gemacht war, ganz gleich, wie bereitwillig sich sein Geist anpasste. Er siechte buchstäblich dahin.

Thomas strich sich mit der Handfläche über seinen eigenen runden Bauch und atmete aus. Mehr als alles andere mochte der Prior Ordnung – Wollstoffe, aus denen man genau zwei Soutanen fertigen konnte, Geschichten der Spielleute mit einem glücklichen Ende und gerade genug Wein vom letzten Jahr, dass er reichte, bis die neuen Fässer fertig waren und alles musste erledigt sein. Solche Dinge waren die unumstößlichen Beweise, dass Gott dort oben im Himmel war. Garth de Ware? Er war eine Anomalie, eine Erinnerung, dass vielleicht nicht alles auf der Welt in Ordnung war.

Der Prior hatte keine Ahnung, was Garth zu Gott getrieben hatte. Das war ein Thema, das der Junge niemals anschnitt, aber es war offensichtlich, dass der junge Mann einfach nicht hierhergehörte. Seine eigenen Eltern hatten das schon bei ihren häufigen Nachfragen gesagt und hegten die Hoffnung, dass er sich wegen des Klosters umentscheiden würde.

Es war nicht so, dass Garth nicht für den Dienst in der Kirche in der Lage war. Er besaß sicherlich Gottesfurcht, Liebe für Christus und Hingabe zu den Menschen, wie es sich für einen Geistlichen gehörte, aber mit seinem scharfen Verstand und edlen Verbindungen war er doch eher für die Position eines Priesters oder Abtes auf einer Burg oder sogar als Bischof geeignet, da dies einen häufigen Kontakt mit der weltlichen Welt erforderte.

Der Prior befürchtete, dass die Abgeschiedenheit des Klosters langsam das Leben aus Garth de Ware saugte.

Garth tat, was ihm gesagt wurde und sein Vater Lord James de Ware spendete den Mönchen eine großzügige Opfergabe jedes Jahr. Prior Thomas nahm an, dass es ihn nichts anging, ob die Berufung des jungen Mannes echt war oder nicht.

Er räusperte sich und versuchte sein Bestes ein ernstes Gesicht zu machen. Er würde seine Worte vorsichtig wählen müssen. Sicherlich würde Garth sich zweifellos auch kastrieren, wenn er das für eine angemessene Strafe für seine Lüsternheit hielt.

Es war wirklich schade, dass der Junge nicht zu den *in seculo* Geistlichen gehörte, die *in der Welt* arbeiteten und obwohl die Kirche offiziell so etwas missbilligte, hatten viele dieser Geistlichen Konkubinen, Frauen und sogar Kinder. Offensichtlich kämpften sie niemals mit der Sünde der Lüsternheit.

„Lasst mich überlegen. Ihr habt gesagt, dass Ihr ihren Namen gerufen habt?", fragte er und verschränkte seine Finger.

Der Blick des jungen Mannes wurde hart. „Aye, Vater."

„Also teilt Eure Zunge die Schuld Eurer Sünde?"

„Aye."

Der Prior nickte und ging nachdenklich auf und ab. „Dann ist es nur passend, dass Eure Zunge die Strafe erträgt." Er verschränkte seine Hände vor sich. „Ihr werdet ein Schweigegelübde für ... den Zeitraum von zwei Wochen ablegen."

Er betrachtete Garths Gesicht und versuchte die Strenge seines Urteils einzuschätzen. Es war oft schwer zu sagen, wie viel Buße der Junge glaubte verdient zu haben.

Dankenswerter Weise senkte Garth seinen Blick und nahm die Buße an. Dann küsste er den Ring des Priors und verließ das Büro schweigend.

Nachdem er weg war, atmete Prior Thomas erleichtert durch und betrachtete die Angelegenheit als erledigt. Er hatte die richtige Entscheidung getroffen und etwas selbstsüchtig überlegte er, dass er sich einige Tage Ruhe vor den Selbstvorwürfen des Jungen verschafft hatte.

Wie sich herausstellte, hätte er den Zeitpunkt nicht besser wählen können. Am Wochenende kam ein wichtiger Besucher zum Kloster, der Garths Leben für immer verändern würde. Da der Junge ein Schweigegelübde abgelegt hatte, konnte er dazu nichts sagen.

Die Sonne stand am Freitag bereits tief über dem Kreuzgang im Kloster und tauchte Garth mal in Licht und dann wieder in Schatten, während er den langen offenen Gang entlang schritt und den Staub aus seiner Soutane schlug.

Was war passiert, dass der Prior Garth so dringend in sein Büro gerufen hatte? Er war gerade mittendrin in einer Abschrift des dritten Verses der Psalmen, als er gerufen worden war.

Er hoffte, dass nichts Schlimmes passiert war. Es war schwierig, wenn man weg von seiner Familie war. Er sah sie nur selten und nicht mehr als zwei Mal im Jahr. Sein Vater war kein junger Mann mehr. Seine Mutter schien jedes Mal kleiner und zarter zu sein, als er sich erinnerte. Die Frau seines Bruders Duncan erwartete ihr zweites Kind. Jede Menge unangenehme Dinge konnten passiert sein.

Er machte sich auf das Schlimmste gefasst und klopfte leise an die Tür des Priors. Prior Thomas öffnete die Tür, bevor Garth auch nur seine Hand gesenkt hatte. Das Gesicht des alten Mannes verzog sich zu einem breiten Grinsen. Es gab also keine schlechten Nachrichten. Garth sprach im Geiste ein Dankgebet.

Dann sah er den Besucher.

Garth hatte erst einmal das zweifelhafte Vergnügen, den angesehenen Abt zu treffen und es war schwer, den Mann wieder zu vergessen. Er war hager und furchteinflößend wie die gefolterten Heiligen in den Bibelillustrationen. Obwohl der Abt eine Maske von seit langem leidender Demut trug, erzählte seine Unersättlichkeit, die er unter seinem gesenkten Blick verbarg, eine andere Geschichte. Der Mann war sich seiner großen Macht durchaus bewusst.

„Garth, tretet ein", sagte der Prior und führte ihn eilig herein. „Der Abt beehrt uns mit seiner Anwesenheit", fügte er flüsternd hinzu. „Macht Euch keine Gedanken. Ich habe ihm von Eurem Schweigegelübde erzählt."

Garth schaute finster. Er wollte nicht, dass der Abt etwas über seine Sünde erfuhr. Ein Geistlicher in einer so hohen Stellung hatte kein Mitleid in Bezug auf menschliche Schwächen, insbesondere Lüsternheit. Es war wahrscheinlich schon Jahre her, seit der Abt von irgendetwas erregt worden war, wenn überhaupt jemals.

Garth ließ den Kopf hängen, schämte sich seiner gotteslästerlichen Gedanken und kniete vor dem Abt. Pflichtbewusst beugte er den Kopf, um den Ring des Abtes zu küssen, wobei er eine Grimasse unterdrückte. Die Hände des Mannes waren knochig und so kalt wie die einer Leiche.

„Garth", fuhr Prior Thomas fort, als Garth sich wieder erhoben hatte, „der Abt überbringt wunderbare Nachrichten."

Der Abt lächelte höflich. Garth vermutete, dass er auch so lächeln würde, wenn er die Wiederkunft Christi zu verkünden hätte.

Prior Thomas rieb seine pummeligen Hände so fest zusammen, dass er ein Feuer hätte entzünden können. „Eine großartige Gelegenheit hat sich ergeben. Scheinbar braucht die Burg Wendeville einen ansässigen Priester." Er zwinkerte und sagte vertrauensvoll: „Das ist die Burg, auf welcher der Abt schon viele Sonntagsmessen gelesen hat."

Der Priester wippte auf seinen Füßen. „Aber da der Abt jetzt seine eigene Domäne hat ..." Der Prior konnte seine Aufregung kaum im Zaum halten. „Natürlich gibt es einige Aufgaben wie die Predigten, die Übersetzung von Büchern und so weiter, Segnungen, Beerdigungen, all die kirchlichen Aufgaben eines adligen Haushalts von bescheidener Größe und ..." Er verschränkte seine Hände vor sich.

„Ich glaube, dass Ihr perfekt für die Stelle wärt", sagte der Abt, „*Vater* Garth."

Garth stockte der Atem. Panik stieg in ihm auf. *Vater Garth,* nay! Er wollte nicht Vater Garth sein. Er hatte niemals Vater Garth sein wollen. Er war *Bruder* Garth, ein niederer Mönch und bescheidener Diener und völlig zufrieden damit.

„Ist das nicht großartig?", strahlte der Prior.

Garth begegnete seinem Blick, konnte aber Thomas Lächeln nicht erwidern.

Nay, dachte er. Das klösterliche Leben war sicher, unkompliziert und gelassen. Seit vier Jahren lebte er glücklich in seiner Zelle, isoliert vom Bösen der Welt. Das Leben hier war einfach. Es war ruhig. Er mochte die Isolation und die Ruhe. Er gab gerne sämtliche Sorgen und die Kontrolle an den Prior ab. Ihm gefiel seine methodische, monotone Existenz. Er konnte Wochen im Skriptorium verbringen und nur zu den Gebeten und zu Mahlzeiten herauskommen und niemals mit einer anderen Seele kommunizieren, was ihm sehr gut passte.

„Ich bin sicher, dass Ihr ein sehr guter Priester sein werdet, mein Junge", versicherte Prior Thomas ihm.

Garth schaute weiterhin grimmig.

Warum wollte der Prior ihn loswerden. Garth hatte die

Ruhe des Klosters nicht gestört. Er hatte sich keine Feinde gemacht. Er hatte die Regeln so fromm wie möglich befolgt und wenn er es nicht schaffte, büßte er für seine Sünden. Was in Gottes Namen hatte er getan, dass er seinen einzigen Zufluchtsort verlassen musste?

Er hätte seinen linken Arm gegeben, wenn er seine Stimme jetzt hätte benutzen können. Er wollte sie nach dem Grund fragen, obwohl er genau wusste, dass man den Willen Gottes und des Abtes niemals infrage stellte. Zumindest nicht laut.

Als sich der Abt jedoch drehte, um ein Dokument vom Tisch zu nehmen, spannte Garth sein Kinn an, kniff die Augen zusammen und blickte Prior Thomas finster an und er versuchte ihn dazu zu bringen, dass er verstand und seine Meinung änderte, wobei er ihm eine stille Drohung schickte.

Prior Thomas musste von der Anwesenheit des Abtes überwältigt gewesen sein. Sein dankbarer Blick veränderte sich auch nicht nach Garths bösem Blick.

Der Prior schlug ihm auf die Schulter. „Es wird uns leidtun, wenn Ihr geht." Er sah in keiner Weise so aus. Tatsächlich sah er außerordentlich zufrieden mit sich aus. „Wann soll Vater Garth anfangen?", fragte er den Abt.

Garth schaute zum Prior. Niemals, dachte er. Niemals.

Der Abt musterte ihn herablassend von Kopf bis Fuß. „Er hat sicherlich nicht viel zu packen und Ihr findet andere, die seine Aufgaben übernehmen können. Wie Ihr Euch vorstellen könnt, bin ich ein sehr beschäftigter Mann. Sorgt dafür, dass er bereit ist, morgen früh aufzubrechen."

Garth rutschte das Herz in die Hose. Er kämpfte gegen den Drang mit der Faust gegen die Mauer zu schlagen. Mit einer Handbewegung des Abtes war der ordentlich gepackte Karren, der sein Leben war, auf den Kopf gestellt worden.

Er fühlte sich verraten, verbannt und verdammt. Nur in der hintersten Ecke seiner Seele gestand er sich das Gefühl ein, was die Grundlage aller anderen Gefühle war - Entsetzen.

Trotz seiner Zögerlichkeit und gemäß den Wünschen des Abtes verabschiedete er sich nach einer langen schlaflosen Nacht stumm von den gleichgültigen Steinen der Klostermauern und verließ für immer sein gelassenes Leben.

Die Sonne zwinkerte höhnisch hinter den Wolken, als Garth hinter dem Karren des Abtes zur Burg Wendeville marschierte und dabei so viel Begeisterung zeigte wie ein Gefangener auf dem Weg zu seiner Hinrichtung. Er wollte nicht reiten. Lieber schnaufte er wie ein angebundenes Schlachtross und zog sich Blasen an den Fersen zu. Es war nur passend, dass sein Körper ebenso wie sein Geist leiden sollte.

Kapitel 3

Cynthia zitterte, als sie zuerst einen nackten Fuß und dann den anderen auf die Erde setzte, die noch mit vor der Kälte schützendem Mulch bedeckt war.

Die Sonne ging langsam auf und weckte die Welt so vorsichtig wie ein Ehemann, der erst spät heimkam und Angst vor dem Zorn seiner Frau hatte. Die dunklen Stämme der Apfelbäume und Weiden im Obstgarten gaben einen gespenstischen Dunst in die Luft ab. Nebel bedeckte den Boden wie ein weicher Teppich und das leise Knacken der eisbedeckten Gräser, die in der Sonne tauten, durchbrach die Stille.

War heute der richtige Tag? Jeden Morgen seit Johns Tod hatte sie das Frühlingsritual absolviert und war bei Sonnenaufgang in den Garten gekommen, wo sie ihre Stiefel ausgezogen und ihre Zehen in den kühlen Mulch gedrückt und auf das vertraute Gefühl gewartet hatte. Der Winter schien dieses Jahr außergewöhnlich hartnäckig zu sein und zog sich in die Länge, ohne dass sich Leben unter der Erde rührte.

Sie schob sämtliche Gedanken beiseite und wartete.

Nichts.

Sie wackelte mit den Zehen.

Nichts.

Sie schloss die Augen.

Nichts außer kaltem, hartem Boden, der still und schweigend da lag.

Trübselig dachte sie, dass der Frühling vielleicht niemals kommen würde. Sie seufzte und bückte sich, um ihre Stiefel anzuziehen.

Dann, gerade als ihre Finger über das weiche Leder strichen, fing es an. Ein leises Summen. Schwach. In der Ferne.

Die Sohlen ihrer Füße kribbelten und wurden warm, als wenn die Erde langsam unter ihr aufwachte. Wie die Wurzeln der Bäume, die Wasser aus dem Boden saugten, fingen ihre Adern an, die Wärme aufzunehmen. Die angenehme Vibration wanderte allmählich nach oben durch ihre Knöchel, ihre Waden und ihre Oberschenkel. Dann nahm sie Fahrt auf und umkreiste ihre Hüften und ihre Taille und floss nach oben, wo ihr Puls in ihrer Brust und an ihrem Hals schlug und floss jetzt mächtig durch ihre Arme bis in ihre Fingerspitzen, wobei sie ihren Kopf mit Geräuschen, Hitze und Licht erfüllte.

Sie lächelte. Es war an der Zeit. Die Erde rief sie. Es war Zeit zu pflanzen.

Energie vibrierte hinter ihren Augen, an ihrem Nacken und über ihren ganzen Rücken, wie die Umarmung eines alten Freundes.

Sie ging in die Hocke und zerkrümelte Erde mit ihren winterblassen Händen und atmete den feuchten Duft der Erde tief ein und zum ersten Mal seit Wochen verspürte sie Zuversicht.

John hatte sie gebeten, dass sie nach seinem Tod glücklich werden sollte. Der liebe Mann hatte es nicht ertragen können, dass sie leiden würde. Sie hatte ihr Bestes getan, seine Wünsche zu erfüllen, mit Ausnahme des Versprechens, das sie zum Schluss gegeben hatte und das ihr Sorgen bereitete wie ein schlechter Zahn. Sie hatte ihre eigenen Probleme in den letzten Wochen zurückgestellt und sich mit den Nöten der Burgbewohner beschäftigt, wobei sie gebrochene Knochen gerichtet, Schmerzen gelindert und Babys auf die Welt gebracht hatte. Es war jedoch schwierig wie eine schlafende Blumenzwiebel unter der traurigen, unfruchtbaren Erde des Witwendaseins zu liegen.

Endlich durchbrach die Sonne an diesem Morgen den toten Winter und mit ihr kam die Zusicherung eines neuen Lebens und neuer Anfänge. Sie atmete die frische Frühlingsluft ein und konnte fast spüren, wie die Blume ihrer Seele sich nach oben streckte, um geboren zu werden.

Ohne Rücksicht auf ihren samtenen Surcot zu nehmen kniete sie im Dreck und schob vorsichtig das Stroh über den Rosen des letzten Jahres weg.

„Oh!", kreischte Elspeth verärgert, als sie über den feuchten Boden auf Cynthia zuging. „Was ist aus der hübschen Dame geworden, die ich heute Morgen angekleidet habe?" Ihr Haar fiel um ihr errötetes Gesicht.

Cynthia grinste. Sie war glücklicher als ein Bettler mit einem Haufen Münzen und kniete vor den Skeletten der Rosenbüsche, die den harten Winter überlebt hatten.

„Ihr seid von Kopf bis Fuß schmutzig!", schimpfte Elspeth und eilte vor, um Cynthias Stirn mit einer Ecke ihrer Schürze abzuwischen.

Cynthia rümpfte die Nase und duckte sich weg von der nutzlosen Schrubberei. „Seht doch, Elspeth. Die Rosen."

„Das sollen Rosen sein?", fragte Elspeth und hielt kurz inne, um sie kritisch zu betrachten. „Diese mickrigen Stöcke?"

„Weib!" Cynthia streckte eine schmutzige Hand vor und bedrohte damit scherzhaft ihre Dienerin. „Ihr wisst genau, dass Ihr im Juni von ihrer Schönheit schwärmen werdet."

„Aye", gab Elspeth zwinkernd zu. „Ihr habt ein Händchen mit diesen Stöcken."

Cynthia setzte sich auf ihren Po und rieb sich über ihren schmerzenden Nacken. Ihre Gelenke beschwerten sich wie die verrosteten Scharniere eines Gartentors. „Ich war zu lange drinnen, El."

„Achtet darauf, dass Ihr nicht zu viel arbeitet und verbrennt nicht Eure helle Haut."

„Ich werde es versuchen, El", versprach sie halbherzig, wühlte in der losen Erde und warf einen Stein weg.

Sie arbeitete jedoch immer zu viel am ersten Tag. Am zweiten spürte sie dann die Wirkung der Sonne, aber der Schmerz war Teil eines vertrauten Zyklus und des Übergangsritus' und sie hieß die leichte Verbrennung, die selbst jetzt ihre schwere Hand auf ihre Schulter legte, willkommen.

„Euer Körper verzeiht nicht mehr so leicht wie früher, als Ihr noch jung wart", sagte Elspeth und schob einen Stein näher an den wachsenden Haufen, „und vergesst nicht, dass Ihr jetzt eine Witwe seid." Lässig stieß sie mit dem Zeh gegen die Erde. „Wenn Ihr Eurem Erscheinungsbild nur ein wenig Aufmerksamkeit zuwenden würdet. Es gibt da draußen viele gute Männer ..."

„Elspeth", warnte Cynthia sie. Sie legte ihre Fäuste an

die Hüften. In den zwei Jahren ihrer Ehe hatte sie eine Pause von Elspeths Nörgeleien gehabt. Jetzt sah es so aus, als wäre die Mutterhenne nach Hause gekommen, um zu brüten. Cynthia war jedoch älter und weiser geworden. Sie wusste, wie die Ehe war und trotz ihres Versprechens an John, das sie am liebsten vergessen hätte, hatte sie nicht die Absicht, sich erneut in eine Ehe zu stürzen. „Ihr wisst, dass ich mir aus Äußerlichkeiten nicht viel mache", sagte sie und schlug die Erde von den Fingern.

„Aye", sagte Elspeth schniefend. „Aber Ihr seid noch zu jung, um für den Rest Eures Lebens allein zu bleiben und wenn Ihr Eurem Erscheinungsbild so viel Aufmerksamkeit schenken würdet wie Eurem Garten, würden die Herren Euch zu Füßen liegen."

„Ich will nicht, dass mir Herren zu Füßen liegen. Ein Mann, der eine Dame wegen ihres Aussehens liebt ..."

„Ist die Mühe nicht wert", sagte Elspeth, „ich weiß."

Cynthia nickte kurz und knapp. Sie hatte sich wegen ihres Aussehens nie etwas vorgemacht. Sie wusste, dass sie bei weitem nicht schön war. Sie nahm jedoch an, dass sie das Potenzial für Schönheit hatte. Sie war mit einer milchig weißen Haut geboren worden und laut Elspeth hatte Cynthia als Kind mit ihren blauen Augen so ätherisch wie ein Engel ausgesehen. Sie hatte gerade, ebenmäßige Züge und ihr Knochengerüst stammte von vielen Generationen gutaussehender normannischer Vorfahren ab.

Aber ihr Haar hatte die Farbe einer Orange aus Sevilla und damit einen auffallenden, ungewollten Farbton, bei dem die Leute mitleidig den Kopf schüttelten.

Danach hatte ihre Sorglosigkeit hinsichtlich ihres Aussehens sie immer weiter von dem Standard abgebracht, der bei einer Dame als wünschenswert erachtet wurde.

Anstatt sich darum zu sorgen, dass sie einen Partner für sich gewann, kultivierte sie ihre Neigung für Aktivitäten im Freien. Tag für Tag über drei Viertel des Jahres arbeitete sie von morgens bis abends im Garten. Zum Ende des Sommers war ihre Haut daher so braun gebrannt wie die eines Bauern. Elspeth konnte sie nicht überreden, aus der Sonne zu bleiben. Sie bekam Sommersprossen und ihre Hände hatten Schwielen von der harten Arbeit. Elspeth sagte ihr, dass sie bei all dem Sonnenschein wie eine Blume über das übliche Maß hinaus gewachsen war und jetzt außerordentlich groß war für eine Frau.

Ehrlich gesagt war es Cynthia einerlei.

„Seht Ihr diesen Rosenbusch?", fragte sie. „Er ist braun und unfruchtbar und hässlich." Sie tippte sich mit einem Finger gegen die Stirn. „Aber der weise Gärtner weiß, dass die Schönheit innerhalb der Pflanze liegt."

„Aye", murrte Elspeth und verdrehte die Augen. „Und der weise Herr weiß, dass Schönheit auch im einfachsten Weib zu finden ist."

„Genau."

Elspeth verschränkte ihre Arme und verzog ihr Gesicht zu einem missbilligenden Schmollen. „Dann müsst Ihr aber einen sehr weisen Mann mit sehr guter Sehfähigkeit finden, damit er überhaupt *sieht,* dass unter all dem Schmutz eine Dame ist!" Dann fluchte sie leise und Cynthia sah, wie der alten Frau trotz ihrer nörgelnden Worte die Tränen in die Augen stiegen.

„Oh, Elspeth ... El", sagte sie leise und legte ihr tröstend eine Hand auf die Schulter, „versteht Ihr denn nicht? Ich hatte einen Ehemann. Ich hatte eine Ehe. Ich hatte einen Mann, den ich lieben und ..."

„Nay, Mylady", platzte Elspeth heraus und ihr Kinn

bebte. „Ihr hattet einen Mann, den Ihr von vorne bis hinten bedient habt, den Ihr gefüttert und angekleidet und zur Toilette geholfen habt und um den Ihr Euch gekümmert habt wie um ein kleines Baby. Ihr hattet noch nie ein Mann, den Ihr lieben konntet."

Die schonungslosen, groben, mächtigen und schockierenden Worte hingen zwischen ihnen in der Luft. Cynthia schluckte. Bevor sie jedoch protestieren konnte, entzog sich Elspeth ihrem Griff und floh zurück zur Burg.

Das stimmte nicht. Das stimmt überhaupt nicht, dachte sie und senkte den Blick. Oder? John hatte alle seine Träume, sein Lachen und seine Tränen mit ihr geteilt. Wie hätte sie ihn nicht lieben können? Natürlich hatte sie ihn geliebt. Er war ihr Ehemann gewesen.

Sie seufzte und wischte sich mit ihren schmutzigen Ärmeln über ihre Stirn und starrte hinab auf die hässlichen Rosenzweige.

Hatte sie John geliebt? Zwischen ihnen war eine Wärme und ein Verständnis und eine Zuneigung gewesen, die an ihrem Herz zerrte, aber hatte sie ihn wirklich geliebt? Oder war der Schmerz in ihrer Brust eine Sehnsucht nach etwas, was sie noch nie gekannt hatte?

Manchmal wusste sie tief in ihrem Inneren, dass es noch mehr geben musste zwischen Mann und Frau – etwas Mächtiges und Zauberhaftes. Manchmal spürte sie das Feuer davon in ihrem Körper und es bewegte sich gerade außerhalb ihrer Reichweite und verhöhnte sie. Sie unterdrückte die vage Sehnsucht immer und steckte sie zu ihren anderen Kindheitsfantasien. Sie konnte ihre Gefühle jedoch nicht ewig unterdrücken. Nicht, wenn der Frühling durch ihre Seele blies und sie sich wie eine Knospe fühlte, die sich danach sehnte aufzublühen.

Sie schaute durch die offene Tür des ummauerten Gartens in den Obstgarten dahinter. Der Duft der frisch umgegrabenen Erde war stark und die Deutlichkeit des Gezwitschers der Spatzen erstaunlich. An einem solchen perfekten Tag sollte sie zufrieden sein, aber plötzlich fühlte sie sich so rastlos wie eine Katze im Nordwind. Ihr Blick wanderte über hellgrüne Erde, über Unkraut und nackte Stellen, bis sie ganz hinten am Ende des Obstgartens einen hellgelben Fleck entdeckte. Mit ihrem Unterarm schützte sie ihre Augen und schaute genauer hin. Dann blinzelte sie.

Das konnte nicht sein. Nicht die Narzissen. Noch nicht.

Sie kam auf die Füße, klopfte den Schmutz so gut sie konnte von ihrem Surcot und machte sich auf den Weg zwischen den Bäumen hindurch.

Sie dachte sich, dass es wahrscheinlich die vergessene Haube einer Dame oder vielleicht das Zubehör eines Ritters war. Bestimmt noch nicht die Narzissen. Es war viel zu früh für Narzissen. Trotz ihres gesunden Menschenverstandes konnte sie jedoch sehen, als sie näherkam, dass sich ein Beet mit gelben Blüten wie durch ein Wunder durch den frostigen Boden gekämpft hatte, um dem Winter trotzig die Zunge herauszustrecken.

Narzissen an genau der Stelle, wo sie und John ...

Sie hatte einen Kloß im Hals. Langsam stiegen ihr Tränen in die Augen. In diesem verletzbaren Augenblick, als der Frühling die Welt erfüllte und bis in die hinterste Ecke des Obstgartens kam, erdrückte sie die schreckliche Wahrheit.

John hatte die ganze Zeit gewusst, dass sie ihn nicht liebte. Er hatte es gewusst. Warum hätte er ihr sonst dieses schreckliche Versprechen abnehmen sollen? Warum hätte er sonst jene Worte gewählt? *Schwört mir, dass Ihr wieder heiraten werdet*, hatte er gesagt. *Schwört mir, dass Ihr ... aus Liebe heiraten werdet.*

Heiße Tränen liefen ihr über die Wangen. Ein würgender Schmerz raubte ihr den Atem. Plötzlich spürte sie den Verlust Johns wie einen schweren Stein auf ihrer Brust.

Oh Gott, er hatte es gewusst.

Tiefe Trauer zerrte an ihrem Herz und Schuld zerdrückte sie. Sie fiel auf die Knie auf dem nassen Gras und vergrub ihr Gesicht in ihren Händen. Dann weinte sie – für John, für sich, für ihre Blindheit und sein Wohlwollen. Trauer, die ihr so lange versagt gewesen war, regnete über ihre Seele wie der erste Winterregen auf die vertrocknete Sommererde und überraschte, verzehrte und ertränkte sie.

Wochen und Monate der Trauer ergossen sich und es dauerte lange, bis ihre heilenden Tränen versiegten. Schließlich ließ ihr Schluchzen jedoch nach und nur noch ein Hicksen hin und wieder erinnerte sie an den Sturm, der über sie hinweggefegt war. Auch die Narzissen, die fröhlich winkten und ihren Ausbruch nicht bemerkt hatten, dienten der Erinnerung.

Wie schön sie doch waren. Es waren genug, um einen kleinen Strauß zu binden. Mit einem schwachen Lächeln auf den Lippen dachte sie, dass sie genau den richtigen Ort für den Strauß wusste. Sie wischte sich über die Augen und schnitt die Blumen dann vorsichtig mit ihrem Dolch ab.

Was vorbei war, war vorbei, beschloss sie während sie die Blüten in ihrer schmutzigen Schürze sammelte. Ganz gleich, welche Fehler sie gemacht hatte, John war als glücklicher Mann gestorben. Sie musste das glauben. Außerdem hätte er es nicht gewollt, dass sie tagelang weinte; nicht, wenn die Sonne so warm schien und die Narzissen blühten.

Was das Versprechen betraf ... wenn sie niemals die Kraft fände, es zu erfüllen, niemals den Willen aufbrächte, Johns Erinnerung zu mindern, indem sie ihre Zuneigung für ihn durch eine blasse Imitation der Zuneigung für einen anderen ersetzte, würde John es zumindest niemals wissen. Wenn sie bis zu ihrem Lebensende das Versprechen nicht erfüllt hätte, wäre es eine Angelegenheit zwischen Gott und ihr, was mit ihrer unsterblichen Seele passierte. Nay, sie hatte nie vorgehabt, einen anderen zu heiraten.

Mit ihrer vollen Schürze machte Cynthia sich auf den Weg zur Wendeville Kapelle. Sie fühlte sich jetzt weniger als die Burgherrin und eher wie eine arme Frau, die dem König ein Geschenk brachte, während sie barfuß über den Rasen mit den gelben Blüten an ihrem Bauch ging und das Gefühl wurde noch durch die beeindruckende Erscheinung der Kapelle an sich vergrößert.

Ganz gleich, wie oft sie sie besuchte, die Kapelle erfüllte sie immer wieder mit Ehrfurcht. Sie war heilig, still und gelassen und zählte zum ältesten Teil der Burg. Die Nachmittagssonne fiel durch die Buntglasfenster und ließ Muster wie helle Blütenblätter auf dem kühlen grauen Steinboden erscheinen.

Die neue Statue der Kapelle erschreckte sie. Die große steinerne Grabstätte, die das Hauptschiff dominierte, trug ein steinernes Abbild von Lord John Wendeville, wie er vermutlich als junger Mann ausgesehen hatte, aber Cynthia sah nur das Gesicht eines Fremden, als sie darauf blickte. Der Mann war wie ein Ritter angezogen, ein Löwe kauerte ihm zu Füßen und seine Hände waren im Gebet gefaltet. Auf diese Hände, die denen ihres verstorbenen Ehemannes so gar nicht ähnlich waren, legte sie vorsichtig die Narzissen.

„Ich habe Euch Blumen gebracht, John", flüsterte sie und doch schien ihre Stimme wie ein Schrei in der totenstillen Kapelle zu sein. „Der Garten wird wunderschön dieses Jahr. Der lange Winter hat den Rosen nichts anhaben können."

Vorsichtig zog sie die Blüten auseinander und verteilte sie auf der Grabstätte, dann nahm sie ihre schmutzige Schürze ab und ließ sie zu Boden fallen.

„Ich habe heute den ersten Kuckuck gehört. Er hat mich an das eine Lied erinnert. Wie ging es noch?"

Sie beugte ihren Kopf über ihre Hände, um nachzudenken und war nah genug, dass eine Biene, die in einer der Narzissen gesessen hatte, auf ihr Haar flog.

Dann fing sie an leise ein Lied über einen unhöflichen Kuckuck zu summen, der einem Rotkehlchen das Abendessen stahl und dazwischen setze sie die Worte ein, wo sie sich an diese erinnern konnte.

Die Biene wanderte über ihre orangefarbenen Locken auf der Suche nach Nektar. Sie stolperte zweimal, fiel auf einer Locke weiter nach unten und verlor dann völlig ihren Halt.

Cynthia kämpfte sich durch den letzten Vers und warf dann den Kopf zurück, um den bekannten Refrain zu singen.

Die verwirrte Biene war verärgert, verhedderte sich in ihrem Haar und landete auf ihrem Rücken. Als sie sich wiederaufgerichtet hatte, stach sie zu.

Das Lied endete mit einem Kreischen. Cynthia legte schnell eine Hand auf ihre Schulter, die andere an ihren Mund und war nicht nur von dem scharfen Schmerz fasziniert, sondern auch von der Lautstärke ihrer eigenen Stimme, als diese an den Steinmauern echote. Sie sprang zurück, verteilte die Blumen über den Rand des Abbilds und zuckte zusammen, als ihre Finger das halbtote Insekt wegwischten. Es summte im Kreis auf dem Boden und sie runzelte die Stirn.

„Eine Biene!", sagte sie verwundert. Es war kaum Frühling. Was machte eine Biene ...

Eine seltsame Vibration zog an ihrem Nacken. Irgendein lange vergessenes Ereignis schob sich nach oben durch die Kruste der Erinnerung, um neu geboren zu werden. In all den Jahren, in denen sie jetzt gärtnerte, war sie erst einmal vor langer Zeit gestochen worden. Diesen Schmerz jedoch vergaß man nie wieder.

Plötzlich war es ihr so klar, als wäre es gestern passiert – der de Ware Garten, die Rosen, die Bienen und der Junge.

Plötzlich öffnete sich die Tür zur Kapelle mit einem Knall.

Sie drehte sich um. Ihr Herz machte einen Satz. Die Tür schlug gegen die Wand und sprang davon zurück.

Ein großer dunkelhaariger Fremder stand in der Tür. Sein dunkles Gewand wehte um ihn herum, seine Schultern waren angespannt und er ballte seine Hände zu Fäusten, als wollte er sich auf eine Schlacht vorbereiten. Sein Brustkorb hob und senkte sich vor Anstrengung und er schaute sie mit seinen wilden grünen Augen finster an, als wollte er sie verurteilen.

Staub verteilte sich im Sonnenlicht, aber sie konnte sich weder bewegen, noch konnte sie atmen. Der Mann atmete ein oder zweimal tief durch und sie stand immer noch gefesselt von seinem Blick an der gleichen Stelle.

Schließlich zerstörte eine vertraute Gestalt den

Augenblick und trat an dem Mann vorbei nach vorn, wobei seine schwarze Soutane das Licht wie Schatten schluckte. „Seid Ihr krank, Kind?“

„Oh!“, hauchte sie und legte eine Hand auf ihre Brust, um ihre Panik zu unterdrücken.

Der Abt sah auf sie herab. „Ich hoffe, wir haben Euch nicht erschreckt.“

Natürlich hatte er sie halb zu Tode erschreckt. So, wie sie den Abt kannte, hatte er dies wahrscheinlich beabsichtigt. Tatsächlich empfand sie es in gewisser Weise befriedigend, dass ihr plötzliches Kreischen möglicherweise *ihn* erschreckt hatte.

„Ich hoffe, ich habe Euch nicht ... erschreckt.“ Die Worte blieben ihr im Hals stecken, als ihr Blick wieder auf den Mann fiel, der den Abt begleitete. Er trug das Gewand eines Geistlichen, aber er sah wie kein Mönch aus, den sie jemals zuvor gesehen hatte.

Sie riss ihren Blick lange genug los, dass sie sehen konnte, wie der Abt sie mit wenig Zuneigung anlächelte. „Es gibt nichts, was Ihr tun könntet, was mich jemals erschrecken würde, Kind.“

Normalerweise würde sie ihm eine schlaue Antwort geben, aber heute war sie nicht an einem verbalen Duell mit dem Abt interessiert. Sie war vielmehr von seinem Begleiter fasziniert – dem großen, breitschultrigen Geistlichen mit dem grimmigen Gesicht, der sie mit seinem bohrenden Blick herauszufordern schien.

„Ich habe einen Priester für Wendeville mitgebracht“, dröhnte der Abt und schaute auf die Biene, die immer noch auf den Steinen neben ihren nackten Füßen kreiste. „Scheinbar keinen Augenblick zu früh, denn das *Ungeziefer* hat die Kapelle bereits befallen.“ Cynthia schaute den Abt kurz an und hatte den klaren Eindruck, dass er sich nicht nur auf die Biene bezog. „Lady Cynthia", sagte er und nickte mit falscher Ergebenheit, „darf ich Euch Vater Garth vorstellen?'"

Garth.

Sie schaute genauer hin.

Das konnte nicht sein, dachte sie. Es war nur ein Zufall. Die Biene hatte sie dazu gebracht, dass sie sich an den Jungen im Garten erinnerte und hier stand ein Mann mit seinem Namen. Garth war ein recht gewöhnlicher Name. Sicherlich war es nicht der gleiche Garth. Und doch ...

„Garth?", fragte sie. Ihr Puls pochte heftig in ihren Schläfen. Diese plötzliche Aufregung war kindisch, aber der Mann vor ihr hatte graugrüne Augen und kastanienbraunes Haar und plötzlich wünschte sie sich von ganzem Herzen, ob es kindisch war oder nicht, dass er jener Junge war. Es war naiv und eine Erinnerung aus ihrer Jugend als kleines Mädchen, die voller Elfen und alberner Träume gewesen war. Jetzt war sie eine erwachsene Frau. Sie konnte sich jedoch an keine Zeit erinnern, in der sie glücklicher gewesen war als in dieser friedlichen Zeit, bevor ihre Mutter gestorben war. Garth de Ware war ein Teil jenes Lebens gewesen. *Bitte*, betete sie mit uncharakteristischem Gefühl, *lass es ihn sein.*

Garth hatte sich in seinem ganzen Leben noch nie so unbehaglich gefühlt. Bei Gott, er hatte gedacht, dass er seine kriegerische Art hinter sich gelassen hatte.

Der Schrei der Dame hatte alles in Gang gesetzt. Bei dem Geräusch war ihm das Herz stehen geblieben und zum ersten Mal seit vier Jahren hatte sich seine Hand an seine linke Hüfte gelegt und nach seinem Schwert gesucht, aber nichts als seine Soutane gefunden.

Seine instinktive Reaktion hatte ihn ebenso sehr wie das Kreischen einer Frau in Nöten verunsichert und er war in die Kapelle geplatzt wie ein Ritter, der sie retten wollte.

Dann erstarrte er. Fast hätte er sein Schweigegelübde gebrochen. Vor ihm im ätherischen Licht der sonnendurchfluteten Kapelle stand die magischste und wunderbarste Kreatur, die er jemals gesehen hatte. Lähmende Hitze stieg in ihm auf. Ihm stockte der Atem und sein Herz stolperte wie ein verwundetes Schlachtross.

Der Teufel hatte eine hübsche Gestalt angenommen. Es gab keine andere Erklärung für eine solche Schönheit. Die Frau war fast so groß wie er, aber so statuenhaft und wohl proportioniert wie die heidnischen Skulpturen, die er vor langer Zeit in Rom gesehen hatte. Ihre Haut war weich und leuchtend und auf ihrer Nase und ihren Wangen waren Sommersprossen zu sehen. Ihre Lippen waren sinnlich und so einladend wie ein Kirschkuchen und ihre Augen hatten eine ätherische blaue Farbe, die nur von einem klaren englischen Himmel erreicht werden konnte. Am auffälligsten jedoch war ihr offenes orangefarbenes Haar, das in Locken um ihr Gesicht fiel und es wie ein stürmischer Heiligenschein umrahmte. Es erinnerte ihn an Ringelblumen und Sonnenlicht und lange vergessene Sommer voller kindlicher Unschuld.

Unter den Schmutzflecken hatte ihr Surcot die Farbe von Tannen in den Highlands. Ein hellgraues Kleid darunter schmiegte sich um ihre hübsche Figur und der Anblick der weiblichen Kurven, die es offenbarte, ließ Garths Nasenflügel beben wie die eines Pferdes, dass eine Gefahr spürt.

Heilige Mutter Gottes, dachte er verzweifelt, *was soll mich jetzt in Versuchung führen?* Sicherlich war das hier ein

Scherz. Der Abt konnte das nicht ernst meinen. Er musste verrückt sein, dass er einen Mann, der mit der Sünde der Versuchung belastet war, in den Haushalt Evas platziert hatte.

Die Frau musterte ihn von Kopf bis Fuß und schließlich blieb ihr Blick an seinem Gesicht hängen und suchte nach ... irgendetwas in seinen Augen. „Könnte es möglich sein", sagte sie leise und ihre zarte Stimme sprühte über seine Nerven wie Honig, „dass Euer Name de Ware ist?"

Er erstarrte. Sie hatte von ihm gehört.

„In der Tat", sagte der Abt kühl. „Seid Ihr mit seiner Familie bekannt?"

Garth sah, dass ihr Gesicht sich vor Freude erhellte. Das ließ ihn innerlich dahinschmelzen.

„Es ist schon länger her", hauchte sie. „Aber ich freue mich so sehr, Euch wieder zu sehen, Garth." Freundlich neigte sie ihren Kopf und streckte ihre Hand aus. Sie war kräftig und ehrlich, wenn auch ein wenig schmutzig, aber unbehindert von Schmuck oder Arglist. „Mein Vater war Lord Harold le Wyte", half sie ihm auf die Sprünge.

Panik überkam ihn, als er auf ihre Hand starrte. Ohne sie zu berühren wusste er, dass diese Hand so warm wie frisch gebackenes Brot sein würde. Er unterdrückte das Verlangen, sie zu ergreifen und begrüßte sie stattdessen mit sicherem, eisernem Schweigen.

Was Lord Harold le Wyte betraf, erinnerte er sich weder an ihren Vater, noch wollte er sich an *sie* erinnern. Wenn er sie erkannt hätte, dann stammte sie aus einer Zeit, die er sicher unter Verschluss hielt und er wollte diese Kiste niemals mehr öffnen.

Ihr hübsches Lächeln geriet ins Wanken. Ihre Hand hing in der Luft.

„Ich muss wohl hinzufügen“, sagte der Abt, „dass Vater Garth ein Schweigegelübde abgelegt hat.“

Das Lächeln gefror in ihrem Gesicht. Unbehaglich zog sie ihre Hand zurück. Garth verspürte ein wenig Reue, aber er war noch nie in seinem Leben dankbarer für eine Buße gewesen. Er hätte kein Wort herausbringen können, selbst, wenn sein Leben davon abgehangen hätte.

„Ich verstehe.“ Sie sah überhaupt nicht aus, als würde sie es verstehen. Tatsächlich sah sie ziemlich beleidigt aus, als wenn er das Gelübde nur abgelegt hätte, um sie zu ärgern.

„Es ist eine vorübergehende Buße“, fügte der Abt hinzu, „nur noch eine weitere Woche.“

„Ach.“ Sie schaute ihn an und schien ihn ein wenig zu gründlich zu mustern.

„Ich bin mir sicher, Lady Cynthia, Ihr werdet mit Vater Garth zufrieden sein. Er war vier Jahre im Kloster, kann sehr gut schreiben und ist ein Fachmann für Sünde und das moralisch einwandfreie Leben.“

Bei dem subtilen Stich des Abtes zuckte Garth zusammen.

„Ich bin so froh, dass Ihr ihn gefunden habt, Abt“, sagte die Dame.

Garth wusste, dass er dem Untergang geweiht war. Die wehmütige Sehnsucht in ihrem Blick würde sein Niedergang sein. Allein ihre Gegenwart erschütterte seine Haltung und machte unaussprechliche Dinge mit seinen Lenden. Der Herr möge ihm gnädig sein, aber nur die Kastrierung wäre ein Weg aus der Hölle, zu der sich sein Leben im Begriff war zu entwickeln.

Kapitel 4

Nur Gott allein wusste, welche unbedeutenden Höflichkeiten der Abt und die Frau austauschten. Garth war zu verwirrt von dem Chaos in seinem Kopf, um darauf zu achten. Schon sehr bald deutete der Abt an, dass er aufbrechen wollte.

„Ich bedaure meine Eile“, sagte er ohne die geringste Reue, „aber ich vertraue darauf, dass Ihr dafür sorgt, dass Vater Garth gut untergebracht wird. Ich muss vor Anbruch der Nacht in Charing sein.“

Garth erstarrte. Ließ der Abt ihn allein zurück?

Aye. Fürwahr. Mit einem kurzen Nicken und einem Schwung seiner dunklen Robe schaffte es der Abt in größter Eile von Wendeville zu fliehen.

Die Tür der Kapelle schloss sich hinter ihm mit einem ominösen Knall wie die Tür eines Gefängnisses.

Garth ballte seine Hände immer wieder zu Fäusten und war versucht, dem Abt direkt zu folgen, aber das wäre feige und er war kein Feigling. Er war ein de Ware.

Zum ersten Mal seit vier Jahren war er allein mit einer Frau und er fühlte sich so unbehaglich wie ein Fisch außerhalb seines Flusses. Er knetete den groben Stoff seiner Soutane mit rastlosen Fingern und starrte auf die abgenutzten Steinplatten.

Cynthia durchbrach das Schweigen, in dem sie sich leise räusperte. „Die Unterkunft des Priesters ist recht bescheiden, fürchte ich." Ihre Stimme hörte sich so tief und üppig an wie ihr Haar. „Die Kapelle ist der älteste Teil der Burg."

Er war nicht willens sie anzusehen und täuschte ein Interesse an den Fenstern vor. Er könnte seiner Verführerin vielleicht nicht entkommen, aber man konnte doch sicher nicht von ihm erwarten, dass er eine Unterhaltung mit ihr führte, insbesondere wenn man sein Gelübde berücksichtigte und er wollte auf keinen Fall noch einmal in ihre schönen blauen Augen blicken.

Stattdessen täuschte er vor, eines der bunten Fenster zu betrachten, obwohl darauf das Abendmahl oder ein Fest in Walhalla hätte dargestellt sein können, ohne dass er es bemerkt hätte.

Ihre Gastfreundschaft wurde scheinbar von seiner Missachtung nicht gedämpft. „Die Fenster sind schön, nicht wahr?", meinte sie. „Das Glas ist aus Sussex."

Sie trat hinter ihn, wobei ihre Röcke raschelten. Sie war nah genug, dass er die frische Erde an ihr riechen konnte und ihre Wärme an seinem Rücken spürte. Er biss die Zähne zusammen und inspizierte das Fenster in der Vorhalle so genau, dass das Glas hätte zerbersten können.

„John hat es in Auftrag gegeben, als wir geheiratet haben", erzählte sie ihm. „Es war sein Geschenk ..." Sie brach ab und etwas in ihrer Stimme überraschte ihn. Irgendetwas berührte sein Herz und ließ seinen Atem stocken.

Trauer. Er hatte es vergessen. Sie hatte gerade erst ihren Mann verloren.

„Sein Geschenk an mich“, beendete sie ihre Aussage ruhig.

Garth riss sich vom Fenster los und seufzte. Lady Cynthia war in Trauer. Als der Abt ihm erzählt hatte, dass Lord John alt und schwach gewesen war, hatte er angenommen, dass es zwischen dem gebrechlichen Lord und seiner jungen Braut in den zwei Jahren keine wirkliche Zuneigung gegeben hatte. Jetzt konnte er sehen, dass er sich geirrt hatte. Cynthia hatte ihren Mann gern gehabt.

Als er sich zu ihr wandte, lächelte sie schief und wischte sich mit der Rückseite einer schmutzigen Hand über die Nase, wobei ein Streifen blieb, wo eine Träne gefallen war. Sein Herz wurde sofort weich. Ganz gleich, wie ungestüm es auch war, er könnte es ebenso wenig unterlassen sie zu trösten wie ein Spatz aufhören könnte zu singen. Das Spenden von Trost war so natürlich für ihn wie das Atmen selbst.

Er streckte die Hand nach ihr aus wie bei einem Kind, legte eine Handfläche an ihre Wange und mit dem Daumen strich er vorsichtig über den Streifen, um ihn weg zu wischen. Schuldgefühle überkamen ihn. Barmherzigkeit war das tägliche Brot der Kirche. Wie hatte er so selbstsüchtig sein können, dass er ihre Trauer nicht bemerkt hatte?

Aber sobald sich ihre Blicke trafen, verschwanden Garths väterliche Instinkte. Die unschuldige Geste schien plötzlich gefährlich zu sein. Seine Hand brannte mit einem verbotenen Feuer, wo sie ihre Wange berührt hatte. Ihre Haut war wie Samt, einladend und glatt und warm wie ein frisch gelegtes Ei. Er konnte den rasenden Puls an ihrem

Hals unter seiner Fingerspitze spüren und während er sie beobachtete, kam eine unsagbare Sehnsucht in ihre Augen und ihre leicht geöffneten Lippen zitterten. Seine Nasenflügel bebten und einen kurzen verrückten Augenblick lang, während die Sonne sie beide in einem Meer aus Licht durch das Buntglas tränkte, fürchtete er, dass er seinen Kopf senken könnte, um diese Lippen zu küssen.

Aber ein Störenfried zerstörte den Augenblick und kam durch die Tür der Kapelle. Die beiden traten so schnell auseinander wie zerrissenes Pergament und Garth senkte sofort seinen Blick und betete, dass er nicht so beschämt aussah, wie er sich fühlte.

„Mylady", sagte der ältere Herr. Wegen der klirrenden Schlüssel an seinem Gürtel erriet Garth, dass er der Verwalter der Burg war.

„Roger!" Sie hörte sich seltsam außer Atem an. „Tretet ein und lernt unseren neuen Priester kennen."

„Vater." Der Mann musterte ihn von Kopf bis Fuß und wandte sich dann ab. „Ich bitte um Verzeihung, Mylady, aber es hat einen Unfall gegeben."

„Einen Unfall?" Sie stellte sich gerade hin.

Garths Blick ruhte auf dem Verwalter und er war plötzlich wachsam.

„Es ist Will, Mylady. Er ist auf dem Übungsplatz vom Pferd gefallen. Er heult schrecklich. Ich glaube, sein Arm ist gebrochen."

Garth verzog den Mund. Er hatte sich noch nie einen Knochen gebrochen, aber er hatte dem Arzt auf der Burg de Ware ein paar Mal zugesehen, wie er die Knochenbrüche seiner Brüder gerichtet hatte. Es war kein angenehmer Anblick.

„Geht und holt meine Tasche, Roger“, sagte Lady Cynthia, strich ihr Haar zurück und band es mit einem Lederband, das sie aus ihrer Tasche holte, zusammen. „Sucht mir Holz und Leinen für eine Schiene.“

Garth starrte sie erstaunt an. Sicherlich hatte sie nicht die Absicht, den Jungen selbst zu behandeln. Um Knochen zu richten braucht man einen starken Rücken und einen unempfindlichen Magen. Es war keine Arbeit für eine Dame.

„Das könnte ein wenig dauern“, erklärte sie und runzelte die Stirn. „Fühlt Euch wie zu Hause.“

Und bevor er ihr noch zunicken konnte, drehte sie sich um und war verschwunden.

Seine priesterlichen Instinkte sagten ihm, dass er in der Kapelle bleiben sollte. Dort gehörte ein Mann Gottes schließlich hin. Dies war die Burg der Lady Cynthia und wenn sie es gewöhnt war den Arzt zu spielen, warum sollte er sich da einmischen? Wenn sie den schrecklichen Anblick eines gebrochenen Knochens aushalten konnte, wenn sie die Kraft hatte, den Arm eines Mannes halb aus dem Gelenk zu ziehen, während dieser um sich schlug und wenn sie seine Schmerzensschreie ausblenden konnte ...

Mit einer selbstironischen Grimasse rannte er zur Tür hinaus hinter ihr her.

Er konnte den Jungen schon halb über den Burghof hören und seine tiefen Schmerzensschreie wurden von dem unglücklichen Fiepen der Jugend gebrochen. Vier seiner Kameraden standen über ihn gebeugt und traten ängstlich von einem Fuß auf den anderen, aber als Lady Cynthia kam, machten sie Platz für sie.

„Was ist passiert?“, fragte sie die Knappen.

Sie antworten alle auf einmal, aber es war wohl so, dass der Junge von seinem Pferd abgeworfen worden war oder heruntergefallen oder heruntergesprungen war und auf dem harten Boden des Übungsplatzes gelandet war. Sie kniete neben dem Opfer.

„Könnt Ihr Euch aufsetzen?"

Der Junge keuchte vor Schmerzen, aber seine Freunde schafften es, ihn aufzurichten.

„Ihr müssen Eure Rüstung ausziehen", erklärte sie und hielt inne, als Garth sie einholte und an der Schulter ergriff.

Er hockte sich zwischen Cynthia und den Jungen und löste den Schwertgürtel des Jungen und die Schnallen seiner Brustpanzerung. Sie waren leicht auszuziehen, aber das Kettenhemd darunter würde schwierig werden. Mit der Hand winkte er zwei der Knappen herbei, die Wills gebrochenen Arm stützen sollten. Während der Junge angesichts des Schmerzes seine Zähne zusammenbiss, zog Garth das schwere Kettenhemd von seinem gesunden Arm und über seinen Kopf. Während die Jungen Wills Arm vorsichtig senkten, zog er das Kettenhemd über die verletzte Gliedmaße. Der tapfere Junge schrie nicht, aber Schweißperlen bildeten sich auf seiner Stirn.

„Ich danke Euch", murmelte Cynthia, als er das Kettenhemd auf den Boden fallen ließ. „So Will; jetzt werden wir herausfinden, wo die Bruchstelle ist."

Sie drückte mit den Daumen auf den Arm des Jungen und arbeitete sich unter seinem Ärmel hoch. Auf halbem Weg entlang seines Unterarms keuchte er scharf und sie hielt inne.

„Schon gut. Ich kann die Bruchstelle fühlen. Ruht Euch einen Augenblick aus. Roger kommt gleich mit meiner Medizin." Dann setzte sie sich auf ihre Fersen, schloss die Augen und fing an die Hände aneinander zu reiben, als wenn sie sie an einem Feuer wärmen würde.

Garth schaute finster. Was machte sie da? Der Junge litt. Der Verwalter würde vielleicht erst in einer Viertelstunde kommen. Je länger die Verzögerung, desto schwieriger würde es sein, den Arm zu richten. Jetzt sollte etwas getan werden.

Er beobachtete die Dame noch einen Augenblick länger, während sie ihren Kopf über ihre Hände neigte, als würde sie beten. Dann traf er eine Entscheidung. Während sie mit ihrer Meditation fortfuhr, wischte er seine Handflächen an seiner Soutane ab und gab dem Jungen seinen Schwertgürtel, wobei er ihn schweigend anwies, ihn zwischen seine Zähne zu klemmen. Der Junge schloss die Augen und biss fest zu.

Garth atmete tief durch. Er hatte zugesehen, wie der Arzt auf de Ware Knochen gerichtet hatte. Wie schwierig könnte das wohl sein? Er erinnerte sich, dass Ablenkung ein guter Trick war.

Er stellte seinen Fuß unter den Oberarm des Jungen und legte seine Hand um sein Handgelenk und bereitete sich vor zu ziehen, aber kurz bevor er seine linke Hand um sein Handgelenk legte, schlug er dem Jungen mit der anderen fest ins Gesicht.

Will keuchte vor Schreck bei dem Schlag, hatte aber keine Zeit zu schreien, da Garth fest an seinem Arm zog. Im Nu schlüpfte der Knochen wieder an seinen Platz.

Garths zufriedenes Lächeln dauerte genau zwei Herzschläge an und dann wurde es von einer weiblichen Faust aus seinem Gesicht geschlagen und er wankte rückwärts in den Staub.

Cynthia konnte nicht glauben, dass sie ihn geschlagen hatte. Sie konnte jedoch auch nicht glauben, was er getan hatte. Priester sollten die Kranken trösten und sie nicht verprügeln. Wenn sie Vater Garth mit der ganzen Energie, die sie für die Heilung gesammelt hatte, zu Boden schlug, dann hatte er das auch verdient.

„Was zum Teufel macht Ihr da?“, rief sie, während er sie ihn benommen anstarrte.

Mit einem frustrierten Stöhnen wandte sie ihre Aufmerksamkeit dem armen Will zu, der leichenblass auf dem kalten Boden lag. Sie schüttelte ihre Hände. In ihren Fingerspitzen war immer noch ein Rest an Energie, aber sie fühlte sich an wie verweht. Das meiste davon hatte sie bei dem Schlag verschwendet und sie wusste, dass die Knöchel ihrer Hände morgen lädiert sein würden. Tatsächlich bezweifelte sie, dass sie sich jetzt die Macht überhaupt noch zu Nutze machen könnte.

„Geht es Euch gut, Will?“, fragte sie und beugte sich zu ihm herab.

Die Augen des Jungen wurden feucht, während er sie ansah.

„Er hat mich geschlagen“, murmelte er und spuckte den Ledergürtel aus dem Mund. „Der Priester hat mich geschlagen.“

„Wie geht es Eurem Arm?“

Will runzelte die Stirn. „Es tut weh, aber nicht mehr so sehr. Warum hat er mich geschlagen?“

Cynthia schürzte die Lippen. Das wollte sie auch gern wissen. Vorsichtig strich sie mit dem Daumen über Wills Unterarm, suchte nach der Bruchstelle und entdeckte zu ihrem Erstaunen, dass der Knochen perfekt gerichtet worden war. Scheinbar hatte Garth Glück gehabt.

„Wir schienen ihn noch ordentlich, wenn Roger kommt“, sagte sie zu dem Jungen mit einem gezwungenen Lächeln.

Dann schaute sie zu Garth und konnte ihren Zorn nicht verbergen. Sie hatte viele Fragen und sie verfluchte das Gelübde, das ihm erlaubte, dass er keine davon beantworten musste. Sie bezweifelte jedoch, dass ihr seine Antworten gefallen würden. In seinem Blick war jetzt keinerlei priesterliche Demut. Er schaute finster und wischte mit der Rückseite seiner Hand einen Tropfen Blut aus dem Mundwinkel und sie dachte, dass sie noch nie einen Geistlichen gesehen hatte, bei dem es so unwahrscheinlich war, dass er die andere Wange hinhalten würde.

Roger humpelte über den Hof mit Leinen und mehreren Stücken Holz und ihrer Tasche mit den Kräutern. Sie hatte keine Zeit, auf eine Vision zu warten, um sie in der Behandlung Wills anzuleiten, aber sie wusste, dass sie sich auf Myrrhe, Gänseblümchen und Fieberkraut verlassen konnte, das Verheilen der Knochen des Jungen zu beschleunigen und sie überlegte verdrießlich, das Will wahrscheinlich einen Rosmarinaufguss für die hässliche Verletzung, die der Priester ihm zugefügt hatte gut, vertragen könnte.

Was Garth betraf, nahm sie an, dass er seinen Schnitt auch damit abtupfen sollte. Vielleicht würde sie ihm später etwas geben, wenn sie nicht mehr so verärgert mit ihm war.

Aber Garth ließ ihr keine Wahl. Als Roger kam, stand er auf, schlug den Staub aus seiner Soutane, wandte sich auf dem Absatz um und ging weg.

Erst viel später, nachdem sie Will mit seinem erfolgreich geschienten Arm weggeschickt, Minzextrakt auf ihren eigenen Bienenstich getropft und ihre Medizin wieder eingepackt hatte, dachte sie über Garths Grausamkeit nach.

Was war aus dem ritterlichen Helden mit der zärtlichen Berührung in dem Garten von damals geworden? Hatten die Jahre ihn so sehr verändert? Wenn ihn die Kirche das gelehrt hatte, wenn das seine Version heiliger Arbeit war, dann würde sie ein längeres Gespräch mit ihm führen müssen. Fürwahr, vielleicht würde die Tatsache, dass er nicht mit ihr streiten konnte, von Vorteil sein.

Sie nahm ihre Tasche und ging immer noch barfuß über das Gras.

Was war nur in Garth gefahren, dass er einen schutzlosen Jungen schlug? Warum sollte man einen Jungen, der bereits Schmerzen hatte, schlagen?

Auf halbem Weg über den Burghof blieb sie so plötzlich stehen, dass ihre Fläschchen klirrend gegen ihren Oberschenkel schlugen.

Natürlich.

Sie hatte geglaubt, dass es reines Glück war, dass Garth es geschafft hatte den Knochen ordnungsgemäß zu richten. War das wirklich der Fall?

Vielleicht hatte er genau gewusst, was er tat. Vielleicht hatte er die Dinge nur einfach selbst in die Hand genommen. Von dem, was sie in dem Augenblick gesehen hatte, bevor sie ihn schlug, erkannte sie, dass Garth gewusst hatte, dass er Wills Oberarm stützen und dann fest ziehen musste. Was das Schlagen des Jungen betraf ...

Scham überkam sie und plötzlich erkannte sie die Wahrheit. Garth hatte es gut gemeint. Er hatte genau das Richtige getan. Ihre fehlgeleiteten Annahmen sollten verflucht sein, aber sie hatte ihn dafür geschlagen. Ihre Schuldgefühle ließen die Knochen in ihrer Hand noch mehr pochen.

Sie schluckte ihre Selbstgerechtigkeit hinunter, streckte ihre Schultern und schaute zur Kapelle. Sie musste sich entschuldigen. Sie hatte gedankenlos gehandelt. Sie hatte ihn völlig missverstanden.

Da sie wusste, dass es später nicht einfacher sein würde, marschierte sie zur Kapelle und öffnete kleinlaut die Tür.

Er war dort und kniete vor dem Altar, wobei er den Kopf im Gebet gesenkt hatte und das durch das Glas gefilterte Sonnenlicht ließ seine dunkle Soutane kobaltblau, lila und gold erscheinen.

Sie zögerte. Obwohl die Burg ihr gehörte, spürte sie, dass die Kapelle sein Zufluchtsort war und sie wollte ihn bei seinen Gebeten nicht stören. Vielleicht sollte sie später wiederkommen.

Aber sie zögerte einen Augenblick zu lange und als er sich erhob und umwandte, sah er sie. Scheinbar hatte er sie nicht hereinkommen hören, seine Augen weiteten sich und sein Mund öffnete sich vor Überraschung. Dann fiel ein Schatten über sein Gesicht wie eine Wolke über die Sonne.

„Ich … ich bitte um Verzeihung, wenn ich Euch gestört habe“, sagte sie und fühlte sich plötzlich recht plump. „Ich bin gekommen, also …“

Müdigkeit war in seinem dunklen Blick zu sehen.

Sie atmete tief durch und stellte sich ihm direkt gegenüber. „Ich bin gekommen, um mich zu entschuldigen.“

Seine Miene veränderte sich nicht, aber was hätte sie auch anderes erwarten können? Sie hatte ihn mit der ganzen Kraft ihrer Heilkraft geschlagen und mit ihrer Faust zu Boden gestreckt. Zweifellos hielt er sie für einen Raufbold.

Sie biss sich auf die Unterlippe und ging durch das

Kirchenschiff auf ihn zu. Er richtete sich auf wie ein achtsamer Wolf, der sich bereit machte wegzulaufen.

„Ihr habt ihn abgelenkt, nicht wahr? Ihr habt ihn geschlagen, sodass er den größeren Schmerz in seinem Arm nicht bemerken würde."

Am Senken seiner angespannten Schultern konnte sie sehen, dass sie Recht hatte.

„Und es hat funktioniert. Fürwahr, ich habe noch nie gesehen, dass ein Knochen so schnell gerichtet wurde."

Auch wenn er bei ihrem Kompliment nicht lächelte, zumindest schaute er nicht mehr so finster.

„Also ..." Sie senkte ihren Blick auf den Boden. „Ich danke Euch für Eure Hilfe und bitte Euch um Verzeihung, dass ich ..." Sie wagte einen Blick auf ihn zu werfen. Seine Lippe hatte aufgehört zu bluten, war aber an der Stelle geschwollen, wo sie ihn getroffen hatte. „Ich ..." Sie suchte in ihrer Tasche und zog eine Flasche mit Rosmarin Aufguss und ein sauberes Leinen heraus. „Das sollte die Heilung beschleunigen." Sie trat auf ihn zu und er erstarrte. Lieber Gott, dachte sie, hatte der arme Mann jetzt Angst vor ihr? „Keine Sorge", versicherte sie ihm. „Es tut nicht weh."

Er blieb stehen, aber sie spürte, dass er versucht war zu fliehen.

Sie befeuchtete das Tuch und stand vor ihm. Obwohl sie groß war, musste sie hochschauen, um seinem Blick zu begegnen. Ihr Blick blieb an seinem Mund hängen. Er war schön. Sein Kinn war rau mit leichten Bartstoppeln und im Gegensatz dazu sahen seine Lippen weich aus. Sie waren nicht zu voll, nicht zu schmal und hatten eine faszinierende Krümmung, die ein verschmitztes Lächeln versprach. Sie konnte nicht glauben, dass sie diesen Mund mit ihrer Faust beschädigt hatte.

Sie blinzelte ihre eigenwilligen Gedanken weg und fing an, an dem Schnitt zu tupfen. Er zuckte einmal zusammen, ließ sie dann aber fortfahren.

Vermischt mit dem Rosmarinduft nahm sie Garths Geruch war, ein würziger Duft wie mit heiligem Weihrauch gefüllte Kathedralen. Er war faszinierend, exotisch und berauschend.

Als seine Finger ihr Handgelenk umklammerten, wurde sie aus ihren Gedanken hochgeschreckt. Scheinbar hatte er genug von ihrem Rosmarin. Sie sah jedoch keinen Ärger in seinem Blick. Etwas Wildes flackerte in seinen Augen, bedrohte sie und warnte sie zugleich wie ein Wolf, der gegen seinen Jagdinstinkt ankämpft. Es raubte ihr den Atem.

Und im Gegensatz zu ihrer üblichen Eigenwilligkeit beherzigte sie seine unausgesprochene Drohung.

Ihre Hand schlüpfte leicht aus seinem Griff.

„Ich sorge dafür, dass Roger Euch sofort Eure Unterkunft zeigt", sagte sie, fummelte mit dem Tuch herum und verkorkte die Flasche, „nehmt Euch den Rest des Tages Zeit, um Euch einzuleben." Sie drehte sich um, eilte davon und verharrte nur lange genug, um ihre Tasche zu nehmen und über die Schulter eine Einladung auszusprechen. „Ich erwarte Euch zum Abendessen."

Selbst, nachdem sie die Tür hinter sich geschlossen hatte und selbst nachdem sie eine halbe Tagesreise zwischen sie gelegt hatte, raste ihr Herz immer noch wie das einer Maus, die gerade den Klauen eines Adlers entkommen war.

Garths Mund pochte, aber nicht vor Schmerz, sondern wegen der Erinnerung an ihre Berührung. Er hob die Rückseite seiner Hand an seine Lippe und wollte das Gefühl verdrängen.

Er hätte sie niemals so nahe an sich herankommen lassen sollen – diese Göttin mit ihren lachenden Augen und ihrem sinnlichen Mund, ihrem sommerlichen Duft und ihrem heilenden Streicheln.

Bei Gott, er fand es bemerkenswert, dass ihre Berührung so zart sein konnte. Sie hatte ihm mit der Faust fast die Zähne ausgeschlagen.

Als sie hereingekommen war, hatte er um Verständnis gebetet, dass Will und Lady Cynthia seine Absicht verstehen und herausfinden würden, warum er getan hatte, was er getan hatte, da er es ihnen wegen seines Gelübdes nicht erklären konnte. Er wollte jedoch nicht, dass Cynthia seine Gedanken lesen würde.

Er hatte bösartige Gedanken, in denen er nach ihrer Gesellschaft verlangte, auf ihre Berührung reagierte und sich nach ihrem wohlschmeckenden Mund verzehrte.

Er schloss die Augen, um die Visionen auszublenden.

In was für eine Hölle hatte der Abt ihn geschickt?

Unglücklicherweise war die Geschichte von Lady Cynthias Schlag der Rache gegen den neuen Priester zu interessant, als dass die Schwatztanten sie hätten ignorieren können. Bis der Verwalter Roger ihm seine Unterkunft gezeigt hatte und ihn mit einem Kamm aus Elfenbein und einem polierten Spiegel aus Stahl als Ergänzung zu seinen wenigen Habseligkeiten willkommen geheißen hatte, kochte die Gerüchteküche bereits hoch.

Sobald Garth auch nur einen Fuß vor seine Zimmertür setzte, zerstoben ein Haufen Diener wie panische Hühner vor seiner Tür. Als er in die große Halle schritt, nickten die Männer ernst und Frauen flüsterten hinter vorgehaltener Hand. In dem Augenblick, als er den Raum betrat, wurden die Ritter still. Ganz plötzlich mussten der Koch und die

Küchenjungen den Eintopf noch einmal abschmecken. Der geschäftige Burghof wurde still, als Garth am Schuppen des Waffenschmieds und den Ställen mit den Schafen und Schweinen vorbeikam. Sogar die Knappen beschäftigten sich und striegelten die Pferde, als er in den Pferdestall hineinschaute. Überall folgten ihm kichernde Kinder, die einander nervös anstießen und er ertrug ihre unbedachte Musterung.

Er nahm an, dass er Munition für ihre Scherze war. Schließlich hatten alle von seinen berühmten Brüdern Duncan und Holden gehört. Sie waren zwei der besten Ritter in England. Sicherlich erwarteten die Burgbewohner von Garth nicht weniger als das. Es stachelte sicherlich ihre morbide Neugier an, wenn sie sahen, dass ein de Ware auf die Ebene eines niederen Mönches gesunken war und zweifellos wurde das Feuer noch durch sein Schweigegelübde und dem unglücklichen Vorfall auf dem Übungsplatz angefacht.

Was auch immer sie vorhatten, sie schafften es, seinen Frieden zu zerstören und seine Würde in Fetzen zu reißen. Er wollte nichts mehr, als wie ein verwundetes Tier wegzukriechen, zurück in die Kapelle zu gehen oder sich in seiner Unterkunft einzuschließen.

Er war jedoch ein de Ware. Seine Abstammung verweigerte es ihm, wie ein Feigling wegzulaufen. Er nahm an, dass er sich einfach gegen die Attacke rüsten müsste.

In der Zwischenzeit musste er einen vorläufigen Zufluchtsort finden, wohin er dem ihm folgenden Mob wenn auch nur kurz entfliehen könnte, um seine Gedanken zu ordnen.

Er duckte sich in einen winzigen Raum, den er gefunden hatte und war endlich allein. Er zog den burgunderfarbenen Samtvorhang hinter sich zu, lehnte sich zurück gegen die kalte Steinmauer und seufzte erleichtert. Dann lächelte er. Es war völlig absurd, dass er auf der riesigen Wendeville-Domäne nur in einer Toilette Frieden finden konnte.

Er zitterte in dem zugigen Raum und löste die Schnur um seine Soutane, wobei er überlegte, wie lange er hier versteckt bleiben könnte, bevor jemand ihn verdächtigte, dass er unter einer Krankheit des Darms litt. Er zog die voluminöse Robe hoch, öffnete geschickt seine Hose mit einer Hand und zielte, um in das dunkle, stinkende Loch zu pinkeln.

Er wusste nicht, wie er diesen Tag überleben sollte, ganz zu schweigen von den nächsten Wochen und Monaten. Isolation war eine Lebensart, eine Religion und ein Trost für ihn geworden. So plötzlich wieder in die weltliche Welt geworfen zu werden mit dem Chaos, der Unordnung und den Versuchungen war, als wenn man eine unglückselige Fledermaus in das helle Sonnenlicht legte. Er überlegte, ob er sich jemals an die Blicke gewöhnen würde.

Mit einem letzten Schütteln zog er seine Beinlinge hoch und band seine Hose zu, zog seine Soutane glatt, verknotete die Schnüre, atmete resigniert aus und zog zögerlich den Vorhang beiseite.

„Ah-ha!"

Garth schlug das Herz bis zum Hals. Eine plumpe alte Frau in rostbraunen Röcken trat vor und erschreckte ihn so sehr, dass er sich an Ort und Stelle erleichtert hätte, hätte er dies nicht soeben vollbracht.

„Da seid Ihr!"

Das Weib hatte ein rundes, faltiges Gesicht wie ein vertrockneter Apfel, aber in ihren braunen Augen war ein lebhaftes Funkeln zu sehen. Sie schaute sich schnell um, ob Zeugen zugegen waren, legte die Hände an seine Brust und schob ihn zurück in die Toilette, wobei sie die Gardine hinter sich schloss.

Garth stolperte rückwärts und widerstand dem Drang sich gegen diese verrückte Frau zu bekreuzigen. Sie verlor keine Zeit und inspizierte ihn von Kopf bis Fuß wie ein Bauer ein Arbeitspferd.

„Ich bin Elspeth", verkündete sie schließlich, richtete sich zu ihrer vollen Größe auf, wobei ihr Kopf ihm nur bis an die Brust ging. "Lady Cynthias Dienerin. Ich bin in ihrem Dienst, seit sie ein Baby in Windeln war."

Garth blinzelte. War die verrückte Frau in die Toilette geplatzt, nur um sich vorzustellen. Er schaute unbehaglich zur Gardine.

„Pah! Keiner hat uns gesehen", versicherte sie ihm. „Ich muss allein mit Euch sprechen." Sie zwinkerte ohne zu lächeln. „Gibt es einen privateren Ort?"

Er wünschte sich, dass es so wäre.

Sie musterte ihn erneut mit einem finsteren Blick wie eine Spatzenmutter mit aufgestelltem Gefieder, welche die Krähen von ihrem Nest verscheuchen will. „Ihr seid also der neue Priester." Sie nickte ihm zu. „Hat sie Euch da getroffen?"

Verlegen hob er eine Hand an seine Lippe.

„Hmm." Dann zuckte sie mit den Schultern. „Na, dann hat sie Euch in die Schranken gewiesen. Zumindest habt Ihr ein wenig mehr Leben in Euch als der bleichgesichtige Kadaver, den wir vorher hatten." Die Frau nahm kein Blatt vor den Mund. „Aber ich bin hier, um Euch zu warnen."

Das hörte sich nicht gut für Garth an. Es war immer noch genug Adel in ihm vorhanden, dass der Tonfall eines vorlauten Dieners in seinem Ohr zwickte. Er stellte sich gerade hin und verschränkte die Arme über der Brust.

„Jetzt regt Euch nicht auf", sagte sie und wackelte mit dem Zeigefinger vor ihm. „Es geht um Lady Cynthia."

Er löste seine Arme wieder.

„Hört mir gut zu, Junge", befahl sie mit nicht nachlassender Frechheit. Sie drückte mit ihrem Finger an seine Brust und war scheinbar in keiner Weise von der Tatsache beeindruckt, dass er mindestens zweieinhalbmal so schwer war wie sie. „Ich habe Lord John, dem Ehemann von Lady Cynthia, Gott hab ihn selig, ein Versprechen gegeben." Sie hielt inne und bekreuzigte sich.

Abwesend tat Garth es ihr nach.

Sie senkte ihre Stimme. „Auf seinem Sterbebett musste ich ihm schwören, dass ich innerhalb eines Jahres einen Ehemann für sie finden würde."

Garth runzelte die Stirn.

„Ich weiß, dass das gegen die Tradition des Trauerjahres verstößt und ich bin mir sicher, dass der Abt nicht zustimmen würde, aber es ist ein Versprechen, das auf dem Sterbebett des Mannes gegeben wurde. Ich kann Euch versichern, dass meine Cynthia große Zuneigung für John empfunden hat. Sie war bei ihm bis zum Schluss, wischte ihm über die Stirn, hielt seine Hand ..." Die Augen der Frau wurden feucht und ihr Kinn bebte.

Verlegen suchte Garth in seiner Tasche nach einem Stück Leinen und reichte es ihr unbeholfen.

„Seid gesegnet", krächzte sie. Dann schnäuzte sie sich laut die Nase, zerknüllte das Leinen in einen Ball und gab es ihm zurück.

Ritterlich steckte er das Ding weg.

Sie schniefte, hob ihr Kinn und hatte wieder Mut

geschöpft. „Er hat gesagt, dass es ein Mann ihres Herzens sein soll. Schließlich hat Lady Cynthia zwei Jahre ihres jungen Lebens damit verbracht, sich um einen alten Soldaten mit einem Bein im Grab zu kümmern und er wollte nicht, dass sie das noch einmal macht. Ich möchte es auch nicht, nicht solange sie gesund genug ist, sich einen jungen Burschen zu fangen." Sie schlug die Hände zusammen, als wollte sie sagen, dass sie nun fertig war.

Garth starrte die Frau an. Warum erzählte sie ihm das? Sicherlich hatten Lady Cynthias romantische Angelegenheiten nichts mit ihm zu tun, auch wenn die offenen Worte der Dienerin ihn irgendwie berührten. Er war ein Geistlicher, der sich mit den Angelegenheiten der Seele beschäftigte. Was wusste er denn schon von Herzensangelegenheiten?

„Das ist der springende Punkt", sagte sie vertraulich. „Auch ich werde alles in meiner Macht stehende tun, um Lady Cynthia den Besten zu bringen. Sie verdient nicht weniger. Aber ein Jahr ist nicht viel Zeit. Daher sage ich, dass wir die Trauerzeit weglassen und mit der Heiterkeit weitermachen. Ich habe bereits bekannt geben lassen, dass in einer Woche wieder Tanz und Gesang auf der Burg stattfinden wird." Sie schürzte ihre Lippen und kniff die Augen zusammen. „Und Folgendes erwarte ich von Euch. Es ist ganz einfach. Schwört mir, dass Ihr meine Dame nicht mit unnötiger Reue quält. Keine Predigten über Trauer und Ehrung der Erinnerung ihres Ehemannes. Nichts, was ihr Herz verhärten oder einer Brautwerbung im Wege stehen könnte." Sie klackte mit der Zunge. „Der Herr weiß, dass ihr Männer Gottes einen Menschen bei jeder Gelegenheit mit Sünde belastet, aber ich bitte Euch, es dieses eine Mal zu unterlassen." Ungeduldig zeigte sie mit dem Finger auf ihn. „Aye, ich weiß alles über Euer Schweigegelübde, aber Ihr könnt ja mit dem Kopf nicken. Und ich bitte Euch, jetzt zu nicken."

Garth ärgerte sich über den fordernden Tonfall der Dienerin. Oh Gott, die hinterhältige alte Frau hatte keinen Sinn für Anstand. Er hatte noch nie eine solch unverschämte Offenheit bei einem einfachen Diener erlebt. Es war ungeheuerlich und doch merkte er, dass er bereit war, ihre Fehler zu übersehen, da dieses geschwätzige Weib ihm gerade einen kurzen Blick auf die Erlösung geboten hatte.

Oh aye, er würde den Eid notfalls auch auf die heilige Bibel schwören. Er würde Lady Cynthias Suche nach einem neuen Ehemann nur allzu gern beschleunigen. Je schneller sie verheiratet war desto besser – Hauptsache, die Versuchung wurde entfernt.

Er nickte zustimmend und zum ersten Mal seit seiner Ankunft auf Wendeville lächelte er. Er wagte zu hoffen, dass Gott ihn vielleicht doch nicht verlassen hatte.

KAPITEL 5

Cynthia drehte ihre Finger in die Leinenserviette und war unerklärlicherweise nervös. Die Geräusche in der großen Halle echoten in ihren Ohren, als wenn sie sie zum ersten Mal hören würde. Dolche kratzten über Zinnteller. Wein wurde in Becher und dann in Kehlen hineingeschüttet. Die Hunde winselten leise in ihrer Ecke und warteten auf die Reste, welche die Kinder ihnen später bringen würden. Die Küchenjungen kamen mit dampfenden Schüsseln mit Eintopf und duftenden Broten und wichen den Dienerinnen, die den Wein ausschenkten, geschickt aus. Alle redeten auf einmal.

Dank Elspeth hatten sich Gerüchte auf der Burg wieder anderen Dingen zugewandt. Der Zwischenfall auf dem Übungsplatz wurde als unglücklicher Unfall hingestellt, der passiert war, als der Priester zu nah an Cynthias Anstrengungen kam und wenn der junge Will und seine Freunde eine andere Geschichte wussten, behielten sie diese für sich. Ihre Welt war voller Kämpfe um Jungfrauen und Ehre und daher machten sie sich nicht viel aus Gerüchten.

Wie immer herrschte in der Halle ein großer Tumult.

Fürwahr, Cynthia vermutete, dass Fremde wochenlang auf Wendeville speisen könnten und niemals bemerkt würden. Sie kannte jedoch jeden in ihrem eigenen Haushalt und aus dem nahegelegenen Dorf. Sie hatte jeden irgendwann schon einmal behandelt.

Heute speiste nur ein Fremder vor ihr, der bescheidenste aller Priester und doch bemühte sie sich um jede Einzelheit, als wenn sie den König persönlich zu Gast hätte. Würde ihm der Wein schmecken? War seine Bank bequem genug? Spürte er Zugluft in der Halle?

Er hatte bereits einen schlechten Tisch gewählt. Er hatte es geschafft, sich zwischen zwei zerstrittene Vettern der Campbells zu setzen und dort war er gefangen und pickte verdrießlich an seinem Kapaun, während die lärmenden Jungen ihn gnadenlos störten. Er sah äußerst unbehaglich aus und war zweifellos von der Vertrautheit der beiden Jungen, wie auch von dem Krach in der Halle mit prahlenden Rittern, kichernden Frauen und bellenden Hunden, verunsichert. Sie biss sich auf die Lippe. Die Burg Wendeville war weit entfernt vom Leben in einem Kloster.

„Mylady?" Elspeth erschien an ihrer Seite und brachte einen Krug Wein. Sie setzte sich neben Cynthia und füllte ihre Becher. „Will ist auch da." Sie nickte in Richtung des Jungen. „Schwach wie ein Lamm, aber hungrig wie ein Wolf."

„Mm."

„Sowie die Mädchen um ihn herumschlawänzeln und um die Ehre kämpfen ihn zu füttern, werden sich alle Jungen in der nächsten Woche die Arme brechen."

Cynthia lächelte kurz, hörte aber nicht wirklich zu. Ihre Blicke und ihre Gedanken waren woanders. Gott sollte ihr beistehen, aber sie hatte noch keinen Augenblick Ruhe gefunden, seit sie in die Kapelle geplatzt war und eine Flut lang vergessener Erinnerungen in ihr aufgestiegen war. Die Art und Weise, wie sie sich gefühlt hatte als er sie mit der stillen Warnung in seinen feurigen Augen weggeschickt hatte ...

Sie hatte so viele Fragen. Wie war es ihm und seiner Familie ergangen? Gedieh der Zaubergarten seiner Mutter noch? Waren seine Brüder immer noch so blutrünstig? Mehr als alles andere wollte sie wissen, was einen Mann so voller Ehre, Ritterlichkeit und Heldenmut zur Kirche gebracht hatte.

Sie beobachtete, wie Garth einen Laib Brot mit seinen starken schlanken Fingern brach und dann strich sie mit ihrer Fingerspitze nachdenklich über den Rand ihres Kelches und spielte das Spiel, das sie ihn dazu brachte, sie anzusehen. Er tat es verstohlen über den Rand seines Bechers und versengte sie mit seinem Blick, bevor er ängstlich woanders hinschaute.

Cynthias Herz flatterte. Oh Gott, was war bloß mit ihr los? Sie hatte ihren Wein noch nicht einmal angerührt und schon fühlte sie sich berauscht. Sie senkte ihren Blick und wirbelte die burgunderfarbene Flüssigkeit in ihrem Kelch herum.

„Wie gefällt er Euch?", murmelte sie zu Elspeth und wagte es nicht hochzuschauen.

„Der Wein?"

„Unser neuer Priester." Sie trank einen großen Schluck.

Elspeth hielt inne, um Garth streng zu mustern. „Ein wenig zu still und ein wenig zu dünn ..."

Cynthia schaute noch einmal zu ihm, gerade als er seine Zunge herausschob, um seinen Mundwinkel abzulecken.

Sie hätte es nicht tun sollen. Bei dem Anblick flatterte ihr Magen.

„Und", fügte Elspeth hinzu, „ein wenig zu gutaussehend für sein eigenes Wohlergehen."

Cynthia verschluckte sich an ihrem Wein.

„Zu viel Weinraute im Wein?", fragte Elspeth und verzog das Gesicht vor Sorge.

Cynthia schüttelte den Kopf und erstickte das Husten in ihrer Leinenserviette.

„Natürlich", gab Elspeth zu, „ist er still, weil er ein Schweigegelübde abgelegt hat und er ist dünn, weil er noch keine Gelegenheit hatte bei unseren feinen Abendessen zuzunehmen. Und was sein gutes Aussehen betrifft ..."

Cynthia blickte wieder zu Garth. Oh Gott, er sah wahrhaftig gut aus. Selbst die Art und Weise, wie er ein Stück Fleisch in seinen Mund legte und mit sinnlicher Geduld kaute ... sie schenkte Elspeth ein schwaches Lächeln. Angestrengt flüsterte sie: „Ich glaube kaum, dass ein Mann wegen seines Aussehens als fehlerhaft angesehen werden kann."

Elspeth blickte wieder zu Cynthia, die ihren Wein beiseite gestellt hatte, da sie zu gereizt war, um davon zu trinken.

Außerdem spielte sie nur mit ihrem Essen und als der dritte Gang serviert wurde, überlegte sie, ob sie jemals wieder Appetit haben würde. Es lag nur an ihren Nerven, sagte sie sich. Sie hatte die de Wares seit ihrer Kindheit nicht gesehen und sie wollte Garth nur beeindrucken.

Es konnte nichts anderes sein. Schließlich war Garth jetzt ein Priester. Man musste ihm eine gewisse Achtung zollen. Auch wenn die Bibel nicht ausdrücklich Freundschaften zwischen Geistlichen und adligen Frauen verbot, ermutigte die Kirche diese sicherlich nicht. Außerdem kam Garth aus einem Kloster, wo die Lehre noch viel strenger ausgelegt wurde. Nach vier Jahren war er wahrscheinlich die Gesellschaft von Frauen überhaupt nicht mehr gewöhnt. Vielleicht erschien er deswegen so rastlos.

Aber das war nicht immer so gewesen. Früher war er ein ganz anderer Mensch gewesen.

„El", sagte sie und strich mit dem Daumennagel über die in ihrem Zinnbecher eingravierten Trauben, „habe ich Euch jemals von meinem edlen Helden im Zaubergarten erzählt?"

Ohne einen weiteren Blick auf Garth erzählte sie die ganze Geschichte von dem Jasmin Strauch, dem Bienenschwarm und ihrem edlen Helden mit den rauchigen grünen Augen, die sie gleichzeitig neckten und doch freundlich waren. Elspeth hing an jedem Wort.

Anschließend lehnte sich die Dienerin erwartungsvoll vor. „Ist die Geschichte wahr, Mylady? Und habt Ihr ... habt Ihr ihn geliebt?"

„Ich weiß es nicht. Ich war noch ein Kind, aber zu dem Zeitpunkt wollte ich ihn sicherlich heiraten."

Elspeth schien vor Aufregung zu platzen. „Erzählt mir. Was ist aus dem Jungen geworden?"

Cynthia wünschte sich fast, dass sie die Geschichte nicht erzählt hätte und dass sie sicherlich kein glückliches Ende nehmen würde. Sie nahm eine Krume aus ihrem Schoß.

„Er ist hier, El", verriet sie.

„Hier?" Mit glänzenden Augen schaute Elspeth sich in der großen Halle um. „Auf der Burg?"

„Aye." Sie schenkte Elspeth ein bittersüßes Lächeln.

„Ich hatte ihn ganz vergessen. Es war an dem Tag, an dem meine Mutter starb, aber der Bienenstich heute hat mich wieder erinnert ..."

„Ein Bienenstich?"

„Aye", sagte sie und blickte nachdenklich auf ihren Teller. „In der Kapelle hat mich eine Biene gestochen. Als ich mich umdrehte, war er da."

„Die Biene?"

„Nay", antwortete sie kichernd. „Der Junge aus dem Garten."

„In der Kapelle?"

„Aye." Über den Rand ihres Kelches schaute sie zu Garth. Sie würde niemals vergessen, wie er aussah, als er dunkel, wild und ritterlich durch die Tür der Kapelle gestürmt war.

„Aber warum war er dort, Mylady?", fragte Elspeth.

„Hmm?" Garths Hand sah riesig aus, als er sie um seinen Becher Wein legte. Riesig, aber doch zart. Sie überlegte, ob sie wohl rau oder weich war. „Oh! Der Abt hat ihn mitgebracht." Sie trank einen kleinen Schluck Wein, achtete jedoch so wenig darauf, dass es auch Ziegenpisse hätte sein können.

Elspeth nahm einen langen Zug runzelte dann verwirrt die Stirn. „Aber Mylady, der Abt hat nur ..."

Ihre Augen wurden größer und jetzt verschluckte sie sich am Wein.

Cynthia schlug ihrer Dienerin ein paar Mal kräftig auf den Rücken, was ihren Zustand nur noch zu verschlimmern schien, bis Elspeth abwinkte.

Einen Augenblick später sprach die alte Frau wieder und erstickte fast an ihren Worten. „Doch nicht unser neuer Priester?"

"El?", Cynthia runzelte die Stirn. „Was zum Teufel ist los mit Euch, Elspeth? Geht es Euch gut, El?"

„Nay", zischte Elspeth und stellte den Becher so fest auf den Tisch, dass der Wein auf das weiße Leinen spritzte. Hektisch flüsterte sie Cynthia ins Ohr. „Denkt noch nicht einmal daran! Seid Ihr verrückt?"

„An was denken, El?"

„Er ist in keiner Weise der gleiche Junge, Mylady. Bei der heiligen Agnes", murmelte sie und bekreuzigte sich, „der Mann ist ein Priester und nicht das Kind eines wandernden Ritters. Wählt einen anderen. Werft Euer Auge nicht auf einen Geistlichen."

„Elspeth!", keuchte Cynthia schockiert. „Wie kommt ihr auf die Idee ... ich habe Euch schon einmal gesagt ..." Unbehaglich schaute sie sich um und senkte ihre Stimme. „Ich will niemanden heiraten." Sie hob den Kelch an ihre Lippen und starrte auf den Inhalt. Der Wein reflektierte das Kerzenlicht wie ein polierter Karneol und einen kurzen Augenblick lang überlegte sie, ob sie die Wahrheit sagte. „Außerdem würde nur eine Närrin versuchen, einen Mann der Kirche in Versuchung zu führen. Man könnte genauso gut den Teufel umwerben."

„Aye, das stimmt", stimmte Elspeth ein wenig zu betont zu. Dann murmelte sie leise: „Einen Mann der Kirche zu verführen ist wie eine Liebelei mit Luzifer persönlich."

Aber Luzifer konnte nur halb so gut aussehen, dachte Cynthia und spülte diese Blasphemie mit einem weiteren Schluck Wein hinunter.

Aye, Elspeth hatte Recht. Garth de Ware gehörte der Kirche und außerdem war er jetzt ein erwachsener Mann. Wer wusste denn schon, wie er geworden war. Sicherlich war er sehr groß geworden und seine Gesichtszüge zeigten eine maskuline Reife. Die Stoppeln seines rasierten Bartes warfen einen Schatten auf sein Kinn. Sein dunkelbraunes Haar rahmte sein Gesicht in Locken, was die harten Konturen seines Kinns und seiner Wangenknochen weicher und ihn ein wenig verwegen aussehen ließ. Sein Mund war immer noch breit und ausdrucksstark. Wenn er den Blick nicht gesenkt hätte, würden seine Augen wie polierte Jade scheinen, wie damals in jenem Garten.

Aber Garth war nicht mehr der Junge aus dem Garten. Als Junge hatten seine Augen verschwörerisch gefunkelt und sein schiefes Grinsen versprach waghalsige Abenteuer. Von jener Waghalsigkeit war nur noch wenig zu sehen. Sein Geist schien jetzt gezügelt und gedemütigt. Seine Unterwürfigkeit hatte jedoch etwas Unnatürliches. Tatsächlich sah er ungefähr so gefügig aus wie ein exotischer Löwe aus dem Osten, der dort in seinem wilden Land gefangen worden war, um gezähmt zu werden.

Sicherlich war Garth de Ware kein Mann, der gefügig gemacht werden konnte. Seine Soutane passte ihm nicht. Außerdem gehörte er sicherlich nicht eingesperrt hinter Klostermauern. Er war wie ein Feld mit wilder Heide, die jemand dummerweise zu einer Hecke zurechtgestutzt hatte oder vielleicht, überlegte sie erneut, war er wie rankender Efeu, der ...

Elspeth kreischte plötzlich und unterbrach Cynthias Überlegungen. „Passt auf!“ Sie sprang vom Tisch weg. „Tölpel!“

Cynthia folgte ihrem Blick. Alton, der frechste der Küchenjungen, stolzierte über die Steinplatten auf seinem Weg zum Tisch auf dem Podium und kämpfte mit einer übergroßen Platte mit gebratenem Fleisch und Gemüse die wackelig auf seiner dünnen Schulter lag. Entsetzt beobachteten alle, wie der Braten von einem Ende der Platte zum anderen rutschte und jedes Mal, wenn sich die Platte neigte, tropfte Sauce auf den Arm des Jungen. Nichtsahnend grinste der Junge und versuchte die Gewichtsverschiebung auszugleichen Die Katastrophe war jedoch unvermeidbar. Schließlich rutschte er auf dem Schilf aus und die Platte drehte sich und verteilte ihre Last in alle Richtungen.

Rüben flogen zur Hälfte in das Schilf und zur Hälfte über den Tisch auf dem Podium. Soße sprühte durch die Luft wie vergammelter Regen. Zwiebeln verteilten sich auf dem Boden. Der Braten rollte über das weiße Leinentischtuch, hinterließ eine Spur aus Fleischsaft und stieß eine Reihe Kelche auf seinem entschlossenen Weg zu Cynthias Schoß um.

Im Nu sprang Garth auf und über seinen Tisch mit dem Dolch in der Hand. Bevor Cynthia überhaupt keuchen konnte, sprang er wie ein angreifendes Wildschwein über den Tisch auf dem Podium. Er hob seinen Dolch und senkte ihn dann mit einem mächtigen Stoß, wobei er den abtrünnigen Braten durchbohrte und an das Holz heftete.

Ehrfurchtsvolles Schweigen senkte sich über die Halle. Noch nicht einmal ein Hund bewegte sich. Selbst die Campbell Jungen hörten auf sich zu streiten. Alle Blicke richteten sich auf den Priester, der das Messer umklammerte wie ein Wikinger-Berserker.

Er runzelte die Stirn, während er auf seine eigene Hand starrte und war offensichtlich ebenso verwirrt wie alle anderen von seiner spontanen und absurd heldenhaften Tat.

Cynthia wusste nicht, ob sie lachen oder applaudieren sollte. Sie war noch nie vor einem Braten gerettet worden.

Was für eine jungenhafte, charmante und lächerlich ritterliche Geste. Aber sie konnte weder das eine noch das andere tun. Der Rest der Burgbewohner würde es ihr nachtun und sie konnte nicht zulassen, dass sie sich über ihn lustig machten.

Stattdessen murmelte sie leise: „Ich danke Euch, Garth."

Langsam hob Garth seinen Blick und begegnete ihrem über den Tisch hinweg. Ihr war noch nie aufgefallen, wie tief grün seine Augen waren – so grün wie ein Wald in den Highlands und so tief wie die Nordsee. Oh Gott, sie könnte sich in diesen Augen verlieren.

„Oh Mylady!" Der Küchenjunge Alton platzte in ihre Träumerei und stolperte nach vorn. „Verzeiht mir!" Sein Stolzieren war weg, er hatte seine Mütze abgenommen und drehte sie in seinen Händen und sah so jämmerlich aus wie ein junger Hund, der versehentlich seinem Herrn in die Hand gebissen hatte. „Ich wollte nicht …"

Cynthia winkte seine Entschuldigung beiseite. „Es ist nichts passiert."

Der Junge verbeugte sich zweimal, setzte dann wieder seine Kappe auf und kniete sich auf dem Boden, um aufzuräumen.

Garths Griff lockerte sich um den Dolch, aber bevor er sie zurückziehen konnte, streckte Cynthia impulsiv ihre Hand nach seiner aus. Seine Hand war wunderbar warm und groß. Und weich. Sie war weich.

„Ich danke Euch", wiederholte sie. Sie konnte seinen Puls unter ihrem Daumen spüren. Einen wahnsinnigen Augenblick lang sehnte sie sich danach, seine Finger an ihre Lippen zu drücken, um zu sehen, wie seine Haut sich an ihrem Mund anfühlen würde. In Garths Augen flackerte ein Gefühl, das nur einen Augenblick zu sehen war – ein Gefühl, das einem Hunger sehr ähnlich war – und eine absurde Aufregung stieg in ihr auf. Aber dann erstarrte seine Hand. Zögerlich ließ sie ihn los.

Er verschränkte seine Hände und entspannte sich und erinnerte sie an einen Ritter, der im Begriff ist eine tödliche Schlacht zu schlagen. Dann wandte er sich von ihr ab und hockte sich hin, um Alton zu helfen.

Cynthia faltete ihre Serviette neben ihrem Teller. Ihr Herz flatterte wie eine Motte um eine Flamme, auf die gleiche Art und Weise, wie wenn sie etwas tun wollte, dem der Abt nicht zustimmen würde; und das hatte sie vor.

Sie konnte Garth nicht im Schilf zu ihren Füßen herumkriechen lassen. Nicht den neuen Priester von Wendeville. Insbesondere, nachdem sie ihn mit einer Faust bei ihrer letzten Begegnung willkommen geheißen hatte. Zumindest war das der Grund, den sie sich selber einredete, als sie aufstand, sich in Demut übte und neben ihm auf dem Boden kniete.

Die Burgbewohner waren an Cynthias seltsame Gewohnheiten gewöhnt und waren nicht im Geringsten überrascht, dass ihre Herrin sich bückte, um Abfälle vom Boden aufzuheben. Schon bald wurde es wieder laut in der Halle.

Garth kniete weniger als einen Fuß entfernt von ihr. Als er sich nach vorne streckte, um eine Zwiebel zu nehmen, berührte der Ärmel seines groben Gewandes den Saum ihres Samtkleides. Er wollte ihrem Blick nicht begegnen und hielt seine Lippen fest zusammengedrückt, während er arbeitete, aber sie konnte die Wellen eines starken Gefühls spüren, das er ausstrahlte wie die Hitze eines Kaminfeuers im Herbst.

Garth biss die Zähne zusammen angesichts des Duftes eines Parfums, das seine Sinne angriff, während er die Hand an Lady Cynthia vorbei nach einer Rübe ausstreckte. Er konnte sich nur vorstellen, dass Gott ihn prüfte. Oder warum würde er ihn sonst so quälen und ihn zu einer solchen schmerzhaften Intimität mit diesem Muster an Weiblichkeit zwingen? Noch dazu vor so vielen Zeugen?

Er erschauderte über seine eigene Blödheit. Warum in Gottes Namen er über den Tisch gesprungen war, um Lady Cynthia vor einem Stück Fleisch zu retten, wusste er nicht. Es war möglicherweise die dümmste Tat, die er jemals vollbracht hatte. Er hatte jedoch ohne nachzudenken gehandelt und sich auf seinen Instinkt verlassen und jetzt hatte er sich dummerweise an den schlimmstmöglichen Ort gebracht – direkt auf den Weg der Verführung.

Leise verfluchte er sich, dass er ein größerer Narr war als Lots Frau, wagte aber einen kurzen Blick auf die Frau, die neben ihm arbeitete. Danach wünschte er sich, er wäre in Salz verwandelt worden. Bei Kerzenlicht war sie noch schöner als das Porträt der Madonna in der Familienkapelle der de Wares. Ein goldener Schein erleuchtete ihr strahlendes Gesicht. Ihre gesenkten Augen waren so silbrig wie das Mondlicht über einem Gewässer im Oktober. Einzelne Haarsträhnen hatten sich unter ihrer Haube gelöst und fielen in Locken an ihre Wange. Heilige Maria, sie richtete Chaos unter seinen Sinnen an.

Er betete aufrichtig, dass seine Soutane weit genug war um den Beweis seiner Lüsternheit zu verbergen. Er war sich sicher, dass es nichts anderes war. Lüsternheit. Es war schon Wochen her, seit er eine Frau gesehen hatte und Monate, seit er einer Frau so nahe gewesen war. Nah genug, um den weichen sauberen Duft ihrer Haut zu bemerken. Nah genug, um das verstörende Rascheln ihrer Gewänder zu hören, als sie sich drehte.

Sie berührte seinen Unterarm. „Macht Euch keine Gedanken“, murmelte sie und schaute zu den Burgbewohnern um sie herum. „Ihr werdet Euch an das Chaos auf Wendeville gewöhnen.“

Er würde sich niemals daran gewöhnen, wenn sie ein Teil davon war. War seine Besorgnis also so offensichtlich? Was konnte sie sonst noch in seinem Gesicht lesen? Angst? Verwirrung? Verlangen? Er starrte auf die Finger, die immer noch auf seinem nackten Arm lagen. Sie gehörten dort nicht hin. Er war ein Mann Gottes. Sie hatte keine Erlaubnis ihn zu berühren.

Jedoch hatte sich noch nie etwas so richtig angefühlt. Ihre Hände waren so warm wie die Brust einer Taube. Es waren beruhigende Hände. Hände, die dafür gemacht waren liebevoll im Garten zu arbeiten und die Ängste eines Kindes wegzustreicheln. Hände, die keine Angst vor Erde oder verschütteten Rüben oder der Unantastbarkeit des Fleisches eines Priesters hatten.

Sein langer Blick überzeugte sie schließlich ihn loszulassen. Er atmete erleichtert aus, wobei er sich nicht bewusst gewesen war, dass er die Luft angehalten hatte. Dann legte er das letzte Gemüse auf die Platte und ging zurück zu seiner Bank, bevor sie ihn noch einmal berühren oder verführen konnte.

Aye, Lady Cynthia war schöner als Eva. Er war jedoch kein Adam, der sich von den Verführungskünsten einer Frau in Versuchung bringen ließ. Er wollte verdammt sein, wenn er es zulassen würde, dass diese hier vier Jahre zunichtemachte, die er damit verbracht hatte seine schäbige Vergangenheit zu vergessen.

Die Kerze flackerte in der Zugluft, die durch die halbgeöffneten Fensterläden von Garths neuer Unterkunft wehte und ließ das Licht auf dem Pergament tanzen. Trotz der Dunkelheit draußen und dem Dämmerlicht drinnen schrieb er die Briefe fehlerfrei und mit ruhiger Hand, die im krassen Gegensatz zu dem Tumult stand, der sich in seinem Kopf zusammenbraute.

Lady Cynthia hatte sein Abendessen verdorben. Es war schlimm genug, dass ihm die klösterliche Stille, die er während des Essens gewohnt war, verweigert wurde. Schlimmer noch, er hatte sich einen Platz zwischen zwei streitenden Jungen ausgesucht. Das Weib hatte zudem die Unverschämtheit besessen ihn die ganze Zeit anzustarren, als wenn sie noch nie einen Mann essen gesehen hätte. Dann die ganze Episode mit dem Braten ...

Ein Tintenfleck verschmierte an der Seite des Briefes, den er gerade fertiggestellt hatte. Er verzog das Gesicht und wischte ihn schnell mit einem Leinentuch weg.

Verflucht! Sie war nur eine Frau. Es war einfach so lange her, seit er Kontakt mit einer Dame gehabt hatte und er hatte vergessen, wie man sich benahm. Nach seinen letzten Albträumen war es nur natürlich, dass er sich von der Gegenwart einer Frau, einer jeden Frau, bedroht fühlte.

Aber war sie nur irgendeine Frau? Laut Lady Cynthia kannten sie sich und in der Tat tanzte ein Bild von ihr am Rand seiner Erinnerung, aber so wie die trügerischen Sterne jenseits seines Fensters glitzerten, blieb die Erinnerung knapp außerhalb seiner Reichweite.

Seine Hand wackelte bei einem Satz im Brief und er ging wieder an die Stelle zurück, um den Fehler zu berichtigen.

Er sollte dem Weib jetzt den Kopf zurechtrücken und sich von ihr fernhalten. Es war ein geringeres Risiko sie zu beleidigen als sie beide in die Sünde zu führen. Außerdem hatte er ihr nichts zu bieten. Er konnte keiner Frau etwas bieten. Mariana hatte ihm dies versichert. Er hatte die Zuneigung einer Frau nicht verdient. Er war nur für die Kirche geeignet.

Er zuckte fast unmerklich, aber genug um die gerade Linie zu verwackeln, die er gerade schrieb. Er fluchte im Stillen und wischte sie weg. Instinktiv wischte er über die ganze Zeile und auf der Seite blieb nur ein hässlicher Fleck.

Er blies die Kerze aus, lehnte sich auf seinem Stuhl zurück und starrte zu den glitzernden Sternen, die ihn aus dem Himmel verhöhnten. Verflucht. Er hatte eine passende Nische in der Kirche gefunden. Warum war es dann so schwer, darin zu bleiben?

Cynthia stocherte in der glühenden Kohle im Kamin ihres Schlafzimmers, streute getrockneten Basilikum über das rauchende Holz und beobachtete, wie er sich mit einem kleinen duftenden Knistern entzündete. Die Flammen färbten ihre Wangen rot und sie starrte in das Feuer und konnte an nichts anderes als an Garth de Ware denken.

Garth mit seinen unmöglich breiten Schultern, Garth mit seinem dichten, eichenfarbenem Haar und den feinen Gesichtszügen. Garth mit den tiefgrünen Augen, die mit einem Blick Metall versengen konnten.

Ihr Gesicht verzog sich zu einem traurigen Lächeln.

Seine Augen waren nicht immer so gewesen. Einst hatte er sie mit Zärtlichkeit und Wärme angesehen.

Sie trat jetzt von den Flammen zurück, da sie ihr durch die Hitze die Tränen in die Augen trieben. Dann machte sie es sich auf der mit Samt bezogenen Bank bequem und legte ihre nackten Füße an den Rand des Kamins.

Was hatte Garth de Ware in die Kirche getrieben? Ihrer Erfahrung nach waren Geistliche entweder kompliziert mit faltigem Gesicht und einem Funkeln in den Augen oder korrupt wie der Abt. Leidenschaftliche Männer wie Garth fanden ihre Berufung für gewöhnlich woanders.

Das Priestertum war offensichtlich gegensätzlich zu seiner Natur. Sie hatte gesehen, wie er durch die halbe Halle nach dem Braten gehechtet war. Er besaß die Instinkte eines Ritters oder eines Kriegers und die Handlung war ihm so zu eigen wie die Bewegung beim Gehen. Wie schwierig musste es für ihn sein, seine Gefühle zu unterdrücken und sie konnte spüren, dass seine Gefühle in ihm blockiert waren wie ein Fass mit Bier, das kurz davor war zu explodieren. Er kämpfte augenscheinlich gegen die inhärente Befehlsgewalt, die Adlige üblicherweise hatten und für die die de Wares berüchtigt waren. Was für eine Qual musste es sein, seinen Körper zu ruhiger Arbeit zu zwingen, wenn seine Muskeln sich nach einer herausfordernden Anstrengung sehnten.

Warum? Was hat ihn auf diesen Weg getrieben? Was hatte ihm den Willen zu gedeihen und zu wachsen genommen? Was auch immer der Auslöser war, Garth hatte vor vier Jahren Zuflucht in einem Kloster gesucht. Soweit sie sehen konnte, war die Kirche weniger eine Zuflucht als eine Sirene, die ihn rief und mit ihren tröstenden Armen umgab und die ihn nach unten in seinen geistigen Tod zog.

Scheinbar hatte er seitdem seinen Blick nicht in die weltliche Welt schweifen lassen.

Es war wirklich schade, weil sie in *dieser* Welt und nicht in der spirituellen lebten und atmeten. Dies war die Welt der Natur, der Leidenschaft und des Lebens. Für Cynthia war es eine Beleidigung Gottes die leibhaftige Welt zu leugnen.

Natürlich erwartete sie nicht, dass Garth sich aus der Umarmung der Kirche löste – das wäre Blasphemie, aber Cynthia kannte Geistliche, die ein erfülltes und glückliches Leben führten, die sogar heirateten und zur Freude ihrer Gemeinde auch Kinder hatten. Sicherlich war Garth de Ware eher für ein solches Leben geeignet. Er verdiente etwas über die karge Existenz spiritueller Armut hinaus, die er in den letzten vier Jahren ertragen hatte.

Sie seufzte. Vier Jahre! Vielleicht war es zu spät ihn zu retten.

Sie hatte diese Worte schon hunderte Male benutzt, wenn sie eine jämmerliche, kranke Pflanze fand und versucht war, sie wieder aufzupäppeln. Vernunft hatte sie noch nie davon abgehalten eine Pflanze retten zu wollen. Je hoffnungsloser die Aufgabe, desto entschlossener wurde sie.

Sie nahm an, dass es bei einem Mann nicht anders sein würde. Mit der richtigen Fürsorge und dem vorsichtigen Jäten des Unkrauts um Garths zarte Wurzeln könnte er gerettet werden.

Aye, dachte sie und setzte sich aufrecht auf die Bank. Es war plötzlich klar. Sie könnte ihn retten. Sie könnte seinen verlorenen Geist retten. Das Schicksal hatte Garth de Ware nach Wendeville gebracht und sie wusste jetzt warum.

Er war ihr Schicksal. Einst vor langer Zeit im Garten war er ihr Held in glänzender Rüstung gewesen. Dies war ihre Gelegenheit, es endlich wieder gut zu machen.

Ein Tannenzapfen zischte im Feuer und mit einem langen Stock stocherte sie mitten in den Flammen, wo der Tannensaft blubberte und zischte. Sie lächelte, aber trotz ihrer gerade entdeckten Überzeugung stellte sie sich auch vor, dass sie vielleicht mit dem Feuer spielte, was Garth betraf.

KAPITEL 6

Die Sonne brannte vom Himmel und war heißer als der Hades, als Garth die klapprige Schubkarre zum zweiunddreißigsten Mal über den breiten Burghof von Wendeville zum Garten schob. Schweißtropfen liefen ihm über den Hals und seinen Bauch. Die wollene Soutane juckte um die Taille. Ein spitzer Stein hatte sich zwischen seinem Fuß und den Fetzen seines Stiefels festgesetzt. Außerdem brannte seine Lunge.

Der Schmerz tat jedoch gut. Er half ihm, sich auf seine neue Umgebung, seine Aufgaben und Gottes Plan zu konzentrieren - auf alles andere als die langen Beine, die im Garten vor ihm standen.

Lady Cynthia hatte einen ordentlichen Teil ihres Surcots hochgezogen und in ihrem Gürtel festgesteckt und zeigte viel zu viel von jenen Beinen. Die Ärmel hatte sie bis zu den Ellbogen hochgeschoben und ihre weißen Zehen gruben sich in die Erde, die sie mit einem Spaten umgrub.

Er versuchte an irgendetwas zu denken, als sie sich vorbeugte und ein Unkraut aufzog, wobei nur ihr Po, ihr Rock und ihre hübschen Fesseln ins Auge fielen. Dann drehte sie sich um und kam ihm entgegen. Ihre Nase war mit einem kindlichen Schmutzfleck geschmückt und er musste sich zusammenreißen, dass er ihn nicht wegwischte. Stattdessen richtete er seine Aufmerksamkeit darauf den Karren an das Beet zu fahren und die Pflanzen abzuladen.

Er wünschte, dass Gott ihm einen zusätzlichen Sonntag diese Woche gewährt hätte. Normalerweise war es der emsigste Tag eines Priesters, aber gestern hatte Garths Schweigegelübde ihn davon befreit predigen zu müssen. Er hatte den Sonntag zum größten Teil in seiner Unterkunft verbracht und Passagen aus der Heiligen Bibel abgeschrieben, seine Gebete gesagt und gottlose Gedanken unterdrückt. Wenn er gezwungen war seinen Zufluchtsort zu verlassen, schützte er seine Privatsphäre so weit wie möglich und bewegte sich so verstohlen durch die Hallen wie eine Kirchenmaus. So musste er sich zumindest nur mit dem Abendessen befassen, bei dem Cynthias tiefes Gelächter und ihr freches Starren seinen Appetit so gut wie verdarben.

Heute wurde er jedoch in die Wendeville Gartenarbeit eingebunden. Da er ihr nicht mit seiner Stimme dienen konnte, hatte Lady Cynthia beschlossen, dass sie stattdessen seinen Rücken gut verwenden könnte. Schon jetzt spürte er wie die Muskulatur zog, die er jahrelang nicht benutzt hatte, wobei er insbesondere über einen Muskel nicht nachdenken wollte. Gäbe es nicht die Sünde des Stolzes, dann hätte er sich selbst gratuliert. Unter den Umständen hatte er es geschafft seine Reaktionen auf Lady Cynthia auf recht bewundernswerte Art und Weise zu kontrollieren.

Er nahm zwei Kräuterpflanzen aus dem Schubkarren. Eine fiel um, als er sie auf dem Boden absetzte.

Aye, er hatte die schwachen Regungen seines Körpers schon fast ignoriert.

Thymian. Rosmarin. Er stellte eine nach der anderen auf den Boden. Borretsch. Minze.

Wenn sie nur nicht beim Gehen so mit dem Hintern wackeln würde, dachte er und drückte seine Lippen fest zusammen, während er die Pflanzen ablud.

„Bitte Garth", sagte sie und erschreckte ihn.

Mit nur leicht verborgener Panik wandte er sich zu ihr. Warum konnte sie ihn nicht mit *Vater* wie alle anderen ansprechen? Sie war viel zu nah und ihre Hand lag schon wieder auf seinem Arm. Er konnte den Duft ihres Haares riechen. Heute war es Koriander. Nay, Anis. Wo sie seinen Arm berührte, fühlten sich ihre Finger wie heißer Blei an.

„Die Pflanzen sind noch sehr zart", murmelte sie diplomatisch. „Versucht bitte, vorsichtig mit ihnen umzugehen."

Er schluckte schwer. Ihre Stimme rauschte wie der Wind durch einen Kastanienwald. Er spannte sein Kinn an, nickte einmal und lud die Pflanzen vorsichtiger ab. Wie hatte er so dumm sein können? Natürlich waren die Pflanzen zart. Er hatte sie herumgeworfen wie Wurfgeschosse für einen Katapult. Ihre Gegenwart lenkte ihn offensichtlich von allem anderen ab.

Garths Gesellschaft schien Cynthia um den Verstand zu bringen. Sie wusste nicht mehr, welche Pflanze sie als nächstes hatte in die Erde setzen wollen. Er war so nah, dass sie die blauen Flecken in seinen grünen Augen sehen konnte und hörte, wie er durch die Nase atmete. Sie konnte den Schatten seines Bartes, den er heute Morgen rasiert hatte und den Schweißfilm über seiner Lippe ausmachen. Sie konnte seine Haut riechen. Das alles machte seltsame Dinge mit ihren Sinnen.

Sie hatte ihn gestern vermisst. Den halben Morgen

hatte sie damit verbracht und die andere Hälfte damit, zwei ledige Brüder zu bewirten, die Elspeth von ihrer Pilgerreise umgeleitet hatte.

Der eine Bruder war schrecklich langweilig und der andere erzählte seine eigene Krankheitsgeschichte in allen scheußlichen Details. Als das Abendessen vorbei war, kannte sie jede Krankheit, die der Mann jemals gehabt hatte oder noch bekommen könnte. Zu Elspeths Entsetzen verwendete Cynthia diese Informationen, um die beiden loszuwerden. Als er sich über immer wieder auftauchende Magenprobleme beschwerte, empfahl sie ihm Wolfsmilch. Der Mann schämte sich wegen der schnellen Wirkung des Krautes auf den Inhalt seines Magens und lehnte es ab eine weitere Nacht bleiben. Dankenswerterweise nahm er seinen langweiligen Bruder mit.

Heute hatte sie sowohl Zeit, als auch Garth für sich allein, auch wenn ihr das nichts brachte. Seit dem Morgen hatte ihr Herz nicht mehr ruhig geschlagen, als sie ihn im Gebet am Altar vorfand, erleuchtet von regenbogenfarbenen Sonnenstrahlen; dass die Sonne ungehindert auf sein dichtes Haar schien, machte die Dinge nicht einfacher. Er war schön und ihre Hand kribbelte immer noch von der Berührung, die sie sich von seinem muskulösen Unterarm gestohlen hatte. Sie schluckte. Sie musste sich überlegen, was sie sagen könnte, bevor ihre lächerliche Besessenheit mit seinen physischen Eigenschaften sie ihre guten Absichten vergessen ließ.

Sie räusperte sich. Es gab einen unbehaglichen Augenblick, als sie beide versuchten, dieselbe Petersilienpflanze aus dem Schubkarren zu nehmen, aber er zog seine Finger sofort zurück und ließ ihr den Vortritt.

Ihre Finger zitterten, als sie die Pflanze auf den Boden

setzte. Sie fühlte sich fiebrig. Vielleicht lag es an der Sonne. Sie nahm die Flasche von ihrer Hüfte, trank einen großen Schluck und bot dann Garth etwas an.

Er schaute darauf. Die Spitze seine Zunge strich über seine Unterlippe. Einen Augenblick lang sah es aus, als wenn er nichts mehr wollte als zu trinken, aber dann zog er wieder die ausdruckslose Maske über sein Gesicht und starrte kühl in die Ferne. Es war, als wäre seine ganze Menschlichkeit plötzlich aus seinem Gesicht verschwunden. Er lehnte das Getränk ab.

Unwillkürlich zitterte sie, als er mit der Kühle eines Nordwindes an ihr vorbeischwirrte. Er konnte vielleicht nicht sprechen, aber seine Miene sprach Bände. Seine Gefühle waren so augenscheinlich auf seinem Gesicht wie die Sommersprossen auf ihrem und im Moment war sein Blick äußerst herausfordernd.

Sie seufzte. Vielleicht war er wütend auf sie oder vielleicht war ihm einfach nur heiß. Der arme Mann war es wahrscheinlich gar nicht gewöhnt im Freien zu sein, da er sonst den ganzen Tag im Skriptorium des Klosters verbrachte. Sie vermutete, dass sie ihm erlauben sollte, dass er sich in der großen Halle ausruhte und eine Erfrischung zu sich nahm.

Sie sollte es tun, aber sie wollte es nicht. Sie wollte wissen, was aus Sir Garth de Ware, Schlächter von Bienen und Verteidiger junger Damen, geworden war.

„Erinnert Ihr Euch wirklich nicht an mich?"

Er hielt inne, wobei er die Pflanze fest in der Hand hielt.

„Ich meine, es ist schwierig, sich das vorzustellen." Sie zuckte mit den Schultern. „Ich bin schließlich ein wenig ungewöhnlich. Wer könnte denn das Sommersprossengesicht und das orangefarbene Haar der kleinen

Cynthia le Wyte vergessen?“ Sie kicherte und zupfte nervös an der Petersilie. „Auch wenn es wohl schon einige Jahre her ist ...“

Sie plapperte und das wusste sie auch. Garth konnte wegen seines albernen Schweigegelübdes nicht antworten. Er musste sie jedoch nicht so finster anschauen. Sie errötete und senkte den Blick. „Ich weiß natürlich, dass ich keine große Schönheit bin und ...“ Oh Gott, sie brachte sich in Verlegenheit, zupfte die arme Petersilie zu Tode und ärgerte sich mit jedem Augenblick mehr. „Vielleicht nicht sonderlich erinnernswert, aber ...“

Garth sah nicht aus, als wollte er ihr aus der Grube helfen, die sie für sich schaufelte. Sie warf die zerstörte Petersilie zurück in den Schubkarren und stemmte die Hände an ihre Hüften. „Verdammt! Wie viele Damen kennt Ihr, deren Haar die Farbe von Ringelblumen hat?“, fauchte sie.

„Mylady!"

Das neue Dienstmädchen Mary eilte über den Burghof. Cynthia fluchte im Stillen wegen des schlechten Zeitpunktes, den die Dienerin gewählt hatte.

„Selbst, wenn Ihr Euch nicht an mich erinnert ...“, knurrte sie.

„Lady Cynthia“, rief die Dienerin.

„Dann könntet Ihr Euch wenigstens ritterlich verhalten und ...“

„Mylady! Kommt schnell!“

„Und Ihr könntet zumindest vorgeben Euch zu erinnern“, beendete sie den Satz, richtete ihren Gürtel und schüttelte ihr Kleid aus.

„Mylady!“, keuchte Mary und kam vor ihr zum Stehen.

„Was ist?“, bellte sie.

Die Dienerin zuckte mit großen braunen Augen vor

Überraschung zusammen. „Elspeth hat gesagt, dass Ihr schnell kommen sollt." Das Mädchen schaute kurz zu Garth und war offensichtlich erschrocken sich in der Anwesenheit eines Priesters zu befinden.

„Was ist passiert?"

„Ein Herr ist von Tewksbury gekommen, Mylady. Er sagt, dass er Eibenbeeren gegessen hätte und er hat furchtbare Schmerzen."

„Eibenbeeren?" Sie bezweifelte es. Niemand mit einer Zunge im Mund konnte genug von der ekligen Frucht essen, dass er davon krank werden könnte. Trotzdem konnte sie die Bitte eines Mannes, der an ihrer Tür sterben könnte, nicht abschlagen. Sie fluchte leise und ohne auf ihre nackten Füße und die schmutzigen Röcke, die ihr um ihre Knie schlugen, zu achten, marschierte sie in Richtung Burg. Die Rettung von Garths Seele würde auf das nächste Mal verschoben werden müssen.

Beim Abendessen verfluchte Garth sein Schweigegelübde, das ihn davon abhielt, über seinem Eintopf über den geckenhaften Mistkerl mit den langen blonden Locken zu meckern, der sich gefährlich nahe zu Lady Cynthia hinüberbeugte. Wenn der Mann tatsächlich Eibenbeeren zu sich genommen hatte, würde er seine Soutane essen. Der Einfaltspinsel saß am Tisch auf dem Podium, kicherte und fuchtelte herum wie ein erschrockenes Huhn und schwatzte und schwatzte immer weiter über Lady Cynthias Wunderheilmittel. Während Garth sich vorstellte, dass der Tölpel tatsächlich so dumm sein könnte, etwas so Unappetitliches zu essen, hegte er den Verdacht, dass der Mann eher listig als dumm war.

Sir Shamster oder wie auch immer er hieß, wusste, wie man die Aufmerksamkeit einer arglosen Frau auf sich zog. Wie Garths Brüder ihm oft erklärt hatten, gewann man das Herz einer Dame am schnellsten, wenn man vorgab, sie zu brauchen. Dieser Mistkerl hatte genau das getan, indem er eine Krankheit vortäuschte.

So wie es aussah, war sein Plan erfolgreich. Nicht nur hatte er einen Platz neben Lady Cynthia ergattert, aber er hatte es auch geschafft, dass Elspeth an jedem seiner Worte hing, als wären sie das unterhaltsamste Geschwafel, das sie jemals gehört hatte.

Garth tunkte sein Brot in den Eintopf. Zweifellos war dies die Art von Mistkerl, die Elspeth als der nächste Lord von Wendeville vorschwebte. Er kaute das eingeweichte Stück Brot, schluckte es hinunter und warf einen letzten Blick auf den Kerl, der nach Lady Cynthia gierte.

Dann warf er den Rest seines Brotes in den Teller und der Appetit war ihm vergangen. Er wischte sich die Finger an seiner Serviette ab und ließ sie seufzend auf den Tisch fallen. Er nahm an, dass seine Meinung nichts zählte. Schließlich ging es ihn nichts an, wenn Lady Cynthia sich mit einem gewissenlosen Knappen verbandelte.

Er stand den Abend durch und fragte sich, was für ein Gott einen solch listigen Fuchs auf Wendevilles unschuldigste Taube losgelassen hatte.

Dankenswerterweise verschwand Sir Shamster am nächsten Morgen vor Sonnenaufgang und scheinbar ohne ein Wort an Lady Cynthia. Garth überlegte, ob die Flucht des Mistkerls etwas mit der geheimnisvollen Ablage von Mäusen in seinem Bett zu tun haben könnte und er betete ausführlich und heftig für den Missetäter.

Regen verhinderte die Arbeit im Freien und Garth war

dankbar dafür. Es war schwierig genug mit Lady Cynthia in der mit Kerzen erleuchteten Burg eingesperrt zu sein und sie zu bewundern, während sie sich um abgeschürfte Knie, angebrannten Pudding und verletzte Gefühle mit gleichbleibender Leidenschaft kümmerte. Wenn er bei ihrer Arbeit am helllichten Tag hätte zuschauen müssen, wie ihr Haar wie Kupfer glänzte, ihre nackten Gliedmaßen den Sonnenschein aufnahmen und reflektierten, wie ihre Augen vor Freude strahlten, wäre das die reinste Qual gewesen.

In der Zwischenzeit hatte Elspeth wie angekündigt trotz des schlechten Wetters einen weiteren heiratsfähigen Adligen ausgegraben. Mittags saß ein armseliger Junge zitternd am Feuer mit blauen Lippen und schlotternden Knien. Es hätte Garth überrascht, wenn er schon achtzehn Jahre alt wäre. Seine Stimme brach, wenn er sprach und Garth konnte die wenigen Haare auf seinem Kinn einzelnen abzählen.

Lady Cynthia war freundlich zu dem Jungen, brachte ihm eine heiße Milch mit Bier und Gewürzen sowie Decken und Garth verspürte eine für ihn uncharakteristische Eifersucht. In seinem Kloster sollte der Glaube einem die Knochen wärmen. Er erinnerte sich an schlaflose Nächte, als er unter der dünnen Decke gezittert hatte, während sich Eiszapfen an der Fensterbank bildeten und er war sich sicher gewesen, dass sein Mangel an religiösem Eifer schuld an seinem Leiden war.

„Vater?"

Garth spürte, wie jemand an seiner Soutane zupfte und schaute nach unten. Ein kleiner Junge mit Sommersprossen schaute zu ihm hoch.

„Meine Mutter sagt, dass Ihr nicht mit mir sprechen

könnt, aber das ist in Ordnung, weil Ihr ja immer noch mit Gott sprechen könnt und meine Mutter sagt, dass Ihr für mich zu Gott sprechen könnt, weil mein Vater betrunken ist und sagt, dass er keine Zeit hat sich mit einem verdammten Spielzeug zu befassen und meine Mutter ist eine Frau und hat keine Ahnung von Spielzeugen. Könntet Ihr also bitte mit Gott sprechen, dass er meinen Drachen in Ordnung bringt?“

Garths Mundwinkel zuckten und er musste sich zusammenreißen, dass er nicht über die umständliche Erklärung des Jungen lächelte. Der Junge trug das zerbrochene Holzspielzeug in seinen Armen. Die Farbe war verblasst und die Ränder abgenutzt. Garth runzelte die Stirn und streckte die Hand nach dem Ding aus. Der Junge reichte es ihm mit ernster Miene.

Abgesehen von den schrecklichen Zähnen, die ihm auf das Gesicht gemalt waren und den Zacken entlang seines Rückens war es schwierig zu sagen, was für eine Art von Tier es war. Die Schwanzspitze war abgebrochen, das Zugseil ausgefranst und die beiden Räder, die das Spielzeug vorantrieben, waren abgefallen, als die Achse scheinbar verloren ging. Mehr als ein Gebet war nötig, um das Ding wieder in Ordnung zu bringen.

Aber er hatte nichts anderes zu tun und die Arbeit würde ihn von dem verwöhnten Freier am Feuer ablenken, der zufrieden gähnte, während Cynthia ein weiteres Fell über ihn legte.

Die Materialien konnte man schnell zusammensuchen. Er fand ein altes Stück Tannenholz auf dem Holzhaufen, ein Stück Seil im Stall und aus einer Laune heraus holte er Feder und Tinte aus seiner Unterkunft.

Als er wieder in die große Halle mit dem kleinen Jungen

im Schlepptau kam, war Cynthias Besuch so schläfrig wie eine Katze nach einer Schüssel Sahne und er überlegte angewidert, ob der Junge vielleicht erwartete, dass sie ihn in den Schlaf wiegte.

Mit einem abfälligen Seufzen wählte er einen Platz zum Arbeiten, der so weit wie möglich vom Feuer weg war und setzte sich im Schneidersitz auf das Schilf. Der kleine Junge hockte neben ihm auf den Boden und beobachtete ihn schweigend.

Zuerst ersetzte er das Zugseil, trennte die Stränge des Seiles und drehte sie, sodass er einen Knoten um den Hals des Tieres machen konnte. Als nächstes nahm er seinen Dolch und schnitzte ein Stück Tannenholz in Keile und Dübel für die Achse. Er ersetzte die Räder und bohrte kleine Löcher in die Achse mit der Spitze seines Messers, sodass die Dübel die Räder an Ort und Stelle halten konnten.

Während er arbeitete, kroch der Junge immer näher bis er sich auf Garths Oberschenkel lehnte. Garth lächelte. Nach vier Jahren im Kloster hatte er vergessen, wie erfreulich, wie vertrauensvoll, ausdrücklich und ehrlich Kinder waren.

Die Linien im Gesicht des Drachen waren arg stumpf, aber Garth konnte sie noch gut genug erkennen, dass er sie mit seiner Feder nachzeichnen konnte und der Junge beobachtete diese Tätigkeit mit stiller Ehrfurcht. Inspiriert von der Ehrfurchtbezeugung fügte Garth seine eigenen Verschönerungen hinzu und zeichnete ein paar Schuppen und Klauen auf die Räder.

Leider konnte er den abgebrochenen Schwanz nicht reparieren. Er drehte das Spielzeug in seiner Hand und schaute den Jungen an, wobei er sich an seine eigene Kindheit und seine eigenen Sachen erinnerte. Die de Ware

Jungen besaßen jeder einen Ritter auf einem Pferd auf Rädern und sie schlugen die heftigsten Schlachten. Es erschien Garth, als hätten es seine Brüder genossen, Stücke des Ritters des anderen abzuschlagen, als wenn sie sich an ihren Wunden und Narben erfreuen würden – amüsiert dachte er, dass sie dies niemals abgelegt hatten.

Plötzlich hatte er eine Eingebung. Dieser Drache könnte mit der schrecklichsten Wunde aller Zeiten prahlen. Er hielt das verstümmelte Tier mit seinem abgetrennten Schwanz auf seinem Schoß, nahm seinen Dolch und drückte den Rand der Klinge vorsichtig gegen seinen Daumen. Er fügte sich einen winzigen Schnitt zu, der nicht schlimmer als der Stich eines Dorns war, aber das entsetzte weibliche Keuchen erschreckte ihn.

„Was zum Teufel ...?", fragte Cynthia.

Ein Tropfen Blut fiel auf seine Soutane, bevor er den Rest auf die Ränder des zerbrochenen Drachenschwanzes schmieren konnte.

Der Rest von Cynthias Frage wurde von einem kalten Wind verwischt, der durch die sich öffnende Tür fegte, das Feuer aufflackern ließ und mit einem Donnerschlag eine vom Regen durchnässte, wütende adlige Frau mit sich brachte.

Der Junge, um den Cynthia sich gekümmert hatte, sprang auf, als hätte sein Haar Feuer gefangen. Die Frau donnerte nach vorn ohne sich vorzustellen oder Angst zu haben.

„Da seid Ihr ja, Ihr nichtsnutziger Tölpel!"

Selbst Cynthia wich vor dem scharfen Angriff der Frau zurück.

„Ich habe überlegt, wo er denn hingegangen sein könnte." Die Frau schüttelte sich wie ein nasser Hund, während sie nach vorne eilte und Regentropfen auf das Schilf sprühte. „Wo ist mein lieber Sohn, während seine Braut weinend und zitternd auf der Treppe der Kirche wartet?" Sie schlug fest auf ihre durchnässten Röcke und verursachte einen Nebel. „Während sein Vater herumstottert, um die richtigen Worte für ihre armen Eltern zu finden?" Sie ergriff den Jungen an Arm und er fiepte wie ein geschlagener Hund. „Während der Priester weitermacht und um die Zeit zu überbrücken, über Gebote predigt, von denen noch nicht einmal Moses jemals gehört hat!"

Garth senkte seinen Kopf in einem verzweifelten Versuch, seine Heiterkeit zu verbergen.

„Ach, sagte Euer Vetter völlig betrunken, er ist weggegangen, um sich eine *echte* Ehefrau zu suchen anstelle des Kindes, dem er versprochen ist." Mit diesen Worten ergriff die Frau ihren Sohn am Ohr und zog ihn in Richtung Tür, wobei sie sich an den neugierigen Zuschauern nicht störte. „Eine *echte* Ehefrau? Ha! Ihr wüsstet gar nicht, was Ihr mit einer echten Ehefrau anfangen solltet."

Mit diesen Worten stürmte sie hinaus in den stürmischen Nachmittag, schlug die Tür hinter sich zu und hinterließ eine Stille, die nur vom Knistern des Feuers unterbrochen wurde.

Cynthia wusste kaum, was sie sagen sollte. Was auch immer gerade passiert war, es sah nicht gut aus für den Jungen.

„Nun." Sie sammelte die Decken ein, die der Junge in seiner Eile abgeworfen hatte, schüttelte das Schilf aus ihnen heraus und der Rest der Burgbewohner fing an über das zu schwatzen, was gerade passiert war.

In der Zwischenzeit untersuchte Garth mit ernster Miene und einer Hand an seinem Kinn das Spielzeug auf seinem Schoß. Sie betrachtete sein Profil ein wenig genauer. Wenn sie es nicht besser gewusst hätte, hätte sie schwören können, dass die Falte in seinem Augenwinkel nicht der Konzentration, sondern seiner Heiterkeit geschuldet war.

Sie vermutete, dass es amüsant gewesen war. Dem Jungen waren fast die Augen ausgefallen, als er seine Mutter auf sich zukommen gesehen hatte und sie hatte so zornig ausgesehen wie eine durchnässte Henne. Wo hatte Elspeth den Jungen überhaupt aufgegabelt? Sie wollte gerade nachfragen, aber ihre Dienerin war mit knallroten Wangen schnell in die Küche geschlüpft.

„Schaut, Mylady." Der kleine Dylan sprang mit dem Spielzeug in der Hand auf. „Der Vater hat es repariert. Er hat Schuppen und Klauen und einen finsteren Blick darauf angebracht und seht nur!" Er hielt das Spielzeug etwas zu nahe an ihr Gesicht. Sie zuckte zurück vor dem hellroten Rand auf dem Holz. Dylan flüsterte laut vor Ehrfurcht. „Das ist Blut, Mylady, *echtes* Blut."

Cynthia drückte ihre Hand an ihre Brust. Lieber Gott, das konnte nicht sein ...

Sie schaute zu Garth. Ein wenig Heiterkeit funkelte immer noch in seinen Augen. Sie senkte ihren Blick auf seinen Daumen, den er gegen einen Finger drückte, um die Blutung zu stoppen. Sie schluckte. Hatte er sich wirklich geschnitten, nur um das Kind zu erfreuen?

Dylan war mehr als erfreut. Sie hatte niemals verstanden, warum kleine Jungen Blutvergießen so sehr liebten, aber der Drachen mit der grauseligen Wunde und dem Blut eines echten Priesters würde wahrscheinlich Dylans kostbarste Besitz für die nächsten Jahre werden.

„Ihr werdet Beinwell dafür brauchen", sagte sie zu Garth.

Er runzelte die Stirn und zuckte mit den Schultern. Sie nahm an, als ein de Ware hatte er so einige Schürfwunden und Stiche erlitten, aber jetzt war er ein Teil ihres Haushaltes und sie wollte nicht, dass jemand in ihrer Obhut eine Entzündung bekam. Sie zerzauste Dylans Haar und ging los, um ihre Tasche mit den Heilmitteln zu holen.

Als sie einige Augenblicke später zurückkam, war Dylan weg und terrorisierte wahrscheinlich all die kleinen Mädchen auf der Burg. Garth hockte in der Nähe des Feuers und starrte in die Flammen. Sie blieb im Schatten der Tür stehen, um ihn zu beobachten.

Seine Augen reflektierten das Flackern des Feuers und sie sah stille Zufriedenheit in ihnen. Sie wusste, dass es ihm Freude gemacht hatte an Dylans Spielzeug zu arbeiten. Sie hatte ihn dabei beobachtet, obwohl sie vorgetäuscht hatte, mit ihrem eigenwilligen Gast beschäftigt zu sein. Der Abt hatte gesagt, dass Garth ein talentierter Schreiber war, aber die Klauen und Schuppen des Drachen zeugten von weit mehr als einer ruhigen Hand. Garth besaß eine einzigartige Fantasie und künstlerische Fähigkeit. Dylan war ebenfalls von der Arbeit des Priesters fasziniert gewesen und hatte sich in seinem Eifer so nah an ihn gelehnt, dass Cynthia Angst hatte, dass der unerschrockene Junge vielleicht auf seinen Schoß klettern würde.

Garth schien das in keiner Weise zu ärgern. Er schien sich wohl zu fühlen mit der schmutzigen Hand des kleinen Jungen auf seinem Oberschenkel und dem Gesicht mit den Sommersprossen so nah. Cynthia nahm an, dass Garth Kinder gewohnt war. Er hatte wahrscheinlich Nichten und Neffen. Wie traurig es für ihn sein musste getrennt von ihnen zu sein und in einem Kloster mit ausschließlich erwachsenen Männern zu leben.

Mit einem den übrig gebliebenen Holzstücken stocherte Garth im Feuer und die Flammen flackerten wieder auf und tauchten sein Gesicht in ein goldenes Licht. Sie dachte erneut, wie schön er war, wie seine gemeißelten Gesichtszüge im Licht des Feuers gedämpft waren und sein Haar bernstein- und bronzefarben leuchtete. Während er da vor dem Kamin hockte, ließen sein breiter Rücken und seine Schultern, die gegen die raue Wolle seiner Soutane drückten, keinen Zweifel, dass er sowohl ein Mann wie auch ein de Ware war. Und doch hatte die Art und Weise, wie er in dem Feuer stocherte, etwas Jungenhaftes. Sie konnte sich eine kleinere Version von ihm neben diesem erwachsenen Garth vorstellen - ein kleiner Junge mit zerzaustem Haar und großen grünen Augen – und bei dem Gedanken musste sie lächeln.

Sie war so gedankenverloren, dass sie erstaunt war, als sie sah, dass Garth sie anstarrte. In seinen Augen war keine Freude mehr zu sehen, sondern nur etwas Kühles und Unnahbares. Einen kurzen Augenblick lang war sie versucht sich wieder die Treppe hinauf in ihr Zimmer zu stehlen. Sie war jedoch keine ängstliche Maus, die sich von einem finsteren Blick einschüchtern ließ, auch wenn es sie traurig stimmte, dass ihr Anblick die Wärme aus seinem Gesicht vertrieben hatte.

Also trat sie vor, zog die Tinktur aus Beinwell aus ihrer Tasche und schwatzte, um das unbehagliche Schweigen zu füllen.

„Hat es aufgehört zu bluten? Ich weiß nicht, was Ihr Euch dabei gedacht habt." Sie ergriff sein Handgelenk trotz seines leichten Widerstands und untersuchte den Schnitt.

Er war lang, aber nicht sonderlich tief. „Wisst Ihr, ich bin mir sicher, dass der kleine Dylan mit Tinte genauso zufrieden gewesen wäre" Sie glaubte das nicht wirklich. Der Junge war ganz offensichtlich aufgeregt wegen seines blutigen Schatzes. Als Heilerin konnte sie ein solches Blutvergießen jedoch nicht gutheißen.

Sie befeuchtete ein kleines Stück Leinen mit dem Beinwell und stützte seine Hand, während sie es vorsichtig über den Schnitt tupfte. Sein Fleisch war warm vom Feuer und seine Handfläche breit und weich im Gegensatz zu den vernarbten Händen der Bauern und Ritter, die sie normalerweise behandelte, oder der faltigen Pfote ihres verstorbenen Ehemannes. Garths Finger waren lang und geschmeidig und seine Hand war muskulös und zu Cynthias völliger Beschämung fing sie an sich vorzustellen, wie sich diese Hand auf ihrem Körper anfühlen würde, wie sie ihre Hüfte und ihre Fesseln nachzeichnen würde und ihre Brust streichelte. Sie schluckte schwer.

Auf dem Rücken von Garths Hand stand eine Vene hervor und Cynthia spürte, wie sich der Puls dort beschleunigte, fast, als hätte er ihre Gedanken gelesen. Sie wagte es nicht ihn anzuschauen und war sich sicher, dass ihre Augen ihre eigensinnigen Gedanken verrieten.

„Es war nett von Euch, dass Ihr sein Spielzeug repariert habt", murmelte sie und warf das schmutzige Leinen in das Feuer und wollte seine Hand loslassen, „insbesondere zu einem so hohen Preis." Sie kaute auf ihrer Lippe und platzte heraus: „Tatsächlich könnt Ihr so gut mit Kindern umgehen, dass ich glaube, dass Ihr eines Tages ein sehr guter Vater sein könntet."

Daraufhin zog Garth seine Hand weg und zog sich

schneller zurück in den Armen seiner Soutane als eine erschrockene Taube und Cynthia wusste, dass sie genau das Falsche gesagt hatte. Bevor sie erklären oder sich entschuldigen konnte, drehte er sich weg, sammelte sein Werkzeug ein und verließ die große Halle.

Kapitel 7

Trotz ihres voreiligen Kommentars wurde Cynthias Meinung über Garths väterliche Art am nächsten Morgen noch untermauert.

Während einer kurzen Regenpause ging sie ein wenig auf der Mauer spazieren, um die frische, feuchte Luft zu genießen. Die Wolken verdeckten immer noch den blauen Himmel und hatten sich im Augenblick ein wenig verteilt wie Soldaten, die sich für eine Schlacht neu gruppierten. Die Bäume ließen ihre nassen Blätter hängen und der Boden war schwarz vor Nässe. Während sie den Blick über den grauen Horizont und die Hügel schweifen ließ, sah sie zwei Gestalten, die am Waldrand entlang spazierten.

Garths dunkle Soutane tarnte ihn gegen die Bäume, aber das blaue Kleid des kleinen blonden Mädchens stach hervor wie eine Blume im Gras. Cynthia kniff die Augen zusammen. Das Mädchen war Grizel, die Tochter des Waffenschmieds und sie trug etwas in ihren Händen. Sie blieben neben einem riesigen alten Eichenbaum stehen und Garth machte eine Bewegung zu dem Mädchen. Sie nickte. Dann kniete Garth sich auf den nassen Boden fing an mit einem Handspaten zu graben.

Als das Loch ungefähr einen Fuß tief war, streckte Garth die Hände aus, um Grizel ihre Last abzunehmen. Cynthia keuchte vor Mitleid, als sie merkte, um was es sich handelte. Seit Wochen hatte das Mädchen eine kranke alte Taube im Stall gepflegt. Der Vogel musste nun endlich gestorben sein.

Vorsichtig legte Garth das Tier in den Boden und machte das Zeichen des Kreuzes über dem Grab. Grizel kniete neben ihm und sie beteten zusammen mit gefalteten Händen. Als er begann Erde über das Loch zu schaufeln, hörte Cynthia, wie das Kind protestierend heulte. Er hielt inne und zeigte auf den Himmel. Ob er ohne Worte versuchte zu erklären, dass die Taube begraben werden musste, um in den Himmel zu gelangen oder dass der Regen sie nass machen würde, wenn sie nicht ordentlich bedeckt war, wusste Cynthia nicht. Das Mädchen erlaubte ihm jedoch das Grab fertig zu bedecken und drückte die Erde sogar noch mit ihren eigenen Händen fest.

Als die Tat vollbracht war, warf Grizel sich in Garths Arme und vergrub ihr Gesicht in seiner Soutane, um zu weinen. Einen Augenblick lang schien Garth alarmiert zu sein. Dann legte er die Arme um das Mädchen, tätschelte ihren Rücken und strich ihr über das Haar.

Cynthia biss sich auf die Lippen und spürte, wie ihr Tränen in die Augen stiegen. Was für ein Trost musste der Priester für das Kind sein, das vor einem Jahr seine Mutter verloren hatte. Cynthia erinnerte sich an den Tod ihrer eigenen Mutter und wie sie in den ersten Monaten die zärtlichen Umarmungen und Worte vermisst hatte. Selbst jetzt schien es eine lange Zeit her zu sein, seit jemand sie so gehalten, ihre Tränen getrocknet und ihr über das Haar gestrichen hatte.

Verdammt, er hatte sie gesehen. Er starrte über Grizels blonden Kopf und seine Miene war zu weit weg, um sie zu erkennen, aber sein Blick war offensichtlich ihrem begegnet. Sie errötete und war sich bewusst, dass sie spioniert hatte und ihn in einem privaten Augenblick gestört hatte. Sie wusste, dass sie gehen sollte, aber sein Blick hatte sie an Ort und Stelle erstarren lassen.

Sie schaute zuerst weg. Sie musste es. In dem Augenblick erschien Elspeth mit ihrem unglückseligen Gefühl für den richtigen Zeitpunkt und erschrak sie so sehr, dass sie fast von der Mauer gestürzt wäre.

„Ach, hier seid Ihr, Mylady!“

„El?“ Sie stolperte und griff nach einer Zinne, wobei sie einen schnellen beschämten Blick in Richtung Garth warf.

„Hier draußen ist es glatt vom Regen“, schimpfte Elspeth. „Warum kommt Ihr nicht nach drinnen und trocknet Euch ab? Lord William und sein Gefolge werden bald kommen und ...“

„Wer?“, fuhr sie ihre Dienerin mit finsterem Blick an. „El, wir haben jeden Tag Besuch. Was habt Ihr nur getan? Habt Ihr einen Boten losgeschickt mit der Nachricht, dass sich der heilige Gral auf Wendeville befindet?“

Elspeth kicherte ein wenig zu enthusiastisch. „Oh Mylady! Der heilige Gral! Lord William und sein Gefolge sind nur auf der Durchreise. Sicherlich werdet Ihr ihnen keinen Schutz vor dem Sturm verweigern.“

Cynthia runzelte die Stirn. Natürlich würde sie sie aufnehmen, weil es die Gastfreundschaft verlangte, aber sie wurde den Gedanken nicht los, dass die listige Elspeth etwas vorhatte.

Ein dicker Regentropfen fiel auf ihre Wange und ein Blitz in den dunklen Wolken warnte vor einer Rückkehr des Sturms. Sie warf einen letzten Blick über ihre Schulter, als der Regen einsetzte. Garth nahm das kleine Mädchen auf seine Arme. Er schützte sie mit seinem Körper und marschierte zügig über das Gras, um sie in den Schutz der Burg zurückzubringen.

Es stellte sich heraus, dass ihre Besucher an jenem Nachmittag tatsächlich eine sehr angenehme Gesellschaft waren. Lord William war herzlich und höflich, weder zu unterwürfig noch zu kühn. Der Regen hatte weder seine Freundlichkeit noch sein gutaussehendes Gesicht trüben können und Cynthia mochte den Mann sofort.

Seine Ritter, die fast ein Dutzend zählten, waren ehrbar und ritterlich und Cynthia beobachtete, wie einige der Dienerinnen von Wendeville bei den feinen jungen Männern abwechselnd schmachteten und kicherten.

Beim Abendessen teilte sie einen Teller mit William. Seine Manieren waren makellos und seine Unterhaltung interessant. Er hatte ein gutaussehendes Gesicht und war kräftig gebaut und sein braunes Haar fiel wie Kupfer über seine breiten Schultern. Seine braunen Augen leuchteten, wenn er von der Jagd mit den Adlern sprach, was sein liebster Zeitvertreib war und sie funkelten liebevoll, als er sich erinnerte, wie er seinen jüngsten Neffen zum ersten Mal zum Reiten mitgenommen hatte.

Nach dem Essen überredeten seine Männer ihn die Laute anzustimmen und Cynthia war von seiner Geschicklichkeit und seiner Stimme fasziniert, während er einen Reigengesang über die Freuden des Frühlings zum Besten gab. Während sie die im Takt nickenden Köpfe um sich herum beobachtete und dem Gelächter zuhörte, überlegte Cynthia, ob die Burgbewohner wegen der Krankheit von Lord John unter einem Mangel an Besuchern wie diesem gelitten hatten. Ganz Wendeville schien die Pause von der Trauer, die sich durch diese fröhliche Gesellschaft bot, zu genießen.

Dann erblickte Cynthia Garth. Während alle um ihn herum im Rhythmus mit der Musik auf den Tisch schlugen, saß er da mit finsterem Blick und über der Brust verschränkten Armen.

Was war bloß los mit ihm? Gefiel ihm das Lied nicht? Fürwahr, es war nicht der einfache Gesang des Klosters, den er gewohnt war, aber sicherlich verurteilte er sie nicht für ein wenig fröhliche Musik. Das Lied war noch nicht einmal anzüglich wie manch anderer Reigengesang. Sie starrte ihn an, bis sich ihre Blicke begegneten und sie hob fragend ihre Augenbrauen.

Als wenn er von seiner eigenen Haltung überrascht wäre, faltete er seine Arme auseinander und entspannte sein Gesicht. Er lächelte zwar nicht, aber eine Art von Resignation legte sich über seine Miene. Sie wünschte, sie könnte seine Gedanken lesen. Was für ein Mysterium Garth de Ware doch war, beschloss sie und grinste ihn trotz seiner Trauermiene an.

Garth trommelte rastlos mit seinen Fingern auf dem Tisch. Er freute sich, dass Lady Cynthia Spaß hatte. Wirklich. Die arme Frau hatte schließlich ihren Ehemann verloren. Sie verdiente ein wenig Frohsinn in ihrem Leben und wenn dieser Frohsinn in Form eines gutaussehenden Edelmannes kam, der wie eine Nachtigall sang und im Augenblick tanzte, als wäre er dazu geboren, was ging ihn das schon an?

Garth hielt die Luft an, als der Herr Cynthias Hand nahm und sie im Kreis mit dem Rest der Tänzer herumführte. Sie sah so schön, so lebendig und so glücklich aus.

Fürwahr, Garth konnte nichts nachteiliges über den Mann sagen. Lord William war weder überheblich noch ängstlich. Er schien die vornehmen Künste zu beherrschen, aber an der Breite seiner Schultern konnte Garth sehen, dass er wohl auch ein guter Krieger war und er konnte tanzen.

Auch Garth konnte tanzen. Zusammen mit seinen Brüdern war er gezwungen worden es zu lernen. Ihre Mutter hatte den de Ware Jungen niemals erlaubt, dem gewalttätigen Sport des Schwertkampfes zu frönen, wenn sie nicht im gleichen Maße die höfischen Umgangsformen übten und wenn es ihm nicht in den letzten vier Jahren, in denen er Mönch gewesen war, verboten gewesen wäre an solchen Dingen teilzunehmen, würde er es jetzt beweisen wollen.

Frustriert seufzte er. Was zum Teufel dachte er da? Noch nicht eine Woche in der irdischen Welt und schon wollte er die Sünde des Stolzes begehen. Was macht es schon aus, ob er tanzen konnte? Er war ein Priester. Er brauchte seine Beine nur zum Knien bei der Verehrung Gottes. Alles andere war Eitelkeit. Vielleicht war es gut, dass er ein Schweigegelübde abgelegt hatte. Tatsächlich wäre es vielleicht ratsam, das Gelübde für weitere zwei Wochen aufrecht zu erhalten.

Er starrte auf seinen Becher Wein und dachte gerade über die Vorteile nach, wenn er sein Schweigegelübde für den Rest seines Lebens verlängerte, als Cynthia ihn am Ellbogen zupfte. Erschrocken wandte er sich um und begegnete ihrem Blick. Herr im Himmel, sie war atemberaubend. Ihr Gesicht wurde von losgelösten Strähnen ihres feurigen Haares gerahmt und war vor Freude gerötet. Ihre Haut war feucht von der Anstrengung, ihre Wangen rosig und ihre Lippen zu einem koketten Lächeln verzogen.

Eine intensive Sehnsucht blühte in ihm auf. Sein Herz schien im Einklang mit dem Tamburin zu schlagen und seine Lungen atmeten die Harmonien der Laute ein. Plötzlich sehnte er sich danach zu ihr zu gehen, zu ihnen allen zu gehen und ihre Fröhlichkeit und ihre Menschlichkeit zu teilen. Einen schrecklichen Augenblick lang bebten seine Beine in einer Meuterei und drohten sich gegen seine Wünsche zu bewegen.

Dann zog ein weiterer Tänzer sie weg und das Gefühl war vorbei. Er schluckte die Panik hinunter. Wie nahe war er gekommen, diesen ersten Schritt zu gehen? Zu vergessen, wer und was er war? Seine eigenen Prinzipien zu vergessen?

Er wischte sich mit der Rückseite seiner Hand über seine schwitzende Lippe und erhob sich auf wackeligen Beinen. Er achtete darauf, dass sein Gang nicht im Einklang mit der Musik war, ballte die Hände zu Fäusten, stählte sein Kinn und ging absichtlich an den Feiernden vorbei.

Die Flucht wäre ihm fast gelungen. Hätte er auf das Muster der Tänzer geachtet, wäre er ihnen aus dem Weg geblieben, aber wie es das Schicksal wollte, drehte Cynthia sich im Kreis, er trat nach links direkt auf ihre Zehen.

Sie stieß einen kleinen, gedämpften Schrei aus und fiel plötzlich nach vorn gegen ihn. Er nahm die Hände aus seiner Soutane und ergriff sie instinktiv an den Schultern. Eine berauschende Welle süßen Parfums stieg aus ihrem Haar auf, um seine Nase zu verhöhnen und er schluckte schwer, als er das Gewicht ihres warmen Körpers gegen seinen gedrückt spürte.

Er wusste, dass er sie hätte wegschieben sollen, aber

irgendetwas, irgendein Hunger oder unaussprechliches Verlangen, irgendeine Gewalt, die ohne Sinn und Verstand war, ließ ihn erstarren. Sie hob ihren Kopf, um ihn anzusehen und er sah einen Spiegel seines eigenen Verlangens in ihren Augen, woraufhin dieses noch intensiviert wurde. Plötzlich, mitten in der großen Halle, schienen nur sie beide anwesend zu sein.

Gegen jede Vernunft senkte er seinen Blick auf ihre Lippen. Wie voll und verführerisch sie doch waren und ihr Mund war erwartungsvoll geöffnet. Seine Gedanken gerieten gefährlich ins Wanken. Die Menge sollte verflucht sein. Seine Gelübde sollten verflucht sein. Er wollte sie küssen. Jetzt.

Im nächsten Augenblick hätte er es vielleicht getan.

Ihre herrische kleine Dienerin quetschte sich zwischen sie. „Oh! Jetzt habt Ihr das Muster zerstört, Mylady!" Sie steuerte Cynthia aus dem Kreis, wobei sie ihm einen finsteren Blick zuwarf.

Garth schloss die Augen. Er hatte Elspeths Zorn verdient. Er hatte versprochen, sich nicht in ihre Intrigen einzumischen. Fürwahr, sobald er seine Leidenschaft zügeln konnte, würde er sie zweifellos segnen, dass sie seinen Augenblick reinen Wahnsinns unterbrochen hatte. Für den Rest des langen Abends, bis er Zuflucht in seiner Unterkunft fand, konnte er nur noch einen finsteren Blick aufsetzen und kämpfte mit einem Verlangen, das dafür sorgte, dass er die Hände zu Fäusten geballt hielt.

Cynthia hörte nur halb zu, als Lord William sie entlang des Kräutergartens im inneren Burghof in der unsteten Morgensonne begleitete. Ihre Hand lag vertraut auf seinem

Ärmel, obwohl sein Arm auch die Lehne eines Stuhles hätte sein können, so wenig, wie sie darauf achtete.

Seit der Begegnung mit Garth de Ware hatten ihre Gedanken die ganze Nacht in ihrem Kopf geschwirrt und sich sogar in ihre Träume eingemischt und als der Morgen graute, konnte sie sie ebenso wenig verstehen wie zuvor. Sie wusste, dass sie ihrem Besucher zuhören sollte und bis jetzt hatte sie zumindest genug auf seine Worte geachtet, dass sie hin und wieder zustimmend nickte oder lächelte, aber als Garth am anderen Ende des Burghofes auftauchte, hörte sie nichts mehr von dem, was Lord William sagte.

Der alte Simon humpelte an Garths Arm. Scheinbar hatte der schwache Mann mal wieder seinen Gehstock verlegt. Der arme Kerl konnte kaum seine Gedanken ordnen und seine Habseligkeiten schon gar nicht. Cynthia überlegte, ob sie Hilfe leisten sollte. Im Gegensatz zu Garth wusste sie, dass Simon seinen Stock normalerweise an die Wand der Toilette im Ostteil der Burg abstellte.

„Jetzt haben Eure Ohren mich also auch verlassen."

„Wie bitte?" Cynthia wandte ihren Kopf um. „Es tut mir leid, Lord William. Ich ..."

Er schmunzelte. „Ihr starrt ihn jetzt schon eine ganze Zeit lang an."

Sie spürte, wie sie errötete. „Ich weiß nicht, was Ihr ..."

Er klackte mit der Zunge. „Seid vorsichtig, damit Ihr nicht lügt. Ihr wisst doch, dass sie das nicht gutheißen."

„Wer?"

„Kirchenmänner."

„Ich ... ich habe den alten Simon beobachtet."

Er tätschelte ihr auf brüderliche Art und Weise die Hand. „Ich habe gesehen, wie Ihr den Mann gestern Abend angesehen habt, selbst als er Euch auf den Fuß getreten ist."

Panik und Verleugnung überkamen sie. „Sir, wollt Ihr damit sagen ...?", fauchte sie. „Er ist ein Geistlicher. Ich würde nicht im Traum ..." Sie hielt an, um ihre Röcke glatt zu streichen und ihre Gedanken zu ordnen. Verflucht, sie träumte doch nicht etwa von einer solchen Blasphemie, oder? „Ihr habt in meinen Augen nichts anderes als unschuldiges Vergnügen gesehen", erklärte sie und wollte sich damit auch selbst überzeugen.

Heiterkeit funkelte in Lord Williams braunen Augen. „Vergnügen? Ich wünschte, ich könnte eine Frau so erfreuen."

Sie öffnete ihren Mund um es zu leugnen, aber seine erhobene Hand ließ sie innehalten.

„Frieden, Mylady. Ich wünsche Euch alles Gute mit ihm."

Cynthia spürte, wie sie errötete. „Ihr irrt. Garth de Ware ist ein Geistlicher und ihm liegt nichts an den irdischen Sehnsüchten."

„Fürwahr?"

Lord William lachte sie aus und das ärgerte sie. Gestern Abend waren sie beide nur überrascht worden. Schließlich war keiner von ihnen an solche Intimität gewöhnt. Cynthia hatte ihren Ehemann erst vor einigen Wochen verloren. Bei Garth war es wahrscheinlich Jahre her, seit er nahe bei einer Frau gewesen war. Lord William verstand es einfach nicht.

„Dann küsst mich", sagte er.

Cynthia dachte, sie hätte sich verhört. „Was habt Ihr gesagt?"

„Küsst mich."

„Aber ich kenne Euch doch kaum."

„Ihr wisst, dass ich Euch nichts Böses will.", flüsterte er und neigte sich zu ihr. „Küsst mich. Ich wette, dass Euer

Priester vor Eifersucht kochen wird. Aber wenn er keine Reaktion zeigt, gebe ich die Niederlage zu und verbeuge mich vor Euren Instinkten."

„Er wird noch nicht einmal blinzeln", versicherte sie ihm.

Er starrte sie lange an und auf seinem Gesicht waren verschiedene Gefühle zu sehen – ein wenig Lüsternheit, als er ihren Mund betrachtete, aber auch ein wenig Traurigkeit und eine Weisheit, die ihn älter aussehen ließ als er war.

„Aber wenn er blinzelt, werde ich keine Zeit mehr damit verschwenden, Euch den Hof zu machen, Mylady." Er streckte die Hand aus und spielte mit einer Locke ihres Haares. „Dann sammele ich meine Männer ein und gebe mich geschlagen", sagte er mit einem freundlichen Lächeln, „und wünsche Euch alles Gute."

Es war Unsinn. Die ganze Unterhaltung war lächerlich. Bei Gott, sie würde beweisen, dass sie keinen Anspruch auf Garth de Ware hatte und dass er auch keine Gefühle für sie hegte. Sie stellte sich William direkt gegenüber und hob ihr Kinn. „In Ordnung. Küsst mich."

Er zwinkerte, legte eine Hand an ihren Hals, die andere um ihren Rücken und drehte sie so, dass der Priester sie sehen konnte und dann küsste er sie. Seine Lippen waren weich und sein frisch rasiertes Kinn glatt und seine Berührung an ihrem Hals nur leicht und nicht fordernd. Er schmeckte so süß wie das süße Zimtbrot, das sie zum Frühstück geteilt hatten. Sie fühlte sich nicht mehr erregt als sie als kleines Mädchen gewesen war, wenn ihr Vater ihr einen schnellen Kuss auf die Wange gegeben hatte.

Einen Augenblick später löste er sich von ihren Lippen. Er zog sich nur einen Zoll zurück und murmelte: „Spürt Ihr die Dolche in seinen Augen? Seht."

Sie blickte über seine Schulter und keuchte. Wenn Blicke töten könnten ...

Garths Gesicht war zu einer starren Maske des Missfallens geworden. Ihr Herz raste angesichts eines solch mächtigen Zorns, der ihr entgegengebracht wurde. Vielleicht missbilligte er nur die öffentliche Zurschaustellung von Zuneigung. Oder vielleicht dachte er, dass Lord William ein ungeeigneter Freier sei.

Tief im Inneren stieg jedoch ein gefährliches Verlangen in ihr auf und ihr Fleisch kribbelte vor köstlicher Unruhe.

„Seht Ihr", flüsterte William, „ich habe die Wette gewonnen. Ich muss sagen, dass er ein glücklicher Mann ist, dass er die Aufmerksamkeit einer so charmanten Dame gewonnen hat."

Cynthia war so außer Atem, dass sie weder gegen seinen Vorwurf protestieren noch sein Kompliment auch nur mit der einfachsten Höflichkeit entgegennehmen konnte.

William trat dann zurück, verbeugte sich über ihrer Hand und nahm höflich Abschied. „Ihr solltet Eurer Dienerin sagen, dass sie aufhören soll einen Freier zu suchen, da das Herz ihrer Dame bereits vergeben ist."

Bei seinen Worten war sie sprachlos. Sicherlich irrte er. Elspeth suchte keinen Freier für sie. Vielleicht schlug ihr Herz ein wenig schneller, wenn Garth in der Nähe war, aber der Priester hegte mit Sicherheit keine Gefühle für sie, außer vielleicht einem allgemeinen Verlangen nach ihrem Geschlecht, das durch seine lange Keuschheit ausgelöst wurde. Ihre intimen Augenblicke waren immer flüchtig und danach folgte immer sofort kühle Missachtung und eine leichte Geringschätzung seinerseits.

Trotzdem verfolgten Lord Williams Worte sie den

ganzen restlichen Tag, selbst nachdem er und seine Gefolgschaft aufgebrochen waren. Was, wenn Garth Gefühle für sie hegte? Was, wenn seine Distanziertheit nicht von Ärger, sondern von zu viel Zuneigung herrührte?

Es war einerlei, beschloss sie später, als sie in dieser frostigen Nacht gemütlich in ihrem Bett lag. Ob er Zuneigung für sie hegte oder nicht, sie hatte sich ein Versprechen gegeben und sie beabsichtigte, dieses zu halten. Sie hatte versprochen, Garth vor dem spirituellen Tod zu retten. Sie würde ihn jetzt nicht im Stich lassen, auch wenn es bedeutete, dass ihr eigenes Herz in Gefahr geriet.

Sie hatte Garth einmal mit einer kranken Pflanze verglichen. Sie wusste jetzt, dass er am ehesten wie wilder Efeu war und um zu gedeihen, musste er seinen eigenen Weg wählen und Halt in den Ritzen einer Gartenmauer finden und es war ihre Aufgabe, das starke Fundament zu sein, auf dem er klettern könnte. Er könnte sich sicherlich eine Zeit lang an ihre Zuneigung klammern, wenn das der Weg in die Freiheit für seine Seele wäre, aber sie musste fest, unbeugsam und entschlossen bleiben.

Der Mond schien durch die Wolken und eine Ritze in ihren Fensterläden und kündigte das Ende des Sturmes an. Morgen würde die Sonne wieder scheinen und die letzten Tränen des Winters trocknen und Erneuerung versprechen. Auch Garth würde schon bald im nährenden Licht der Erneuerung baden. Sie würde alles in ihrer Macht Stehende tun, dass es so werden würde.

Cynthia war schließlich die geborene Heilerin. Sie konnte die Macht der Erde anrufen, die Hände auf einen kranken Mann legen und ihn stark machen. Sollte sie nicht auch in der Lage sein, dieses Geschenk zu benutzen, um den Geist eines Mannes zu heilen? Sicherlich konnte ein

Versuch nicht schaden. Sie hatte immer die Krankheiten anderer geheilt und auf wundersame Weise ihre Krankheit aufgesogen, ohne selbst Schaden zu nehmen. Warum sollten die Leiden der Seele anders sein?

Aye, während sie ihre Nase unter die Felle steckte, schwor sie, dass sie ihre Talente benutzen würde, um Garth de Ware zu retten und sich gleichzeitig aus seiner erwachenden Leidenschaft heraushalten. Sie würde ihm eher eine fürsorgliche Schwester sein. Sie lächelte und war mit ihrer Entscheidung zufrieden und schlief ein, getröstet von der Einfachheit ihres Versprechens und dabei ahnte sie nicht, wie schwierig es sein würde, es zu halten.

KAPITEL 8

Garths Kopf schlug auf das Kissen, während sein Kopf mit wabernden erotischen Visionen kämpfte. Das Haar der Frau schlug wie die Flammen eines sinnlichen Feuers gegen seine Rippen. Ihre Hände ergriffen seine Schultern und sie umgab ihn immer wieder mit ihrer Seidigkeit und ritt ihn wie ein Schlachtross.

Sie drückte sich auf ihn und er keuchte beim Anblick der zerbrechlichen Schönheit ihrer Brüste. Zärtlich streichelte er ihre Gipfel und war von der Veränderung an ihnen fasziniert, als sein Daumen über eine Brustwarze strich.

Sie beugte sich zu ihm herab, strich sein Haar zurück und flüsterte zusammenhangslose Worte der Leidenschaft in sein Ohr. Er zitterte und stieß nach oben in sie hinein, wobei er alle Bedenken über Bord warf. Sie führte ihre Brust an seinen Mund und er saugte hungrig, wobei er angesichts ihrer Süße stöhnte.

Sein Körper fing an zu zittern, wobei eine Anspannung in seinem Bauch einsetzte, die sich nach oben bis zu seinem Schädel und nach unten zu seinen Fußsohlen erweiterte. Als das Gefühl außer Kontrolle geriet, ließ er ihre Brust los, damit er ihr kein Leid zufügen würde. Er atmete stockend und keuchte, als sie ihn in Ekstase anlächelte, wobei ihre hellblauen Augen matt im Mondlicht glänzten und um ihr schönes Gesicht mit den Sommersprossen ein strahlender orangefarbener Kranz zu sehen war.

„Cynthia ... Cynthia ...", stöhnte er und hatte die Kontrolle über seinen Verstand verloren.

Garth erwachte, als sein Körper beim Höhepunkt heftig erschauderte. Seine Muskeln waren bei der Anstrengung angespannt und sein Samen pulsierte kräftig aus ihm heraus wie ein Wein, der zu lang im Fass war. Er schrie auf und warf dann seinen Arm über seinen Mund, um seine Schreie zu dämpfen, wobei er in die Wolle des Ärmels seiner Soutane keuchte.

Das blasse Mondlicht tauchte Garths Zimmer in ein blaues Licht, während er in seinem Schweiß auf dem Bett bebte. Dieses Mal war es anders gewesen. Dieses Mal hatte sein Körper ihn gänzlich verraten. Er spürte den klebrigen, nassen Beweis dieser Anarchie auf seinen Oberschenkeln und seinem Bauch.

Diesmal war es auch nicht Mariana gewesen. Dieses Mal war die Göttin, die über ihm aufragte, Lady Cynthia gewesen.

Mit einem traurigen Seufzer zog Garth die Decke zurück und verzog sein Gesicht vor Widerwillen, als er die schmutzigen Reste seiner Soutane sah.

Warum quälte ihn Gott so? Er wollte nichts anderes, als sich still und vollständig der Kirche zu widmen und unbemerkt mit den Wänden der Kapelle zu verschmelzen wie ein vergessener Wandbehang über einem zugigen Fenster. War das zu viel verlangt?

Er zog seine Soutane aus und warf sie in die Schüssel. Die kühle Brise ernüchterte ihn, als sie gegen seine nackte Haut blies. Er schrubbte heftig an der Wolle und zitterte dabei die ganze Zeit vor Kälte. Obwohl er das Gewand auswrang und an den Büchern an der Wand ausbreitete neben dem anderen, das er erst vor wenigen Stunden gewaschen hatte, wusste er, dass keines von beiden bis zum Morgen trocken sein würde. Jede Soutane würde so unbehaglich sein wie ein Büßerhemd und ebenso passend, dachte er missmutig.

Mit einem stillen Fluch ließ er sich wieder auf sein Bett fallen und vergrub sich unter den Decken, wobei er hoffte, dass niemand merken würde, dass der Priester der Burg in sündiger Nacktheit schlief.

Unglücklicherweise kam Lady Cynthia, um ihn zu holen, bevor er überhaupt wach war.

„Garth? Psst. Garth?" Die geisterhafte Stimme tanzte durch seine Träume. „Garth?"

Er öffnete ein Auge.

„Ihr könnt doch schreiben, nicht wahr?", fragte sie.

Mit einem mürrischen Blick stützte er sich auf seine Ellbogen. Oh Gott, die Dame war in sein privates Zimmer geplatzt, als würde sie dorthin gehören und sie sah frisch wie eine Wiese im April aus mit ihrem grünen Surcot und enganliegenden Unterkleid. Sie schaute ihn erwartungsvoll an, als wäre es schon viel später.

Er rieb sich die Augen. Er war versucht sie als Teil seines Traums abzutun, sich wieder zurückfallen zu lassen und zu schlafen. Es konnte schließlich noch nicht lange nach der Frühandacht sein. Er fühlte sich, als hätte er die ganze Nacht wach gelegen.

Was hatte sie ihn gefragt – ob er schreiben könnte? Er konnte nicht anders, als das Gesicht zu verziehen. Wie könnte ein Mönch nicht schreiben können? Sie taten den ganzen Tag nichts anderes. Er nickte.

„Gut. Dann bewegt Euch und zieht Euch an. Im Garten wartet viel Arbeit."

Ihr Blick ging einen Augenblick lang weiter nach unten und er sah, wie ihr der Atem stockte. Genau dann erinnerte er sich, dass er unter der Decke nackt war. Ein eiliger Blick zur Wand offenbarte die beiden Soutanen, die ihn verrieten. Seine nackten Schultern ragten frech unter der Decke hervor, aber es war zu spät, um die Felldecke hochzuziehen. Sie hatte ihn bereits gesehen. Sie wusste es schon.

Zu seiner Erleichterung erwähnte sie es höflicherweise nicht, räusperte sich stattdessen und öffnete die Fensterläden an seinem Fenster. „Ihr seid ein Langschläfer, Garth. Ich dachte, dass Mönche bei Sonnenaufgang aufstehen."

Er blinzelte gegen das Licht und drehte den Kopf, um nach draußen zu schauen. Die Sturmwolken hatten sich in der Nacht verzogen und die Sonne stand bereits über dem Horizont.

„Ich habe Euch etwas mitgebracht", sagte sie und hielt ein paar robuste Lederstiefel hoch. „Ich habe gesehen, dass einer von Euren abgetragen ist. Außerdem habe ich bemerkt, dass Ihr recht große Füße habt, aber diese sollten Euch passen."

Sie blickte nach unten auf seinen Fuß, der unter der Decke hervor lugte. Er zog ihn zurück unter die Felle und fühlte sich noch mehr gestört. Es war schlimm genug, dass sie ihn ohne seine Soutane erwischt hatte. Etwas so persönliches wie der Zustand seiner Kleidung ging sie nichts an. Außerdem sollte sie sich definitiv nicht um die Größe seiner Füße kümmern.

„Bitte beeilt Euch", sagte sie mit irritierender Fröhlichkeit und stellte die Stiefel auf den Boden. „Wir verschwenden Zeit. Vergesst nicht Eure Feder und Tinte." Dann fegte sie aus dem Zimmer wie ein verführerischer Frühlingswind.

Zu Garths Leidwesen passten die Stiefel fast perfekt und nur wenige Augenblicke später war er dankbar für sie, als er an einem riesigen Haufen übelriechender Erde am westlichen Ende des äußeren Gartens vorbeiging.

Ein Dutzend Männer brachten abgestandenen Mist zu dem Haufen und die Kinder vermischten es mit ihren Spaten mit der nassen Erde, wenn sie sich nicht gerade damit bewarfen als wäre es die Munition eines Trebuchets. Schwatzende Mädchen zogen Unkraut auf und warfen es auf den Schubkarren. Elspeth beaufsichtigte den Kräutergarten und rief verschiedenen Dienerinnen Anweisungen hinsichtlich der Bepflanzung zu.

Dort, jenseits der Kräuter stand das Tor zum privaten Garten auf und war so einladend und unheilverkündend wie die Büchse der Pandora.

Cynthia kniff die Augen zusammen und schaute sich im Garten um auf der Suche nach der perfekten Stelle, um die Schlüsselblumen zu pflanzen. Aye, dachte sie und nahm liebevoll eine junge Pflanze vom Schubkarren, dort neben der westlichen Wand. Sie atmete noch einmal tief durch und fing an zu summen.

Vor einer Stunde war die Sonne über den Hügeln wie eine blühende Lilie aufgegangen und hatte den wolkenlosen Himmel langsam in die Farbe eines Rotkehlchens getaucht. Ein zarter Teppich aus den Tränen der Feen lag über dem Gras, während sie sich bei Tagesanbruch auf den Weg zu ihrem Privatgarten machte, was dem Tag etwas fast Magisches verlieh.

Aber nichts davon war so atemberaubend gewesen wie

der Augenblick, als sie sich in Garths Zimmer gestohlen hatte. Sie hatte länger in der Tür gestanden, als sie zuzugeben bereit war und sein entspanntes schlafendes Gesicht, seine verhedderten Haare und die Art und Weise, wie seine Nasenflügel beim Einatmen leicht flatterten, bewundert.

Dann hatte er sich in seinem Schlaf bewegt und einen Arm unter der Decke hervorgestreckt und sie hatte ein schlüpfriges Geheimnis entdeckt. Vater Garth de Ware schlief unbekleidet. Auch wenn es keine Sünde war, so war es doch zumindest verrucht. Sie spürte jedoch keine Verdammung, als ihr Blick über die gemeißelten Konturen seiner nackten Schultern wanderte. Sie biss sich auf die Lippe, um die Hitze, die in ihr aufstieg, zu unterdrücken.

Was war ihr Priester doch für ein Mysterium und wie dieses Mysterium ihr zurief. Je länger sie ihn beobachtete, desto mehr sehnte sie sich danach zu wissen, was unter der Decke lag, wollte die Felle zurückziehen und ...

Schließlich hatte sie ihre abwegigen Gedanken abschütteln müssen. Als sie sich endlich dazu durchgerungen hatte ihn zu wecken, fühlte es sich an, als würde sie einen schlafenden Drachen wecken.

Aber an diesem Morgen hatte sie harmlosere Pläne für Garth. Seine Einführung in die irdische Welt musste vorsichtig und ohne Eile gehandhabt werden. Heute wollte sie ihn daran erinnern, welch einfache Freuden jenseits des Klosters existierten. Daher hatte sie einen Korb voller schmackhafter Genüsse für ihn gepackt, die ein Fest für die Sinne waren. Da sie sich sicher war, dass das Essen im Kloster im Wesentlichen aus dem allgegenwärtigen Hering und grobem Brot bestand, hatte sie sich große Mühe gegeben, das Beste einzupacken, was in der Speisekammer und in der Küche von Wendeville zu finden war. Die Fastenzeit hatte begonnen, aber das minderte nicht die Menge an eingelegtem Aal, frischer Äsche und Krabben, die im Stroh kühl gehalten wurden, sowie einen Laib feines Weißbrot, kandierte Orangenschalen, getrocknete Feigen, Lebkuchen und mit Zimt gewürzter Apfelkuchen. Sie hatte einen Beutel mit Bordeaux aus dem Keller gefüllt und dazu zwei silberne Kelche mitgebracht.

Hoffentlich hatte Elspeth mit ihrem Spruch Recht, dass wenn der Bauch eines Mannes gefüllt war, er wie geschmeidiger Ton in den Händen einer Frau war.

Über ihr flog ein Rabe aus einer Weide auf die Gartenmauer und krächzte in Konkurrenz zu Cynthias leisem Reigengesang. Unbeeindruckt erhob Cynthia ihre Stimme zu einem ausgelassenen Vers mit *la-la-la's*. Lauthals sang sie die letzte Note des Liedes, streckte dem Vogel ihre Zunge aus und drehte sich dann um, um eine weitere Pflanze aus dem Schubkarren zu holen.

Plötzlich fiel ein dunkler Schatten über ihr Gesicht und ihr schlug das Herz bis zum Hals. Einen Augenblick lang stellte sie sich vor, dass der Rabe sich in eine menschliche Gestalt verwandelt hätte. Sie keuchte, ließ die Pflanze fallen und strauchelte unglücklicherweise rückwärts über die Harke. Sie stolperte und fiel auf den Po, wobei sie ihre Beine in alle Richtungen streckte.

„Scheiße!", rief sie und legte eine Hand an ihre Brust. Über ihr stand Garth grübelnd und still wie der Tod. „Ich habe Euch nicht gehört."

Garth unterdrückte ein Grinsen. Die Idee, dass Cynthia bei ihrem lauten Gesang irgendetwas gehört haben könnte, war ebenso lustig wie der Anblick, als sie auf den Po in den Dreck fiel. Aber als er die seidenen Konturen ihrer entblößten Beine und das sinnliche Durcheinander ihrer Locken sah, verließ ihn sämtliche Heiterkeit. Er erstarrte.

„Ihr könntet mir zumindest aufhelfen", schimpfte sie und streckte eine Hand aus.

Wider besseres Wissens bot er ihr seinen Arm an. Ihre Finger auf seinem Ärmel fühlten sich an, wie wenn ein heißes Eisen feuchte Wolle versengt hätte und sie zog sich hoch auf die Füße. Als sie vor ihm stand, wurde ihm klar, dass er mit seinen Lippen über ihre Stirn hätte streichen können, wenn sie noch einige Zoll weiter nach vorn gekommen wäre. Bei Gott, er wollte es. Sie duftete entzückend wie Zimt und Erde und Frühling.

Er hatte sie wohl angestarrt. Eilig senkte sie den Blick und ließ ihn dann los.

„Ich gestalte den Privatgarten neu", erklärte sie ein wenig außer Atem. Dann schloss sie das Tor hinter ihm. „Ich dachte, dass Ihr mir helfen könntet. Wenn Ihr die Namen der Pflanzen an ihren richtigen Standorten aufschreiben könntet ..."

Garth spannte seinen Kiefer an.

Der Garten war wie verlassen. Sie waren dort ganz allein. Hinter Garth quietschte die Eichentür, als der Riegel einrastete und ihn einschloss.

Steif setzte er sich auf einen Erdhügel. Mit ungeschickten Fingern rollte er das Pergament auf und legte es über ein Stück Holz, das als Tisch dienen würde. Je schneller er die Aufgabe erledigte, dachte er, desto schneller könnte er fliehen. Eilig entkorkte er die Flasche mit der Tinte und tauchte seine Feder hinein.

„Wenn Ihr eine Art Diagramm zeichnet und die Namen der Bäume ..."

Mit einem flüchtigen Blick um den Garten herum setzte

er seine Feder auf das Blatt.

„Die beiden dort sind Pfirsichbäume", sagte sie, legte eine Hand über ihre Augen und zeigte auf die Bäume die am weitesten weg auf der linken Seite standen. „Sie tragen süßere Pfirsiche, als Ihr jemals gegessen habt", vertraute sie ihm an. „Der Koch backt einen wunderbaren Pfirsichkuchen, für den man noch nicht einmal Honig braucht." Sie zeigte auf einen weiteren Baum. „Und das ist ein Haselnussbaum. Letzte Weihnachten trug er so viel Früchte, dass wir allen Kindern im Dorf geröstete Haselnüsse schenken konnten." Sie zeigte erneut. „Und da drüben ..."

Garth war fertig und legte die Feder nieder. Sie schaute ihn verwirrt an. Er zeigte ihr das Pergament. Zugegebenermaßen war es die liederlichste Schrift, die er je in seinem Leben auf ein Pergament gebracht hatte, aber die Worte waren da. Die Bäume waren ordnungsgemäß beschriftet. Jetzt könnte er gehen.

„Ach." Sie blinzelte. „Sehr gut." Aber irgendwie sah sie nicht wirklich erfreut aus. „Ihr kennt Euch mit Bäumen aus. Kennt Ihr Euch auch mit Sträuchern aus?" Er schaute an ihr vorbei zu den Sträuchern, die entlang der Felswand standen und fing wieder an zu schreiben, wobei er froh war, dass er seine ersten lateinischen Worte gelernt hatte, indem er Pflanzen im Garten seiner Mutter identifizierte. Dort standen ein *Ilex* und ein *Jasminium.*

Aus dem Augenwinkel sah er, wie sie sich bückte, um ein Unkraut aufzuziehen. Dann noch eins.

Hedera.

An den Wurzeln eines Unkrauts hing ein großer Ball Erde. Sie schlug die Wurzel gegen ihren Oberschenkel, um die Erde abzuschütteln und beschmutzte ihren Rock.

Er kritzelte *Rosa* auf das Pergament.

Sie schob die Ärmel hoch, um an den Klee zu kommen, der die Narzissen zu ersticken drohte. Die Haut ihrer Unterarme sah so weich aus wie poliertes Pergament.

Laurus.

Danach musste sie vergessen haben, dass er da war. Ohne große Ankündigung zog sie den rückwärtigen Saum ihres Surcots zwischen ihren Beinen nach vorn und steckte ihn vorn in ihren Gürtel wie eine Bäuerin, wobei sie ein gutes Stück ihrer seidigen Beine entblößte.

Wenn er die Augen fest schloss, würde der Anblick von Lady Cynthia, die ihre Röcke hob und ihre langen schlanken Beine entblößte, vielleicht verschwinden.

Es klappte nicht. Als er sie wieder öffnete, hatte sie auch noch ihre Schuhe ausgezogen und ihre cremig weißen Füße entblößt, die wie die in den Schlamm gefallenen zehn wertvollsten Perlen des Orients aussahen.

Seine Feder tropfte auf die Seite und versprühte Tinte über den Ilex, den er gerade beschriftet hatte.

Vorn über gebückt kämpfte sie mit einem besonders hartnäckigen Unkraut, wühlte mit den Fingern in der Erde und keuchte bei der Anstrengung. Schließlich ging sie auf die Knie und legte beide Hände um den widerspenstigen Stiel und zog so fest sie konnte, aber vergebens.

Er seufzte. Die Lady von Wendeville sollte nicht in der Erde graben wie ein halbnackter Leibeigener. Es war unschicklich und unnatürlich und es trieb ihn in den Wahnsinn. Er würde es nicht zulassen.

Er konnte zwar nicht mit Worten protestieren, aber er konnte etwas dagegen tun.

Er verkorkte die Tintenflasche und legte die Feder beiseite. Dann schüttelte er den Kopf vor Widerwillen über seine eigene Torheit, nahm einen Spaten, der an der Mauer lehnte, zeigte ihr an, dass sie zurücktreten sollte und trieb den Spaten tief in die Erde und bewegte ihn. Jetzt konnte man das Unkraut leicht aufziehen.

„Ich danke Euch", sagte sie und verwischte mit der Rückseite ihrer Hand den Schmutz auf ihrer Wange. Sie griff nach dem Spaten.

Er presste die Lippen zusammen und wollte ihn nicht hergeben.

„Ich brauche den Spaten, um zu graben", erklärte sie.

Er wollte verflucht sein, wenn er eine Dame den schweren Spaten tragen ließ, während er auf einem Stück Pergament kritzelte. Die de Ware Männer wollten Frauen nicht beim arbeiten zuschauen. Außerdem fühlte sich der Spaten gut in seiner Hand an und es mangelte nicht an Arbeit. Während ihr süßer Duft zu ihm hin wehte, überlegte er, dass wenn er seine Augen auf die Erde gerichtet hielt und seine Hände an den Spaten legte, sie nicht versucht sein würden an Orte zu wandern, wo sie nicht hin sollten.

Er nahm ihr das Werkzeug ab und griff die Erde mit immenser Heftigkeit an, wobei er sich wünschte, dass er die Lüsternheit so leicht aus seiner Seele herausschneiden könnte wie er das Unkraut aus der Erde entfernte. Er grub, drehte die Erde, schlug die Klumpen mit der Rückseite des Spatens klein und warf Steine aus den Beeten auf den Haufen Unkraut. Meter um Meter arbeitet er sich vor.

Wenn sein Leben nur so einfach umzudrehen wäre.

Wenn er nur seine verdorbene Vergangenheit so leicht vergraben könnte wie die verbrauchte Erde.

Wenn er nur mit seinem Schicksal als Priester zufrieden sein könnte.

Bei Gott, beschloss er, während er den Spaten hart in

die Erde trieb, er würde sich selbst zu einem zufriedenen Mann machen. Er würde das Priesteramt noch mehr verkörpern, die Freude der Gelassenheit, die Liebe für einfache Dinge und die Zufriedenheit mit der Armut annehmen. Er würde weniger Rücksicht auf seinen Körper nehmen und hart arbeiten im Hinblick auf eine göttlichere Existenz. Er würde vor Bettlern auf die Knie fallen, sein letztes Gewand den Armen geben und die Hälfte des Tages im Gebet verbringen. Während er einen Klumpen Erde voller Würmer drehte, schwor er, dass er alles Notwendige tun würde, um seine sündhaften Sehnsüchte verschwinden zu lassen.

Cynthia hielt inne bei ihrer Arbeit und lehnte sich auf ihren Rechen. Sie blies eine Haarlocke weg, die sich von unter ihrer Haube gelöst hatte und beobachtete Garth neugierig. Der Mann erwürgte den Spaten fast mit seinen Händen und wenn noch Zwiebeln unter der Erde vorhanden gewesen waren, würde er sie durch seine aggressive Vorgehensweise sicherlich spalten.

Irgendetwas an seiner ungezügelten Kraft erregte sie jedoch. Garths Rücken drückte gegen die Wolle seiner Soutane, machte sie feucht und mit jedem Stoß des Spatens schwollen die Muskeln seiner Unterarme an. Schweißperlen bildeten sich auf seiner Stirn und glitzerten auf seinen Händen. Wie ein hart getriebenes Ackerpferd schnaubte er durch seine Nase. Sie überlegte, ob ihre Arme seinen breiten Rücken überhaupt umfassen könnten und sie dachte darüber nach, wie sein wildes Atmen sich an ihrem Ohr anfühlen würde.

Sie schluckte und zwang sich, sich wieder auf ihren Rechen zu konzentrieren. Garths Geist zu heilen war ein schwieriger Prozess und ihn in den Tagesablauf von

Wendeville einzubinden war nur der erste Schritt. Sie konnte es sich nicht leisten, dass fehlgeleitete Gefühle ihre noblen Absichten sabotierten.

Sie strich mit dem Arm über die Sonnenuhr mitten im Garten, entfernte die Blätter darauf und ging dann zurück um das Stroh von den Rosenbüschen abzunehmen, wobei sie sich auf den Rhythmus des Rechens und die anstehende Aufgabe konzentrierte. Es dauerte nicht lange und sie war so in ihre Arbeit vertieft, dass sie einen alten Reigengesang zu sich selbst summte.

Sie hatte gerade mit der sechsten Strophe angefangen, als sie bemerkte, dass Garth aufgehört hatte zu arbeiten. Er starrte sie äußerst seltsam an. Sie überlegte, ob sie schief gesungen hatte. Dann erinnerte sie sich an einen ganz anderen Text, den sie zu demselben harmlosen Reigengesang gehört hatte. Dieser war recht vulgär und handelte von einem Schotten, der seinen Schwanz und seine Eier auf dem Markt verkaufen wollte.

Ihr Gesicht spannte sich an und sie spürte, wie sie errötete. Ihre Hände fummelten an dem Rechen herum.

„Kennt ihr die Melodie?“, fragte sie mit zittriger Unschuld. „Es geht um eine Frau, die ihr Vieh auf dem Markt verkauft.“ Sie kaute auf ihrer Unterlippe. Oh Gott, warum hatte sie ausgerechnet das Lied gewählt. „Und sie hat auch noch recht viel Geld dafür bekommen.“ Sie merkte, dass sie plapperte, konnte aber nicht aufhören. „Der Hahn krähte zum Frühgebet jeden Morgen; Ochsen waren die größten ...“

Garths Augen weiteten sich.

Sie hatte es geschafft und ihn beleidigt und sich ein Loch gegraben, das groß genug für einen Baum war. Wie wahnsinnig schaute sie sich im Garten nach einem anderen Thema um.

„Oh!", rief sie und schaute auf die Sonnenuhr. „Es ist erstaunlich. Schon Mittag! Ihr müsst halb verhungert sein!" Sie stellte den Rechen weg und um ihre Beschämtheit zu verbergen, beschäftigte sie sich mit dem Inhalt des Essenskorbs, der im Schatten an der Wand gestanden hatte. Sie zog ein Leinentischtuch heraus und wandte sich zu Garth. „Der Koch war so nett und hat ..."

Mit gesenktem Kopf kniete Garth vor ihr auf der Erde. Einen lächerlichen Augenblick lang stellte sie sich vor, dass er ihre Füße anbetete. Dann wurde ihr klar, dass die Mittagszeit Gebetszeit im Kloster war. Da die Mönche nicht immer zur Kapelle laufen konnten, um zu beten, knieten sie häufig auf dem Feld.

Zuerst schaute Cynthia weg und fühlte sich wie ein Eindringling bei seiner stillen Unterhaltung mit Gott. Als das Gebet jedoch immer weiter ging, betrachtete sie ihn.

Er hatte seine muskulären Hände vor sich gefaltet und seine Stirn auf seine schmutzigen Handknöchel gelegt. Konzentriert hielt er die Augen fest geschlossen und seine Lippen bewegten sich schnell, wenn auch still durch die lateinischen Silben. Ab und zu flatterten seine Nasenflügel leidenschaftlich und er runzelte die Stirn und Cynthia biss sich auf die Lippe, um ihre bösen Gedanken zu vertreiben, in denen er solche ernsthaften Gebete vor ihr sprach.

Garth konnte nur so viele Gebete kennen. Außerdem könnte er sie nicht den ganzen Tag aufsagen. Ganz gleich, wie sicher er sich fühlte, wenn er sich im Gebet verstecken konnte, er würde ihr irgendwann entgegentreten müssen. Doch angesichts des anzüglichen Textes des Reigengesangs, der zwischen den Gebeten in seinem Kopf herumschwirrte, würde das nicht leicht sein. Zögerlich bekreuzigte er sich und erhob sich langsam.

„Ich habe eine Überraschung", sagte Cynthia und hockte sich wie ein kleines Kind neben den Korb mit dem Proviant.

Auf ihrer Nase befand sich jetzt ein süßer Streifen Dreck. Strähnen ihres Haares hatten sich aus ihrer weißen Haube gelöst. Es sah aus wie eine wilde Orange auf ihrem Kopf, die aus ihrem Leinengefängnis fliehen wollte. Er war versucht die Haube abzunehmen und zu sehen, wie ihre strahlenden Locken wie flüssiges Kupfer in der Sonne herunterfielen.

Sie summte wieder, aber dieses Mal war es ein harmloser Reigengesang, während sie ein Leinentuch kräftig ausschüttelte und es in einem Quadrat auf den Boden gleiten ließ.

„Setzt Euch", wies sie ihn an und setzte sich.

Er zögerte, aber ein leichtes Knurren seines Magens nahm ihm die Entscheidung ab. Er ließ sich auf der Decke nieder und steckte seine Soutane ordentlich um seine Beine herum.

Grinsend stellte sie den Korb vor ihm hin. Er schaute erst darauf und dann zu ihr.

„Räumt ihn aus." Sie schmunzelte und wackelte in der Sonne mit ihren bezaubernden Zehen.

Er wandte seine Aufmerksamkeit zu dem Essen im Korb. Es duftete himmlisch. Trotz seiner Bedenken begann er sich wie ein Kind mit Weihnachtsgeschenken zu fühlen, während er Fisch, Krabben, Brot und eingemachte Früchte auspackte. Schon bald war das Tischtuch mit Weinkelchen und vollen Tellern bedeckt, die für ein kleines Gefolge gereicht hätten.

„Ich wette, dass Ihr so etwas schon lange nicht mehr gegessen habt", sagte sie mit einem Zwinkern.

Es stimmte. Das Essen im Kloster war einfach und monoton. Ein so gutes Brot hatte er nicht mehr gegessen, seit er auf der Burg de Ware gelebt hatte. Der Bordeaux war wunderbar kühl und lief seine Kehle hinunter, aber sein Appetit war nicht so, wie er früher gewesen war. Nach einem kleinen Stück Äsche, einem halben Stück Apfelkuchen und ein paar Feigen lehnte er sich zurück und war zufrieden ihr zuzuschauen, wie sie aufaß.

Das war ein schlimmer Fehler.

Sie steckte ein kleines Stückchen Kuchen zwischen ihre perfekt geformten Zähne und der goldene Saft lief ihr über das Kinn. Sie streckte die Zunge aus, um in abzulecken, aber ein Fleck blieb, der darum bettelte abgeleckt zu werden.

Garth wandte den Blick ab und gab vor einen Spalt in der Gartenmauer zu inspizieren. Als sein Blick unaufhaltsam zu ihr zurück gezogen wurde, war der Fleck dankenswerterweise weg.

„Ich muss dem Koch ein Kompliment für diese Kuchen machen", sagte sie. „Ich glaube der Ingwer ist entscheidend."

Sie schlürfte ihren Wein und ihre Lippen bildeten ein zartes Rot gegen das kalte Silber, als sie sie öffnete, um das rubinrote Getränk zu sich zu nehmen. Als sie die kandierten Orangenschalen probierte, seufzte sie hingerissen und verdrehte die Augen in unverhüllter Ekstase, während sie ihre klebrigen Finger einen nach dem anderen ableckte.

Garths Oberschenkel spannten sich an. Seine Lenden kribbelten mit der vertrauten Hitze. Wusste sie, was sie ihm antat? Sie war verheiratet gewesen. Konnte sie die Zeichen des Verlangens nicht erkennen? Seine Soutane konnte nur so viel verbergen. Verflucht, er musste weg. Jetzt sofort.

Jedoch war er ebenso wenig in der Lage zu fliehen wie eine Galeere, die in einen Strudel geriet.

Sie trank den Rest ihres Bordeaux. Ein Tropfen fiel auf ihre Brust wie eine einzelne rote Träne, tropfte nach unten und verschwand unter dem Stoff ihres Kleides auf ihrer Brust. Garth zitterte. Er konnte sich lebhaft vorstellen sie dort zu streicheln. Sie würde weich und warm sein. Und der Geschmack von Bordeaux auf ihrem Fleisch ...

Er betete, dass sie seine unregelmäßige Atmung nicht bemerken würde und zwang sich, gleichmäßig zu atmen. Er hoffte, dass sie die Spannung in der Luft, die so mächtig wie ein Sommersturm war ebenso wenig wie das Zittern seiner Arme bemerken würde, als er ihr seinen leeren Teller reichte.

Er hatte sich noch nie so zerrissen gefühlt. Ein Teil von ihm sehnte sich danach seinen Kopf in den Schoß dieser Waldnymphe zu legen, ihren Reigengesängen zuzuhören, sich zurück zu lehnen und Bordeaux zu schlürfen, während er die aufgehenden Knospen der Frühlingszweige betrachtete, die wie ein verwöhnter heidnischer Gott aussahen. Ein Teil von ihm jedoch wollte direkt zurück zur Kapelle laufen, nay, den ganzen Weg zurück zum Kloster, sich in seiner Zelle einschließen und nie wieder hervorkommen.

Schlussendlich tat er nichts von beidem. Das Schicksal hatte Mitleid mit ihm. Lady Cynthia erklärte, dass es nur wenig sinnvoll sei am Nachmittag zu pflanzen, sammelte die Reste der Speisen ein und entließ ihn aus seinem Dienst.

Kapitel 9

Es war Cynthia schwerer gefallen als gedacht, Garth gehen zu lassen, aber sie hatte die Verzweiflung in seinen Augen gesehen. Vielleicht war er von dem reichhaltigen Essen oder der Dekadenz des Sonnenlichts überwältigt gewesen. Wie ein Gärtner in der Lehre hatte sie ihn mit ihrer Fürsorge fast getötet und geglaubt, dass sie sein Aufblühen erzwingen könnte. Sie hatte sich so sehr gewünscht, dass er seinen irdischen Sehnsüchten nachgeben, seine Stiefel ausziehen oder den Gürtel an seiner Soutane lockern würde, um die Herrlichkeit des Frühlingstages zu genießen.

Garth hatte jedoch vier Jahre hinter Klostermauern verbracht und sich den strengen Klosterregeln unterworfen. Er würde sich nicht über Nacht ändern. Auch wenn sie ungeduldig auf seine Wiedergeburt wartete, wusste sie, dass es besser war zu warten bis die Dinge zu ihrer Zeit aufblühten.

Heute Morgen war jedoch ein neuer Tag und als sie bei Sonnenaufgang ankam, war Garth zu ihrem Erstaunen mit einer Gießkanne voll Wasser bewaffnet bereits in dem Privatgarten über einer Reihe neuer Pflanzen gebeugt.

Schweigend schwebte sie über das taufeuchte Gras und verlangsamte ihre Geschwindigkeit am Tor, um ihn zu beobachten. Er hatte ihr den Rücken zugewandt und sein Haar glänzte bernsteinfarben durch das Sonnenlicht. Sie konnte die Konturen seiner Muskeln unter seiner Soutane ausmachen und sie verspürte ein äußerst unschickliches Flattern in ihrem Bauch.

Er bemerkte sie immer noch nicht. Sie schlich sich so leise sie konnte hinter ihn. Als sie weniger als einen Meter von ihm entfernt war, grinste sie schalkhaft und trällerte laut: „Guten Morgen, Vater Garth!"

Mit geweiteten Augen drehte er sich so schnell um, dass er fast das Gleichgewicht verlor. Sie lachte. Der Witz der Situation schien auch ihm nicht entgangen zu sein und bevor er es unterdrücken konnte, belohnte er sie mit einem schüchternen Lächeln.

Daraufhin verlor *sie* fast das Gleichgewicht.

Bis jetzt war ihr das volle Ausmaß von Garths Charme noch nicht bewusst gewesen. Auch nicht, wie gefährlich dieser war. Sie hatte seine Anziehungskraft zuvor in kleinen Details erkannt – die Art und Weise, wie sich sein dichtes braunes Haar an seinem Hals lockte, die Schultern, die breit genug waren um die Last der Welt zu tragen und die ungenutzte Kraft seiner Hände, die so herrlich anzusehen waren. Die Wärme seines Lächelns ließ ihn jedoch umwerfend gut aussehen. An seinen Augen bildeten sich Lachfalten über ihren kleinen Scherz und die Art und Weise, wie sich sein Mund verzog, war seltsam einladend. Auf einmal war sie diejenige, die nicht mehr sprechen konnte.

Bei dem anhaltenden Schweigen wurde Garth allmählich wieder ernst. Er wandte den Blick von ihr ab und zeigte unbehaglich auf das halbe Dutzend Eimer Wasser um ihn herum.

„Aye, gut", sagte sie und ihre Stimme brach wie die eines zwölfjährigen Jungen. „Die neuen Pflanzen sollten feucht gehalten werden."

Sie überlegte, ob sie nicht auch eine kalte Dusche gebrauchen könnte. Die Sonne war gerade erst aufgegangen und schon jetzt war ihr heiß.

Ohne ein weiteres Wort nahm Garth die Arbeit wieder auf und arbeitete unermüdlich den ganzen Morgen durch.

Sie hätte sich freuen sollen. Schließlich war es ihre Absicht, dass Garth anstrengende Arbeit verrichtete, damit seine frustrierten Muskeln beschäftigt wurden. Er machte es bemerkenswert gut. Noch nicht einmal ihre Diener arbeiteten so fleißig. Musste er sich jedoch so ausschließlich auf seine Aufgabe konzentrieren? Sie wusste nicht, warum es sie irritierte, aber Garth warf ihr den ganzen Morgen keinen Blick zu.

Jetzt fühlte sich die Luft so heiß an wie der Atem eines Drachens. Die Sonne stand hoch direkt über ihnen, kochte die Erde und verbrannte Cynthias Nacken. Die feuchte Hitze in Verbindung mit ihrer unerklärlichen Gereiztheit trieb sie fast an den Rand des Wahnsinns. Im Geiste verfluchte sie das schwere wollene Kleid, das sie ausgewählt hatte. So viel Wolle gehörte auf ein Schaf und nicht auf einen Menschen. An einem Tag wie diesem würde sie darin gekocht werden. In ihren Stiefeln machten sich ihre Zehen bereit zur Meuterei.

Als sie sich zum zwölften Mal den Schweiß von der Stirn wischte, beschloss sie, dass sie genug hatte. Sie stach ihren kleinen Spaten in die Erde und riss ihre Haube und den Schleier vom Kopf. Sie landeten auf dem Boden wie eine Taube bei der Landung. Sie schüttelte ihre feurigen Locken und hielt sie von ihrem Nacken weg, um diesen zu kühlen.

„Ach!", seufzte sie, als wenn diese kleine Veränderung einen riesigen Unterschied machen würde. „Ich hätte schwören können, dass ich in einem gedeckten Wollkuchen gebacken würde." Sie zog die Stiefel von ihren dankbaren Füßen und wackelte mit ihren Zehen in der feuchten Erde. „Das ist besser." Sie wischte sich ihr schmutziges Gesicht mit ihrer abgelegten Haube ab.

Dann schaute sie zu Garth. Schweißtropfen hatten sich auf seiner Stirn und unterhalb seiner Nase gebildet. Nasse Stellen am Nacken bildeten Flecken auf seinem Gewand. Wenn ihr Surcot schon stickig war, musste seine Soutane schon fast tödlich sein.

„Ich würde Euch nicht für nachlässig halten", sagte sie vertraulich, „wenn Ihr Euch etwas Luft verschafft, indem Ihr Euren Gürtel löst. Es muss Euch doch sehr heiß sein darunter."

Garth erstarrte sichtbar. Er sah aus, als würde er lieber in seiner Soutane sterben als die Regeln der Schicklichkeit beugen, indem er das spärliche Hindernis zwischen ihnen beiden entfernte. Er schüttelte einmal grimmig seinen Kopf und arbeitete mit lästigem Eifer weiter.

Sie arbeiteten schweigend und nur Insekten und das papierartige Rascheln der Zwiebeln, die in die Erde gesteckt wurden, war zu hören. Selbst den Waldvögeln war es zu heiß, um sich zu bewegen oder zu singen und es gab noch nicht einmal ansatzweise eine Brise in der ruhigen Luft.

Cynthia fühlte sich so vertrocknet wie eine alte Rose. Sie steckte eine letzte Zwiebel in die Erde und ging dann los, um den mit Wasser versetzten Wein zu holen, den sie mitgebracht hatte. Er war erst um ein Viertel geleert und das lag nicht an Garth. Er hatte nicht einen Schluck getrunken. Sie entkorkte den Weinschlauch, nahm einen großen Schluck und drückte ihn dann Garth in die Hände. Er zögerte, wischte dann über den Rand des Schlauches mit seinem Ärmel, als wenn ihre heidnischen Lippen seine heiligen beschmutzen könnten und trank einen bescheidenen Schluck.

Verärgert von der Hitze und ihrem kratzenden Kleid und Garths selbstgerechtem Unsinn verabschiedete sie sich ganz und gar von der Schicklichkeit und zog ihren Surcot aus, sodass sie nur noch ihr Unterkleid trug und das klebte an ihr. Sie zog es hoch und gurtete es oben fest, um ihre Beine zu kühlen. Dann löste sie die Schnüre am Rücken und lockerte den Halsausschnitt, sodass sie den klebrigen Stoff von ihrem Körper wegziehen konnte.

Garth gratulierte sich, weil er glaubte, dass er die Gegenwart der Dame mit beispielhaftem Gleichmut ertragen hatte. Er hatte das Feuer, das außerhalb von ihm und in ihm loderte, ausgehalten und das Ganze zu einem Unbehagen verschmolzen, das er gänzlich der Sonne zuschreiben konnte. Er beharrte darauf, dass dies sein Fegefeuer war und dass das Leiden des Fleisches ihn schließlich reinigen würde.

Das hier jedoch war jenseits jeden Fegefeuers.

Cynthias glatte lange Beine glänzten vor Schweiß. Von seinem Aussichtspunkt, wo er hockte, wanderte sein Blick unwillkürlich entlang ihrer ganzen Länge nach oben, von ihren wohlgeformten Fesseln und muskulösen Waden, ihren runden Knien und weichen Oberschenkeln bis zu der Stelle, wo sie unter ihren gerafften Röcken verschwanden.

Ohne ihren anständigen Surcot klebte ihr Kleid eng an jeder ihrer Kurven. Wo sie den Ausschnitt gelöst hatte, war ihr Hals von der Wolle ein wenig wundgerieben und er hatte das wahnsinnige Verlangen das rosafarbene Fleisch dort zu küssen. Er wusste, dass das in ihm aufsteigende Feuer nichts mit der Sonne zu tun hatte und es sorgte für einen brennenden Durst in ihm, den kein Getränk, abgesehen von ihrer Zuneigung, löschen könnte.

Er konnte seinen Durst jedoch nicht löschen. Er war ein Mönch, erinnerte er sich, obwohl selbst der Gedanke in seinem Kopf waberte wie eine Fata Morgana in der Wüste. Aufgeregt stand er plötzlich auf und schlug fest gegen die Erde mit seinem Pflanzenstock, wobei er das Bild der Göttin mit den nackten Beinen, die neben ihm arbeitete, zerschlagen wollte.

Unglücklicherweise war er zu schnell aufgestanden. Die Welt wankte und bewegte sich in seinem Blickfeld. Schatten an den Rändern verwischten seine Sicht. Vage spürte er, wie der Stock ihm aus seinen gefühllosen Fingern fiel.

Sein letzter Gedanke war, dass ein de Ware niemals ohnmächtig wurde.

Dann verdrehte er die Augen und seine Knochen wurden zu Pudding. Der Horizont neigte sich und alles um ihn herum wurde schwarz.

Cynthia erkannte den leeren Blick in Garths Augen. Verflucht, er wurde ohnmächtig! Seine Augenlider flatterten, während er auf seinen Füßen wankte. Sie ließ ihren Spaten fallen und eilte vor, wobei sie ihn um die Taille erwischte. Einen langen Augenblick verloren sie fast zusammen das Gleichgewicht, da Garth völlig schlaff geworden war und Cynthia biss die Zähne zusammen und rutschte auf dem weichen Schlamm unter ihrer schweren Last. Schließlich war sein totes Gewicht zu viel für sie und in ihrer seltsamen Umarmung sanken sie zu Boden, wobei Cynthia fast von seinem großen, leblosen Körper erdrückt wurde.

Sie keuchte nach Luft und hustete gegen die juckende braune Wolle von Garths Soutane. Sie wand sich unter ihm, aber er hatte sie festgesetzt und ihre Bewegungen zerstörten die frisch gepflanzten Schlüsselblumen, die sie bei ihrem Sturz zerdrückt hatten, nur noch mehr.

Plötzlich musste Cynthia gegen einen unerträglichen Drang zu kichern ankämpfen. Wie lächerlich es aussehen musste, wie dieser Bär von einem Mann sie wie Gras auf einer Wiese plattdrückte. Heilige Mutter Maria, betete sie und kicherte hilflos, bitte lass Roger uns nicht so finden. Daraufhin musste sie umso mehr lachen. Sie würde von ihrem Verwalter aufgefunden werden, nachdem sie von einem Menschen erstickt worden war und bei diesem Gedanken verzog sich ihr Gesicht zu einem grotesken Grinsen.

Sie zog ihre Hände hervor, bis sie sie gegen Garths Brust legen konnte und dann schob sie mit aller Kraft. Er bewegte sich und mit einem Stöhnen rollte sie ihn von sich herunter auf eine Reihe Veilchen.

Aber ihre Lockerheit schwand, als sie auf Garths bewusstloses Gesicht blickte. Sie brauchte keinen göttlichen Beistand, um ihr zu sagen, dass er in den Schatten musste. Der sture Narr. Er hatte den ganzen Morgen in der Hitze in dem dicken Gewand gearbeitet, ohne etwas zu trinken.

Sie ergriff seine Handgelenke und mit einem reumütigen Kopfschütteln zog sie ihn ohne viel Federlesens und mit großer Mühe über das gerade eingesäte Beet in den Schatten.

Sein Gesicht war rot, aber er schwitzte nicht mehr. Seine Haut war heiß und trocken. Als sie zwei Finger an seinen Hals legte, konnte sie fühlen, wie sein Herz raste. Sie verschwendete keine Zeit, löste die Kordel an seiner Taille und öffnete sein Gewand. Zum Kühlen blies sie über sein Gesicht und seine Brust und wirbelte ihre abgelegte Haube vor ihm.

Er brauchte Wasser. Vom sauberen Teil ihres Surcots riss sie ein ordentliches Stück ab, tauchte es in die Gießkanne und träufelte etwas Wasser zwischen seine Lippen. Dann verwendete sie den Stoff, um seine Stirn, seinen Hals und seine Brust vorsichtig abzutupfen.

Schließlich verlangsamte sich sein Herzschlag.

Als die Gefahr vorbei war, betrachtete Cynthia Garths Körper in aller Ruhe, während sie mit dem kühlenden Tuch darüberstrich. Wie unterschiedlich er doch zu dem ihres toten Mannes war. John war faltig und blass gewesen. Garth war glatt und stark wie das junge Pferd, das sie einst im Wald gesehen hatte. Sein kastanienbraunes Haar war dicht und glänzend und trotzte der Strenge seiner Mönchsfrisur. Sein frisch rasiertes Kinn war stark, sein Nacken breit und nun, da seine herrliche Brust entblößt war, konnte sie sehen, dass er nahe seiner Schulter eine gezackte Narbe hatte, die vielleicht von einem Schwert verursacht worden war. Er hatte definitiv nicht den Körper eines Mönches, sondern den eines Kriegers.

Weiches braunes Haar bildete eine Linie von seinem Brustbein zu seinem Nabel und weiter nach unten und wurde nur von dem oberen Ende seines Lendentuchs unterbrochen und sie spürte einen perversen Drang der Linie zu folgen.

Er kam jedoch gerade wieder zu sich.

In der Dunkelheit hörte Garth, wie sein eigenes Herz kräftig in seinen Ohren schlug und spürte, wie es in seinen heißen Schläfen donnerte. Eine kühle Brise strich über seinen Kiefer und seine Stirn. Er trieb zwischen Bewusstsein und Bewusstlosigkeit. Zuvor hatte er sich vorgestellt, dass er sich im Privatgarten befand und in seiner Mönchssoutane erstickte, aber jetzt schien es, als würde er nackt auf seinem Rücken liegen.

Verwirrt knurrte er und öffnete seine Augen gerade weit genug, als dass er sehen konnte, dass die Frau auf ihn herab starrte. Was wollte sie? Nach einem endlosen Augenblick schmerzhafter Orientierungslosigkeit erinnerte er sich. Er war im Garten. Er hatte gerade gearbeitet, als ... sein Kopf fühlte sich schwer wie Blei an, als er ihn hob, um seinen Zustand zu bestimmen.

Bei den Klauen des Satans! Er war halbnackt. Was zum Teufel ...?

Seine Nasenflügel bebten. Er griff nach den Rändern seiner Soutane und schlug sie zusammen wie die Flügel eines zornigen Jagdfalken. Er biss die Zähne zusammen. Sein Schweigegelübde sollte verflucht sein! Er wollte sie ordentlich tadeln. Bei Gott, er war schließlich ein Priester! Was hatte die Frau besessen, dass sie ...

Was genau hatte sie getan? Er durchbohrte sie mit seinem Blick.

„Ihr seid ohnmächtig geworden", erklärte sie schlapp.

Das machte ihn noch wütender. Dieses Weib sollte wissen, dass die de Wares nicht ohnmächtig wurden. Er versuchte sich aufzusetzen, aber zu seinem Leidwesen wankte er schwach und musste sich auf seinen Ellbogen aufstützen.

Dann holte sie ihm den Wein und hielt die Rückseite seines Kopfes, damit er trinken konnte, als wäre er krank.

Beschämt schüttelte er ihre Hand ab, nahm den Weinschlauch und trank einen schnellen Schluck. Allerdings zu schnell.

Als Cynthia sich zu ihm beugte, klaffte ihr Kleid an dem gelösten Ausschnitt. Für sein Vergnügen wurde eine schöne Brust offenbart, cremefarbene weiche Haut und eine Brustwarze, die auf einem vollen, blassen Hügel wie eine winzige, wertvolle Rosenknospe saß.

Er verschluckte sich am Wein und riss seinen Blick von ihrem verführerischen Fleisch los, aber nicht, bevor das Pulsieren in seinen Lenden anfing.

Er setzte sich auf, stützte sich gegen die Felsmauer und starrte finster durch das Gartentor auf das Feld dahinter. Auch wenn er sie nicht hören konnte, wusste er, dass irgendwo in der Ferne die Klosterglocken läuteten. Mit jedem Läuten erzwang er im Geiste, dass seine Erregung zurückging und zog sich in die Disziplin seines Amtes zurück.

Leidenschaftslos verknotete er die Kordel seiner Soutane, stand auf, verweigerte ihre Hilfe und legte alle Geräte ruhig auf den Schubkarren. Ohne einen Blick zurück schob er ihn durch das Tor.

Hinter ihm machte Cynthia ein Geräusch wie das Fauchen einer Schlange.

„Ihr undankbarer, scheinheiliger Mistkerl."

Er erstarrte und war erschrocken von der Tiefe ihres Zorns.

„Ist das der Dank dafür, dass ich Euer Leben gerettet habe?", fragte sie.

Er seufzte, sammelte sich, stellte den Schubkarren ab

und wandte sich langsam zu ihr um. Sie stand da mit den Armen in die Hüfte gestemmt und sah so wild und schön aus wie ein Racheengel. Er musste mit sich kämpfen, eine gleichmütige Miene zu halten.

„Seht mich nicht so an", zischte sie, „als wärt ihr kein Mann, sondern ein Abbild einer ausgestopften Stechpuppe."

Er spannte sein Kinn an und kniff die Augen zusammen, aber innerhalb eines Augenblicks war seine Verärgerung wieder da.

„Oh!", stöhnte sie gereizt. „Das Essen, das ich Euch heute gebracht habe, ist verschwendet und meine Blumen ... ist Euch klar, dass Ihr alle Schlüsselblümchen und die meisten Veilchen zerdrückt habt? Ihr habt mich fast zerdrückt, als Ihr ohnmächtig wurdet!"

Die Frau hatte keine Ahnung, wie schwach seine Kontrolle in diesem Augenblick war. Er versuchte nicht an diesen atemberaubenden Teufelsbraten mit den wilden Augen zu denken, der ihn wie ein Racheengel schimpfte und dessen Röcke mehr offenbarten als sie bedeckten und bei dem eine weiche Schulter aus dem Halsausschnitt hervor lugte. Er versuchte sich nicht vorzustellen, wie sein Körper auf ihrem lag, so wie es laut ihrer Aussage vor wenigen Augenblicken der Fall gewesen war. Er versuchte sich nicht vorzustellen, was sie mit dem feuchten Tuch gemacht hatte. Er zwang sich, nur den Klosterglocken in seiner Fantasie zu lauschen und betete, dass sie ihn vor sich selbst retten würden.

„Was ist mit Euch passiert?", flüsterte sie. „Ihr wart einst so voller Leben und so barmherzig."

Die Frau konnte ihre Gedanken ebenso wenig für sich behalten, wie ein Fass voller Löcher den Wein halten könnte. Hatte sie jetzt auch noch Tränen in den Augen?

Verflucht! Alles, nur keine Tränen.

Sie zog ihr Unterkleid nach unten, griff nach ihrem schmutzigen Surcot und kämpfte sich hinein. „Wie konnte die Kirche dem Geist eines Mannes so viel Schaden zufügen?"

In der steinernen Hülle seines Körpers erschauderte Garth. Müdigkeit überkam ihn und es war die Müdigkeit eines Mannes, dessen geheimste Tür von einer Frau entriegelt worden war. Sie hatte zur Hälfte Recht – er war beschädigt – jedoch hatte nicht die Kirche ihm den Schaden zugefügt. Sie kam der Wahrheit zu nahe und drang in sein Herz ein und das konnte er zu ihrem wie auch zu seinem eigenen Schutz nicht zulassen.

Er schaute sie mit berufsmäßigem Erbarmen ruhig an, machte bewusst das Zeichen des Kreuzes und segnete ihre fehlgeleitete Seele.

„Wagt es nicht mich zu segnen!", schrie sie. Sie verschränkte die Arme über der Brust, aber eine Träne hinterließ einen schmutzigen Streifen auf ihrer Wange. „Ihr seid derjenige, der gerettet werden muss."

Sie hob ihre Haube auf und wäre dann weg marschiert, dachte er und sie hätte ihn im Staub dieser einzigartigen weiblichen Legierung von Zorn und Schmerz zurückgelassen. Aber ihre neue Dienerin kam auf sie zu gerannt, als sie sich umwandte.

„Mylady!", rief die junge Mary und rannte Garth fast um. „Es ist Meggie, Mylady! Es heißt, dass ihr Baby kommt!"

„Meggie?" Cynthia ließ ihre eigenen Sorgen fallen wie heiße Kohlen. „Mist!"

Sie eilte an ihm vorbei und er beobachtete sie den ganzen Weg über den Rasen, bis sie von den grauen Steinen der Burg Wendeville verschluckt wurde. Dann seufzte er.

Das Schicksal war ihm wieder einmal gnädig gewesen. Scheinbar musste die Frau immer davoneilen, um sich um die Krankheiten irgendeiner Person zu kümmern. Er schuldete den Schutzheiligen der Kranken am nächsten Sonntag mit Sicherheit einige zusätzliche Gebete.

Er starrte hoch zu dem Raum, den Cynthia zu einer provisorischen Krankenstation gemacht hatte und überlegte kurz, ob er etwas tun sollte, um zu helfen. Er hoffte nicht. Er hatte genug Versuchung für einen Tag. Sicherlich war noch nicht einmal Adam so von Eva gequält worden. Er ging davon aus, dass sie recht gut zurechtkam. Außerdem waren Geburten Frauensache.

Ein Pergament mit Samen war Lady Cynthia aus der Tasche gefallen. Er hob es auf und wischte den Staub von der Schrift darauf.

Ringelblumen.

Seine Lippen verzogen sich zu einem grimmigen Lächeln.

Wie könnte er jemanden vergessen, deren Haar die Farbe von Ringelblumen hatte?

Er rieb mit dem Daumen über das Wort und dachte, dass Lady Cynthia Wendeville ihm schon irgendwie bekannt vorkam. Es musste jedoch schon einige Jahre her sein, seit sie sich kennengelernt hatten und er würde jetzt nicht anfangen in der Vergangenheit herumzuwühlen. Er hatte sein altes Leben vor vier Jahren in ein sicheres Grab weggeschlossen und er wollte es jetzt sicherlich nicht öffnen, ganz gleich, wie beharrlich sie auch war.

Sie war äußerst beharrlich und flatterte von Schmeicheleien zu Tadeleien so einfach wie ein Spatz von Ast zu Ast und versuchte dabei seine Erinnerung an die irdische Welt zu erschüttern. Wer auch immer sie war und was sie ihm auch in der Vergangenheit bedeutet hatte, das unerbittliche Mädchen hatte ihn sicherlich bis ins Mark erschüttert. Er warf das Samenpäckchen auf den Schubkarren und betete, dass Gott ihn auf der Stelle tot umfallen lassen sollte, wenn er noch einmal vergaß, wie gefährlich sie war.

Cynthia zog ihre schmutzige Jacke aus, während sie durch die große Halle eilte und ließ sie auf das Schilf fallen.

„Lasst sie liegen!", befahl sie, als Mary sie aufheben wollte. „Ich hole sie später. Ihr müsst jetzt mit mir kommen."

Sie wusch sich die Hände in der großen Schüssel Wasser neben dem Kücheneingang. „Das Baby soll doch erst im Sommer kommen", murmelte sie hauptsächlich zu sich selbst. Sie schrubbte ihre Hände und trocknete sie dann an einem Leinentuch über der Schüssel. „Ist sie auf der Krankenstation?"

„Aye."

„Dann kommt mit."

Sie trafen Elspeth auf halbem Weg und ihre braunen Augen waren geweitet und lagen tief. Sie sah doppelt so alt aus wie sonst. „Oh Mylady!", flüsterte sie traurig und bekreuzigte sich. „Jeanne sagt, dass das Baby tot ist."

Hinter ihr keuchte die junge Mary.

Trauer zehrte an Cynthias Herz. Es war Meggies erstes Kind und ihr Ehemann war unterwegs auf Pilgerfahrt, aber so spielte das Leben und der Wille Gottes. Es war keine Zeit für Tränen. Sie richtete sich auf. „Dann müssen wir Meggie retten", sagte sie. „Mary, holt frisches Leinen und sagt der Köchin, dass wir kochendes Wasser brauchen. El, holt meine Kräuter."

Als Cynthia das obere Ende der Treppe erreicht hatte, war ein schwacher Schrei von hinter der Tür zu hören. Sie machte sich auf das Schlimmste gefasst, atmete tief durch und betrat die Kammer.

Die junge Mutter verdrehte die Augen wie ein verängstigtes Kalb. Ihr Bauch lag entblößt wie ein silbriger Halbmond und sie wand sich vor Krämpfen. Die Bettwäsche am Fußende des Bettes war voller Blut. Die Hebamme Jeanne saß neben ihr und hielt Meggies Hand fest, wobei sie versuchte sie zu trösten, aber ihr Gesicht war voller Schuld und Frust.

Cynthia drückte die Tür hinter sich zu. Sie ging zum Fenster und öffnete langsam die Fensterläden, um mehr Licht hereinzulassen. Dann trat sie neben Meggie.

„Mylady“, keuchte das Mädchen.

„Meggie, ich werde Euch helfen“, sagte sie beruhigend, während sie ihre Handflächen aneinander rieb. „Ihr versteht, dass das Baby nicht ...?“

Meggies traurige dunkle Augen waren Antwort genug.

„Ihr konntet dem Kind nicht helfen, Jeanne", murmelte Cynthia zur Hebamme, die verzweifelt hochschaute. Ihre Hände fingen vor Hitze an zu kribbeln. „Aber ich brauche Eure Hilfe bei der Mutter.“

Ein leises Kratzen an der Tür verkündete Marys Rückkehr. Sie brachte einen Arm voll Leinentücher und einen kleinen, aber schweren Kessel mit dampfendem Wasser.

„So Meggie“, sagte Cynthia, „es wird vorbei sein, bevor Ihr es überhaupt merkt. Wir müssen uns beeilen, damit Ihr umso schneller wieder gesund werdet.“

Cynthia schloss die Augen und legte ihrer Handflächen auf Meggies Kopf. Geduldig ließ sie sich von ihren Händen führen. Verschwommene Farben kreisten vor ihrem inneren Auge und wurden langsam schärfer. Bilder huschten vorbei wie eine Flamme mit weißem Licht – Eisenhut und Hirtentäschel - einen Augenblick später hatte sie eine Vision, dass Maggie wieder genesen und von einem gesunden blauen Licht umgeben war.

Als die Wärme in ihren Händen nachließ schüttelte sie sie wie ein Hund, der Wasser abschüttelte. Dann machte sie ein Leinentuch nass und tupfte das Blut vorsichtig von Meggies Oberschenkeln.

Elspeth kam mit den Kräutern.

„Eisenhut, El", murmelte Cynthia.

Jeanne keuchte mit geweiteten Augen. „Eisenhut?"

Mary bekreuzigte sich und schaute ängstlich zu.

Die anderen beiden Frauen hätten bei ihrer Bitte um das tödliche Kraut vielleicht gezögert, aber Cynthia wusste, dass sie sich auf Elspeth verlassen konnte. El hatte schon zu viele Wunder von ihren Händen gesehen, als dass sie ihr Urteilsvermögen infrage gestellt hätte.

Cynthia ignorierte die anderen und entkorkte das Fläschchen mit dem Eisenhut Extrakt. „Hiermit werdet Ihr Euch sehr leicht fühlen, Meggie", gurrte sie und schüttete die Flüssigkeit großzügig in ihre Handfläche. „Fast so, als wenn Ihr fliegen könntet."

Vorsichtig streckte sie die Hand zwischen die schlaffen Beine des Mädchens und schmierte den Extrakt an die Stelle, wo der winzige blaue Kopf des Kindes zu sehen war.

„Ich möchte, dass Ihr mir sagt, wenn Ihr fliegt, Meggie."

Das Mädchen musste gar nicht sprechen, denn nach ein paar Augenblicken entspannte sich ihr Körper und ihr Gesicht sah verträumt aus, als wenn sie keine Sorge auf der Welt hätte.

„Wir holen jetzt das Baby“, murmelte Cynthia zu der Hebamme.

Jeanne strich über den Bauch des Mädchens und massierte ihn, wobei sie zuerst leicht drückte und dann etwas fester. Cynthia legte ihre Finger um den Kopf des Babys und versuchte nicht an seinen armen, leblosen Körper zu denken. Es war eine schwierige schlüpfrige Arbeit, aber sie schaffte es, dass Baby zu drehen und hervorzuziehen, als Jeanne fest auf Meggies Bauch drückte. Meggie spürte gnädigerweise von der ganzen Prozedur nichts. Sie bemerkte kaum, dass die Sache vollbracht wurde.

Cynthia nahm die Nachgeburt in einem Leinentuch auf und gab das Baby an Mary. Die junge Dienerin wurde leichenblass.

„Ihr bleibt bei mir“, befahl Cynthia. Das Mädchen hatte wahrscheinlich noch nie etwas so Entsetzliches gesehen, aber Cynthia konnte es sich nicht leisten, auf ihre Hilfe zu verzichten.

Dann legte sie einen Umschlag mit gemörsertem Hirtentäschel an, um die Blutung zu stoppen. Sie bestand darauf, dass die Hebamme sich die Hände in heißem Wasser wusch und nach Hause ging, um sich auszuruhen und sie bat sie, den Priester auf die Krankenstation zu schicken. Elspeth drückte einen Bausch saugfähiges Leinen zwischen Meggies Beine, während Cynthia sich die Hände schrubbte. Dann übernahm sie und bedeckte Meggie mit einem dünnen Laken und kämmte das Haar des Mädchens mit ihren Fingern zurück, bis es einschlief.

In der Zwischenzeit kauerte Mary in der Ecke der Kammer und fauchte jetzt wie ein verängstigtes Kätzchen. „Sie wird sicherlich sterben, nachdem, was Ihr getan habt, Mylady."

Elspeth wandte sich zu der entsetzten Dienerin und wackelte zornig mit dem Zeigefinger. „Die Heilkünste von Lady Cynthia sind hoch angesehen. Vielleicht wird der Tag kommen, an dem Ihr dankbar dafür sein werdet. Bis dahin erinnert ihr Euch besser an Eure Stellung und haltet den Mund."

„Aber Eisenhut ist ein Hexenkraut", stritt Mary.

Elspeths Stimme war gefährlich leise. „Wollt Ihr Lady Cynthia als Hexe bezeichnen?"

„Die Hände gründlich waschen", unterbrach Cynthia die beiden, bevor ihre Unterhaltung in einen Streit ausartete. „Eisenhut ist kein Hexenkraut, aber es kann gefährlich sein."

Sie schüttelte ihren Kopf. Es war ihr unverständlich, wie jemand auf die Idee kommen könnte, dass ein Kraut bösartig sein könnte. Hatte Gott nicht *alle* Pflanzen geschaffen? Fürwahr, einige konnten giftig sein, wenn sie in größeren Mengen verwendet wurden, aber sie besaßen keine mystischen Kräfte. Kräuter waren einfach dazu da, die Kranken zu heilen und Schmerzen zu lindern.

Jemand klopfte vorsichtig an die Tür, als sie einen Blutfleck auf ihrem Arm wegschrubbte.

„Herein", rief sie.

Garth runzelte die Stirn. Er hatte halb gehofft, dass niemand ihn hören würde. Er hatte keine Ahnung, warum er gerufen worden war. Er wusste schließlich nichts über Geburten. Außerdem war er noch schmutzig von der Gartenarbeit.

Trotzdem öffnete er die Tür. Ein de Ware ließ niemals eine Dame in Nöten im Stich.

Der metallische Geruch von Blut verunsicherte ihn einen Augenblick lang. Seine Augen suchten sofort nach der

Ursache. Eine junge Frau lag auf dem Bett mitten in der Kammer. Die Decken am Fußende des Bettes waren blutbefleckt, als wenn das Bett sich geschnitten oder in einer grausigen Schlacht verwundet worden wäre. Obwohl das Gesicht der Frau leichenblass und totenstill war, lebte sie. Das Laken hob und senkte sich im Rhythmus ihrer Atmung.

Die beiden Dienerinnen, die das Zimmer reinigten, starrten ihn an. Er gehörte hier offensichtlich nicht hin. Dies war eine reine Frauendomäne. Cynthia winkte ihn jedoch heran und nahm vorsichtig ein Bündel vom Bett.

„Das Baby", sagte sie ruhig und schaute ihn nicht direkt an, „braucht einen kirchlichen Segen. Ich hatte gehofft, dass ihr Euer Schweigegelübde aufschieben könntet, um dies zu erledigen."

Er runzelte die Stirn. Das Kind konnte erst wenige Augenblicke alt sein. Warum diese Eile?

Dann schaute sie zu ihm hoch und er wusste es sofort.

Das Baby war tot.

Er schluckte schwer. Sie wollte, dass er die letzte Ölung vornahm.

Sie starrte ihn weiter an und flehte ihn mit traurigem und gequältem Blick an. Unabhängig von dem, was zuvor zwischen ihnen vorgefallen war, wusste er in dem Augenblick, dass auch, wenn er sie für die verführerische Tochter von Eva hielt, er alles tun würde, um das Leid aus ihrem Blick zu nehmen.

Er nahm das federleichte Bündel und zog sich ein eine Ecke des Krankenzimmers damit zurück, wobei er trotz des schmerzhaften Kloßes in seinem Hals die Worte flüsterte, um die Seele des armen Babys zu retten. Beim letzten Amen war Cynthia weg.

Er gab Mary das Baby. Die Frauen würden den winzigen Körper zweifellos für das Begräbnis vorbereiten. Die Mutter schnarchte leise im Bett und hatte ihre Trauer für den Augenblick gegen das Land der Träume eingetauscht. Elspeth putzte sich die Nase, steckte das Tuch in ihre Tasche und machte sich daran, die schmutzigen Leinentücher einzusammeln. Seine Arbeit hier war getan.

Aber was war mit Lady Cynthia? Es war nicht nur seine Pflicht die Toten segnen, sondern auch die Lebenden zu trösten. Sicherlich brauchte auch sie Trost und Beistand. Er hatte schließlich gesehen, wie sie sich die Pflicht gegenüber ihrem Haushalt zu Herzen nahm. Irgendwie fühlte sie sich wahrscheinlich für die Tragödie verantwortlich.

Er fand sie in einem Außengebäude, in dem sie Ableger von empfindlichen Pflanzen heranzüchtete. Es war ein gemütlicher Ort, der durch ein Dach aus dünnen Schafshäuten, die das Sonnenlicht durchließen, warmgehalten wurde und in seiner Mitte befand sich ein Brunnen. Überall auf Holzregalen standen Töpfe aus Stein mit verschiedenen Pflanzen. Als er eintrat, umgab ihn warme feuchte Luft.

„Schließt die Tür." Ihre Stimme kam aus einer hinteren Ecke und wurde durch den Wald an Grünpflanzen gedämpft. „Bitte." Dann erhob sich ihr Kopf zwischen den Farnkräutern hindurch. Ihre Augen waren vom Weinen gerötet und er verspürte eine plötzliche und unerklärliche Sehnsucht, ihren Kopf an seine Schulter zu legen und sie ihre Trauer in seine Soutane schluchzen zu lassen.

„Oh! Vater." Verlegen wischte sie sich über ihre Wangen und zeigte dann auf den Eingang. „Wenn Ihr freundlicherweise ..."

Er ging und schloss die Tür.

„Das Baby?", erkundigte sie sich.

Er nickte.

„Wenn Ihr gekommen seid, um mir zu sagen, dass es der Wille Gottes sei", murmelte sie, „verschwendet Ihr Eure Zeit."

Überrascht runzelte er die Stirn. Cynthia schnitt die Blüte einer der Pflanzen mit dem ganzen Zorn des Perseus ab, als dieser Medusa köpfte. Sie war nicht todunglücklich. Sie war verärgert.

„Ich weiß. Er hat seinen Frieden jetzt gefunden." Sie schnitt einen weiteren Zweig ab. „Seine Seele ist jetzt an einem besseren Ort." Schnipp. „Gott arbeitet auf geheimnisvolle Art und Weise." Schnipp. Schnipp. „Ihr müsst mir keine Predigt halten. Ich habe dem Tod schon weitaus öfter gegenübergestanden, als Ihr Euch vorstellen könnt."

Sie hing die Schere an einen Nagel an der Wand und sammelte die weißen Blütenstengel zu einem Strauß. Mit einem Rascheln ihrer wollenen Röcke versuchte sie an ihm vorbei zu gehen.

Er ergriff ihren Arm. Er wusste nicht warum. Es war töricht, instinktiv und gefährlich. Vielleicht lag es an der Verletzbarkeit unter ihren bitteren Worten oder dem hilflosen Frust in ihrem Blick.

Sie keuchte leise, als Blumen zwischen ihnen zerdrückt wurden. Eine leichte Brise wehte ihren süßen Duft, der ihm irgendwie bekannt vorkam, an seiner Nase vorbei. Was war es nur? Seine Mutter hatte dies in ihrem Garten angebaut. Er war sich sicher, aber ...

Jasmin.

Er bildete das Wort nur mit dem Mund, aber die Luft um sie herum wurde still, als wenn er einen Zauber ausgesprochen hätte. Er spürte ein seltsames Kribbeln auf seinem Rückgrat, während er den Duft einatmete.

Jasmin.

Er versuchte sich zu erinnern. Da war irgendetwas mit Jasmin und der Frau vor ihm. Er musterte ihr Gesicht, wobei seine Augen nur halb fokussiert waren und vorsichtig nahm er ihr den Strauß aus den Händen. Vage Bilder von faulen Sommernachmittagen, die er lesend im Garten verbracht hatte, schwirrten in seinem Kopf wie ...

Bienen.

Er erinnerte sich jetzt an etwas. Er schaute Cynthia direkt an und betrachtete ihr Gesicht. Oh aye– er erinnerte sich noch gut an sie. Wie hatte er das kleine Ding mit den orangefarbenen Haaren, das die Rosen seiner Mutter gestohlen hatte, vergessen können? Das kleine Mädchen, das sich gegen den Jasmin gelehnt hatte? Ihr Schreck, als sie von den Bienen gestochen worden war? Er hatte das arme verängstigte Mädchen gerettet. Und sie hatte ihn *Sir Garth* genannt.

Sie war jetzt eine erwachsene Frau, aber er erinnerte sich lebhaft, wie verletzbar und vertrauensselig das kleine Mädchen gewesen war, als er mit der Klinge die Stachel aus ihrem zarten Fleisch entfernt hatte.

„Ich erinnere mich an Euch."

Cynthias Herz setzte einmal aus. Garths Stimme raubte ihr den Atem. Sie wusste nicht, was sie erwartet hatte, aber sicherlich nicht den tiefen, volltönenden, scharfen Tonfall, der so anders als die sorgenfreie Stimme seiner Kindheit war. Seine Worte ließen ihre Seele erzittern. Als wenn seine Stimme noch nicht reichte, um sie zu überzeugen, dass er der verführerischste Mann aller Zeiten war, wurde sein Blick weicher und er verzog seinen Mund zu jenem vertrauten schiefen Lächeln, um sämtliche Zweifel beiseite zu schieben.

Sie konnte nicht anders, als das Lächeln zu erwidern, aber ihr Herz raste. Die Gefühle, die sie für ihn als Mädchen gehegt hatte, waren nichts im Vergleich dazu, wie sie sich jetzt fühlte. Ihre Beine wurden weich unter ihr und sie spürte, wie sie errötete. Eine Frau konnte sich in seinem Lächeln verlieren.

Aber so schnell wie ihr dieser Gedanke gekommen war, verschwand das Grinsen aus Garths Gesicht. Er drückte die Lippen zusammen zu einer dünnen Linie und sein Blick wurde leer. Er ließ ihren Arm los und starrte über ihren Kopf hinweg zur Wand, als wäre sie unsichtbar.

Bei Gott, bemerkte sie – er hatte sein Schweigegelübde gebrochen.

KAPITEL 10

Garth fluchte innerlich. Wie hatte er eine Frau zwischen sich und sein Gelübde kommen lassen können? Seine Buße hätte nur noch einen Tag länger gedauert. Vier Jahre lang hatte er seine klösterlichen Gelübde eingehalten, hatte sich dem Herrn mit unsterblicher Hingebung geopfert und sich für unwürdige Gedanken schwer bestraft. Er hatte sich der Keuschheit mit einer solchen Ernsthaftigkeit hingegeben, dass er häufig die Zielscheibe von Scherzen war, in denen er mit seinen notorisch lüsternen Brüdern verglichen wurde. Und für was das alles? Um von einer Frau verführt zu werden das einfachste Gelübde zu brechen? Es war unverschämt. Wie hatte er die harte Lektion, die er von Mariana gelernt hatte, vergessen können?

Er biss die Zähne so fest zusammen, dass er befürchtete, sie könnten brechen. Langsam und zielstrebig drückte er ihr den Jasmin wieder in die Hände und wies ihn so gründlich und unmissverständlich zurück, wie er das mit ihr auch tun musste.

„Was ist los?", fragte sie mit einer Unschuldsmiene.

„Euer Gelübde? Das ist schon in Ordnung. Ich schwöre, dass ich es niemandem erzählen werde. Das ist ein Geheimnis zwischen uns."

Er zog die Mundwinkel nach unten. Ihr Geheimnis. Er überlegte, ob Eva genau diese Worte zu Adam gesagt hatte, als sie ihm den Apfel gab. Er seufzte, schloss ihr gegenüber die Augen und hielt sein Kruzifix fest in einer beruhigenden Faust und dann wandte er sich mit einer maßvollen Genauigkeit von ihr ab, die im krassen Gegensatz zu dem chaotischen Zustand seines Hirns war und er ging einen Schritt in Richtung Tür.

„Wisst Ihr", sagte Cynthia kühl in Richtung seines Rückens, „der Abt hat mir niemals erzählt, was Ihr getan habt, dass Ihr Euch dieses lächerliche Schweigegelübde verdient habt. Ich überlege ..."

Garths Herz schlug heftig, aber seine Füße zögerten nur leicht auf dem Weg in die Freiheit. Was für ein Unheil dachte sich die Frau jetzt aus? Sie war wie ein Frettchen, das an seiner Seele grub. Er schuldete ihr keine Erklärung. Er war nicht verpflichtet, ihr seine Unzulänglichkeiten zu offenbaren. Beichten waren eine Sache zwischen dem Sünder und der Kirche.

Wenn er es nur bis zur Tür schaffen könnte, bevor ...

„Lasst mich raten", sagte sie mit nachdenklicher Koketterie, wie es nur eine Frau konnte. „Was für eine Sünde könnte ein Mann der Kirche begehen?"

Seine Finger griffen nach dem eisernen Türgriff und Erleichterung durchfuhr ihn, als er sie öffnete. Die kühle Luft schlug gegen seine Wange wie eine ernüchternde Ohrfeige. Jetzt war er in Sicherheit. Er würde zurück in seine Unterkunft gehen und den Rest des Tages um Vergebung beten für ...

„Es muss eine schwere Sünde gewesen sein, dass eine solch strenge Buße erforderlich war."

Bei den Klauen des Satans! Verfolgte sie ihn? Ein schneller Blick sagte ihm, dass das Weib die Tür hinter sich schloss. Schlimmer noch, es sah danach aus, als wenn sie ihn für den ganzen Rest des Tages quälen und ihn mit unhöflichen Fragen belästigen wollte.

Also gut, beschloss er. Wenn sie Schicklichkeit und allgemeine Höflichkeit außer Acht lassen konnte, könnte er das auch. Er würde sie völlig ignorieren und weggehen, als wenn ihr Geschwätz nicht mehr als eine leichte Brise an seinem Ohr wäre.

Es funktionierte drei Schritte lang.

Dann brach die Kette seines Kruzifixes und das hölzerne Kreuz schlüpfte von seinem Hals und fiel klirrend auf die Steine zu seinen Füßen, sodass er stehen bleiben musste.

Er drehte sich um. Zu seinem Entsetzen hatte Cynthia es aufgehoben und umschloss es mit ihrer Faust, bevor er es erreichen konnte. Er biss die Zähne zusammen und war so angespannt wie eine Katze, die im Begriff war zu springen. Er war versucht, es aus ihren gierigen Händen zu zerren.

Scheinbar unbeeindruckt von der Drohung, die in seinen Augen brannte, strich sie mit dem Finger über den Rand des Kreuzes. „Ich würde wagen zu behaupten, dass Ihr eine der sieben Todsünden begangen habt", erriet sie.

Die Knöchel an seiner Hand wurden weiß, während er die Hände in den Falten seiner Soutane zu Fäusten ballte.

„Die sieben Todsünden ... hmm ...", überlegte sie.

Er hörte auf zu atmen.

„Ich glaube nicht, dass es Habsucht war. In einem Kloster gibt es nicht viel, nachdem man gieren kann."

Sie drückte das Kreuz an ihre Lippen und ihm fiel der Kiefer herunter. Wie konnte sie es wagen, ihre Lippen dorthin zu drücken, wohin er seine schon Tausende Male gedrückt hatte ...

„Auch glaube ich nicht, dass es Eifersucht war."

Er stand sehr ruhig und starrte auf das Kruzifix. Er wollte es wirklich zurückhaben. Er konnte jedoch in ihren Augen sehen, dass sie es ihm nicht geben würde. Noch nicht.

„Ich bin mir sicher, dass es nicht Faulheit war, denn an Eurer Arbeit im Garten kann ich sehen, dass ihr kein fauler Mann seid."

Sie hatte es jetzt getan und war der Wahrheit gefährlich nahegekommen und sie hatte seine Leidensfähigkeit überschritten.

Er drehte sich weg von ihr. Das Kruzifix war einerlei. Es war jetzt wahrscheinlich beschmutzt. Er würde sich ein anderes besorgen.

In der Zwischenzeit würde er sich ihre Verhöhnung nicht länger gefallen lassen. Er marschierte mit so langen Schritten davon, wie er machen konnte.

Sie waren scheinbar nicht lang genug.

„Bei Eurer Verfassung", sagte sie und rannte hinter ihm her, um Schritt zu halten, „ist es bestimmt auch nicht Völlerei."

Er fühlte sich so angespannt wie ein Katapult kurz vor dem Abschuss und litt unter Panik wie der Neuling, der es abfeuern sollte.

„Zorn?", riet sie außer Atem. „Vielleicht. Selbst jetzt ...

verraten Euch Eure Hände ... wie Ihr sie zu Fäusten ballt und dann wieder öffnet ... hmm. Was ist mit Lüsternheit?"

Er blieb so plötzlich stehen, dass sie mit einem *uff* mit seinem Rücken zusammenstieß. Unwillkürlich wandte er seinen Kopf zu ihr.

Irgendetwas in seinem Blick musste ihn verraten und sie schrecklich schockiert haben, denn plötzlich wurde ihr unbehaglich und sie begann mit dem Kruzifix herum zu fummeln und er erlebte einen Augenblick grimmiger Befriedigung.

„Oh!" Ihr Blick huschte umher wie eine versengte Motte, die nicht wusste wohin. „Ich ... ich ... wollte nicht", stotterte sie und wurde knallrot. „Es tut mir so leid. Ich war mir sicher, dass Stolz Eure Sünde gewesen wäre."

Garth drückte die Lippen zusammen und fühlte sich durch und durch beschämt. Sollte ihn diese Beichte trösten? Stolz war das einzige, was er *nicht* hatte. Das Weib sollte verflucht sein! Es war schlimm genug, dass er Prior Thomas gebeichtet hatte, aber das hier war unerträglich – dass eine Frau, die er kaum kannte, seine Schuld erahnte.

Er konnte das Geschwätz schon hören und sich ihre Freude vorstellen, wenn sie es verbreitete. Vater Garth– seit vier Jahren Mönch, ein de Ware, der Keuschheit geschworen hatte – gierte nach Frauen.

Er biss sich auf die Unterlippe, um den Schrei von Zorn und Scham, der drohte sich zu lösen, zu unterdrücken. Bei Gott, er würde sie seine Schande nicht sehen lassen. Er würde sie verbergen, selbst wenn es ihn umbrachte.

Er richtete sich zu voller Größe auf, verbarg seine Gefühle wie ein Ritter vor der Schlacht und konfrontierte sie mit dem ruhigen Gesicht eines tödlichen Kriegers. Jetzt konnte er ihr gegenübertreten. Mit dieser Maske könnte er selbst dem Teufel gegenübertreten.

Er weigerte sich, um das Kruzifix zu betteln. Wenn sie es wollte, könnte sie es haben. Sie brauchte es wahrscheinlich mehr als er. Er nickte kühl, wandte sich dann auf dem Absatz um und floh, um in heiligere Gefilde zu gelangen.

Cynthia konnte sich nicht bewegen. Sie fühlte sich, als wäre ihr Atem aus ihr herausgezogen worden.

Lüsternheit. Lüsternheit war seine Sünde. Nicht Stolz.

Sie war sich so sicher gewesen, dass seine Sünde Stolz war. Stolz war so eine vage Schwäche, für welche die Mönche bestraft wurden. Verflucht, wenn sie es gewusst hätte, hätte sie niemals ein so grausames Spiel mit ihm gespielt. Der Tod des Babys hatte sie geärgert ebenso wie die Überheblichkeit in seinem Blick und zu dem Zeitpunkt wollte sie nichts mehr, als jene kühlen gefühllosen Augen zu schlagen.

Sie konnte immer noch das leichte Flackern an den äußeren Rändern seiner Augen sehen, als sie die Wahrheit ans Licht gebracht hatte. Er hatte versucht seine Gefühle zu verbergen und sie fester verschlossen als ein Ritter, der sein Schwert in die Schwertscheide steckte. Sie sah jedoch den Schmerz und die Schmach. Jetzt musste er sie hassen.

Als er weg ging schlug der Stoff seiner Soutane in der Luft wie das Segel eines Schiffes, das sich in kühlere Regionen aufmacht. Erst, als er in der Kapelle von Wendeville verschwunden war, lehnte sich Cynthia gegen die Mauer, hielt Garths Kruzifix fest und dachte über das, was gerade passiert war, nach.

Eine Million Gedanken schwirrten ihr durch den Kopf. Garth de Ware hatte die Sünde der Lüsternheit begangen.

Bei den Eiern des Teufels! Was hatte er getan? Welche Bedeutung hatte Lüsternheit in der Kirche? Hatte er im Kloster nackt geschlafen? Hatte er sich mit eigenen Händen Erleichterung verschafft? War er mit einem Liebhaber erwischt worden?

Plötzlich erschien ihr die Hitze des Tages überwältigend. Cynthia fächerte sich mit einer Hand Luft zu und schwang das Kruzifix lässig mit der anderen Hand an seiner Kette.

Garth de Ware war äußerst lebendig, wurde ihr klar. Da war Leidenschaft vorhanden. Die Flamme war nicht gelöscht, obwohl er darum kämpfte, sie zu unterdrücken und selbst nach vier Jahren wurde er dazu getrieben ein Schweigegelübde abzulegen, um sein Verlangen zu drosseln.

Sie hatte jedoch Recht gehabt. Es gab Hoffnung. Es gab eine Chance.

Entzücken durchfuhr sie, als sie sich an den würzigen Duft seines Haares erinnerte und die Art und Weise, wie es sich in seinem Nacken lockte, ebenso wie die dunkelgrüne Farbe seiner Augen und die Aura unleugbarer Kraft und Männlichkeit, die ihn umgab. Allein bei dem Wissen, dass er in der Lage war die Schmerzen des Verlangens zu erleiden, raste ihr Herz. Es dauerte bis spät in die Nacht, bis sie das verlockende Bild von Garth de Ware ohne seine Soutane und jegliche Hemmungen aus ihrem Kopf verbannen konnte.

Mary zog ihren Umhang gegen die nächtliche Kälte zusammen und schaute auf ihre Hände. Ihre Knöchel waren vom Schrubben gerötet. Sie wollte nicht mit Spuren von Eisenhut an ihrer Person erwischt werden, besonders, da sie heute Nacht den heiligen Mann wiedersehen würde.

Ihr Körper kribbelte vor Eifer. Die Nachrichten, die sie ihm überbrachte, waren so pikant wie eine gute Wurst. Sie würden ihn besonders erfreuen und wenn er sich freute, gewährte er besondere Gefälligkeiten. Mit diesen Gefälligkeiten wusste sie, dass sie in den Himmel kommen würde. Schließlich war er ein mächtiger Mann der Kirche. Er könnte ihre unsterbliche Seele retten.

Er hatte gesagt, dass ein Dieb wie sie nur wenig Hoffnung hätte in den Himmel zu gelangen, selbst wenn ihr Verbrechen nur darin bestanden hatte, dass sie Brot für ihren kleinen hungernden Bruder gestohlen hatte. Sie zitterte. Nichts machte ihr mehr Angst als die ewige Verdammnis. Sie wusste jedoch, dass er sie vor den Feuern der Hölle bewahren könnte. Also kroch sie vor ihm, tat, was er befahl und kümmerte sich um jeden seiner Wünsche – dieses Mal hatte sie für ihn spioniert. Dafür erhielt er ihre Verehrung und sprach sie von ihrer Schuld los.

Der Mond war hell und warf schreckliche Schatten am Waldrand, während sie heimlich die große Halle der Burg Wendeville verließ. Die kühle Luft erinnerte sie an die kühlen Finger des Priesters auf ihren Schultern, als sie ihn empfing.

Die Stelle war nicht weit weg. Sie war jedoch geheim. Der heilige Mann hatte darauf bestanden, dass außer ihr niemand von seinem Besuch dort wusste und Mary fühlte sich von seinem Vertrauen geschmeichelt.

Bis auf ein schwaches goldenes Glühen, das durch die Ritzen der alten Holzbalken zu sehen war, befand sich die Bauernkate in völliger Dunkelheit. Sie atmete tief durch. Man konnte sich leicht vorstellen, dass das Glühen eine göttliche Präsenz war und dass der heilige Mann in jenen Mauern zu Gott persönlich sprach.

Schnell schaute sie sich um, zog die Tür auf und betrat die Kate.

Die Kerze des Priesters flackerte unheimlich, als er auf sie zukam. In den sich bewegenden Schatten sah er blass und eher wie ein Geist als wie ein Mensch aus; wie die Buchmalereien, die er ihr einmal in seiner mit Edelsteinen besetzten Bibel gezeigt hatte. Ehrfürchtig fiel sie auf die Knie.

„Habt Ihr Nachrichten?", fragte er mit strenger Stimme, die sie erwartungsvoll erschauern ließ.

„Ja, Vater."

Eilig erzählte sie ihm alles, da sie sich sicher war, dass seine Zeit so wertvoll wie Gold war. Sie erzählte ihm über Meggies Wehen, das totgeborene Baby und den Eisenhut. Als sie fertig war, bedachte der Priester sie mit einem Lächeln.

„Das habt Ihr gut gemacht, Mary, mein Kind", lobte er sie und legte eine schlanke Hand auf ihren bedeckten Kopf. „Jetzt wollen wir über eine andere Aufgabe sprechen, um die ich Euch bitte."

Mary hörte so aufmerksam zu wie eine Jüngerin und war von dem hilflosen Schulterzucken und besorgten Stirnrunzeln des Abtes bewegt. Als er fertig war und sie die Milch seiner Aufrufe so eifrig wie ein junges Kätzchen aufgeschleckt hatte, blickte er in ihre verehrenden Augen und sprach die vertraute Bitte aus, auf die sie den ganzen Abend gewartet hatte.

„Wollt Ihr den Herrn heute Nacht empfangen? Wollt Ihr ihn durch mich empfangen", fragte er vorsichtig.

Schwach und dankbar seufzte Mary ihre Zustimmung.

Der Abt zog die Kapuze von ihrem Kopf und lächelte ihr wohlwollend zu.

Sie faltete ihre Hände vor sich wie beim Gebet und schaute zu ihm hoch. Er schloss die Augen und atmete tief durch und sein durchsichtiges Gesicht strahlte vor religiöser Ekstase. Dann öffnete er sein Gewand für sie und offenbarte die plumpe Schwellung unter seiner Soutane. Dort nahm sie die heilige Kommunion zu sich, wurde von seinen erstaunten Schreien erregt und schluckte jeden wertvollen Tropfen der bitteren Opfergabe, die er ihr spendete.

Viel später, als sie wieder in ihrem eigenen im Bett lag und seine Spuren auf ihren Lippen genoss, berührte Mary das Amulett mit dem Angelicakraut, dass ihr der heilige Mann um den Hals gelegt hatte. Er hatte ihr versichert, dass es ein Schutz gegen die böse Hexe sein würde, die ihre Herrin war.

Garth atmete geschlagen aus, zerdrückte ein weiteres Blatt Pergament und warf es entmutigt auf den Steinboden der Kapelle. Neben ihm flackerte die dicke gelbe Kerze, als hätte sie Angst vor ihrem Herrn. Garth strich sich mit der Hand durch das Haar und starrte auf den Vollmond, der von dem Buntglasfenster blau gefärbt war. Eine kleine Wolke zog vor ihm vorbei und sorgte für einen dunklen Schatten, der durch die Bilder des Buntglases schwebte.

Mit der Hand rieb er sich über die müden Augen. Er sollte ins Bett gehen, das wusste er, aber die Predigt für morgen war ihm noch versagt und der Krieg, der in ihm tobte, raubte ihm den Schlaf.

Er kannte den Namen seiner Dämonin nur allzu gut.

Cynthia le Wyte.

Verflucht. Er konnte sie nicht aus seinen Gedanken

verbannen. Sie erinnerten ihn nur allzu deutlich an die süßen Tage seiner Jugend – an endlose Stunden im Schatten des Weidenbaums mit nichts als Lerchen und Eichhörnchen zur Gesellschaft, an Morgende, die er mit dem Lateinstudium verbracht hatte, während seine Brüder mit dem Schwert geübt hatten und an lange Sommernachmittage, die nach Leben und Träumen und Jasmin dufteten.

Er hatte sich aus dieser Welt verbannt, so wie Adam aus dem Paradies verbannt wurde – ebenfalls wegen einer Frau. Hier war also eine weitere ihrer Sorte, die die Seele eines Mannes zerstören konnte.

Trotzdem fiel es ihm schwer die Namen von Cynthia und Mariana im gleichen Atemzug zu sagen. Sie waren sich in keiner Weise ähnlich. Cynthia war ebenso schön und verführerisch wie Mariana es gewesen war, aber das waren nur oberflächliche Dinge. Cynthia besaß etwas jenseits davon mit einer Tiefe, die ihn nicht nur tiefer verletzen, sondern ihn völlig zerstören könnte.

Heute hatte sie ihm das arme tote Kind gegeben und er hatte den Kummer in ihren Augen gesehen sowie eine Seite von Cynthia le Wyte, die er vergessen hatte und er wurde zurück in den Garten seiner Mutter transportiert, wobei seine Gefühle noch mehr in Verwirrung gerieten.

Er hatte sie verletzbar gesehen.

Und das machte sie noch unwiderstehlicher und noch viel gefährlicher.

Natürlich hatte ihre anschließende Verhöhnung seine Meinung geändert. Die Frau war völlig rücksichtslos gewesen und hatte ihn geärgert und getrieben, bis sie die Schwachstelle in seiner Rüstung fand.

Jedoch war sie äußerst erstaunt gewesen, als sie die

Schwachstelle zufällig entdeckte. Vielleicht hatte sie nur mit der Glut seiner Sünde gespielt und nicht erwartet, dass sie aufflackern könnte und als dies passierte, war sie erschrockener als er.

Fürwahr, er wusste, dass Cynthia in keiner Weise grausam war. Er hatte in den letzten paar Tagen gesehen, wie sie jede armselige Seele behandelte, die darum bat, ob ihre Krankheit nun echt oder eingebildet war. Sie zeigte ungewöhnliche Stärke, einen großzügigen Geist und echtes Mitleid.

Was auch immer sie dazu gebracht hatte ihre Nase in seine persönlichen Angelegenheiten stecken, sie hatte es geschafft, seine Sünde offenzulegen und ihm dabei seine Würde zu nehmen und ihn jenseits der Erträglichkeit zu demütigen.

Er würde es ertragen. Schließlich war er nicht wie seine Brüder, die sich bei der kleinsten Beleidigung duellierten. Er war ein Priester. Priester ertrugen Demütigungen die ganze Zeit. Dies prüfte den Glauben und stärkte den Geist.

Der Gedanke an die nächsten Tage, Wochen und Jahre erschreckte ihn weit mehr. Wie könnte er seine Geschicklichkeit, seine Würde und seine mentale Gesundheit aufrechterhalten, wenn sie umherflatterte und in seiner Seele herumbohrte, sei es mit vorsichtigen Fingern oder mit neugierigen Klauen?

Früher war seine Antwort Isolation gewesen, aber es war lächerlich zu glauben, dass er sich jetzt hinter Klostermauern verstecken könnte. Er lebte in der irdischen Welt, einer Welt voller Fehler, Unordnung und Sünde inmitten einer Gemeinde, vor der er morgen das Wort Gottes predigen sollte.

Resigniert ließ er die Schultern hängen, holte das

zerdrückte Pergament vom Boden und versuchte es glatt zu streichen. Es war ein Stück Abfall und nicht passend für einen Priester, aber es würde ausreichen. In ein paar Stunden würde die Sonne aufgehen.

Frustriert schlug er mit der Handfläche auf die Kanzel und löschte dabei die Kerze. Anschließend ging er im Licht des Mondes zurück zu seiner Zelle.

Cynthia schaute durch den Dampf, der an der Oberfläche des Bades aufstieg, das auf sie wartete. Die ersten Sonnenstrahlen fielen durch die Bogenfenster ihrer Privatgemächer und glitzerten auf dem Badewasser wie funkelnde Edelsteine. Der ätherische Dunst verlieh dem wolkenlosen Morgen und den bewaldeten Tälern eine traumartige Qualität.

Aber die dunklen frühen Morgenstunden waren dann eher ein Albtraum als ein Traum gewesen. Der Sonntag hatte für Cynthia früh angefangen. Sie war zu unruhig gewesen, als dass sie hätte schlafen können und hatte die halbe Nacht wach gelegen, während Bilder von Garth, wie er die Sünde der Lüsternheit beging, erotisch durch ihren Kopf flatterten. Als Elspeth kurz nach Mitternacht gekommen war, um ihr zu sagen, dass die Frau des Fassmachers mit der Geburt ihres Kindes begonnen hatte, fiel es Cynthia nicht schwer aufzustehen und sofort zu ihr zu gehen. In den stillen Stunden lange vor Sonnenaufgang wechselten sich Cynthia und die Hebamme Jeanne bei Kerzenlicht ab der Dame die Hand zu halten, ihr die Stirn zu tupfen und ihr lindernden Kamillentee zu verabreichen. Noch während Sterne am dunklen Himmel funkelten, wurde ein gesundes Mädchen geboren.

Cynthia war kaum wieder ins Bett gekrochen, als Elspeth sie schüttelte, um sie erneut zu wecken. Zwei junge Knappen hatten verdorbene Austern zum Abendessen verspeist. Cynthia rieb sich die Augen und ging nach unten.

Karminrote Distel befreite die Jungen von der Vergiftung. Als sie ihre Beichte gehört hatte, war sie verpflichtet, ihnen einen strengen Vortrag über die fragwürdigen Vorteile des Genusses roher Austern als Aphrodisiaka zu halten.

Als Cynthia sich etwas aus der Küche zu essen holte, begann die nächste Krise. Einer der Hunde schnappte nach der Tochter des Verwalters, während diese schlief. Der Biss in den fleischigen Teil ihrer Hand war nicht allzu tief, obwohl das Mädchen einen Ozean voll Tränen vergoss. Sie hatte den Biss wahrscheinlich verdient. Cynthia wusste, dass das Mädchen die Hunde immer gern mit Fleischfetzen ärgerte.

Während sich Cynthia um das Mädchen kümmerte, beschloss ihr Vater, dass auch er ihre Talente wegen seiner Verstopfung in Anspruch nehmen könnte. Sie verabreichte ihm Löwenzahnextrakt.

Als der Morgen graute, war Cynthia zu erschöpft, um schlafen zu können. Sie steckte sich ein Stück altes Brot in den Mund und wies die Diener an, heißes Wasser in ihr Zimmer zu bringen, damit sie baden könnte.

Schon bald würde Garth seine erste Predigt auf Wendeville halten. Sie wollte sie nicht verpassen, aber sie konnte nicht zum Gottesdienst gehen, wenn sie nach Schweiß, Blut oder noch Schlimmerem roch. Sie betrachtete ihre Kräuter und stellte die Ampullen auf den Tisch. Lavendel? Zimt? Rosenöl. Nay. Was sie suchte, befand sich im Kräuterkeller.

Die Kellertür stand auf, als sie kam und Kerzenlicht flackerte an der Wand. Stirnrunzelnd schaute sie hinein.

„Guten Morgen?"

Das Licht flackerte heftig und Cynthia hörte ein Keuchen.

„Wer ist da?", fragte sie und wagte sich hinein.

Sie hörte ein Rascheln, das dem von Pergament ähnelte. Dann trat die neue Dienerin Mary ängstlich vor.

„Mylady." Sie schüttelte ihren Kopf.

„Mary, was macht Ihr hier?"

„Nichts, Mylady." Sie sah so schuldig aus wie Judas. Die Kerze zitterte in ihrer Hand.

„Was habt Ihr da?" Sie nickte in Richtung einiger Zweige mit Blättern, die das Mädchen festhielt.

Mary ließ die Pflanze sofort fallen und trat einen Schritt zurück. „Ich ..."

Cynthia hob sie auf. „Das ist Bilsenkraut, Mary." Sie ließ den Kopf hängen. „Es ist Gift. Was wolltet Ihr ..."

„Es ... es geht mir nicht gut, Mylady. Mein Bauch. Ich dachte ..."

„Kommt." Sie winkte das Mädchen zu sich heran.

Marys Augen weiteten sich. Sie berührte das Amulett um ihren Hals.

„Macht Euch keine Gedanken. Ich werde Euch nicht schlagen", sagte Cynthia. Sie legte das Bilsenkraut zurück an seinen Platz. Was machte denn eine weitere kranke Seele heute noch aus?

„Es ist ni-nichts, Mylady", stammelte Mary. „Es ist jetzt weg." Sie knickste mehrere Male und zog sich zur Kellertür zurück. „Ich danke Euch, Mylady." Dann schoss sie wieder vor und griff nach einem Stück Pergament auf dem Regal und Cynthia sah, dass es voller Worte war, die offensichtlich von einer ungeübten Hand geschrieben worden waren. „Ich gehe dann wieder zurück in die Küche." Nervös nahm sie die Kerze aus der Wandhalterung und eilte zur Tür.

Cynthia runzelte die Stirn. Ihre neue Dienerin war so aufgeregt wie ein Fohlen. Bilsenkraut gegen Bauchschmerzen? Cynthia schüttelte ihren Kopf. Bilsenkraut würde sicherlich gegen ihre Schmerzen Abhilfe schaffen und wahrscheinlich gegen *alle* ihre Schmerzen. Es war ein Glück, dass sie das Mädchen erwischt hatte.

Cynthia schüttelte das Kribbeln aus ihren Händen und betrachtete das Regal mit Kräuterextrakten und –ölen. Alles schien in Ordnung zu sein. Einige der Ampullen hatten einen Holzkorken und andere waren mit Wachs versiegelt. Auf jenen, die sie selten brauchte, lag eine Staubschicht und viele wurden so oft benutzt, dass mehrere identische Flaschen wie eine Truppe Soldaten in Erwartung ihres Befehls aufgereiht dort standen. Schließlich fand sie, was sie suchte - ein kleines, unscheinbares, bernsteinfarbenes Fläschchen. Sie griff danach und lächelte zu sich selbst.

Jasmin.

Die ersten Sonnenstrahlen fielen durch die Buntglasfenster der Kapelle und erleuchteten die Farben der Wandteppiche auf der gegenüberliegenden Wand. Rauchende Gewürze verliehen der Luft ein duftendes Mysterium. Garth stand vor der Reihe Holzbänke und fummelte am abgenutzten Rand seiner Bibel herum, während die Gemeinde mit einem ehrfurchtsvollen Flüstern und raschelnden Röcken hereinkam.

Er war immer noch unzufrieden mit seiner Predigt,

obwohl er beim Frühgebet schon damit gekämpft hatte und lange Zeilen einen Augenblick aufgeschrieben hatte, nur um sie im nächsten durchzustreichen. Er versuchte sich zu konzentrieren. Heute war schließlich Sonntag. Das war der wichtigste Tag der Woche für einen Priester. Dies würde die erste Predigt sein, die er vor seiner neuen Gemeinde hielt. Es war wichtig, dass er einen guten ersten Eindruck hinterließ. Auf der Suche nach den richtigen Versen hatte er seine Bibel durchforstet. Beim Schreiben hatte er zwei Federn zerbrochen. Außerdem hatte er Kopfschmerzen bekommen, als er stirnrunzelnd das mit Tinte befleckte Pergament betrachtete.

Er hatte nicht damit gerechnet, dass die sommersprossige Verführerin jeden seiner Gedanken stören würde. Er hatte gehofft, dass das Tageslicht ihr Bild zerstreuen würde.

Seine Handfläche machte den Ledereinband seiner Bibel feucht. Selbst hier und jetzt, während die Gemeinde langsam eintrat, umgaben ihn Visionen von Cynthia.

Der Weihrauch erinnerte ihn leicht an ihre süße Haut. Der Wein für das Abendmahl in dem silbernen Kelch konkurrierte mit der Farbe ihrer Lippen. Der doppelte Glanz der Kerzen in der Sonne schien nicht so hell wie ihr Haar. Sogar außerhalb der Kapelle durch die offene Tür verfolgte sie ihn in der zarten Farbe des Morgens, dem Zwitschern der Spatzen und der leichten Brise des Windes. Ihr Gesicht schien auf den Stämmen der goldenen Eichen eingemeißelt zu sein. Ihr Lachen hallte in dem fröhlichen Ruf einer Wiesenlerche wider.

Dies war das gleiche Weib, das seine Welt auseinandergerissen hatte. Sie hatte ihm in den letzten paar Tagen mehr Kummer und Ärger verursacht als er in den vier langen Jahren im Kloster erlitten hatte. Sie hatte ihn völlig beschämt. Sie hatte eine Vergangenheit ausgegraben, die er lieber hatte ruhen lassen wollen. Sie hatte Gefühle in ihm erregt, die kein Kirchenmann jemals haben sollte. Es gab keinen gottgefälligen Grund, dass er auch nur einen weiteren Augenblick in ihrer Gesellschaft verbringen wollte.

Er wollte es trotzdem.

Tatsächlich machte sein Herz an diesem Morgen jedes Mal einen Satz, wenn jemand hinter seinem Rücken durch die Kapellentür eintrat.

Er drehte die Pergamentrolle, die das Wesentliche seiner Predigt enthielt. Es war ein nicht besonders gutes Stück über die Wichtigkeit, jeden Sonntag zum Gottesdienst zu gehen. Wirklich ein schwacher Text, wenn man bedachte, dass er es vor jenen predigen würde, die bereits anwesend waren. Es war das Beste, was ihm in den frühen Morgenstunden noch eingefallen war.

Resigniert seufzte er und die Flammen der Bienenwachskerzen vor ihm flackerten. Er ließ seinen Blick zu einem der Buntglasfenster wandern, wo die Sonne gerade angefangen hatte die Szene zu erleuchten. Es war ein Bild von Christus als Lehrer mit ausgestreckten Armen, wie er Kindern zu seinen Füßen von Gott erzählte. Ein winziger Vogel saß auf der Schulter eines der Kinder und ein hübsches Mädchen trug Blumen in ihrem Haar und erinnerte ihn an ...

Cynthia.

Sie schien wie eine Vision goldenen Lichtes, wie ein Engel, durch die Tür der Kapelle zu schweben, wobei die Sonne ihren weißen Schleier erleuchtete und ihre Augen wie durchsichtiges Silber erscheinen ließ.

Köpfe drehten sich und Dienerinnen knicksten pflichtbewusst, als sie an ihnen vorbei durch den Mittelgang direkt auf ihn zukam, aber sie schaute sie nicht an. Sie starrte nur auf ihn und ein leichtes Lächeln umspielte ihre Lippen.

„Vater Garth." Sie kniete vor ihm und streckte ihm mit einer Hand sein repariertes Kruzifix hin. „Ich glaube, Ihr habt das hier verloren."

Einen Augenblick lang war er wie gelähmt. Es war seltsam, dass sie vor ihm kniete. Sie war schließlich die Burgherrin.

Mit plötzlicher Deutlichkeit wurde ihm klar, dass er der Herr hier war. Dies war nicht der Garten. Die Kapelle war seine Domäne. Hier war sie der Eindringling.

Mit einem neuen Gefühl der Autorität, das ihm Selbstvertrauen verlieh, nahm er das Kreuz aus ihrer Hand und legte es um seinen Hals, wobei er ihr zum Dank zunickte. Er erwischte einen Hauch von – oh Gott, die Frau kannte keine Gnade – Jasmin, als sie sich mit einem Drehen ihrer safranfarbenen Röcke erhob, um sich auf die vorderste Bank in der Kapelle setzen.

Er wandte seinen Blick ab und schaute wieder zu den Buntglasfenstern. Ihm war klar, dass die Farben mit zunehmendem Licht schärfer wurden. Er erkannte es dort in dem Bild. Ein Priester war in erster Linie ein Lehrer. Es war die Pflicht eines Priesters, Sündern ihre Fehler aufzuzeigen. Lady Cynthia brauchte mehr als alles andere einen Lehrer. Es war seine Aufgabe, sie zu unterweisen und sich um ihre Seele zu kümmern.

Sie verstand die Ordnung der Dinge nicht. Sie verstand nicht, dass adlige Frauen dem einen Weg und Kirchenmänner einem ganz anderen folgen mussten. Vielleicht hatte es einmal eine Zeit gegeben, als sie beide ausgelassen in einem Sommergarten umhertoben konnten, aber die Zeit war längst vorbei. Einst hatte es eine Zeit gegeben, als sie Träume jagen und Bienen abwehren konnten, aber jetzt war diese Zeit nicht mehr.

Er zerknüllte das Pergament und warf es beiseite, wobei ihm leichter ums Herz war als seit vielen Tagen. Er wusste genau, welche Bibelverse er lesen wollte. Er blätterte durch seine Bibel zu den Versen, die er kannte, und wartete, dass die Gemeinde still wurde.

„Omnia tempus habent et suis spatiis transeunt universa sub caelo", sagte er auf. Alles hat seine Zeit. *„Tempus nascendi et tempus moriendi, tempus plantandi et tempus evellendi quod plantatum est ..."*

Cynthia spürte, wie ihr Herzschlag schneller wurde. Sie saß ganz still und hatte Angst sich zu bewegen oder zu atmen, damit sie ihn nicht irgendwie unterbrach. Sie schloss die Augen. Die feinen Haare in ihrem Nacken kribbelten.

Es waren nicht die Bibelverse, die sie bezauberten. Auch nicht der musikalische Tonfall des Lateins, das er sprach. Sie achtete kaum auf seine Worte. Sie wurde von dem bezaubernden Klang von Garth de Wares Stimme in den Bann gezogen.

Sie hatte einen kühlen arroganten Tonfall von ihm erwartet oder einstudierte falsche Demut. Kaum verborgene Schroffheit oder einen gleichmäßigen Singsang, der so leer war wie die Maske, die er häufig aufsetzte. In ihrer wildesten Vorstellung hätte sie niemals geglaubt, dass er die Stimme eines Engels besaß.

„... tempus flendi et tempus ridendi, tempus plangendi et tempus saltandi ..."

Ihre Hände zitterten auf ihrem Schoß und sie hörte der Musik zu. Seine Stimme dröhnte, flüsterte und sang, floss wie ein Reigengesang und donnerte dann wie die Meeresbrandung.

„... tempus spargendi lapides et tempus colligendi ..."

Auf einmal verstand sie. Seine kontrollierten Gefühle, die Leidenschaft, die er hinter dem gleichmütigen Gesicht und dem starren Körper leugnete, wurden in seiner Stimme ausgedrückt, während er ... Gott weiß was las. Cynthia war so von der Schönheit seines Vortrags fasziniert, dass sie seinen Worten nicht lauschte. Mit ganzer Seele sehnte sie sich danach, in Garths Arme zu eilen und ihr Ohr an seine Brust zu drücken, um die Kraft seiner donnernden Stimme zu spüren. Sie wollte von seinen starken, warmen Wörtern umgeben werden.

„... amplexandi et ..."

Ihr Blick fiel auf ihn. *Amplexandi.* Umarmung.

Garth wollte nicht hochschauen. Insbesondere nicht an jener Stelle, aber die Art, wie Cynthia einatmete, lenkte ihn ab. Als er einmal abgelenkt war, war alles verloren. Die Worte tanzten vor ihm auf der Seite. Er konnte die Stelle nicht wiederfinden, um sein Leben zu retten.

„Et ... et ..."

„Et tempus ...", flüsterte Cynthia leise, während die Burgbewohner ihn erwartungsvoll anstarrten.

Er erstarrte, weigerte sich aber hoch zu schauen. Die Dinge liefen nicht so gut, wie er es geplant hatte. Fürwahr, er las die Worte richtig und Lady Cynthia schien mit angemessener Aufmerksamkeit zuzuhören. Nur plötzlich schien ihre Aufmerksamkeit allzu hingerissen zu sein. Er kämpfte, dass er die Verse wiederfand, aber alles sah wie bedeutungsloses schwarzes Gekritzel auf der Seite aus.

Frustriert schloss er das Buch mit einem Knall, steckte es unter seinen Arm und räusperte sich.

„Tempus plantandi. Eine Zeit zu pflanzen“, fing er an und ging auf und ab, obwohl ihm diese Handlung seltsam unnatürlich vorkam. „Unsere Welt ist wie ein großer Garten. Einerseits gibt es Gänseblümchen und Rosen und Ringelblumen ...“

Ringelblumen? Oh Gott. Warum hatte er Ringelblumen gesagt?

„Ringelblumen“, wiederholte er mit festerer Stimme. „Andererseits gibt es Weizen und Roggen und Gerste. Dann sind da noch Disteln und alle Arten von Unkraut, die ...“

Cynthias Augen waren so verschwommen wie schmelzende Eiszapfen.

Er räusperte sich. „Alle Arten von Unkraut, die zwischen den ... “

Ihre Lippen waren geöffnet und er konnte die perlenartigen Ränder ihrer Zähne sehen.

„Zwischen den Disteln wachsen.“ Nervös leckte er sich über seine Oberlippe. Gott, er wünschte sich, dass sie aufhören würde, ihn mit ihren leuchtenden Augen zu unterbrechen. Ihrem lächelnden Mund. Ihrem üppigen Haar.

„Aye, Gott hat auch das Unkraut erschaffen“, krächzte er. „Ebenso, wie er die Gerste geschaffen hat, aber Ihr würdet auf Eurem Gerstenfeld kein Unkraut anbauen wollen, oder?“

Ein paar Männer in der Gemeinde schüttelten gehorsam die Köpfe. Cynthia starrte ihn jedoch mit einem solch nackten Verlangen an, dass er die Bibel unter seinem Arm fast zerdrückte.

„Nay“, antwortete er. „Nay, das würdet Ihr nicht, ebenso

wenig wie Ihr Disteln zwischen die Lilien oder Nesseln zwischen den Jasmin pflanzen würdet." Der Fluch, der ihm in den Sinn kam, war zu böse, als dass er darüber nachdenken konnte. Ihre glänzenden Augen sollten verflucht sein! „Einige Pflanzen ..." Seine Stimme brach. „Einige Pflanzen passen nicht zu anderen." Er ging vor dem Altar auf und ab, blieb stehen und machte eine ausladende Bewegung mit seinem Arm. „So wie die Gärten der Welt bepflanzt werden, ist der Mensch auf der Erde in Gottes großen Garten gesetzt worden, wobei jeder seine eigene Zeit und seine Stellung hat. Ein Ritter arbeitet nicht in der Küche, ebenso wenig wie ein Bauer neben dem König speist. Ein Spielmann hat in einer Rüstkammer nichts zu suchen. Ein Kaufmann arbeitet nicht im ..."

Verdammt. Lady Cynthia sah aus, als wollte sie ihn jeden Augenblick verschlingen.

„Im Feld", beendete er den Satz, beobachtete Elspeth, die neue Dienerin und zwei Kinder, die sich auf der hintersten Bank knufften. Er beobachtete jeden, außer Cynthia.

Er stolperte durch seine Gedanken mit so viel Anmut wie ein Novize und bemühte sich, das strahlende Gesicht, die durchsichtigen Augen und das bewundernde Lächeln zu ignorieren. Im Stillen betete er um Kraft und konzentrierte sich auf die religiösen Requisiten, die ihn trösteten – die Kerzen, die Buntglasfenster, die Bibel.

Schließlich wurde seine Stimme wieder fester. Allmählich entspannte er sich in den vertrauten Aufgaben seines Amtes und schließlich spürte er, dass er sie wieder ansehen konnte. Endlich konnte er der Gemeinde die Essenz seiner Predigt geben. Schließlich könnte er die Botschaft, die so wesentlich war, überbringen.

Unglücklicherweise sollte es nicht sein. Während er weiter predigte, schlich sich ein unbekannter Bote durch den Mittelgang, um kurz mit Lady Cynthia zu sprechen und bevor Garth ein weiteres Wort sagen konnte, bevor er überhaupt mit der wichtigen Lektion, die er erteilen wollte, anfangen konnte, floh Cynthia in einem Rausch goldenen Samtes und erleichterte und enttäuschte ihn gleichzeitig und hinterließ einen leichten Jasminduft.

KAPITEL 11

Die Tasche mit den Kräutern und Tinkturen ratterte am Sattel hinter Cynthia, als sie in Begleitung ihrer Wache zum Dorf ritt. Sie wünschte sich, dass sie Garths Predigt zu Ende hätte hören können. Sie hätte seiner verführerischen Stimme den ganzen Tag lauschen können.

Sie hatte jedoch keine Zeit zu verlieren. Sie hatte noch nicht einmal Zeit gehabt sich umzuziehen und das schwere samtene Sonntagsgewand auszuziehen. Der Bote sagte, dass drei Bewohner aus einem Dorf in der Nähe an einer Magenkrankheit leiden würden. Zeit war der wesentliche Faktor, damit die Krankheit sich nicht verbreitete.

Vierhundert Meter vor dem ersten Haus kam ihnen ein schmutziges kleines Kind entgegengerannt. Sie kannte ihn – der kleine Tim atte Gate. Tränen liefen ihm über die Wangen und er schniefte, als er sie um Eile bat, weil sein Vater krank war. Ohne sich Gedanken darum zu machen, dass sie ihre Kleider beschmutzen könnte, streckte Cynthia die Hand nach unten und zog den Jungen vor sich auf das Pferd, wobei sie das Tier zu einem schnelleren Gang anspornte.

Ihr Herz schlug schneller. Sie stellte sich dem Unbekannten und andere verließen sich auf sie. Die Fähigkeit zu heilen war ein zweischneidiges Schwert. Manchmal schaute sie in die hellen Augen eines Kindes, das sie vor dem Tod gerettet hatte und Hochstimmung überkam sie. Andere Male, ganz gleich welche Tinkturen oder Heilmittel sie verabreicht hatte, ganz gleich wie lange sie neben einem leidenden Patienten arbeitete, saugte der Tod – der herzlose Sensenmann – langsam das Leben aus seinem Opfer und sie verzehrte sich tagelang in der unvermeidlichen Niederlage und war niedergeschlagen.

Ihre Gabe brachte jedoch auch eine gewisse Verantwortung mit sich. Wenn etwas getan werden konnte, um Leid oder Schmerzen zu lindern, fühlte Cynthia sich verpflichtet es zu versuchen. Die Dorfbewohner verließen sich auf sie und sie würde alles stehen und liegen lassen, um an ihre Seite zu eilen, wenn sie sie brauchten.

„Da!", rief der Junge plötzlich, wand sich auf ihrem Schoß und zeigte auf eine Kate aus Stein abseits der Hauptstraße.

Cynthia lenkte ihr Pferd auf die Kate zu, stieg ab, schnappte sich ihre Tasche und eilte an dem Jungen vorbei hinein, während ihre Männer draußen warteten. Das Haus war windschief und die Fensterläden fest verschlossen. Rauch kam aus einem Loch im Dach. Das Innere war drückend heiß. Eine Rauchwolke wirbelte um sie herum, als sie die Tür öffnete und brannte in ihren Augen und ihrem Hals. Sie hustete. Sie hatte keine Ahnung, wie man auf die Idee kommen konnte, dass drückende Hitze und Dunkelheit gut für einen kranken Menschen sein konnten. Sie ließ die Tür ein wenig offen und befahl den Kindern in der Kate die Fensterläden zu öffnen.

Tims Vater Rob lag mit angezogenen Beinen auf der Seite auf einem schmutzigen Bett. Eine dünne Decke verbarg die untere Hälfte seines Körpers. Er zitterte unkontrolliert. Cynthia krempelte die Arme hoch und befahl Robs Frau Nan Wasser über dem Feuer zu erhitzen. Dann stellte sie ihre Tasche neben dem Bett ab und betrachtete ihren Patienten genauer. Seine Haut war gerötet und trocken und seine Augen lagen tief in seinem Kopf.

„Wie lange ist er schon so?"

„Seit zwei Tagen, Mylady", antwortete Nan.

Cynthia berührte die Stirn des Mannes. Sie fühlte sich papierartig und heiß an. Dann fühlte sie beide Seiten seines Halses. Sein Puls war schnell und unter seinen Ohren war eine Schwellung.

Sie schloss die Augen, atmete tief durch und fing an ihre Handflächen aneinander zu reiben. Ihr Fleisch kribbelte bei der Reibung und wurde warm, bis die Hitze wie eine glühende Kraft zwischen ihren Händen war. Dann legte sie ihre Handflächen an den Kopf des Mannes, wobei ihre Daumen auf seinen Schläfen lagen. Sie stellte sich vor, wie eine helle weiße Strahlung durch ihre Arme und ihre Fingerspitzen in Robs Körper hineinströmte, ihn wärmte, beruhigte und heilte. Kurz darauf sah sie Bilder vor ihrem inneren Auge von den Kräutern, die er brauchte.

Als das Licht schwand und die Kraft ihren Lauf gefunden hatte, zog sie ihre Hände zurück und schüttelte die Reste der Energie ab.

„Er braucht etwas zu trinken", sagte sie zu der Ehefrau.

Nans Blick war voller nervöser Zweifel und sie wrang ihre Hände am Feuer. „Er kann nichts bei sich behalten, Mylady."

„Er muss trinken", erklärte sie. „Seht Ihr, wie trocken seine Haut ist? Wir müssen etwas finden, was er in kleinen Schlucken zu sich nehmen kann." Sie öffnete ihre Tasche. „Ich habe Kräuter, die ich erst verwenden kann, wenn er ein wenig Flüssigkeit zu sich nehmen kann."

Sie griff in ihre Tasche und zog eine verschlossene Ampulle hervor. Sie schüttelte sie vorsichtig und reichte sie der Frau.

„Dies ist krauser Ampfer. Ich möchte, dass Ihr ein sauberes Tuch nehmt und seinen Körper hiermit wascht. Wir müssen alle Spuren der Krankheit abwaschen."

Die Vorteile von krausem Ampfer waren fragwürdig, aber Cynthia fand es nützlich, um einen besorgten Verwandten zu beschäftigen, während sie die mächtigeren Heilmittel verabreichte.

„Tim, ich habe Hennen auf dem Hof gesehen. Kannst du mir ein frisches Ei von heute Morgen holen?"

Der Junge nickte ernst und ging los.

Cynthia flüsterte Nan zu: „Ihr müsst die Kinder von ihm fernhalten."

„Aye, Mylady."

„Er braucht Wärme, aber Ihr müsst auch frische Luft hereinlassen."

Cynthia durchsuchte ihre Tasche mit den Ampullen und Päckchen, legte einige beiseite und wählte schließlich die drei, die sie in ihrer Vision gesehen hatte.

„Ich werde Euch diese dalassen. Gebt sie ihm erst, wenn er ein paar Löffel mit Wasser versetztem Wein bei sich behalten kann. „Dies", sagte sie, während die Frau die Stirn ihres Mannes abtupfte, „ist Frauenmantel. Es sollte seinen Darm beruhigen." Nan nickte. „Und dies ist Rosenextrakt", fuhr sie fort und hielt ein winziges Fläschchen hoch. „Vermischt es mit ein wenig Honig und es wird ihn stärken."

Dann kam der kleine Junge herein marschiert und trug das Ei vorsichtig wie einen wertvollen Edelstein. Sie nahm es und bat eines der älteren Kinder um einen sauberen Becher.

Rob stöhnte auf dem Bett, zog seine Knie hoch und Nan runzelte besorgt die Stirn.

„Er hat Bauchschmerzen", sagte Cynthia und nahm das dritte Paket mit getrocknetem Rotklee. „Macht einen Tee aus diesen Blättern. Weicht sie in gekochtem Wasser ein. Dann gießt die Blätter ab und lasst ihn die Flüssigkeit schlürfen. Das sollte gegen die Schmerzen helfen."

Das ältere Kind reichte Cynthia einen Becher und sie schlug das Ei hinein, wobei sie es mit einem Teil der Schale verrührte. Sie löffelte das warme Wasser aus dem Topf über dem Feuer über das Ei, wobei sie weiter rührte, damit das Ei das Wasser trübte. Als der Becher halbvoll war, kniete sie sich neben den Mann.

Nan runzelte die Stirn. „Aber Mylady, er darf doch keine Eier bekommen! Die Fastenzeit hat angefangen!"

Cynthia hatte erwartet, dass die Frau protestieren würde. Sie hielt bei ihrer Arbeit inne. „Ich weiß, Nan", murmelte sie, „aber fürwahr, er braucht Nahrung. Sonst wird er sterben. Ich bin sicher, dass Gott ihm einen Fehltritt verzeihen wird. Wir wollen beten, dass Euer guter Rob überlebt, um Buße zu tun."

Nan kaute einen Augenblick unsicher auf ihrer Lippe. Dann hob sie die Schultern ihres Mannes an, sodass Cynthia ihm die Brühe Schluck um Schluck verabreichen konnte.

„Bereitet ihm dies zweimal am Tag zu, wenn möglich",

sagte Cynthia leise. „Aber es muss absolut frisch sein. Schickt Eure Kinder, um die Eier zu holen und dann werden Eure Nachbarn es nicht merken. Haltet alles sauber und wenn noch jemand in Eurem Haushalt erkrankt, verwendet die gleichen Kräuter."

Nan nickte zustimmend. Cynthia senkte den Kopf des Mannes wieder und steckte die Decke um seine Schultern fest.

„Ich komme morgen wieder", versicherte sie der Frau und nahm ihre Tasche.

Als sie sich verabschiedete und wieder aufs Pferd stieg, atmete Cynthia an der frischen Luft tief durch. Sie überlegte oft, wie diese Leute wie Pilze leben konnten und sich in ihrer engen, dunklen, feuchten Welt zusammendrängten. Wäre sie so arm wie sie, würde sie lieber ihr Bett wie ein wildes Gänseblümchen auf einer offenen Wiese unter freiem Himmel aufschlagen.

In der zweiten Familie gab es mehr oder weniger die gleichen Beschwerden wie in der ersten. Das war seltsam, dachte sie. Die beiden Familien lebten an entgegengesetzten Enden des Dorfes. Krankheiten erschienen typischerweise wie Frühlingszwiebeln, zuerst vermehrt in einem Bereich und dann verbreiteten sie sich strahlenförmig nach außen.

Dieses Mal gab es gleich zwei Opfer der Krankheit, Jack Trune und sein ältester Sohn Richard. Auch diese beiden hatten die Beschwerden seit zwei Tagen. Sie erfuhr von Elizabeth Trune, dass sie am Freitag auf dem Markt in Elford gewesen waren.

„Habt Ihr dort auch Rob atte Gate getroffen?", fragte Cynthia und hielt Richards Kopf, um ihm die Eierbrühe zu verabreichen.

„Aye", krächzte Jack von seinem Lager.

„Ist Rob krank?", fragte Elizabeth.

„Aye."

Cynthia erklärte ihr den Vorteil der Eierbrühe. Elizabeth schien nur allzu froh zu sein, eine Entschuldigung zu haben, dass sie die Einschränkungen der Fastenzeit umgehen konnte. Cynthia lächelte zu sich selbst. Wenn es so weiterging, würde jeder Haushalt im Dorf heimlich Eier holen und sie vor seinen Nachbarn verbergen.

Am frühen Nachmittag stieg Cynthia wieder auf ihr Pferd, um nach Hause zu reiten. Sie freute sich auf einen Mittagsschlaf in ihrem Privatgemach. Ihre Gabe andere zu heilen zehrte an ihrer eigenen Energie.

Als ihr Pferd um eine Kurve kam, lief ein junger Mann hinter ihr her mit Verzweiflung in seiner Stimme.

„Bitte, Mylady, wenn Ihr so freundlich wärt!"

Sie schaute sich um. Sie erkannte das dunkle, gutaussehende und vor Schmerz verzerrte Gesicht nicht. Er bemühte sich nicht, seine Tränen zu verbergen.

„Es heißt, dass Ihr die Kranken heilen könnt!", rief er und rannte auf sie zu.

Unverzüglich drehte sie ihr Pferd. „Zeigt mir den Weg."

Seine Schultern senkten sich vor Erleichterung. Er zeigte ihr an, dass sie ihm folgen sollte.

„Es geht um meine Frau", sagte er stockend. „Wir kommen gerade aus dem Dorf Elford, um uns hier anzusiedeln"

„Elford?" Cynthia verspürte ein unangenehmes Kribbeln an ihrem Rückgrat.

„Aye, es ist auf der anderen Seite von ..."

„Welche Beschwerden hat sie?"

Mit zitternder Hand strich sich der Mann durch sein

strähniges Haar, als wenn die Erinnerung schon fast zu unerträglich wäre. „Sie hat Magenschmerzen. Zuerst schrie sie vor Schmerzen und dann später, als sie kein Essen mehr bei sich behalten konnte, stöhnte sie nur noch. Sie bekam Fieber und zitterte ganz entsetzlich ..." Er fing erneut an zu weinen. „Sie hatte Visionen ... schreckliche Visionen von ... Dämonen und ..."

Cynthia stieg vom Pferd und eilte in die Kate.

Das Mädchen auf dem Bett war im Delirium, schlug um sich und hatte ihre Decke abgeworfen. Cynthia krempelte ihre Ärmel hoch und schaute den jungen Mann streng an.

„Wie lange ist sie schon krank?"

„Seit wir gekommen sind", schluchzte er und blickte hilflos auf seine Braut. „Vier Tage. Oh Gott, was soll nur aus ihr werden? Was wird ..."

„Hört mir zu", sagte Cynthia mit resoluter Stimme, wobei sie seinen Kopf mit fester Hand zu sich drehte „Wollt Ihr hier den ganzen Tag wie ein Baby herumheulen oder werdet Ihr mir mit Eurer Frau helfen?"

Erstaunt von ihren Worten gewann er langsam seine Würde zurück, wischte sich die Nase an seinem Ärmel ab und nickte. „Ich werde Euch helfen."

„Dann haltet sie fest."

Cynthia arbeitete stundenlang bei der kranken jungen Frau, legte ihre Hände auf ihren hin und her schlagenden Kopf, legte Wickel an, tupfte ihre heiße Haut ab und verabreichte ihr gekochtes Wasser.

Schließlich schien das Schlimmste vorbei zu sein.

Cynthia war bis auf die Knochen erschöpft, aber das Mädchen würde überleben. Der Junge hatte Wort gehalten und war die ganze Zeit an der Seite seiner Frau geblieben. Als Cynthia sich auf wackeligen Beinen erhob, um zu gehen, warf er sich vor Dankbarkeit vor ihr auf die Knie, segnete sie und drückte ihr eine kleine Silbermünze in die Hand. Natürlich nahm sie diese nicht an. Wenn sie ihrer Gabe einen Preis beimaß, würde sie sie verfluchen.

Es war bereits Sonnenuntergang und der Himmel errötete. Cynthia war erschöpft. Sie konnte die Augen kaum aufhalten. Sie hatte die letzte Nacht nur wenig geschlafen und den ganzen Tag nichts gegessen, da sie nichts von den wenigen Vorräten der Bauern nehmen wollte. Mit zitternden Armen zog sie sich auf ihr Pferd und machte sich auf den Heimweg.

Sie kam erst lange nach dem Abendessen auf Wendeville an und bat Elspeth, ihr das Essen in ihr Privatgemach zu bringen – eingelegter Hering, ein Stück Weißbrot, ein Becher Bier und Mandelcreme. Die ganze Zeit machte Elspeth einen Wirbel um sie wie eine Katze, die ihr Junges badete, aber Cynthia war zu müde um viel zu essen. Der Mond war noch nicht aufgegangen, als sie auf ihrem Bett in einem Haufen beflecktem und zerknittertem Samt zusammenbrach.

Erholsamer Schlaf blieb Cynthia versagt. Bilder von stöhnenden, sich übergebenden Bauern erfüllten ihre Träume und sie standen in langen Reihen wie Pflanzen in einem entsetzlichen Garten und bildeten ein riesiges Feld von Körpern, das so weit reichte, wie das Auge sehen konnte. Sie keuchten nach Luft und stöhnten ihren Namen und ganz gleich, wie viel Frauenmantel sie auf sie streute, es reichte nicht. Sie würden sterben, wenn sie ihnen nicht half. Ihre Not erstickte sie. Es gab nichts, was sie tun konnte ... nichts ...

Im Morgengrauen erwachte sie mit einem Schreck. Ihr Herz schlug heftig und sie atmete stockend. Sie setzte sich auf, rieb sich die Augen und schaute dann mit Missfallen auf ihr zerknittertes Gewand. Sie hatte kaum geschlafen, aber ein seltsames Gefühl der Dringlichkeit lockte sie zum Dorf.

Sie zog sich schnell ein graues Kleid über, wusch ihr Gesicht und steckte ihr Haar unter einen weißen Schleier. Bei Sonnenaufgang verließ sie Wendeville mit ihrer Wache und einer Tasche voller Kräuter und knabberte an dem klebrigen Honigkuchen, den Elspeth ihr als Frühstück in die Hand gedrückt hatte.

Bevor sie überhaupt ankam, spürte sie die schlechten Nachrichten. Die Krankheit hatte sich im Dorf ausgebreitet. Sie spürte sie auf ihrer Haut und in ihrer Seele. Das Sargtuch, das in der Luft hing, war so fühlbar wie ein erstickender Umhang, während Cynthia zitternd in den giftigen Dunst ritt.

Bis auf das Gackern einiger Hühner und das gelegentliche Bellen eines Hundes war das Dorf still. Rauch stieg durch die Dächer der Katen auf, aber die Klänge des Dorfes – spielende Kinder, arbeitende Männer, schimpfende Mütter – die Geräusche von Leben waren auffällig abwesend.

Sie erinnerte sich an ihren Albtraum, erschauderte und überlegte, welchen Haushalt sie zuerst besuchen sollte. Während ihr Pferd unentschlossen mit seinen Hufen Erde aufwirbelte, wurden die Fensterläden einer nahegelegenen Kate geöffnet.

„Mylady! Seid Ihr zum heilen hier?", rief die blasse junge Schottin, die darin lebte.

„Aye, Caitlin", sagte sie, stieg ab und ergriff die Hand der Frau. „Habt Ihr die Krankheit?"

„Es ist meine Schwester. Sie kann nicht essen und sie kann nicht schlafen."

Cynthia ging nach drinnen und legte ihre Hände auf Caitlins Schwester. Glücklicherweise war die Krankheit noch nicht weit fortgeschritten.

„Sie wird überleben", sagte Cynthia zu ihr, aber sie wollte nicht offenbaren, was sie spürte, als sie Caitlins Hand zurückschob. Das blasse Mädchen war so zart, dass sie es nicht überleben würde, wenn die Krankheit sie erwischte.

Der erste Todesfall passierte am Mittag. Es handelte sich um Edward Simon. Das Heulen der Witwe war die ganze Straße entlang zu hören. Der Narr war schon seit Tagen krank, war aber zu stolz gewesen, um um Hilfe zu bitten.

Die fehlgeleitete Würde solcher Männer erzürnte Cynthia, denn der Preis war zu hoch. Sie tröstete die Frau so gut sie konnte und ließ sie versprechen, dass sie um Hilfe bitten würde, falls sie die Krankheit bekam.

Danach war es, als würde ein Sensenmann durch das Dorf gehen und Seelen ernten. Der Lederarbeiter starb und kurz danach folgte ihm seine Frau. Innerhalb der nächsten Stunde verstarb Robert, der Weber.

Als sich der widerliche Gestank des Todes über Cynthia legte, erinnerte sie sich an ihren entsetzlichen Traum. Sie hatte noch nie gesehen, dass so schnell so viele Menschen einer Krankheit zum Opfer fielen. Zweifel überkamen sie und plötzlich erschien ihr ihre Tasche voller Kräuter so machtlos gegen den heranziehenden Feind zu sein, wie das hölzerne Schwert eines Kindes gegen ein angreifendes Wildschwein.

Ein winziger Teil von ihr wollte weglaufen, den ganzen Weg zurück nach Wendeville fliehen und das Fallgitter vor den greifenden bedürftigen Seelen fallen lassen. Das würde sie natürlich nicht tun. Sie würde sich niemals von den Kranken abwenden, sei es ein Mensch, ein Tier oder eine Blume. Sie hatte eine Gabe. Es war sowohl ihre Verantwortung wie auch eine Ehre, sie anzuwenden.

Ihre erste Aufgabe war es, dass die Leichen gesegnet und begraben wurden, bevor die Krankheit sich weiter ausbreiten konnte. Sie richtete sich auf und sprach einen gesunden Jungen an, der in der Nähe stand.

„Elias, kennt ihr den Weg nach Charing? Es ist nicht weit."

Der Junge nickte.

„Geht bitte dorthin und holt den Abt, damit er die Leichen segnet."

Sie hätte zwar am liebsten den Abt nie wiedergesehen und es schmerzte sie, ihn um einen Gefallen zu bitten, aber sie konnte die Dorfbewohner nicht unversöhnt sterben lassen und Charing war die Burg, die dem Dorf am nächsten lag.

„Ich kann für die Toten nichts mehr tun", murmelte sie zu jenen, die um sie herumstanden. „Bringt mich zu den Lebenden."

Eine Stunde später war Cynthia mit dem dritten Haushalt fertig, aber scheinbar brauchten noch ein Dutzend weitere ihre Heilkraft trotz der Bemühungen hilfsbereiter Nachbarn, die ihre Hilfe anboten. Sie seufzte unsicher. Was, wenn ihre Medikamente verbraucht waren? Was, wenn ihre Kraft schwand? Mit zitternder Hand strich sie eine lose Haarsträhne aus dem Gesicht. Ihr Traum wurde entsetzlich real.

Die Sonne zeigte sich nur knapp über dem Horizont, als wenn sie überlegen würde, ob sie zu solch unchristlicher

Stunde aufgehen sollte oder nicht, als Garth von seiner Unterkunft zur großen Halle ging. Auf dem Weg übte er seine Ansprache, flüsterte Phrasen, eine Armbewegung hier und ein väterliches Stirnrunzeln da und er überlegte, welche Darbietung am effektivsten war.

Er war jetzt bereit seine Sonntagspredigt, die Cynthia verpasst hatte, für sie zu beenden. Er hatte die Bibel unter seinen Ellbogen gesteckt und die spezifischen Passagen mit ausgefransten Bändern markiert.

Er würde ihr erzählen, dass Gottes sämtliche Kreaturen ihren richtigen Platz hatten. Auf dieser Welt legte sich der Löwe nicht neben das Lamm und mit einem entschuldigenden Lächeln würde er sagen, dass Priester sich nicht mit adeligen Frauen verbrüdern sollten.

Er wappnete sich für dieses wichtige Gespräch und betrat die große Halle. Dienerinnen huschten vorbei und trugen Platten mit frischem Brot und Flaschen mit mit Wasser versetztem Wein, kurzum mit dem Frühstück für die Burgbewohner. Ein Junge kümmerte sich um das zischende Feuer mitten in der Halle, Hunde schliefen in einer Ecke, ein Ritter polierte sein Schwert in einer anderen und vor der Abtrennung zur Speisekammer wackelte Elspeth einen Zeigefinger in Richtung des Verwalters Roger, der sein stures Kinn gegen jedwede Beschimpfung von ihr hervorstreckte.

Aber Cynthia war nirgendwo zu sehen.

Elspeth unterbrach ihre Tirade lang genug, um ihn anzusprechen. „Guten Morgen, Vater Garth. Wenn Ihr Lady Cynthia sucht, sie ist ins Dorf gegangen."

„Schon wieder?"

„Aye." Die alte Dienerin schüttelte den Kopf. „Dies scheint eine hartnäckige Krankheit zu sein. Meine Dame spürt diese Dinge und ist heute Morgen schon früh aufgebrochen ..." Besorgt runzelte Elspeth die Stirn. „Sie sah überhaupt nicht gut aus."

Irgendetwas an den Worten der Frau rüttelte ihn auf. „Ist sie in Gefahr?" Er richtete sich auf. „Kann ich irgendetwas tun?"

Sie musterte ihn einen Augenblick, als wenn sie seinen Wert einschätzen wollte und wackelte dann mit einem Finger in der Luft. „Sie könnte vielleicht einen Priester gebrauchen. Wenn es so schlimm ist, wie sie glaubt, werdet Ihr am heutigen Abend die Toten segnen."

Er nickte und blickte reumütig auf seine Bibel mit den Markierungen. Er würde seine Predigt noch einmal verschieben müssen. Heute könnte er sich jedoch zumindest nützlich machen, die Sterbesakramente geben und jene trösten, die das Wort Gottes hören wollten.

Irgendwie beneidete er die Toten. Frei von irdischen Leidenschaften konnten sie die Ruhe des Himmels genießen. Sie mussten nicht wie Garth gegen Versuchungen ankämpfen.

Mit seiner Bibel in der Hand und Rogers Wegbeschreibung im Kopf brach Garth auf und begab sich auf der östlichen Straße in Richtung Dorf.

„Ich schäme mich, dies zu sagen, Mädchen, aber ich erlag dem Alkohol, bevor ich ein Funkeln in ihr Auge zaubern konnte."

Cynthia war sprachlos. Sie kniete jetzt schon eine ganze Weile am Bett des alten Mannes und hörte sich die lächerlichste Beichte an, die sie jemals gehört hatte. Es handelte sich um Henry Webster, den ältesten Mann im

Dorf. Er erzählte immer weiter über all die Sünden, die er begangen hatte, was für einen so alten und kranken Mann, völlig erstaunlich war.

Zuerst hatte sie noch aufmerksam zugehört. Der arme alte Henry hatte nicht mehr lange zu leben. Da der Abt vielleicht nicht rechtzeitig kommen würde, sagte Henry, dass er lieber einem Engel beichten würde. Scheinbar hielt er Cynthia für geeignet. Irgendwie schaffte sie es ernst zu bleiben, während er seine zweifelhaften Sünden in allen Einzelheiten schilderte, wobei es bei einigen davon um hässliche Frauen ging, denen er nicht hätte den Hof machen sollen und um die Jahre, die er im Rausch verschwendet hatte, wenn er den Weibern hätte nachstellen können.

Erst bei einem Blick in sein faltiges altes Gesicht sah sie die Schalkhaftigkeit in seinen feuchten Augen.

„Ich kann sehen, dass Ihr an mir zweifelt", keuchte er, „aber ich sage Euch, dass mich keine Dame jemals ohne ein Lächeln auf ihrem Gesicht verlassen hat."

Sie grinste.

„Aye, genauso", sagte er und nickte.

„Ich glaube, dass Ihr diese Beichte genießt", sagte sie vorwurfsvoll.

„Habe ich Euch erzählt, wie ich eine echte Ungläubige gestohlen habe? Sie war ein Mädchen aus Arabien. Sie stand in ihrer Blüte, war golden wie die Sonne und so lieblich. Es war jedoch trotzdem Diebstahl und in der Bibel steht: *Du sollst nicht stehlen.*" Er neigte den Kopf und verzog das Gesicht. „Nay, vielleicht war es doch kein Diebstahl. Soweit ich mich erinnere, hat das böse Weib meine Börse gestohlen, bevor ich sie weggeschickt habe."

Cynthia schüttelte ihren Kopf.

„Was ist mit Euch, Mädchen? Wo ist Euer Ehemann?"

Sie unterdrückte ein Schmunzeln. Henry Webster sah aus, als würde er sie gerne vögeln, wenn seine alten Knochen dies zuließen.

„Ihr erinnert Euch doch, Henry", sagte sie. „Ich bin verwitwet."

Langsam verschwand die Lüsternheit aus den Augen des alten Mannes und sein Blick schweifte abwesend im Zimmer umher, als wenn er in eine andere Welt wandern würde. Einen langen Augenblick später, gerade als sie ihn als verloren aufgeben wollte, schaute er ruhig und ein wenig neugierig zu ihr hoch.

„Wart Ihr bei Eurem Mann, als er starb?"

„Aye", sagte sie und schluckte schwer. „Er starb in meinen Armen."

Henry wandte den Kopf ab. „Das ist eine schöne Art zu gehen."

Cynthia streckte die Hand aus und ergriff seine. „Kein goldenes Mädchen aus Arabien, aber ich bleibe bei Euch, Henry."

Sie konnte sehen, wie der Mund des alten Mannes arbeitete, bevor er ihn schloss. Mit der letzten Kraft eines sterbenden Mannes drückte er dankbar ihre Hand.

„Ich nehme an, dass ich ordentlich beichten sollte", schniefte er. „Meine Margaret wird irgendwo da oben im Himmel auf mich warten und da sie eine gute Frau ist, hat sie mir sicher einen Platz freigehalten."

„Ich habe nach dem Abt geschickt."

„Ehrlich gesagt", gab Henry zu und seine Sprache wurde langsamer, „ich freue mich nicht auf den Himmel."

„Warum nicht?"

Langsam leckte er sich über seine Lippen. „Da gibt es kein Bier und keine Dirnen."

Cynthia grinste und ihre Schultern bewegten sich vor stiller Heiterkeit. Ein Sonnenstrahl fiel in das Zimmer, als hinter ihr die Tür geöffnet wurde und jemand leise die Kate betrat.

Im nächsten Augenblick legten sich tröstende Finger auf ihre Schultern und sie spürte die Wärme des Besuchers dicht hinter ihr.

„Weint nicht, gute Frau", flüsterte er. „Schon bald wird seine Seele Frieden im Himmel finden."

„Frieden?", fragte sie und zwinkerte Henry verschwörerisch zu. „Henry plant Chaos im Himmel anzurichten und den ganzen Tag den Weibern nachzustellen."

Die Augen des alten Henry funkelten als Antwort.

Die Hände auf ihren Schultern erstarrten und schlüpften dann plötzlich entlang ihrer Arme, um sie wie ein entlaufenes Schlachtross umzudrehen.

Sie keuchte überrascht. Er stand so nahe vor ihr, dass sie die grauen Flecken in seinen verwirrten Augen sehen und seinen entsetzten Atem auf ihrer Wange fühlen konnte.

„Garth!"

Kapitel 12

Er sah so erstaunt aus wie sie. „Ihr.“ Schnell zog er seine Hände zurück, als wenn sie Feuer gefangen hätten.

„Was macht Ihr hier?“, fragte sie und ihre Wangen waren vor Trauer gerötet. Oh Gott, was musste er von ihr denken? Fürwahr, *den Weibern im Himmel nachstellen.*

Besorgt schaute er an ihr vorbei zu dem alten Mann.

Verlegen rieb sie sich über den Nacken. „Ihr seid ... Ihr seid gerade rechtzeitig gekommen, um Henry die Sterbesakramente zu geben. Ich habe ihm bereits seine Beichte abgenommen. Wenn Ihr wollt, kann ich das wesentliche für Euch wiederholen ...“

Henry bekam einen Hustenanfall. Garth machte das Zeichen des Kreuzes, ging um sie herum an die Seite des Bettes und fing ohne Verzögerung mit der Segnung an.

Cynthia ergriff wieder Henrys Hand und ließ die lateinischen Worte auf ihre Ohren fallen wie ruhige Glocken. Sie überlegte, wie oft Garth die Segnung heute noch für jene Seelen, die vor ihrer Zeit starben, wiederholen würde.

„Vergesst nicht, ihm davon zu erzählen, wie ich die Jungfrauen verführt habe, Mylady", krächzte Henry.

Garth erstickte fast an seinen Worten. „Wie bitte?"

Der Körper des alten Mannes verkrampfte beim Husten.

„Er möchte, dass ich Euch seine Beichte erzähle", erklärte sie und versuchte ernst zu bleiben. „Er hat innerhalb von zwei Wochen drei Frauen verführt und zwei davon ..."

„Das wird nicht nötig sein! Sir, alle Eure Sünden sind vergeben." Er kniete nieder. „Ganz gleich welche."

Cynthia unterdrückte ein Lächeln. Die Art und Weise, wie Garths Nasenflügel bebten, wenn er verärgert war, war äußerst liebenswert.

Ohne weitere Zwischenfälle wurden die Sterbesakramente verabreicht und Cynthia hielt die Hand des alten Mannes und spürte, wie seine Lebenskraft schwand. Beim letzten *Amen* verließ seine Seele Henry. Die Hand in ihrer wurde kühl und ruhig.

„Alles Gute, alter Freund", flüsterte sie und wischte eine Träne weg.

Sie wusste, dass es sinnlos war zu weinen. Schließlich war Henry viel älter geworden als die meisten Männer und laut seiner Beichte hatte es ihm nicht an Spaß gemangelt. Es fiel ihr trotzdem nicht leicht dabei zu sein, wenn das Leben langsam aus dem Mann wich und seine Seele ihn verließ.

Garth beobachtete Cynthia und verspürte ein solches Mitleid mit ihr, dass er sich kaum davon abhalten konnte sie in seine Arme zu schließen, um sie vor dem Schatten des Todes zu beschützen. Sie hielt immer noch die Hand des armen Mannes. Ihr Kopf war vor Trauer gebeugt und er sah, wie sie eine Träne wegwischte. Sie war bei dem alten Mann geblieben, hatte ihn getröstet, aufgeheitert und ihm den Mut gegeben, seinem Tod entgegenzutreten.

„Da sind noch mehr", sagte sie ruhig, als sie schließlich Henrys Hände über seiner Brust faltete und die Kerze neben seinem Kopf ausblies.

„Zeigt sie mir", murmelte er.

Er folgte ihr über die staubige Straße, nickte hier und da jenen zu, die sich über den fremden Priester in ihrem Dorf wunderten.

Cynthia sagte leise. „Es wäre vielleicht am besten, die Segnungen kurz zu halten. Es ist schon spät und ..."

„Ich bleibe notfalls über Nacht", sagte er und war ein wenig beleidigt, dass sie etwas anderes glauben könnte, „um dafür zu sorgen, dass sie ordnungsgemäß gebeichtet haben."

„Das glaube ich Euch, Garth", sagte sie mit einem flüchtigen Lächeln. „Es könnte nur sein, dass die noch Lebenden Eure Hilfe mehr brauchen."

Er blieb plötzlich stehen und schaute direkt in ihre blauen Augen. Etwas dort ließ ihn erzittern. „Wie viele sind betroffen?"

Angst flackerte über ihr Gesicht und verschwand so schnell, dass er es sich vielleicht nur vorgestellt hatte. „Ich habe sie noch nicht gezählt."

Sie führte ihn zu einer Kate am Rand des Dorfes mitten auf einem Feld. Die Dorfbewohner folgten ihnen, tuschelten leise untereinander und hielten respektvollen Abstand.

Garth zuckte zusammen, als sich die Tür öffnete und der Gestank von Krankheit ihm ins Gesicht wehte. Er erkannte den Geruch sofort. Tod. Galle stieg in ihm auf, aber er würgte sie hinunter. Ein de Ware duckte sich nicht vor dem Tod.

Er bedeckte seine Nase und seinen Mund mit seinen wollenen Ärmeln und betrat die Hütte. Er hob den ersten Körper, den er fand, hoch und brachte ihn nach draußen, wo er ihn auf einer weichen mit Klee bewachsenen Stelle ablegte. Noch viermal wagte er sich nach drinnen, bis die ganze Familie am Zaun ihres Grundstücks lag.

Er fing mit dem kleinen Mädchen an, das er zuletzt herausgebracht hatte. Im Dreck kniend legte er den kleinen schlaffen Körper auf seinen Schoß, wobei er darauf achtete, dass ihre Beine mit ihrem dünnen Hemd bedeckt waren und er strich ihr das Haar aus dem Gesicht. Es war eine entsetzliche Aufgabe, wenn man auf das schreckliche Werk schaute, das Gott manchmal an Unschuldigen vollbrachte und Garth war nur in der Lage diese Aufgabe zu ertragen, weil er glaubte, dass ihre armen verlorenen Seelen dann Frieden finden würden.

Cynthias Hals verengte sich. Sie spürte einen scharfen Stich in ihrer Nase, der immer vor einem Schluchzer kam. Es ging jedoch nicht nur ihr so. Die Dorfbewohner standen ein ehrfürchtiger Stille. Garths Zärtlichkeit, wie er leise einen Segen wie ein Wiegenlied sprach zerrte an ihrem Herz und brachte sie zum Weinen.

„Mylady!", zischte plötzlich jemand hinter ihr.

Sie wandte sich um. Es war Nan atte Gate. Das Gesicht der armen Frau war vor Kummer verzogen.

„Es ist Tim, Mylady! Mein Kleiner hat es jetzt!"

„Oh nay." Cynthias Herz sank. Sie überließ Garth seiner Aufgabe, folgte Nan und trug ihre inzwischen gefährlich leichte Tasche mit den Medikamenten.

In der Kate schaute Tim mit tiefen geschwollenen

Augen hoch zu ihr. Sein Gesicht war blass und eingefallen. Er sah aus, als könnte ihn eine Brise umstoßen. Sie rieb ihre Hände aneinander.

„Es ist wegen der Eier", murmelte er.

Sie runzelte die Stirn. „Die Eier?"

Tim nickte ernst und zuckte zusammen, als er einen Magenkrampf bekam. „Sie sind in der Fastenzeit nicht erlaubt. Gott ... bestraft mich."

Sie schluckte ihre Tränen hinunter. „Gott würde dich nicht so bestrafen, Tim. Du bist eines seiner Lieblingskinder."

Er schüttelte den Kopf. „Der Abt sagt, dass ich ein Sünder bin."

„Der Abt?" Sie biss die Zähne zusammen, damit sie nicht etwas antwortete, das sie später bereuen würde und dann legte sie ihre Hände vorsichtig auf die Stirn des Jungen. „Achte nicht auf den Abt, Tim. Gott weiß, dass du ein guter Junge bist."

Ihre Handflächen kribbelten bei seiner jungen Energie, die zwar schwach war, aber immer noch flackerte. Als sie die Augen schloss, hatte sie ein deutliches Bild mit Minze vor sich. Einen Augenblick später zog sie ihre Hände zurück und holte ein Päckchen der Blätter aus ihrer Tasche.

„Braut einen schwachen Tee aus diesen Blättern", erklärte sie Nan, „und süßt ihn mit Honig, wenn Ihr welchen zur Hand habt. Ich komme heute Abend zurück und schaue, wie es ihm geht." Dann strich sie dem Jungen das Haar aus dem Gesicht. „Gott versteht es, Tim. Er will, dass du wieder gesund wirst. Er wird dir wegen der Eier vergeben."

Tim starrte sie nur an und einen kurzen, unheimlichen Augenblick lang geriet ihre Überzeugung ins Wanken. Würde ihr vergeben werden? Fürwahr, sie hatte vielen geraten die Verbote der Fastenzeit zu brechen, aber sicherlich war der Rat doch eine göttliche Inspiration. Schließlich kam noch alle Macht von Gott. Sicherlich war es eine heilige Inspiration, die sie dazu gebracht hatte, den Dorfbewohnern zu einer Eierbrühe zu raten.

Jedoch mehr als die Gefahr der Eierbrühe für ihren Glauben, fürchtete sie den Zorn Gottes. Dann war da noch die Sache mit Vater Garth.

Trotz ihrer blinden Sicherheit, dass sie Garth auf einen harmonischeren Weg geleitet hatte, der für seine eigene leidenschaftliche Natur geeigneter war, überlegte sie in einer kleinen Ecke ihres Herzens, ob sie ihn nicht für ihre eigene egoistische Befriedigung von der Kirche stehlen wollte. Sie war sich sicher, dass Gott das niemals gutheißen würde.

Der Abt faltete seine langen Finger und lächelte grimmig von seinem Privatgemach aus, während er beobachtete, wie der Bauernjunge Charing durch das Tor verließ.

Eine Pest im Dorf. Lady Cynthia verabreichte ihre teuflischen Heilmittel. Menschen starben. Das waren wirklich gute Nachrichten. Das und die Liste an Kräutern, die Mary ihm gebracht hatte, reichten aus, um die Dame an Ort und Stelle zu verurteilen.

Während er mit dem Fingernagel über den Stein der Fenstereinfassung kratzte, überlegte er, dass Geduld seine Vorteile hatte. Es war besser, nicht zu eifrig zu erscheinen. Es war noch ausreichend Zeit, um die Schlinge um Lady Cynthias blassen zitternden Hals zu legen. Außerdem war Krankheit so eine ekelhafte Angelegenheit. Er hatte mehr als genug davon gehabt mit dem verstorbenen Ehemann der fürchterlichen Frau. Nay, er würde in der zweifelhaften Behaglichkeit seiner bröckelnden Burg warten, bis die Zeit reif war.

Er wandte sich vom Fenster ab und ging zu seinem Schreibtisch, wo er eine gespitzte Feder nahm. Er tauchte sie in Tinte, die so dick wie Blut war und kitzelte ein verdammendes *X* neben das Wort *Belladonna* auf das Pergament, das Mary ihm gebracht hatte. So ein hübsches Wort für eine solch tödliche Pflanze, ein Teufelskraut. Es würde noch viele andere geben, die das tödliche *X* neben ihrem Namen tragen würden. Der Abt jedoch zog es vor seine Arbeit langsam und methodisch zu machen und er genoss jeden Schlag der Axt des Scharfrichters.

Als Garth das fünfte Haus besuchte, um die Sterbesakramente zu geben, kam ihm der unvermeidliche Becher mit einer gelben Brühe am Bett langsam verdächtig vor. Schließlich fragte er danach.

Die Frau des toten Mannes wurde blass und wrang ihre Hände.

„Bitte vergebt ihm!“, rief sie. „Ich weiß es ist Fastenzeit, aber sie hat gesagt, dass es helfen könnte! Und eine Zeitlang tat es das auch!“

„Was? Was könnte helfen?

„Die Eier!“ Die Dame schlug die Hand vor den Mund, als ihr klar wurde, dass sie mehr offenbart hatte, als sie wollte.

„Eier?“

„Bitte vergebt ihm“, wiederholte sie. „Er war ein guter Mann. Sie hat gesagt, dass ihm vergeben werden würde.“

Garth war verwirrt. Er ergriff die Frau an den Schultern. „Wer hat gesagt, dass ihm vergeben werden würde?“

Das Gesicht der Frau fiel zusammen. „Glaubt Ihr, dass es nicht so ist? Oh bitte, Vater. Vater, bitte …“ Sie begann zu weinen.

„Alle seine Sünden werden ihm vergeben“, sagte Garth und wartete, dass sie sich beruhigte. „Wer hat Euch gesagt, dass Ihr ihm Eier geben solltet?“

„Lady Cynthia natürlich. Sie hat sich die ganze Zeit um ihn gekümmert. Sie ist eine großartige Heilerin und eine gute Dame, aber es ist eine schwere Krankheit und sie konnte nichts tun, um ihn zu retten.“

Die Frau begann wieder zu schluchzen und Garth tätschelte ihr abwesend die Hand.

Verdammt– wies Lady Cynthia die Dorfbewohner an die Regeln für die Fastenzeit zu missachten? Könnte sie unabsichtlich den Zorn Gottes über die Dorfbewohner gebracht haben?

Er löste sich aus dem Griff der weinenden Frau. Er musste die Seele des toten Mannes jetzt erlösen, bevor es zu spät war. Er schob sie beiseite und verabreichte eilig die Sterbesakramente.

Dann machte er sich auf den Weg um herauszufinden, auf was Lady Cynthias Blasphemie beruhte.

Er fand sie in einer nahegelegenen Hütte. Die Fensterläden Richtung Westen waren weit geöffnet, aber die untergehende Sonne gab nicht mehr viel Licht ab. Als er eintrat, konnte er Cynthias Gestalt am Fuß eines Bettes ausmachen, ihre Ärmel waren beschmutzt und ihre Haube lag zerknittert in der Ecke.

„Was für eine Heilkunst übt Ihr aus, Mylady", fragte er ohne Vorrede, „dass Ihr die Gebote der Kirche selbst in die Hand nehmt?“

Die anderen drei Frauen im Raum zuckten bei seiner

Stimme zusammen, aber Cynthia schaute ihn noch nicht einmal an. Sie bellte ihn nur an, dass er die Tür schließen sollte.

Er widerstand dem Drang sie zu zu knallen und war von ihrer Frechheit erstaunt.

„Jetzt", drängte sie ihre Patientin mit heiserer Stimme.

„Ich ... kann nicht ...", jammerte die Frau auf dem Bett. „Lasst mich ... sterben."

„Nay, Milla! Ihr müsst Eure ganze Kraft aufwenden", sagte Cynthia zu ihr. „Euer Baby kann immer noch überleben. Wir müssen es retten, wenn das irgendwie geht."

Garth spürte, wie ihm das Blut aus dem Gesicht lief. Er war in die Hütte geplatzt voller gerechtfertigter Empörung. Das Drama, das sich dort abspielte, hatte er gar nicht bemerkt. Eine blasse Bäuerin zitterte auf dem Bett und ihr Kopf lag auf einem schmutzigen Kissen. Cynthia arbeitete fiebrig zwischen den Beinen der Frau und ihr eigenes Gesicht war schweißnass, ihre Augen wild und ihr Haar hing ihr in feuchten Strähnen über die Schultern.

Garth wandte seinen Blick ab und trat beschämt zurück.

„Presst!", befahl Cynthia. „Ich kann den Kopf des Babys sehen."

Die Frau auf dem Bett gab einen hohen durchdringenden Schrei von sich.

„Was macht Ihr da?", fragte Garth und Schweiß bildete sich auf seiner Lippe bei dem gequälten Schrei. „Seht Ihr denn nicht, wie sie leidet?"

Eine der Bäuerinnen sagte verlegen. „So ist es immer bei Geburten, Vater."

„So ist es gut. So ist es gut", wiederholte Cynthia zu der Gebärenden.

Die Frau schrie, als wenn ihr jemand ein Messer in den Unterleib gestoßen hätte. Bei dem entsetzlichen Schrei, ballte Garth die Hände zu Fäusten und sein de Ware Instinkt, Frauen in Not retten zu wollen, war erregt. Tatsächlich wäre er vorgeschossen, um sie zu retten, wenn eine der Bauersfrauen ihn nicht entsetzt angesehen hätte, weil er überhaupt zugegen war.

„Noch einmal", drängte Cynthia.

„Um Gottes willen, lasst sie in Ruhe!", forderte er. Er wusste, dass er so willkommen war wie ein Wolf im Privatgemach eine Dame, aber es war zu spät, um zu gehen. Er musste irgendetwas tun, um dem Leiden ein Ende zu bereiten. „Ihr bringt sie um!"

„Aye, die Mutter liegt im Sterben", zischte ihm Cynthia über die Schulter zu. „Aber das Baby wird überleben."

„Das könnt Ihr nicht wissen", murmelte er. „Das liegt in Gottes Hand."

„Das weiß ich", beharrte sie und lehnte sich vor, um ihre Finger um den winzigen Kopf des Babys zu legen. „Gut, Milla. Presst noch einmal."

„Würdet Ihr den Willen Gottes infrage stellen?", flüsterte er ungläubig.

Sie antwortete ihm nicht, denn in dem Augenblick kam zu seiner völligen Faszination das Kind und schlüpfte heraus in Cynthias Hände und sein rotes Gesicht war vor Zorn verzogen und seine kleinen Fäuste zitterten vor unnützer Wut. Er stieß einen entsetzlichen Schrei aus.

Die Frauen schienen weder überrascht noch besorgt sein. Sie gingen sofort eingespielt ihrer Arbeit nach und versorgten das Baby, eine Aufgabe, die ihnen so eingespielt von der Hand ging wie die Ernte des Winterweizens.

Garth jedoch konnte nur verwundert auf das Baby

schauen. Cynthia hatte ein Stück Leben direkt vor den Klauen des Todes gerettet. In diesem Augenblick gab die arme Mutter ihren letzten Atemzug von sich.

Cynthia beugte sich dicht über die toten Augen der Frau mit ihren blutgetränkten Händen. Sie zog ein dünnes Laken über das Gesicht der Frau, bekreuzigte sich und erhob sich von der Seite des Bettes.

Er war Zeuge eines Wunders geworden. Cynthia hatte ein neues Leben, das um sich schlug und schrie, gegen alle Widerstände auf die Welt geholt und ob es nun von Gott oder irgendeiner seltsamen Naturgewalt kam, war Cynthia doch das Instrument dieses Wunders gewesen.

Einen langen Augenblick lang begegneten sich ihre Blicke. Ihr Blick war dunkel und geheimnisvoll vor Schmerz wie vor Erschöpfung und so schön wie die Wahrheit. Ihm wurde klar, dass Cynthia *tatsächlich* eine Gabe hatte. Sie war mutig, entschlossen und barmherzig.

Und sie war im Begriff in Ohnmacht zu fallen. Während er zuschaute, flatterten ihre Lider und sie fiel nach vorn. Sein Herz schlug ihm bis zum Hals und er hechtete nach vorn, um sie gerade noch zu fangen und er hob sie hoch in seine Arme.

Er legte sie über seine Schulter und trug Cynthia an den Bäuerinnen vorbei an die frische Luft. Als er herauskam, begrüßten ihn Cynthias Wachen mit finsteren Blicken. Einer von ihnen zog sein Schwert.

„Was habt Ihr gemacht?“, bellte der Mann.

„Ist sie tot?“, fauchte der andere.

“Nay.”, widersprach Garth entschieden. „Nay. Sie lebt.“

Gott, er betete, dass dem so war. Er spürte einen schwachen Puls an ihrem Hals und sie atmete schwach, aber ihre Heilungsbemühungen mussten ihre Lebenskraft aus ihr gesaugt haben. Ihr Hals hing schlaff über seinem Arm und ihre Gliedmaßen waren schwer und leblos wie ein leeres Kettenhemd.

Sein Herz schlug heftig. Er musste sie retten.

Während die Wachen sich in sicherer Entfernung aufhielten, kniete er inmitten des Frühlingsunkrauts und legte sie vorsichtig auf den Boden. Wie natürlich sie dort aussah, wie sich ihr kupferfarbenes Haar über den dunkelgrünen Klee ausbreitete und die Finger einer Hand zwischen den Pflanzenstielen lagen, als wenn sie zu der Erde gehören würde, aber er wollte verdammt sein, wenn er sie dahin gehen lassen würde. Noch nicht.

Er hob ihren Kopf und fächerte ihr mit dem Saum seiner Soutane Luft zu.

„Kommt schon, Cynthia", drängte er. „Wacht auf."

Ihre Lippen waren blass und ihr Atem schwach.

Er schloss die Augen und neigte den Kopf, um ein Gebet zu murmeln, wobei er sämtliche Bittgebiete aufsagte, die er kannte, um Gott zu überzeugen, dass er sie verschonen sollte.

Sie lag immer noch still da.

Schließlich hörte er auf zu beten und ergriff ihre Hand und legte sie an seine Brust.

„Cynthia", flüsterte er und ließ seinen Erinnerungen an sie freien Lauf. „Erinnert Ihr Euch an die Rosen? Wie Ihr die Ableger gestohlen habt? Erinnert Ihr Euch an den Jasmin? Und die Bienen?" Etwas Warmes blühte in ihm auf, während er die Worte sprach und lang vergessene Gefühle, Hoffnungen und Träume erwachten in ihm wie eine Blumenzwiebel nach einem langen Winter. „Ich glaube nicht, dass Ihr jemals zuvor von einer Biene gestochen worden wart", begann er sich zu erinnern. „Aber Ihr wart so mutig und habt Euren Hals entblößt sodass ich mit meiner Klinge ..."

Dann bewegte sie sich, stöhnte leise und runzelte die Stirn. „So ... viele. So viele ..."

Schwindelig vor Erleichterung drückte er ihre Hand. „Aye. Aber ich habe mich um sie gekümmert, nicht wahr?"

Sie öffnete die Augen, um zu ihm hochzustarren. Es war, als würde sie versuchen in seine Gedanken einzudringen. „Ihr ... habt Euch um sie gekümmert?"

„Aye", antwortete er, obwohl er den Verdacht hegte, dass sie in ihrer Verwirrung nicht von Bienen sprach.

„Tim", stammelte sie und versuchte sich aufzurichten. „Ich muss mich um den kleinen Tim kümmern. Er braucht mich."

„Ihr seid so schwach wie ein Kätzchen. Ich sehe nach ihm."

„Nay." Sie ergriff die Vorderseite seiner Soutane und zog sich hoch.

Garth wusste, wann er eine Schlacht verloren hatte. „Dann lasst mich zumindest mit Euch gehen. Bleibt bei Eurer Wache, während ich Milla segne. Dann kümmern wir uns zusammen um Tim."

Glücklicherweise schienen die Wachen mit seinem Vorschlag einverstanden zu sein. Garth verabreichte die Sterbesakramente an die arme Mutter und segnete das neue Baby, das jetzt ruhig in den Armen einer der Bäuerinnen gluckste. Dann ging er schnell zurück zu Cynthia.

Der kleine Tim schien so leer wie ein Schatten zu sein. Das durchsichtige Fleisch des Jungen hing an ihm wie Leinen über Knochen und seine Augen sahen in seinem blassen Gesicht riesig aus. Sie wurden sogar noch größer, als Garth sich seinem Bett näherte.

„Seid Ihr gekommen", schluckte der Junge, „um mich zu bestrafen?"

Garth war zu betroffen von der Bemerkung, als dass er hätte antworten können.

„Nay, Tim", versicherte Cynthia dem Jungen und ging an Garth vorbei zum Bett. „Er ist hier, um dich zu segnen."

„Werde ich sterben?", fragte er Garth.

Garth fühlte sich, als hätte ihn jemand in die Brust getreten. Was für eine Art von Frage war das für einen kleinen Jungen?"

„Nay, natürlich nicht", schimpfte Cynthia. Sie begann ihre Hände kräftig aneinander zu reiben. „Fühlst du dich schon besser nach dem Minzwasser?"

„Aye. Mein Bauch ist ruhig." Einen kurzen Augenblick lang verloren seine Augen ihre Leblosigkeit. „Es hat gut geschmeckt. Besser als die Eier ..." Er brach ab und blickte besorgt zu Garth.

„Aye, Minze schmeckt gut."

Sie beugte sich vor und legte ihre Hände auf den Kopf des Jungen, wobei sie seine Sicht versperrte, aber nicht seine laut geflüsterten Kommentare.

„Mylady, ich mag diesen Priester lieber als den Abt. Ist das eine Sünde?"

„Nay, Tim", antwortete sie. Garth hörte die Amüsiertheit in ihrer Stimme.

„Ich weiß, dass Ihr gesagt habt, dass Gott mir wegen der Eier vergeben wird", flüsterte er, „aber ich glaube nicht, dass es der Abt tun wird."

„Aber sie haben dir Kraft gegeben", versicherte ihm Cynthia.

„Ich glaube nicht, dass der Abt mir vergeben wird", beharrte er.

Bei den unschuldigen Worten des Jungen stieg ein langsames Feuer in Garth auf. Aye, der Junge hatte Eierbrühe in der Fastenzeit getrunken. Neben dem leeren Becher an seinem Bett lagen noch Eierschalen. Wenn es jedoch stimmte, was Cynthia gesagt hatte – wenn die Brühe dazu diente, den kleinen Kerl zu stärken – war es dann eine Sünde?

„Tim, der Abt ..." Cynthia fing an verlegen ihre Hände zu schütteln, als wenn sie Wasser abschütteln wollte.

„Wird dir vergeben", beendete Garth den Satz mit Überzeugung und trat neben sie, um die Stirn des Jungen zu berühren. „Ebenso wie Gott. Gott liebt gute kleine Jungen wie dich und er braucht sie hier auf der Erde, um seine Botschaft zu verbreiten." Der Hoffnungsschimmer in den glasigen Augen des Jungen ließ ihn fast verstummen. „Gott will, dass du wieder gesund wirst."

Tim schaute ihn ernst an. „Dann werde ich gesund", sagte er.

Hinter ihnen öffnete sich quietschend die Tür. „Lady Cynthia."

„Elias", sagte sie.

Der Junge war außer Atem und sein Gesicht gerötet, als wäre er über viele Meilen gelaufen.

„Der Abt ... konnte nicht kommen, Mylady."

Cynthia zuckte fast unmerklich zusammen und nickte ihm dann ruhig zu. „In Ordnung, Elias." Sie zog eine Ampulle aus ihrer Tasche. „Nan, gib ihm das hier. Morgen sollte es ihm besser gehen", murmelte sie der Mutter des Jungen zu.

Dann fing sie an mit dem ganzen aufgestauten Zorn eines Sturms, der gleich ausbrechen wird, in ihrer Tasche herumzuwühlen. „Konnte nicht kommen?", murmelte sie zu sich selbst. „Oder *wollte* nicht?"

Garth runzelte die Stirn in Richtung Elias. „Hat der Abt gesagt, warum er nicht kommen konnte?"

„Aye, Mylord, er ... Vater. Er hat gesagt, er sei unpäss-, unpäss-"

„Unpässlich!", fauchte Cynthia.

„Ist der Abt krank?", fragte Garth den Jungen.

„Noch nicht", antwortete Cynthia und schnürte ihre Tasche zu. „Offensichtlich möchte er es auch so belassen." Mit einem knappen Lächeln verabschiedete sie sich und versprach am nächsten Tag wiederzukommen.

Außerhalb der Kate, als sie sich vorbereitete aufzubrechen, ließ sie ihre wahren Gefühle über den Abt heraus.

„Unpässlich!", rief sie und griff nach den Zügeln ihres Pferdes. „Er hat keine Zeit, sich um die Seelen der Toten zu kümmern?" Sie befestigte ihre Tasche am Sattel. Fläschchen darin klirrten, als sie fest gegeneinander stießen. „Wollt Ihr den wahren Grund wissen, warum er nicht gekommen ist?", fragte sie giftig, während Garth den Steigbügel für sie hielt. „Er möchte die Pest im Dorf meiden. Der egoistische Mistkerl will das Risiko nicht eingehen, dass er sich mit der Krankheit anstecken könnte."

Beim Aufsteigen gaben ihre Gliedmaßen nach und sie rutschte wieder nach unten gegen ihn, wobei sie sich leise entschuldigte.

Garth runzelte die Stirn. Das arme Mädchen war so schwach wie ein neugeborenes Fohlen. Selbst, wenn sie es schaffte aufzusteigen, würde sie niemals oben bleiben.

Er betrachtete ihr Pferd. Er hatte seit mindestens vier Jahren nicht auf einem Pferd gesessen, aber als Junge war er jeden Tag geritten. So etwas verlernte man nie. Er schob seine Soutane nach hinten, stieg auf und schwang ein Bein über den Sattel. Das vertraute Gefühl von Leder zwischen seinen Oberschenkeln brachte angenehme Kindheitserinnerungen zurück.

Er zog Cynthia vor sich, nahm die Zügel und trieb das Pferd an. Es dauerte nicht lange und sie schlief an seiner Brust ein. Eine warme, beschützerische Welle stieg in ihm auf, als sie sich näher kuschelte und wurde dann mit fleischlichen Gelüsten vermischt, die seinen Verstand und seinen Körper quälten und die ein Mann der Kirche niemals haben sollte.

Die drei Pferde ritten durch das fremde, stille Land zwischen Dämmerung und Zwielicht. Über ihnen funkelte ein Stern nach dem anderen wie schüchterne Kinder, die zum Spielen herauskamen. Die Luft wurde kühl. Garth wickelte die Weite seiner Soutane fester um Cynthia, die sich zu seinem Leidwesen gegen ihn kuschelte, als wenn sie dorthin gehörte. Bis auf die Geräusche von ihrem Zaumzeug und den Kettenhemden der Ritter war die Straße still.

In Garth tobte eine Schlacht voller Leidenschaft, Selbstzweifel und Gefahr. Vier Jahre seines Glaubens waren heute aufgewühlt und von der Frau, die in seinen Armen schlummerte, erschüttert worden.

Die Art und Weise, wie Cynthia gegen den Abt wetterte, war gefährlich, weil sie sich gegen die Ordnung der Kirche richtete und entschied, welche Seelen leben und welche sterben würden. Ketzer waren schon für weniger verbrannt worden.

Er hatte sie arbeiten gesehen und beobachtet, wie sie eine seltsame Energie zwischen ihren Händen sammelte und irgendeine geheimnisvolle Kraft anrief, um ihr Heilkraft zu verleihen und sie verwendete dabei die Macht, die ihr irgendein Dämon oder Engel, den sie beschwor, verlieh.

Jedoch hatte sie das alles mit reinem Gewissen und in gutem Glauben gemacht. Es war offensichtlich, dass sie nur zum Vorteil ihrer Leute arbeitete. Verdammt, sie hatte sich heute halb zu Tode geschuftet für sie.

Er streckte die Hand aus, um die Locken von ihrer Wange zu streichen und Schuldgefühle überkamen ihn. Er war nicht nur wegen Cynthias Heilkräften besorgt.

Über mehrere Meilen versuchte er sich zu überzeugen, dass er sich nur beschützerisch gegenüber der Lady Cynthia fühlte und väterliche Gefühle wegen ihrer Gesundheit und priesterliche Sorge um ihre Seele empfand.

Aber er wusste, dass er sich selbst betrog. Selbst jetzt drückte der Beweis seiner unleugbareren Männlichkeit gegen sie.

Gott sei Dank schlief sie. Selbst durch seine Soutane brannte seine Haut wie ein himmlisches Feuer, wo sie ihn berührte. Ihr Duft stieg zu ihm auf und war so frisch wie Mädesüß und so rein wie Regen. Ihr Kopf lag an seiner Brust und ihr Atem befeuchtete die Wolle seiner Soutane und wo sein Gewand sich gelöst hatte, wärmte sie das Fleisch über seinem Herz.

Es war eine Sünde so ein Verlangen zu verspüren und doch konnte er nichts dagegen tun. Cynthia Wendeville führte seine durstigen Augen, seine leeren Arme und seine verhungerten Lenden in Versuchung. Und schlimmer noch, sie bedrohte seine einsame Seele.

Kapitel 13

Als Garth nach ihrer Rückkehr endlich im Bett lag und durch das Fenster zu den Sternen blickte, konnte er nicht schlafen. Draußen wurden die Lieder der Grillen leiser, als es kühler wurde. Von einem entfernten Wald erhob sich der Ruf einer Nachtigall.

Irgendwo in einem anderen Teil der Burg schlief Lady Cynthia. Er konnte sich vorstellen, wie ihr kupferfarbenes Haar über dem Kissen ausgebreitet lag, wie ihre Wimpern an ihre Wange strichen und ihre Brust sich hob und senkte, während sie atmete. Der Mond würde sie in ein silbernes Licht tauchen. Nach dem anstrengenden Tag würde sie tief und ohne zu träumen schlafen, wie ein kleines Kind.

In der Zwischenzeit lag er wach, wurde von Zweifeln geplagt und von Verlangen gepackt.

Cynthia Wendeville war ein Mysterium. Sie ging zu denen, die an der schrecklichen Krankheit litten, wie eine Heilige zu den Sündern, arbeitete mit ihren Händen und ihrem Herz und ihrer ganzen Kraft. Sie war ein Engel der Gnade, der kam, um sich an ihren Krankheiten die Hände schmutzig zu machen und sie arbeitete ohne sich zu beschweren, ohne eine Belohnung zu erwarten, selbst wenn die Dorfbewohner sie am Ende des Tages völlig ausgelaugt hatten wie unschuldige, aber gierige Babys, die an ihrer Brust säugten.

Dabei pflegte sie jedoch dieses seltsame Ritual ...

War sie ein Instrument Gottes? Oder des Teufels?

Seine Lenden ließen ihn eher Letzteres glauben. Noch nicht einmal in seiner Jugend hatte er eine solch mächtige Lüsternheit erlebt.

Er setzte sich auf, zog das Federkissen unter seinem Kopf hervor und warf es an das Fußende des Bettes. Heute Nacht würde er keine Ruhe finden. Er strich sich mit der Hand durch das Haar und ging zum Fenster. Das Mondlicht erleuchtete die Bäume, sodass diese gespenstische weiße und graue Schatten warfen, die aussahen wie verschüttete Milch auf einer Fensterbank. Aus dem Wald leuchteten ein paar glühende Punkte, wahrscheinlich die langsam blinzelnden Augen einer Eule auf der Jagd.

Dann bemerkte er eine Bewegung entlang der inneren Mauer der Burg. Er runzelte die Stirn und trat zurück außer Sichtweite, um sie zu beobachten.

Eine zierliche Gestalt mit einem Umhang schlüpfte durch die Dunkelheit mit einem Sack über der Schulter und das Gesicht war von einer Kapuze verborgen Ein Junge? Nay, eine Frau, die wahrscheinlich auf dem Weg zu einer Liebelei war.

Der Gedanke faszinierte ihn mehr, als er ihn ärgerte und die Tatsache, dass er fasziniert war, verärgerte ihn noch mehr. Während er versuchte, Herr über diese Logik zu werden, trat die Gestalt einen kurzen Augenblick ins Licht.

Jeder Muskel in Garths Körper spannte sich an.

In der weiblichen Hand, die im Mondlicht zu erkennen war, lag etwas, das lang, spitz und silbern war.

Er kletterte aus dem Fenster, was das Impulsivste war, was er seit Jahren gemacht hatte. Sich barfuß über den Burghof zu schleichen war fast ebenso impulsiv. Beides war nicht sonderlich weise. Er blieb mit seiner Soutane an der Fensterbank hängen und jeder, der zufällig vorbeikam, hätte einen klaren Blick auf seinen nackten Hintern werfen können, als er zu Boden schlüpfte. Außerdem rutschten seine nackten Füße auf dem kalten nassen Gras, aber er wagte es nicht, das Mädchen mit der Klinge aus dem Auge zu lassen.

Er beschattete sie, duckte sich zweimal in die Dunkelheit und dann blieb sie mitten im Burghof vor dem Kräutergarten stehen. Er schaute sich schnell um. Es schien niemand in der Nähe zu sein – keine Opfer, die auf ihren Angriff warteten.

Als sie sich vor einen Busch Nachtschatten kniete, konnte er sehen, dass der spitze silberne Gegenstand kein Mordinstrument war. Es war ein Spaten.

Er drückte sich gegen die Mauer und fühlte sich wie ein Narr. Jetzt konnte er sehen, dass es Cynthias Dienerin Mary war. Zweifellos war sie geschickt worden, um Kräuter zu sammeln. Es war gängige Praxis, dass Frauen zu allen möglichen Nachtstunden pflanzten und ernteten. Er erinnerte sich als Junge, dass seine eigene Mutter um Mitternacht im Licht des Vollmonds gesät hatte. Sie behauptete, dass die Ernte dann besser wäre.

Wie er jedoch beobachtete, wie Mary mit fast brutaler Gewalt und Geschwindigkeit den Nachtschatten, den Nieswurz und den Wermut herauszog, musste er an ihren Motiven zweifeln. Ihre Heimlichtuerei schien unangebracht. Niemand, der im Haushalt seiner Pflicht nachging, würde Angst vor Entdeckung haben.

Nay, er hegte den Verdacht, dass sie auf eigene Initiative handelte. Als sie sich an den Eisenhut begab und fieberhaft in den Boden stach, um ihn aus der Erde lösen, schlich er sich zu ihr hin.

„Mary", flüsterte er und versuchte sie nicht zu erschrecken.

Sie schrie nicht. Sie keuchte jedoch und ihre Augen wurden so groß wie Hühnereier. Sie ließ den Spaten fallen, kroch rückwärts in der Erde und hinterließ dabei einen kleinen Graben vor sich.

„Was macht Ihr da?", fragte er leise.

„N-nichts."

Er sah sie an und hob eine Augenbraue. „Es ist eine Sünde einen Priester anzulügen."

Sie biss sich auf die Lippe. Tränen der Angst schimmerten ihren Augen. „Ich - ich tue G - Gottes Werk."

„Gottes Werk?" Er blickte finster zu den aufgezogenen Pflanzen, die da lagen wie ehemals edle Ritter, die in der Schlacht gefallen waren. „Wie kann diese Zerstörung Gottes ..."

„Die Pflanzen sind böse!", zischte sie und zog ihre Knie an ihre Brust, als wenn sie sie vor Schaden schützen könnten. „Das sind die Kräuter des Teufels! Das hat der Abt gesagt! Er sagt, dass meine Herrin ..." Sie musste gemerkt haben, dass sie zu viel gesagt hatte. Sie schlug eine Hand über den Mund.

„Was sagt er über Eure Herrin?"

„Das kann ich nicht sagen." Ihr Kinn bebte. „Ich weiß aber, dass meine Herrin nichts Böses im Sinn hat. Die Pflanzen sind böse."

Er seufzte. Nachtschatten. Nieswurz. Wermut. Eisenhut. Das sind die Kräuter des Teufels! Eine wahrlich gottesfürchtige Dame würde solche Pflanzen niemals in ihrem Garten pflanzen. Sie waren die Pflanzen von Heiden und Bauern, die es nicht besser wussten. Er glaubte jedoch nicht, dass Cynthia sich besonders freuen würde, wenn sie entdeckte, dass ihre Dienerin versucht hatte ihre Seele zu retten, indem sie den halben Kräutergarten zerstört hatte.

Müde rieb er sich über das Gesicht. Wenn das, was Mary gesagt hatte, stimmte und der Abt hatte schlecht von Lady Cynthia gesprochen, würden die teuflischen Kräuter in ihrem Garten gegen sie sprechen. Vielleicht hatte Mary Recht.

„Gebt sie mir“, sagte er. „Ich werde sie entsorgen.“

„Gott segne Euch, Vater! Gott segne euch!“, sprudelte es aus Mary. Sie ging vor ihm auf die Knie und küsste den Saum seines Gewands. Die Geste beschämte ihn. Er war wohl kaum ein Heiliger. Kein sterblicher Mann verdiente eine solche Verehrung.

Er hoffte inständig, dass sie nicht merkte, dass er barfuß war.

„Geht zurück ins Bett, Mary“, sagte er und knuffte sie am Ellbogen. „Und sagt kein Wort mehr über Teufelskräuter.“

Nachdem sie davongeeilt war, stopfte er die Pflanzen in ihren Beutel und ebnete die Erde im Beet so gut er konnte, aber die Löcher in der Erde und die Lücken zwischen den verbliebenen Pflanzen waren offensichtlich und er war sich sicher, dass er auf dem Weg zu seiner Unterkunft eine Spur verräterischer Erde verstreute.

Der Morgen brachte sein Verbrechen ans Licht.

„Was habt Ihr getan?“, fragte Cynthia.

„Ich ...“ Garth räusperte sich und schaute ihr direkt in die Augen. „Ich habe sie nur entsorgt.“

Zuerst war Cynthia zu erstaunt, um zu sprechen.

„Vielleicht“, meinte er vorsichtig, „wart Ihr euch nicht bewusst, dass es sich um Teufelskräuter handelte.“

„Teufelskräuter?“, echote sie wie betäubt.

Langsam ließ der Schock nach und sie inspizierte die Zerstörung vor ihren Augen. Eine Staude Minze war fest in die Erde gedrückt worden. Wo die Pflanzen herausgerissen worden waren, waren Löcher und die Erde zwischen den verbliebenen Pflanzen war uneben. Es sah aus, als wenn jemand Höllenhunde im Garten losgelassen hätte.

Gestern wäre sie noch zornig geworden. Gestern hätte sie Garth noch eine vernichtende Predigt über die Unantastbarkeit des Kräutergartens einer Frau gehalten. Sie hätte ihn aufgefordert jede Pflanze zu ersetzen.

Gestern konnte sie sich allerdings noch den Luxus von Zorn leisten.

Heute war sie verzweifelt. Sie hatte wieder den Albtraum gehabt – blasse abgemagerte Opfer soweit das Auge sehen konnte, die ihr die Hände entgegenstreckten und um Heilung bettelten und ihre Tasche war hoffnungslos leer.

Sie brauchte die Kräuter dringend. Es war ihr einerlei, selbst wenn sie von Luzifer persönlich gesät worden wären. Sie brauchte sie.

Und Garth, der gestern an ihrer Seite gestanden hatte und die Dorfbewohner mit einer Engelsgeduld gesegnet hatte und sie auf dem langen Weg nach Hause in seinen Armen gehalten hatte, informierte sie jetzt dreist, dass er die einzigen Waffen, die sie gegen die tödliche Krankheit besaß, konfisziert hatte.

Jetzt könnte sie das Dorf vielleicht niemals retten.

Sie schämte sich, dass sie die Fassung so schnell verlor. Tränen stiegen ihr in die Augen. Ihr Kinn bebte und sie löste sich in untröstlichen Tränen auf. Sie konnte das Schluchzen nicht unterdrücken und schämte sich über ihren Mangel an Kontrolle und so verbarg sie das Gesicht in ihren Händen und wandte sich ab, um zu fliehen.

„Wartet!" Er ergriff ihren Arm. „Weint ... weint nicht. Ich wollte nicht ..." Er massierte ihren Unterarm mit seinem Daumen. „Ich hole sie zurück. Ich verspreche es. Ich hole sie irgendwie zurück."

Seine Ernsthaftigkeit ließ sie noch heftiger weinen. Tränen liefen ihr über die Wangen und Schluchzer entfleuchten ihr. Sie hatte das Gefühl, als wenn die Last der ganzen Welt auf ihren Schultern lag. Sie war jedoch zu schwach, um sie zu tragen.

Dann legte er seine Arme um sie, zog sie an sich und umarmte sie beschützerisch, wobei er sie mit ruhiger Kraft festhielt. Sie ging zurück zu dem Ort, den sie letzte Nacht gefunden hatte – in die willkommene Sicherheit seiner Arme.

Sie hielt ein Ohr an seine Brust und hörte seinen starken Herzschlag und seine tröstliche Stimme, als er versprach, dass er alles wieder in Ordnung bringen würde. Sie schloss die Augen und er legte sein Kinn auf ihrem Kopf ab. Nichts hatte sich jemals natürlicher für sie angefühlt.

Lange Augenblicke später, nachdem ihre Schluchzer sich zu einem Schluckauf beruhigt hatten, wandte sie ebenso natürlich ihr tränenüberströmtes Gesicht zu seinem hin und suchte seine Lippen mit ihren.

Er schmeckte nach Herbst – nach Rauch und gewürztem Wein, reifen Äpfeln und dunklem Honig. Sein Mund war weich, warm und nachgiebig und er seufzte so leise, dass sie es kaum merkte. Wie bei Apfelwein wollte sie mehr, nachdem sie einmal davon geschmeckt hatte. Sie ergriff seine Soutane, zog ihn näher zu sich herab und vertiefte den Kuss. Sie legte ihre Lippen schräg auf seinen Mund. Ihre Nasenflügel bebten an seinen, während sie einen flatternden Atemzug teilten. Seine Finger legten sich langsam auf ihren Rücken und sie stöhnte leise.

Bei dem Geräusch hielten seine Hände inne. Heftig zog er sich von dem Kuss zurück und schob sie fest an den Schultern von sich weg. Obwohl sie mit einem Blick voller Verlangen sein Gesicht musterte, wollte er ihrem Blick nicht begegnen. Stattdessen schaute er unruhig auf den Boden.

„Ich …", fing er angespannt an, „werde dafür sorgen, dass Ihr Eure Pflanzen zurückbekommt."

Einen kurzen unbesonnenen Augenblick lang hatte sie ihre Pflanzen völlig vergessen. Sie wollte Garth zurück. Nicht den kühlen kontrollierten Kirchenmann, der jetzt vor ihr stand, sondern den leidenschaftlichen Mann, den sie einen Augenblick zuvor gesehen hatte.

Ein winziger Muskel zuckte an seinem Kinn. „Ich glaube, dass wir uns auf den Weg ins Dorf machen sollten", knurrte er, „bevor Ihr vergesst, dass ich ein Priester bin."

Sie war immer noch so empfindlich, dass er sie verletzen konnte. Sie trat zurück und war von seinem Tadel tief gekränkt. Kurz bevor sie in Richtung Stall ging, um ihr Pferd zu holen, feuerte sie zurück. „Meint ihr nicht eher, bevor *Ihr* vergesst, dass Ihr ein Mann seid?"

Garth beobachtete sie schweigend, als sie wegging. Sie

hatte Recht. Jede Faser seines Körpers schrie laut, dass er wahrlich ein Mann war. Sein Mund brannte, wo sie ihn geküsst hatte. Seine Augen fühlten sich schwerfällig an, als wären sie in Honig getaucht. Sein Herz raste und unterhalb der Kordel seiner Soutane ... verdammt- er wollte gar nicht darüber nachdenken.

Wie war das passiert? Sie hatte geweint. Sie zu trösten war nur eine ebenso natürliche Reaktion wie ein Kind hoch zu heben, das hingefallen war. Als ihre Schluchzer an seiner Brust aus ihr herausbrachen, wie die Wellen des Meeres an das Ufer, wurde er von Gefühlen bewegt, die viel stärker waren als nur Mitleid. Er wollte sie näher an sich halten. Er wollte sie für immer halten.

Er hätte es nie zulassen sollen, dass sie ihn küsste.

Er hob die Rückseite seiner Hand an seine Lippen und wollte die Reste jenes Kusses abwischen, aber er konnte sich nicht dazu überwinden. Es war vier Jahre her, seit er die Berührung des Mundes einer Frau gespürt hatte. Er hatte vergessen, wie weich ein Kuss sein konnte – so lieblich wie Honigmet und so warm wie der Sommer. Er hatte jedoch noch nie einen Kuss so tief empfunden wie jenen, den Cynthia ihm gegeben hatte. Es war, als wenn sie ihm den Atem geraubt, seine Seele zwischen ihre Lippen gesogen und ihm im Gegenzug den wertvollen Nektar ihrer eigenen Seele geschenkt hätte. Dieser göttliche Nektar hatte ihn betrunken gemacht.

Ihr Stöhnen hatte ihn ernüchtert. Das kleine Winseln vor Verlangen, das sie von sich gegeben hatte, war wie ein Blitz direkt in seine Lenden geschossen, so wie er es seit Jahren nicht mehr gespürt hatte. Sein Körper hatte im Nu reagiert. Sofort hatten sich seine Optionen verringert. Er musste entweder bei ihr liegen oder sie verstoßen.

Er traf die einzig mögliche Wahl. Um Gottes willen, er war schließlich Priester. Als Cynthia aus dem Stall mit ihrem Pferd kam war er sich sicher, dass er die richtige Wahl getroffen hatte und dass sein Geist ohne Schuldgefühle Frieden finden würde – zumindest für den Ritt bis zum Dorf.

Aber sein Körper ... er ballte seine Hände zu Fäusten bis seine Handknöchel weiß wurden. Sein Körper würde ihn bei jedem Schritt verraten.

Das Innere der ersten Kate, die sie besuchten, sah für Garth so trostlos aus wie ein leeres Bierfass, obwohl ein kleines Feuer in dem Raum brannte. Die wenigen Möbel, welche die beiden Schottinnen besaßen, waren völlig abgewohnt. Spalten in der Wand ließen den Nebel durch die Lehmwände herein. Durch die Säume einer dünnen Matratze quoll schon das Stroh heraus. Die Eisentöpfe, die über dem Kamin hingen, hatten tiefe Risse.

Cynthia bekam einen Ehrenplatz auf einem wackeligen Stuhl neben dem Feuer. Garth stand neben einem schiefen Eichentisch, auf den er sich nicht traute sich aufzustützen, aus Angst, dass er zusammenbrechen würde. Er überlegte, wie Cynthia jeden Tag in diese armseligen Hütten gehen konnte und sich dabei nicht in den Sumpf der Armut der Bauern ziehen ließ.

„Ihr könnt hier nichts mehr tun, Caitlin", sagte Cynthia. „Eurer Schwester geht es schon besser. Ihre Wangen haben jetzt auch wieder Farbe."

„Aber ich habe ihr versprochen, dass ich bleibe." Das blasse schottische Mädchen schaute reuevoll zu ihrer Schwester und wrang ihre Finger so sehr, dass Garth befürchtete, dass sie sie brechen würde.

„Und das seid Ihr ja auch", beruhigte Cynthia sie.

Tröstend legte sie einen Augenblick lang dem Mädchen ihre Hand auf die Schulter. Dann wurde ihr Lächeln seltsam brüchig und sie zog sie schnell zurück. „Aber ich fürchte, dass Eure Tante sich Sorgen machen wird, wenn sie nichts von Euch hört."

„Ich kann sie nicht verlassen. Sie ist meine Schwester. Ich muss bleiben."

Cynthia nickte und schien zu kapitulieren, aber als sie sich umwandte und an Garth vorbei ging, um aufzubrechen, zog sie verstohlen fest an seiner Soutane und murmelte ihm ins Ohr, dass er ihr folgen sollte. Dies war das erste Mal, dass sie mit ihm sprach, seit sie Wendeville in eisigem Schweigen verlassen hatten. Er folgte ihr zur Tür der Kate.

Sie gab vor, etwas in ihrer Tasche zu suchen und sagte leise. „Ihr müsst ihr sagen, dass es Gottes Wille ist, dass sie zu ihrer Tante zurückgeht."

Er runzelte die Stirn. Er hatte nicht die Absicht über den Willen Gottes zu lügen.

„Bitte", flüsterte sie.

„Warum lasst Ihr sie nicht in Ruhe?", murmelte er. „Sie ist glücklich, dass sie sich um ihre Schwester kümmern kann. Es ist ein trostloser Ort für sie beide. Aber allein ..."

„Sie wird nicht allein sein. Eine Nachbarin wird sich um sie kümmern."

„Trotzdem ..."

„Caitlins Schwester wird die Krankheit überleben", sagte sie direkt. „Aber wenn Caitlin bleibt, wird sie es nicht."

Bei ihren Worten lief es ihm kalt über den Rücken. „Ich nehme an, dass Ihr das irgendwie ... wisst."

Sie betrachtete ihn mit einem glasklaren Blick. „Das tue ich."

Er schluckte verlegen, während sie ihn weiter anstarrte. Ein unheimliches Gefühl überkam ihn, als wenn er in die Augen einer Heiligen ... oder einer Zauberin blicken würde – er wusste nicht genau, was von beidem sie war. Ihr Blick blieb ruhig und ihr Vertrauen war unerschütterlich. Bei den Eiern Satans – sie glaubte, dass sie das Schicksal des Mädchens voraussehen konnte. Ihr ruhiges Selbstvertrauen beseitigte seine Zweifel, bis auch er anfing dies zu glauben.

„Bitte", flüsterte sie. „Ihr könnt ihr das Leben retten." Sie berührte seinen Ärmel. „Außerdem, seid Ihr so sicher, dass es nicht Gottes Wille ist?"

Bei ihrer Frage verzog er das Gesicht. Es gab keinerlei Beweis, dass es Gottes Wille war. Cynthias Motive waren jedoch ehrlich. Schließlich hatte sie gestern bei dem Baby und seiner armen Mutter auch Recht gehabt.

Er seufzte. Er war sicher, dass er sich in eine Situation begab, der er nicht gewachsen war, aber trotzdem nickte er zustimmend.

Innerhalb von einer Stunde saß Caitlin auf einem Karren nach Fryston mit zwei Silbermünzen von Lady Cynthia in der Hand und dem Segen von Garth auf ihrem Kopf.

Was die anderen Dorfbewohner betraf, so wurden die meisten von jenen, die Cynthia behandelt hatte, wieder gesund.

Der kleine Tim atte Gate stellte sich als zäher heraus, als Garth erwartet hatte. Die schwarzen Ringe um seine Augen waren verschwunden. Er konnte Garth sogar anlächeln.

Das mutterlose Baby überlebte die Nacht mit Ziegenmilch in der Obhut der drei Nachbarinnen, die um es kämpften wie eifersüchtige Tanten.

Es gab nur zwei Todesfälle – eine ältere Frau, die wahrscheinlich aufgrund ihres hohen Alters starb und der Gerber, der sich geweigert hatte Cynthias Eierbrühe während der Fastenzeit zu trinken.

Der zweite Todesfall bereitete Garth einiges Kopfzerbrechen. Wie ein guter Christ hatte sich der Gerber an die Gesetze hinsichtlich der Fastenzeit gehalten, auch wenn sie bedeuteten, dass er sterben musste. Als Garth die weinende Witwe und ihre vier Kinder tröstete, konnte er nur Frust empfinden. Wie konnte ein Mann seiner Familie ihren Lebensunterhalt und seine Liebe entziehen? Wie konnte ein Mann das wertvolle Leben, das Gott ihm gewährt hatte, wegwerfen, wenn die Erlösung dieses Lebens so nah war? Aye, die Regeln der Fastenzeit mussten befolgt werden. Wenn es jedoch um Leben und Tod ging ...

Er beobachtete das kleinste Kind, ein winziges Mädchen, das abwesend an einer schmutzigen Wand der Kate saß und hustete. Seine Augen waren fiebrig und das Gesicht blass. Er schaute zum Feuer. In dem Kessel am Haken kochte ein wässriger Gemüseeintopf. Die dünne Brühe reichte nicht, um ein Baby am Leben zu erhalten und schon gar nicht für vier kranke Kinder und ihre Mutter. Er musste etwas tun.

Also wandte er sich an den ältesten Jungen. „Haltet ihr Hühner?"

„Aye", schniefte der Junge.

Er atmete tief durch. „Ich möchte, dass du folgendes machst."

Während er dem Jungen Anweisungen gab, raste sein Herz wie das eines Novizen, der den Gottesdienst schwänzt. Er erklärte dem Jungen, wie er Eierbrühe für seine kleine Schwester machen sollte und er wies ihn an ein paar Eier zu dem Eintopf hinzuzugeben.

Obwohl seine Augen sich vor Überraschungen weiteten, protestierte er nicht. Garth war schließlich ein Priester. Niemand stellte das Wort eines Priesters infrage.

Als er sah, wie die Eier in den Topf wanderten, fühlte sich Garth so sündig wie ein Junge, der mit Steinen gegen die Kirchenfenster warf. Für eine solche Handlung würde der Abt ihn aus seinem Amt jagen. Garth fühlte sich jedoch lebendiger, als er sich seit Jahren gefühlt hatte. Endlich tat er etwas erkennbar Gutes. Segen und Gebete konnten nur den Geist heilen. Diese Leute brauchten Heilung für ihre Körper. Wie könnte es eine Sünde sein, wenn er eine Seele retten konnte, die Gott auf Erden dienen würde.

Sein Herz raste immer noch vor stiller Freude, als er die Kate des Gerbers verließ, um zu schauen, wo er sonst noch zu Diensten sein könnte. Zu seiner Verwunderung stand die Sonne bereits tief über den Hügeln im Westen, wobei sie die grünen Anhöhen in ein rötliches Licht tauchte. Lady Cynthia würde schon bald aufbrechen wollen.

Weiter unten in der Gasse sah er sie mit einer Gruppe junger Frauen sprechen. Als er sich ihnen näherte, hörte er ihre eindringlichen Bitten.

„Wermut ist am Wichtigsten", sagte sie. „Aber wenn Ihr in den nächsten Tagen Nieswurz, Nachtschatten und Eisenhut finden könnt ..."

„Ich habe Nachtschatten auf der anderen Seite der Wiese gesehen", sagte eine junge Frau.

„Und Eisenhut wächst normalerweise am Bach", sagte eine andere.

Eine dritte schüttelte den Kopf. „Aber Wermut ..."

Reue ließ ihn innehalten. Die Frauen im Dorf, die dankbar für Cynthias Heilkunst waren, boten an, die wertvollen Kräuter zu ersetzen, die nun in ihrem Garten fehlten, weil er es zugelassen hatte, dass sie herausgerissen worden waren.

Er würde es wiedergutmachen. Er wusste nicht, wie. Er hatte jedoch einen langen Fußweg zurück zur Burg vor sich, auf dem er darüber nachdenken könnte.

Vor Cynthias Fenster fiepte ein junger Fuchs einmal und das Geräusch wurde vom nächtlichen Nebel gedämpft. Irgendwo in der Ferne warnte eine Wildkatze einen Eindringling mit einem lauten Schrei. Dann wurde die Welt still. Nebel bildete einen weißen Kranz um den Mond und kroch durch die Fensterläden.

Cynthia warf die Decke zum dritten Mal von sich. Sie konnte sich nicht entscheiden, ob ihr heiß oder kalt war. Jedes Mal, wenn sie sich in ihr Bett kuschelte, wanderten ihre Gedanken zu Garth—wie seine Fäuste aussahen, wenn er frustriert war, wie sein smaragdfarbener Blick warm vor Barmherzigkeit wurde, sein unnachgiebiges Kinn, das leichte Donnern in seiner Stimme, die eigensinnige Locke, die sich unter seinem Ohr drehte, sein Duft von Apfel und Waldmeister, die Art, wie er den Mund verzog und sein Geschmack ... oh, sein Geschmack.

Sie wollte mehr.

Eine Wolke zog vor dem Mond vorbei und warf Schatten auf ihre nackte Haut. Sie zitterte.

Garth hatte es abgelehnt mit ihr zurück zu reiten und war stattdessen schweigend marschiert, als wenn er für irgendeine Sünde in seiner Phantasie Buße tun würde.

Soweit Cynthia sehen konnte hatte er nur die Sünde begangen, ihr den Trost seiner Arme zu verweigern.

Er hatte ihr im Stall beim Absteigen geholfen und ihre Taille mit seinen breiten, starken Händen umfasst. Seine Schultern hatten sich unter ihren Fingern angespannt, als er sie herunterhob. Ihre Brust strich gegen seinen Arm und ihr Oberschenkel berührte seinen. Er stellte sie vor sich zwischen seinen gespreizten Beinen und sie war nah genug, dass er sie hätte küssen können.

Aber zu ihrem Ärger hatte er sie nicht geküsst. Dieser Ärger hielt sie heute Nacht wach und ihr war einen Augenblick heiß und im nächsten zitterte sie vor Kälte.

Trotzig stand sie nackt auf. Das Mondlicht tauchte ihren Körper in ein elfenbeinfarbenes Licht und färbte ihre weiblichen, kastanienbraunen Locken weißblond. Der kühle Dampf strich über ihr nacktes Fleisch, verursachte eine Gänsehaut auf ihren Armen und machte ihre Brustwarzen hart. Sie war dankbar für die Kälte, da sie die unerwiderten Flammen der Leidenschaft in ihr löschte.

Kühn ging sie zum Fenster und schaute hinaus. Es war fast taghell. Schatten waren auf dem Burghof zu sehen, die aussahen wie gezackte Umhänge auf dem silbrigen Gras. Es ging kein Lüftchen. Keine Eule störte die Stille der Nacht. Für die Grillen war es zu kalt. Ihr aufgewühltes Verlangen fühlte sich jedoch wie ein Schrei in der Nacht an.

Dann hörte sie einen dumpfen Knall und ein leises kratzendes Geräusch aus dem Kräutergarten; es wiederholte sich immer wieder in einem lockeren Rhythmus. Ohne an ihre Nacktheit zu denken lehnte sie sich vor, um besser sehen zu können. Der kühle Stein drückte sich gegen ihre nackte Taille.

Dort war Garth.

Im Nu stieg Lüsternheit in ihre Lenden wie erhitzter Honig, schärfte ihre Sinne und ihre Hände ballten sich auf der Fensterbank zu Fäusten.

Dann bemerkte sie, was er da tat und ihre Begierde verwandelte sich in einen kalten und bitteren Knoten.

Sie sah mit Entsetzen, dass der Unhold den Spaten tief in die weiche Erde ihres wertvollen Kräutergartens trieb und ihn zur Seite riss, so dass die Erde sich nach oben wölbte.

Sie fühlte sich so verletzt, dass Zorn so schnell in ihr aufstieg und sich wie ein Feuer im trockenen Schilf ausbreitete. Wie konnte er es wagen, ihren Garten noch einmal zu durchwühlen? Hatte er noch nicht genug Schaden angerichtet? Das waren *ihre* Kräuter. Das war *ihr* Garten. Er hatte kein Recht Gott zu spielen und gesunde Pflanzen herauszureißen, nur weil sie ihn störten. Selbst der Abt war nicht so dreist gewesen.

Sie biss die Zähne vor Zorn zusammen, drehte sich vom Fenster weg und zerrte ihren Umhang vom Haken, wobei sie die Schulter zerriss. Fluchend wickelte sie ihn um sich und fühlte entlang der im Schatten liegenden Seite ihres Bettes nach ihren Stiefeln. Es war bei weitem keine angemessene Kleidung, aber sie musste sich beeilen. Sie musste den Plünderer im Garten stoppen, bevor dieser ihn ganz verwüstete.

Das nasse Gras quietschte unter ihren Füßen, als sie über den Burghof eilte. Ihr schneller Schritt zerstob den Nebel.

Dann wurde sie langsamer. Vor Zorn kochend schlich sie sich von hinten an ihn heran und hoffte bösartigerweise, dass ihm vor Schreck das Herz stehen bleiben würde, wenn sie ihn fragte, was zum Teufel er da tat.

Aber als sie sich ihre Worte zurechtlegte, sah sie zufällig die jungen Pflanzen, die neben ihm aufgereiht waren. Wermut. Eisenhut. Nieswurz. Ihre *Teufelskräuter*. Überrascht beobachtete sie, wie Garth den Spaten beiseitelegte und den Wermut in eines der Löcher steckte, die er gegraben hatte. Mit den Händen schob er Erde um die Pflanze und drückte sie dann fest. Dann begab er sich an den Eisenhut. Dann die Nieswurz.

Bei Gott, er pflanzte sie.

Ihre Kehle verengte sich. Ihr stiegen die Tränen in die Augen. All die beißenden Vorwürfe, die sie vorbereitet hatte, zersplitterten zu bedeutungslosen Silben. Ihr Herz füllte sich mit Sehnsucht.

Sie wollte diesen stillen Helden, der bereitwillig die Hand eines kranken Kindes hielt und der Gottes Wort predigte, als hätte er es persönlich geschrieben.

Er war ihr Held. Sie gehörten zusammen. Sie hatte es schon bei ihrem ersten Treffen bei dem Jasmin gewusst, als sie seine Güte und seine Stärke gespürt hatte. Nichts könnte das ändern - auch nicht die Maske der Uninteressiertheit, die er bei ihr aufsetzte, ebenso wenig wie sein Mönchsgehabe oder die Tatsache, dass er Keuschheit gelobt hatte.

Sie strich sich mit der Zunge leicht über ihre Unterlippe.

Sie sollte zurück ins Bett gehen.

Es gab keinen Grund Garth zu stören. Außerdem schämte sie sich nun, da sie die Wahrheit über seine Handlungen sah, wegen ihres fehlgeleiteten Verdachts.

Aye, sie sollte gehen.

Sie beobachtete ihn, während seine Hände einen Erdhügel umfassten wie ein Liebhaber eine Brust streichelte. Ihre Brustwarzen wurden hart an der rauen

Wolle ihres Umhangs. Sie schloss die Augen angesichts einer mächtigen Welle des Verlangens und trat langsam zurück.

Garth hörte Schritte hinter sich. Er hatte schon seit einiger Zeit gewusst, dass da jemand war. Er war jedoch unbesorgt. Der Spaten war in Reichweite. Als die Person einen weiteren leisen Schritt ging, drehte er sich zu dem Geräusch hin und schwang dabei den Spaten in einem schnellen Bogen, der selbst seine kriegerischen Brüder beeindruckt hätte.

„Scheiße!"

Garth erstarrte mitten im Schwung und sortierte die Szene vor sich in einer Serie schneller Lichtblitze. Cynthia. Angst. Wildes Haar. Stolpern. Nacktes Fleisch. Geweitete Augen. Dunkler Umhang. Blasse Haut. Nacktes Fleisch ... nacktes Fleisch ...

Er wandte seinen Blick ab und senkte schnell den Kopf. Er senkte den Spaten, konnte ihn aber nicht loslassen. Seine Fäuste waren zu fest um den Griff geballt. Sein wildes Herz raste und er konnte kaum atmen. Er wagte es nicht noch einmal hinzuschauen. Jetzt verstand er das schreckliche Dilemma, das Lots Frau quälte, während er gegen den Drang kämpfte den Blick noch einmal auf das Wunder vor ihm zu richten.

Er schloss die Augen fest. Das war sicherlich nur seine lüsterne Phantasie. Lady Cynthia wanderte nicht halbnackt über das Burggelände mitten in der Nacht. Jene perfekte Brust mit dem dunklen Gipfel, die unter ihrem Umhang hervor gelugt hatte, war sicherlich nur ein Hirngespinst gewesen. Er atmete keuchend und wandte seinen Blick langsam zu ihr.

Sie hielt die Vorderseite ihres Umhangs fest geschlossen.

„Ich ... ich“, stotterte sie. „Ich ... wollte Euch nicht stören. Ich habe ein Geräusch gehört und ...“

Sie *war* nackt unter dem Umhang. Er wusste es und sie wusste, dass er es wusste.

„Ich ... ich konnte nicht schlafen“, sagte sie.

Er nickte einmal. Auch er hatte keine Erholung in seinem Bett finden können.

Das Mondlicht schien auf ihre hellen Locken. Ihr Atem ging schnell und flach und bildete kleine Nebelwölkchen in der kalten Luft.

„Da-danke“, sagte sie, „für ...“ Sie nickte in Richtung Kräutergarten.

„Das war das Mindeste, was ich tun konnte ...“

„Es sind wirklich keine Teufelskräuter“, versicherte sie ihm.

Er nickte.

Sie trat einen Schritt vor. „Ihr seid sehr freundlich.“

Er widerstand dem Impuls den Spaten zur Verteidigung zu heben.

Sie senkte ihren Blick und hob ihn wieder, um seinem träge zu begegnen. „Ich konnte nicht schlafen, weil ich dauernd an Euch ... gedacht habe“, platzte sie unbesonnen heraus.

Er spannte sein Kinn an. Wie könnte er ihr erzählen, dass auch sie ihn in jedem wachen Augenblick verfolgte? Dass er fast eine Stunde in seiner Unterkunft auf- und abgegangen war, weil er von ihr besessen war? Dass er in den Kräutergarten gekommen war, um seine schuldbeladene Seele zu befreien und sämtliche Ansprüche aufzugeben, die er sich sehnte von ihr zu verlangen?

Er schaffte es nicht - nicht so lange das Mondlicht sie in

ein ätherisches, weißes Licht hüllte und sie verletzbar nackt unter einer einzigen Lage Wollstoff dastand.

Sie trat einen weiteren Schritt auf ihn zu. Ihre Lippen zitterten angesichts ihrer Kühnheit. Ihre Augen lockten ihn.

„Ich habe andauernd an Eure Augen gedacht", sagte sie atemlos. „Dass sie die Farbe von Tannen in einem Winterwald haben."

Sie kam langsam näher. Er konnte nirgendwohin, ohne die Kräuter, die er gerade gepflanzt hatte, zu zerdrücken.

„Und Eure Hände", murmelte sie und streckte ihre Hand aus, um mit einem Finger über seine weißen Handknochen zu streichen. „Wie die eines Kriegers, aber ... sanft."

Seine Hände waren alles andere als sanft, wo sie den Spaten mit einem tödlichen Griff umfassten. Sie stand jetzt so nah bei ihm, dass die Nebelwölkchen aus seinem Mund sich wie ein Kranz um ihren vom Mondlicht beleuchteten Kopf schlängelten. Der Spaten war das letzte Hindernis, das sie trennte.

„Aber Euer Kuss ...", flüsterte sie und ihre Augenlider senkten sich schüchtern und sinnlich.

Kalter Schweiß bildete sich auf seiner Stirn. Aye, er erinnerte sich.

„So weich", hauchte sie.

Ihr Mund war so einladend und verlockend ...

„So lieblich."

Ein Knurren kam tief unten aus seinem Hals, als er den Spaten beiseite warf.

Kapitel 14

Er wusste nicht, wer nach wem die Hand ausstreckte und es war ihm auch einerlei. Einen Augenblick lang wurden sie von Nebel und Mondlicht getrennt. Im nächsten flossen sie zusammen wie Quecksilbertropfen. Er zog sie an sich. Sie klammerte sich an ihn, als wenn sie Angst hätte, dass er sich losreißen würde. Jedoch hätte ihn selbst der Papst in diesem Augenblick nicht von ihr wegreißen können.

Ihre Lippen waren feucht und begierig. Süßer Atem floss zwischen ihnen und in seinen geöffneten Mund hinein. Ihr leises Stöhnen des Verlangens verhöhnte seinen Verstand und seine Nerven waren angespannter als eine Bogensehne. Sie strich mit ihrer Zunge über seine Oberlippe und ein heißer Blitz durchfuhr seinen Körper. Ihm wurde heiß. Er neigte seinen Mund gierig an ihrem und verschlang sie mit der aufgestauten Leidenschaft von vier langen keuschen Jahren. Er tauchte seine Hände in ihr Haar, umfasste dann ihren Rücken und beugte sie zu ihm hin.

Der Nebel um sie herum wurde dichter, aber er spürte nichts anderes als Cynthias glühende Hitze. Er konnte an nichts anderes denken, als an das zarte Fleisch, das unter ihrem Umhang verborgen war. Voller Gier und ohne Zurückhaltung zog er sie mit sich in die Dunkelheit der Burgmauer.

Er war jetzt jenseits von Hoffnung und Vernunft. Mit gierigen Fingern folgte er der Linie ihrer untersten Rippen nach vorn, bis seine Daumen sich vorn am Schlitz an ihrem Umhang trafen. Ein Zoll ihrer Haut lag dort entblößt wie ein Streifen Seide im Gegensatz zu der groben Wolle. Er keuchte an ihrem Mund und machte den Streifen breiter. Sie leistete keinen Widerstand und drückte ihre Brüste fest gegen ihn.

Seine Lenden schmerzten. Blanke Gier umgab ihn bis er fürchtete, dass er platzen würde. Langsam zog er die Ränder ihres Umhangs zurück und entblößte noch mehr seidenes Fleisch, das er berühren konnte. Dann bewegte er seine Finger nach oben unter die Wolle bis er die untere Rundung ihrer Brüste fand. Er atmete zischend ein und bewegte sich weiter nach oben, bis er die gehärteten Spitzen unter ihrem Umhang berührte.

Erschrocken atmete sie tief durch, protestierte aber nicht und drückte stattdessen ihre Hüften nach vorn gegen ihn, wobei sie seinen bereits glühenden Stab weiter erhitzte und ihn vor Verlangen in den Wahnsinn trieb.

Cynthia zitterte, jedoch nicht vor Kälte, sondern vor reiner animalischer Gier, während Garths Daumen über die empfindlichen Spitzen ihrer Brüste strichen. Sie konnte spüren, wie sich sein Gemächt erhärtete und sich waghalsig gegen ihren Bauch drückte. Sie stöhnte, während er ihren Mund in Besitz nahm, über ihre Zähne strich und ihre Zunge neckte. So war sie noch nie geküsst worden. Die liebevollen Küsse ihres Ehemannes hatten sie nie in eine solche Ekstase des Verlangens versetzt. Die Locken zwischen ihren Beinen wurden feucht vor Lüsternheit. Jeder Teil ihres Körpers sehnte sich danach, sich mit seinem zu verbinden. Dann küsste er sie am Hals an der Stelle unter ihrem Ohr, wo ihr Puls heftig schlug. Sie wölbte sich gegen ihn, umklammerte die Strähnen seines dichten Haares und flehte schweigend nach mehr.

Er gab ihr mehr, wobei er schwer an ihrem Ohr stöhnte, ihre Brüste umfasste und gierig an ihrem Hals leckte und ihre Schulter küsste. Dann öffnete er ihren Umhang, um ihren Busen zu küssen.

Die feuchte Berührung, wie seine Zunge ihre Brustwarzen leckte, verursachte ein exquisites Verlangen in ihrem Körper. Es brannte in ihren Lenden und jeder Zoll ihrer Haut kribbelte. Er stöhnte, als er dort vorsichtig saugte und das Geräusch schien in ihr zu hallen und an ihrer Seele zu kratzen wie grobe Wolle.

Noch einen Augenblick und er hätte sie vielleicht an der warmen, geheimen weiblichen Stelle berührt, die vor Sehnsucht geschwollen war. Dann hätte sie vielleicht seine feste samtene Länge mit ihrer Hand gefunden und umfasst. Noch einen Augenblick und sie hätten ihre Leidenschaft vielleicht an Ort und Stelle im Garten bei Mondlicht vollzogen.

Aber die kühle Stille der Nacht wurde plötzlich von einer Stimme im Burghof durchbrochen.

„Mylady?"

„Elspeth!"

Sie trennten sich so schnell wie gespaltenes Holz.

„Lady Cynthia?" Vorsichtig ging Elspeth über das mit Tau bedeckte Gras, wobei sie Angst hatte die schimmernden Diamanten zu zerbrechen.

Cynthia zog ihren Umhang fest um ihren Hals.

„Was ist los, El?" Verdammt, ihre Stimme war nur noch ein Krächzen.

„Was macht Ihr mitten in der Nacht hier draußen, Mylady?"

Cynthia wischte sich mit der Rückseite ihrer Hand über den Mund, löschte jede Spur seines Kusses und trat vorsichtig in das Licht, wobei sie sicher war, dass die Dienerin sehen konnte, dass ihre Wangen vor Verlangen gerötet waren und dass ihr Herz wild schlug.

„Als Roger und ich Euch nicht in Eurem Bett gefunden haben, haben wir überall nach Euch gesucht. Was macht Ihr hier?"

Cynthias Blick wanderte zu dem Spaten. „Ich pflanze."

„Pflanzen?"

„Aye." Sie hob den Spaten auf. „Der Priester und ich ..." Sie wandte sich zu der Nische neben der Mauer, wo Garth stand. Er war jedoch verschwunden und hatte sich aufgelöst wie der Nebel. „Wir haben neue Kräuter aus dem Dorf mitgebracht. Ich wollte sichergehen, dass sie sofort gepflanzt werden."

Elspeth schüttelte ihren Kopf. „Na ja, kommt jetzt ins Bett. Die Pflanzen können auch bis morgen warten. Bei all den Krankheiten, die im Umlauf sind, möchte ich nicht, dass Ihr Euch erkältet."

Cynthia nickte und schaute noch einmal entlang der Burgmauer. Ein Teil von ihr war erleichtert, dass Garth unbemerkt entkommen war, aber ein Teil von ihr war auch enttäuscht. Und für jenen Teil würde es eine sehr lange Nacht werden.

Garth saß mit hängendem Kopf auf seinem Bett. Er konnte nicht auf Wendeville bleiben. Das war ihm auf schmerzliche Art und Weise klar geworden. Cynthia hatte sich aus der peinlichen Situation heute Nacht vielleicht befreien können. Sie hatte Elspeth vielleicht eine plausible Erklärung für ihre Gegenwart im Garten mitten in der Nacht geben können. Für ihn gab es jedoch keinerlei Ausrede.

Er konnte sich nicht länger etwas vormachen. Er wusste, wenn er blieb, wäre es nicht das letzte Mal, dass er sich mit Cynthia verstrickt hätte. Ob es ein Zauber war, mit dem sie ihn belegt hatte oder sein verdammt schwacher Wille, die Frau machte ihn so süchtig wie mit Opium versetzter Wein. Er hatte eine Linie überschritten. Er hatte sie geschmeckt. Jetzt wollte er nur noch mehr.

Er konnte sie jedoch nicht einer solchen Schande aussetzen. Dafür mochte er sie zu sehr. Außerdem wäre eine Liebelei zwischen ihnen dem Untergang geweiht. Selbst wenn er einer der Kirchenmänner wurde, der es sich erlaubte mit einer Frau zu leben, wusste er, dass er als Mann ungeeignet war. Früher oder später würde sie das entdecken.

Er gab sich selbst die Schuld. Die ganze unangenehme Situation war seine Schuld. Er war ein Priester. Er musste seine Leidenschaften unter Kontrolle haben und heute Nacht war er jämmerlich gescheitert.

Draußen fing der Mond an unterzugehen. Der Nebel wurde dichter und verwischte die Linie zwischen den Baumspitzen und dem Himmel.

Er stopfte seine paar Habseligkeiten – Federn, Tinte, Pergament, Bücher, Kerzen – in seine Tasche und schaute sich noch einmal in dem Raum um, der ihm nun nicht mehr gehörte.

Schweren Herzens trat er hinaus in die Nacht. Er war sich sicher, dass sie ihn innerhalb einer Woche vergessen hätte. Er würde sich wieder in die behagliche Routine des Klosters einfinden – beten, abschreiben und lehren. Schließlich würden Lady Cynthia und Wendeville wie ein angenehmer kurzer Traum in Vergessenheit geraten. Er wiederholte die Lüge für sich und versuchte sie zu glauben.

Der Abt zitterte ungeduldig in der Bauernkate. Die Hütte bot nur wenig Behaglichkeit bei der kalten Nacht. Er wollte zurück an seinen Kamin in Charing, aber seine Spionin hatte ihm versichert, dass sie wichtige Nachrichten hätte.

„Er hat die Kräuter wieder gepflanzt?", fragte er blinzelnd.

Die Zähne des jungen Mädchens klapperten, aber sie schaffte es in dem dämmerigen Licht der einen Kerze zu nicken.

„Der Priester?", wiederholte er fassungslos.

Er hatte Garth de Ware für Wendeville wegen seiner Bescheidenheit und seinem Mangel an Ehrgeiz ausgesucht. Garth stellte keine Bedrohung für seine Pläne dar. Schließlich hatte der Narr seine Chance auf Reichtum und Macht für die Abgeschiedenheit eines verarmten Klosters weggeworfen.

„Seid ihr Euch sicher?", fragte er mit zusammen gekniffenen Augen.

„Aye, Vater", sagte sie und wackelte mit dem Kopf wie ein nervöses Huhn. „Und da ist ... noch etwas."

Das Mädchen zögerte weiter zu sprechen. Sie fummelte mit den Rändern ihres Umhangs und wollte seinem Blick nicht begegnen.

Er verdrängte seine schlechte Laune, streckte die Hand aus und legte sie vorsichtig um ihr Kinn und hob es. Ihre Haut war kalt bei seiner Berührung. „Habt keine Angst, Kind. Ihr tut Gottes Werk."

Ihr Kinn bebte und sie konnte kaum mehr als Flüstern. „Der Priester ... er ... ich habe ihn mit Lady Cynthia gesehen."

Seine Finger legten sich fester um ihr Kinn. Nay. Das konnte nicht sein. „Wirklich?", lockte er sie.

„Aye, sie haben sich geküsst", hauchte sie. Ihre Augen wurden feucht und er war sich nicht sicher, ob es Scham oder Lüsternheit war. „Er ... er hat ihren Umhang geöffnet und sie ... berührt." Ihre Hände flatterten unbehaglich vor ihr.

Der Abt versuchte die Ungeduld aus seiner Stimme zu verbannen. „Hat er ihre Brust berührt?"

Sie senkte ihren Kopf.

„Weiter", sagte er.

„Er ... hat sie dort ... geküsst."

„Und?"

Sie schüttelte ihren Kopf. „Dann kam Elspeth. Er ist weggelaufen." Hoffnungsvoll schaute sie hoch. Ihre Seele war endlich von der Last befreit. Er konnte an dem Glitzern in ihren Augen sehen, dass sie jetzt ihre Belohnung haben wollte, aber das würde auf das nächste Mal verschoben werden müssen. Heute Nacht hatte er keine Lust auf ihr kaltes Fleisch und ihre klappernden Zähne. Außerdem musste er heute Nacht über einiges nachdenken.

Er biss sich auf die Lippe. Scheinbar hatte er den demütigen Mönch falsch eingeschätzt. Aber es war noch zu früh, um zu sagen inwiefern. Es gab jedoch zwei Möglichkeiten. Entweder war das Fleisch des Mannes erbärmlich schwach oder Garth de Ware spielte ein Spiel um Macht, das noch komplizierter war als sein eigenes.

Der Abt schmunzelte vor Selbstironie. Scheinbar würde Garth de Ware entweder sein Untergang werden oder ihm eine äußerst angenehme Wendung des Schicksals bescheren.

Jemand schüttelte das Bett. Garth konnte nicht wach genug werden, um die Person aufzuhalten. Er hörte Stimmen, aber das leise, düstere Gemurmel war nicht auszumachen, als wenn eine dicke Decke ihn umhüllen und ihn vom Rest der Welt trennen würde. Ihm war jedoch kälter als jemals zuvor. Er fror bis auf die Knochen.

Wie eine Schneeflocke im Winterwind schwebte er jetzt an die Oberfläche des Bewusstseins und tauchte dann wieder in die gefrorene Wüste der Besinnungslosigkeit. Wie lange er über den endlosen eisigen Landschaften schwebte, wusste er nicht. Zeit war ohne Bedeutung.

Einmal flatterten seine Augen einen kurzen Augenblick auf und er glaubte eine entfernt bekannte, tröstliche, pergamentartige Weite über seinem Kopf ausmachen zu können und einmal lagen kühle Finger auf seiner Stirn und trösteten ihn, während sie sein zitterndes Fleisch kühlten, aber bevor er die Bilder begriff oder erkannte, wurde er wieder zurück in den unendlichen Schnee geworfen.

Einen Augenblick oder Stunden oder Tage später wurde er aus seinem unruhigen Schlaf geweckt, als jemand ihm einen Schnitt in den Arm zufügte. Er öffnete die Augen ein wenig. Auf der Innenseite seines Ellenbogens blutete er aus einem kleinen Schnitt und sein Blut tropfte langsam in eine Schale. Er atmete flach und erschauderte. Er musste die Blutung stoppen, sie mit irgendetwas stillen und die

Wunde verbinden. Er war jedoch zu schwach, sich zu bewegen. Panik stieg in ihm auf und er wurde wieder bewusstlos.

Als er aufwachte, war sein Arm mit Leinen verbunden. Er sah blass und fremd aus. Er konnte ihn nicht bewegen. Ein rhythmisches Keuchen, seine eigene schwere Atmung, rasselte in seinen Ohren. Jeder Zoll seines Körpers schmerzte. Ihm war immer noch eiskalt und er war zu schwach, um weiterhin zu zittern.

Er nahm seine Umgebung nur mit den Augen auf, konnte aber den Kopf nicht drehen. Er war in seiner Zelle im Kloster. Das Mauerwerk über ihm glitzerte im Kerzenlicht. Sein Umhang hing am Haken an der Wand. Süßer Rauch wehte von einer Gewürzkerze am Fuß des Bettes herüber. Ein schwerer Wandteppich aus dem Büro des Priors hing über dem Fenster und blockierte das Licht, falls es draußen hell war. Er hatte keine Ahnung, welche Tageszeit es war. Er konnte sich nur daran erinnern, dass er in der Dunkelheit vor dem Morgengrauen durchnässt und zitternd vor Kälte und schwach wie ein frisch geschlüpfter Vogel die Treppe des Klosters hinauf gestolpert war.

Er versuchte sich an mehr zu erinnern. Warum war er mitten in der Nacht unterwegs gewesen? Wo war er gewesen? Warum fühlte er sich, als wenn ihn jemand mit einem Streitkolben verprügelt hätte? Bei der Bemühung seine Gedanken zu ordnen fing sein Kopf an zu pochen. Er schloss die Augen und gab sich dem friedlichen Gefühl der Besinnungslosigkeit hin.

Irgendwann danach fingen die unangenehmen und beunruhigenden Träume an.

Fragmente schöner Erinnerungen. Wie er mit seinen

Brüdern über eine Sommerwiese gelaufen war. Wie er Latein im Schatten des Weidenbaums gelernt hatte. Wie er am Feuer saß und den alten Rittern in der Burg seines Vaters bei ihren Erzählungen über ihre heroischen Taten zuhörte.

Und dann kamen Erinnerungen, die er am liebsten für immer vergraben hätte. Marianas Bett. Wie sein armseliger Stab sich auf seinem Bauch flegelte und sich nicht erheben konnte. Tränen des Zorns und der Schmach brannten in seinen Augen, während Mariana ihre Verachtung kundtat. Der erschütternde Klang ihres Gelächters, als sie ihn wegschickte.

Dann verdrängten neue Träume endlich die alten. In diesen Träumen duftete der Jasmin und Bienen summten. Träume von leuchtenden blauen Augen und duftenden Kräutern, von kupferfarbenen Locken und dem Honiggeschmack des Sommers. Träume von der schönsten Frau der Welt, die mit ausgestreckten Armen auf ihn zukam. Cynthia ...

Aber dann wurde ein entsetzlicher Schatten über den Traum geworfen. Eine schwarze Kluft öffnete sich zwischen ihnen beiden und wurde breiter als das Lächeln des Teufels und trennte sie voneinander. Cynthia streckte die Hand nach ihm aus mit Augen, die vor Verzweiflung geweitet waren. Sie schrie seinen Namen. Er streckte seine Hand aus, aber je weiter er sie streckte, desto weiter entfernte sie sich.

„Nay!“, rief er. Seine Brust brannte vor Sehnsucht. „Nay!“

„Haltet ihn ruhig, Andrew“, murmelte eine Stimme in der Nähe.

„Ich versuche es, Vater.“

"Nay!", brüllte Garth heiser.

„Stephen, helft ihm. Ich muss das hier in ihn hineinbekommen."

„Cynthia!", heulte er. „Cynthia!"

„Cynthia, Vater? Wer ...?"

„Später Stephen. Haltet ihn jetzt ruhig."

Cynthia wich aus seinem Blick, bis sie nur noch ein winziger heller Fleck im Abgrund war und nicht größer als ein Bienenstachel, der zwischen seinen Fingern verloren war. Seine Lungen schmerzten vor Trauer.

Jemand ergriff ihn an den Schultern und hielt ihn fest. Ein ekelhafter Geruch schwebte ihm in die Nase. Er zuckte zurück.

„Stephen!"

„Ich versuche es, Vater. Aber er scheint zu ..."

Eine Hand war an sein Kinn gelegt und zog seine Zähne auseinander. Etwas Kaltes und Ekelhaftes wurde ihm in den Mund geschüttet. Gift! Sein Hals verkrampfte und er würgte die Flüssigkeit wieder heraus. Mit seinem gesunden Arm schlug er wild um sich und hoffte seine Angreifer zurückzuschlagen. Er berührte Fleisch. Dann zerbrach etwas klirrend auf den Steinen.

„Garth! Könnt Ihr mich hören? Seid Ihr wach?"

Er hob seine Augenlider ein klein wenig, sodass er gerade so das besorgte Gesicht des Priors über ihm ausmachen konnte.

„Ihr müsst diesen Trank schlucken, Bruder Garth." Er wandte sich zu dem Novizen neben ihm. „Bringt mir noch eine Ampulle, Andrew. Schnell."

Garth betrachtete die hässlichen grünen Flecken auf der Soutane des Priors, wo die erste Ampulle mit Gott weiß was verschüttet worden war. Er betrachtete den dicken

Verband an seinem Arm, wo er zur Ader gelassen worden war. Bei Gott – vielleicht würde er an dieser Krankheit, die er hatte, sterben, aber nicht mit einem Bauch voller Gift und einem Körper voller Löcher.

Mit letzter Kraft griff er nach der Vorderseite der Soutane des Priors und mit dem ihm angeborenen de Ware Befehlston zog er ihn zu sich hinunter, bis sie Nase an Nase waren.

„Holt mir Cynthia Wendeville", forderte er und die Worte kratzten ihm schmerzhaft im Hals wie Kalk. „Jetzt sofort."

„In Ordnung", antwortete der Prior, wobei sein Adamsapfel nervös hüpfte. „In Ordnung."

Garth schwebte schon wieder in Richtung seiner eigenen Welt der Halluzinationen.

Kapitel 15

Cynthias Pferd trabte entlang der grauen Straße in Richtung Dorf und bewegte sich nur zögerlich in der Morgenkälte. In der unendlichen Düsterkeit schien die Welt keinen Anfang, kein Ende, keinen Weg hindurch und keinen Zweck zu haben.

Sie sagte sich, dass sie nicht verletzt war und wischte eine Träne weg, die sicherlich nur der Kälte geschuldet war. Nur eine Närrin wäre verletzt.

Schließlich hatte Garth ihr nichts versprochen. Er hatte ihr nicht seine unsterbliche Liebe geschworen. Er hatte auch nicht geschworen, dass er alle anderen für sie verlassen würde. Verdammt, er hatte noch nicht einmal geschworen, auf Wendeville zu bleiben. Nur eine Närrin würde eine impulsive Begegnung um Mitternacht als Zeichen von etwas Tieferem deuten.

Sie wickelte die Zügel fest um eine Faust. Das Leder schnitt sich in ihre Handfläche.

Nay, sie war nicht verletzt. Es war nur Zorn gewesen – Zorn über die Art und Weise, wie er Roger und Elspeth ohne ein Wort zurückgelassen hatte, Zorn, dass er die Leute von Wendeville im Stich gelassen hatte und noch nicht einmal lange genug geblieben war, um sich von ihr zu verabschieden.

Als sie in sein Zimmer kam, das sauber und ohne Schmuck war wie an jenem Tag, als er ankam, sank ihr Herz. Die Nachricht, die er ihr hinterlassen hatte, war kurz und knapp. *Unter den Umständen,* stand da, *ist es wohl besser für uns beide, wenn ich einen qualifizierteren Priester für Euch finde.*

Zweifellos war er ins Kloster geflohen. Im Kloster konnte er sich hinter den Steinmauern verstecken und monatelang über seine Fehler nachdenken. Bei Tag konnte er die Nase in irgendein staubiges religiöses Buch stecken und nachts könnte er sich dafür bestrafen, dass er die Leidenschaften eines normalen Mannes fühlte.

Der allgegenwärtige Nebel schwirrte um sie herum. Beide Augen tränten ihr jetzt. Sie tupfte die Tränen mit ihrem Ärmel ab. Es wäre unpassend, wenn die Dorfbewohner sahen, dass sie aufgebracht war. Die Kranken vertrauten auf ihre Stärke und ihren Geist und dass sie ein fröhliches und kein melancholisches Gesicht machte.

Ihr Pferd trabte weiter und seine Schritte wurden von der feuchten Straße gedämpft, als die reetgedeckten Katen des Dorfes, wie Geister aus einer anderen Welt, eine nach der anderen aus dem Nebel erschienen. Sie zitterte. An solchen Tagen konnten die Seelen die toten Körper verlassen und im Nebel verloren gehen. An einem solchen Tag brauchten die Dorfbewohner den Trost eines Priesters mehr als je zuvor. Sie betete, dass sich heute keine Seele auf die Reise begeben müsste, weil niemand da war, um sie zum Himmel zu führen.

Ihre Mundwinkel verzogen sich vor Bitterkeit noch

einmal nach unten und sie schniefte wegen der Kälte. Dann trieb sie ihr Pferd voran zum ersten Haus und ein weiterer langer Tag begann.

Es war schwierig zu sagen, wie viele Stunden sie arbeitete. Die Sonne vertrieb den dichten Nebel und veränderte ihn zu einem grauen Dunst. Der Tag zog sich und war erfüllt von heiserem Husten und zitternden Schweißausbrüchen und armen Seelen, die vor Schmerzen gekrümmt waren. Fast jeder Haushalt war von der schrecklichen Krankheit irgendwie betroffen. Sie hatte sich so schnell verbreitet wie Feuer auf einem Reetdach. Gott sei Dank war sie jetzt fast fertig.

Wenn die Krankheit jedoch das Dorf verließ und sich irgendwie ausbreitete ...

Der Gedanke war überwältigend. Das Entsetzen ihres Traumes kam zurück, um sie zu verfolgen. Nicht genug Kräuter, um die Kranken zu behandeln. Nicht genug Zeit, um sie alle zu erreichen. Nicht genug Kraft. Schon jetzt spürte sie, wie ihre Kraft nachließ und der Energiefluss jedes Mal weniger wurde, wenn sie ihre Hände auf ein weiteres Opfer legte. Was würde sie tun, wenn sie noch mehr gefordert werden würde?

Die Verdunkelung des aschefarbenen Himmels diente nur als weiteres Zeichen, dass der Tag zu Ende ging. Wie der Nebel hing die Krankheit stur über dem Dorf. Vielen der Opfer, die sie behandelt hatte, ging es besser. Einigen jedoch ging es schlechter und sie konnte nichts mehr tun.

Müde zog sie sich in den Sattel und ihre Tasche mit den Medikamenten war schrecklich leicht geworden, aber zumindest konnte sie für eine Sache dankbar sein. Ihre Gebete waren erhört worden und niemand war gestorben.

Den ganzen Weg nach Hause dachte Cynthia an ein

warmes Bad mit dem Duft von Rosmarin oder Angelica, um ihre Knochen zu entspannen.

In dem Augenblick, als sie die große Halle betrat, wusste sie, dass ihr dies nicht vergönnt sein würde. Elspeth eilte auf sie zu und schlug mit den Armen wie eine aufgeregte Henne.

„Oh Mylady, etwas Schreckliches ist passiert!"

„Elspeth", schimpfte Roger und trat vor, um Cynthia ihren Umhang abzunehmen. „Lady Cynthia soll sich erst einmal am Feuer wärmen."

„Was ist los?", fragte Cynthia und konnte ihre Neugier nicht mehr zurückhalten, während Roger sie am Ellbogen zum knisternden Feuer führte.

„Es ist Vater Garth, Mylady!", rief Elspeth.

„Oh!" Cynthia seufzte, während sie sich auf einen Stuhl vor dem Kamin fallen ließ. „Ich weiß. Er ist letzte Nacht gegangen. Wahrscheinlich ist er zurück ins Kloster gegangen. Wir müssen einen anderen ..."

„Mylady ..."

„Ein Bote ist vom Kloster gekommen", unterbrach Roger sie stirnrunzelnd. „Vater Garth geht ... es nicht gut."

Sie war leicht alarmiert und schaute Roger an. „Was wollt Ihr damit sagen, *es geht ihm nicht gut*?"

„Er hat die Krankheit", platzte Elspeth heraus, „die Krankheit aus dem Dorf."

Entsetzen machte sich in ihr breit. Ohne zu sehen starrte sie in die Flammen.

„Er hat nach Euch gefragt", flüsterte Elspeth.

Garth. Er war den ganzen Weg zum Kloster in der kühlen feuchten Nachtluft gelaufen und hatte wahrscheinlich schon unter Fieber gelitten. Das hatte ihn wahrscheinlich geschwächt und daher war er anfällig für die Krankheit geworden und konnte nicht mehr effektiv dagegen ankämpfen.

Dann kam ihr ein dunklerer Gedanke. Wenn Garth die Krankheit in sich trug ...

„Verdammt."

Er würde den Prior, seine Novizen und schließlich alle Mönche anstecken. Während sie am Feuer langsam auftaute, erschauderte sie.

Schon jetzt spürte sie, wie die Krankheit das Kloster wie eine dunkle Wolke umgab, aus der der Tod regnete.

Sie hatte keine Zeit zu verlieren. Trotz ihrer Müdigkeit musste sie zu Garth gehen.

Als sie am Kloster ankam, hatten die niedrigen Wolken im Zwielicht die Farben eines blauen Flecks angenommen. Cynthia blickte zu dem bedrohlichen Himmel und konnte das schlechte Omen nicht außer Acht lassen. Das unheilvolle Gefühl, das sie im Dorf gespürt hatte war nichts im Vergleich zu der Angst, die sie jetzt spürte, als sie sich der Tür zu Garths Zelle näherte.

Was, wenn sie ihre Hände auf Garth legte und nichts spürte? Oder schlimmer noch, was, wenn sie spürte, wie seine Lebenskraft nachließ? Was, wenn sie spürte, dass es sein Schicksal war nicht zu leben, sondern zu ...?

Sie presste ihre Lippen zusammen. Sie würde nicht darüber nachdenken. Er brauchte sie. Er hatte nach ihr gefragt. Sie würde alles in ihrer Macht Stehende tun, um ihn zu retten.

Sie zog ihre Schultern zurück und betrat die Zelle.

Als erstes schickte sie ungefähr ein halbes Dutzend Mönche weg, die sie anstarrten. Normalerweise war es Frauen nicht erlaubt, ein Kloster zu betreten, aber sie hatte keine Zeit, sich mit ihnen zu streiten. Sie gefährdeten ihre eigene Gesundheit mit jedem Augenblick, den sie im Zimmer blieben. Sie schob die Ärmel hoch und stellte ihre Tasche mit Autorität auf dem Bett ab und dann informierte sie den Prior, dass sie in Ruhe arbeiten müsste.

Erst als die Tür hinter ihm geschlossen wurde, ließ sie ihre Maske kühler Distanziertheit fallen. Sie eilte an Garths Seite und schaute ihm ängstlich ins Gesicht.

Im Kerzenlicht schien seine Haut so blass und durchsichtig wie Pergament zu sein. Unter seinem feuchten Haar hatte er die Stirn vor Leid in Falten gelegt. Er atmete flach und mühevoll und die Wolldecke über seiner Brust bewegte sich kaum. Er zitterte leicht, als wenn sein Knochenmark aus Eis wäre. Während sie ihn beobachtete, flatterten seine Augenlider und seine Lippen bewegten sich, um die schweigenden Silben der Sprache der Träume aufzusagen.

Sie schloss die Augen. Die Gabe war nur schwach in ihr und erschöpft wegen der vielen Benutzung. Sie betete um ein letztes Aufflackern ihrer erschöpften Gabe, damit sie für Garth ausreichen würde und fing an ihre Hände aneinander zu reiben.

Seine Stirn war heiß, als sie ihre Handflächen darauflegte, aber trotzdem erschauderte er, als würde er im Schnee schlafen. Eine leichte Vibration kribbelte in ihren Fingerspitzen und dankbar spürte sie, wie sich die goldene Glut erweiterte und ihre Energien sich mit seinen verbanden. Dann wartete sie auf ein Zeichen – der Name eines Krautes oder eine Vision mit der genauen Kombination der Extrakte, die seine besondere Krankheit heilen würden.

Als die Vision herumwirbelte und klar wurde, zog sie ihre Hände zurück. Aber es war zu spät. Sie hatte es gesehen. Der allzu vertraute schwarze Dämon war immer noch in ihren Gedanken und sie atmete seinen giftigen Nebel, der alles auf seinem Weg verkümmern ließ.

„Nay", keuchte sie.

Die schwarze Schlange. Tod.

„Nay."

Garth konnte nicht sterben. Er war jung und in guter Verfassung. Sein ganzes Leben lag vor ihm. Es konnte nicht stimmen.

Sie hatte sich jedoch noch nie geirrt. Garth de Ware war für den Tod ausersehen.

„Nay", beharrte sie und verdrehte ihre Finger, als wenn die Wiederholung des Wortes sein Schicksal verändern könnte.

Er konnte einfach nicht sterben. Es war nicht gerecht. Er hatte noch gar nicht wirklich gelebt. Er hatte noch keiner Braut ewige Liebe geschworen, kein eigenes Kind auf den Knien gehabt und noch nie die tiefe Befriedigung gespürt, wenn man über das eigene Land blickte.

Wütende Tränen stiegen in ihr auf, während sie vor Zorn schwer atmete. Sie ballte die Hände zu Fäusten.

Er würde nicht sterben. Bei Gott, sie würde es nicht zulassen.

Sie biss die Zähne zusammen und fuhr sich mit zitternder Hand durch das Haar – nicht, solange er sie brauchte und nicht, solange er noch atmete.

Sie seufzte. Wenn es für Garth noch Hoffnung geben sollte, würde sie mit dem Tod persönlich kämpfen müssen.

In den Tiefen seines Traumes stöhnte Garth. Der Schmerz seines aufgestauten Verlangens lag tief in seinem Bauch.

Mariana lag da mit ihren rauchigen Augen und ihrem schwarzen Haar ausgebreitet auf seiner Haut und glühte noch vor Verlangen.

„Nehmt mich. Nehmt mich noch einmal", flehte sie.

Er wollte es. Bei Gott, er wollte es. Mariana war teuflisch schön. Ihr sich windender Körper glänzte vor Schweiß, was jede ihrer Kurven und verlockenden Mulden betonte. Ihre Brüste hoben sich dramatisch bei jedem Atemzug und ihre harten roten Brustwarzen saßen wie reife Kirschen auf schneebedeckten Hügeln. Die ebenholzfarben Locken zwischen ihren Beinen waren nass von ihren Säften, aber die dunkle Knospe ihrer Weiblichkeit schwoll wieder für ihn an. Seine milchige Essenz bedeckte ihre Brüste, ihren Bauch und ihre Oberschenkel. Sie wollte immer noch mehr.

Sie verdiente mehr. Er wollte ihr mir geben.

Er konnte es jedoch nicht.

Fünfmal war er für sie hart geworden, hatte sich mit ihr verbunden und sie zum Stöhnen und vor Ekstase zum Schreien gebracht, während sie zusammen an den Rand der Lüsternheit geritten waren. Ein weiteres halbes Dutzend Mal hatte er ihr mit seinen Händen und seiner Zunge Vergnügen bereitet, bis er dachte, dass sie sicherlich vor Erschöpfung ohnmächtig werden würde.

Jedoch war er jetzt erschöpft. Sie hatte ihn entleert. Seine müde Fahne weigerte sich, sich noch einmal zu erheben. Verdammt! Er hatte kaum noch die Kraft, eine weiße Fahne zu hissen.

„Was habt Ihr mit mir gemacht, Weib?", murmelte er lächelnd und lallte die Worte.

„Gemacht? Ich habe gerade erst angefangen", gurrte sie und strich ihm mit einem spitzen Fingernagel über seine Brust.

Dieses Mal war sein Stöhnen schon fast ein Kichern, aber trunken vor Erschöpfung. „Ihr habt mich fertig gemacht."

„Unsinn", hauchte sie und zog ihren Oberschenkel sinnlich über seinen.

„Mich trockengelegt."

Sie schmollte hübsch und zog Kreise in dem feuchten Haar unterhalb seines Nabels. „Ich wette, dass Eure Brüder nicht so schnell müde werden würden", quengelte sie enttäuscht.

Er ging sofort in die Falle. „Meine Brüder?" Er hielt ihre Hände mit seinen auf.

Sie zuckte mit den Schultern und seufzte leise. „Ihr seid aber auch nicht wie Eure Brüder, ähm, Halbbrüder, nicht wahr?" Grausamkeit lag über ihren süßen Worten wie ein bitteres Gift, das in Honigwein gelöst wurde, während sie von oben herab seine schlaffen Eier tätschelte. „Kein Mann wie Holden und Duncan es sind."

Dann schlüpfte sie aus dem Bett und fegte an ihm vorbei wie ein träger Luftstrom an einem kühlen Tag und ging dann weg.

Wenn ein Mann ihn so beleidigt hätte, hätte er ihn schneller gegen die Wand geschubst als eine Katze eine Maus schnappen könnte. Niemand verglich ihn zu seinem Nachteil mit seinen Brüdern. Seit er sich seine Sporen verdient hatte, wagte es niemand, ihn nicht als Mann zu bezeichnen.

Mariana war jedoch eine Dame. Sie mochte ihn. Alles, was sie sagte, sagte sie aus Liebe und Sorge oder Barmherzigkeit. Dessen war er sich sicher. Wenn Mariana ihn für geringer als andere Männer hielt, dann stimmte das vielleicht.

Plötzlich wurde er sich seiner Nacktheit mit seinem geschrumpften Gemächt, das in seinem dunklen Nest schlief, schmerzlich bewusst. Es erforderte seine ganze Willenskraft, es nicht mit seinen Händen zu bedecken und das verächtliche Ding vor ihrem Blick zu verbergen. Sein Gesicht brannte vor Scham und in ihm loderte ein Feuer heißer als je zuvor, das niemals gelöscht werden würde.

Während er beobachtete, wie der Saum ihres lilafarbenen Gewands aus der Tür schlüpfte und er ihr Gelächter zum Abschied hörte, schlief er ein. Jemand streichelte seine glühend heiße Wange mit einem nassen Tuch und er roch nach Minze duftende Luft über seiner Haut, um ihn zu kühlen.

Der schmerzliche Traum schmolz wie Eis. Seine Angst ließ nach, als die Falte zwischen seinen Augenbrauen vorsichtig weggewischt wurde.

Er hob seine schweren Augenlider gerade so weit, dass er durch seine Wimpern schauen konnte.

Zerzauste orangefarbene Locken. Starke, anmutige Hände. Augen, voller Sorge und Barmherzigkeit.

Cynthia.

Erleichterung überkam ihn.

Cynthia. Nicht der weibliche lüsterne Drachen, der sich in seine Träume stahl, sondern eine echte, liebevolle und aufrichtige Frau. Er seufzte. Beruhigt schloss er die Augen und schlief wieder ein.

Cynthia hielt die Luft an. War Garth aufgewacht? Oder bildete sie sich das vor lauter Verzweiflung nur ein? Nachdem sie ihn seit zwei Tagen überwachte und nur wenig auf dem Stuhl, den der Prior ihr hatte bringen lassen, geschlafen hatte, war sie sich nicht sicher.

In den zwei Tagen hatte Garth wie ein langsam brennender Holzscheit geglüht und abwechselnd geschwitzt und gezittert, wobei er flach und keuchend geatmet hatte.

Schwach hatte er sich in seinem Bett gedreht und sein Schlaf wurde von aufwühlenden Träumen geplagt und er hatte noch nicht einmal die schwächste Brühe mit den Eiern, die sie eingeschmuggelt hatte, bei sich behalten können.

Sie kannte jedes seiner Körperteile jetzt genau von den Bartstoppeln an seinem unrasierten Kinn und der Narbe, die sich quer über seiner Brust befand bis hin zu der feinen Linie Haare, die über seinen Bauch verlief und seinen Pobacken.

Aber keines dieser Merkmale, noch nicht einmal sein Gemächt, das gelegentlich unerklärlicherweise beschloss sich zu erheben, konnte sie von der überwältigenden Angst ablenken, dass sie ihn verlieren würde.

Sie ließ das Tuch in die Waschschüssel fallen und fuhr sich mit der Hand durch ihre klebrigen Haare. Durch ihre Hände strömte jetzt keine Heilkraft. Sie war zu erschöpft. Jetzt verließ sie sich nur noch auf ihren Instinkt.

Sie lehnte sich an den Tisch und beobachtete ihn. Auch wenn es lächerlich erschien, konnte sie das Gefühl nicht aufhalten, dass sie zum Teil schuld an seinem Zustand war. Wenn er Wendeville nicht so überstürzt verlassen hätte ...

Frustriert ballte sie ihre Hände zu Fäusten.

Wenn sie in jener Nacht doch nur in ihrem Zimmer geblieben wäre, wenn sie ihrem Verlangen widerstanden und ihn nicht so weit getrieben hätte, wäre er vielleicht nicht die ganze Nacht in der feuchten kalten Luft marschiert, um zum Kloster zu kommen, denn damit hatte er seine Widerstandsfähigkeit der Krankheit gegenüber geschwächt.

Sie wandte ihm den Rücken zu, da sie ihrer Schuld nicht mehr ins Auge sehen konnte. Der Tisch vor ihr war mit

Ampullen und Päckchen mit Extrakten und Kräutern bedeckt. Noch vor zwei Tagen waren sie wirksame Heilmittel und das zuverlässige Werkzeug ihrer Arbeit gewesen. Heute sahen sie aus wie die gefälschten Öle und Salben eines Hausierers.

Hinter ihr wurde Garths Atmung wieder keuchend. Sie fürchtete, dass es ihm schlechter ging. Dann würde er anfangen zu husten und schließlich würde es schwierig für ihn werden zu atmen. Zu guter letzt ...

Sie konnte nicht darüber nachdenken. Seit der ersten Nacht hatte sie ihr Talent nicht mehr angerufen. Sie würde es jetzt tun. Sie wollte sich nicht der Verzweiflung hingeben.

Wieder betrachtete sie die Medikamente auf dem Tisch. Irgendwo in der riesigen Menge bunter Fläschchen war das Heilmittel versteckt. Sie musste es finden.

Garths Träume waren voller genauer Erinnerung, wenn es sich um die schmerzlichen Details handelte.

Marianas glühende Augen wurden von ihrem schwarzen Haar verdeckt, aber ihr Zorn war ungebrochen.

„Heirat?" Sie rollte zurück auf ihren weichen Po und klemmte Garths zitternde Oberschenkel zwischen ihre eigenen. „Warum sollte ich Euch heiraten, wenn ich Euch doch jederzeit haben kann?" Sie drehte eine Locke seines Haares um ihren Finger.

„Weil ..." Weil er sie ganz und gar, verzweifelt und hingebungsvoll liebte, aber das konnte er ihr nicht sagen, während Spott und Hohn in ihrer Stimme zu hören waren. „Weil es richtig ist."

„Und macht Ihr immer, was richtig ist, Garth?" Grinsend streckte sie ihre Hände hinter ihren Rücken und zwickte ihn in die Eier.

„Ach, Mariana ..."

„Aye?" Sie rieb sich an ihm und war bereit für ein weiteres Beiliegen.

„Mariana", sagte er und griff nach ihren Knien, um sie aufzuhalten. „Jetzt nicht. Ich muss mit Euch sprechen."

„Sprecht!" Sie schaute finster und zerstörte ihr sorgfältig geschminktes Gesicht. „Sprecht! Ihr wollt immer nur sprechen!"

„Aber Mariana ..."

Diplomatie nutzte jetzt nichts mehr. Sie war verärgert und wenn sie verärgert war, explodierte sie sehr schnell.

„Was für eine Art von wildem Tier seid ihr?", feuerte sie und schob sich von ihm herunter. „Andere Männer würden ihren rechten Arm geben, um bei mir zu liegen!" Sie nahm ihr zinnoberrotes Gewand vom Haken. „Und doch bleibe ich hier – bereitwillig und flehe um Eure Zuneigung!" Sie kämpfte sich in ihren Surcot. „Und Ihr! Ihr wollt reden!" Das Kleid glitt über ihre Hüften und lag zu ihren Füßen wie Blut. „Wisst Ihr, was ich glaube? Ich glaube, dass Ihr nichts mehr habt, was Ihr mir geben könnt!" Mit ihren langen Fingern strich sie sich durch ihr Haar. „Ihr sagt, dass Ihr mich heiraten wollt. Nun, ich warte schon seit Monaten, dass Ihr erwachsen werdet und zu dem Liebhaber heranreift, von dem man behauptet, dass er das de Ware Vermächtnis sei und ich habe noch nichts davon gesehen." Sie zog ihre Schuhe an. „Wie könnt ihr Euch als ein de Ware bezeichnen? Wie könnt ihr Euch als ein Mann bezeichnen?"

Nicht vergossene Tränen brannten in Garths Hals. Seine Brust fühlte sich so schwer an, als wenn er zehn Kettenhemden tragen würde.

Seine Verletzbarkeit musste in seinem Gesicht zu sehen gewesen sein, denn Marianas nächste Worte hatten ein wenig Mitleid in sich.

„Ich kann Euch Nicht heiraten, kleiner Garth. Keine Frau sollte so ... leben müssen." Sie schaute zum Bett. „So unerfüllt." Sie schwang ihren passenden roten Umhang um ihre Schultern und warf ihm einen letzten abschätzenden Blick zu. Dann fügte sie mit einem leisen Seufzen hinzu: „Vielleicht hattet Ihr Recht, dass ihr die Kirche gewählt habt. Ihr solltet kein Problem haben, jene Braut zu erfreuen."

Dann war sie für immer weg.

Es fühlte sich an, als hätte ihm jemand ein Messer diagonal in sein zerbrochenes Herz gerammt. Schmerz und Scham und Verzweiflung bildeten einen Knoten in seinem Bauch. Eine schreckliche Ewigkeit lang konnte er nicht atmen.

Als er es tat, als er wusste, dass er nicht an einem zerbrochenen Herzen sterben würde, keuchte er und gab ein schreckliches unmenschliches Schluchzen von sich.

„Mariana!", rief er. „Verlasst mich nicht!" Seine eigene Stimme hörte sich fremd für ihn an wie das Klagen eines gefolterten Gefangenen. „Mariana!"

„Garth!"

Aus der Ferne hörte sich Marianas Stimme seltsam an.

„Garth!"

Die Farben seines Jugendzimmers schwanden, als er von der Stimme weggezogen wurde. Der Schmerz in seiner Brust wurde schlimmer.

„Garth!"

Jemand zog an ihm und wollte, dass er sich aufsetzte. Er wollte es nicht. Es tat zu weh.

„Garth, Ihr müsst mir helfen."

Der durchdringende Duft von Minze weckte ihn aus seinem Traum. Unwillkürlich bewegte er sich ein wenig hoch, um dem Befehl der Stimmen nachzukommen ... und sofort bedauerte er dies. Die Bewegung löste einen Hustenanfall aus, der ihm die Tränen in die Augen trieb.

Als er schließlich nachließ, hatte er keine Kraft mehr und konnte kaum atmen. Es war so schmerzhaft, dass er sich fast zurück in die Qualen seines Traumes wünschte.

Dann schaute er seinen Peiniger an. Cynthia stand über ihm und wehte den Dampf von einem Minzgetränk in seine Richtung.

Sie sah aus, als wäre sie einen Handel mit dem Teufel eingegangen ... und hätte verloren. Sie hatte dunkle Ringe um die Augen. Sie sah verkniffen aus und ihre Haut war so durchsichtig, dass die Sommersprossen hervorstachen wie Blutflecken auf weißem Leinen. Kurzum, sie sah so aus, wie er sich fühlte.

Tränen waren auf ihren Wangen zu sehen. Er wollte sie fragen, was los war und schluckte, um seinen Hals zum Sprechen zu befeuchten, aber mit der Rückseite ihrer Hand strich sie sich über das Gesicht und wischte sie weg.

Gequält machte er drei weitere Atemzüge. Sein Herz schlug träge in seinem Hals und seinen Schläfen. Sein Bauch fühlte sich leer und belagert an, als wenn Belagerungsgräber seine Magenwand zum Einsturz gebracht hätten. Sie hatten ihn wohl auch geschlagen, denn jeder Knochen in seinem Körper pochte.

Dann wurde ihm klar, warum sie weinte.

Sie hatte ihre Möglichkeit in die Zukunft zu sehen genutzt. Sie hatte sein Schicksal gesehen.

Er würde sterben. Sie hatte es gespürt und mit ihrer Magie gefühlt.

Sein Herz geriet ins Stocken. Sie wusste es.

Er schluckte noch einmal und zuckte bei dem Schmerz

zusammen. Seine Stimme war nur noch ein Krächzen. „Ich liege im Sterben, oder?"

Besorgt schaute sie ihn an. „Seid Ihr wach?"

Er schloss seinen Mund und schluckte noch einmal. „Liege ich im … Sterben?"

Ihre Zunge strich nervös über ihre Lippe. Sie stellte die Schüssel mit den dampfenden Kräutern beiseite und beschäftigte sich damit ihre Hände an einem Leinentuch abzutrocknen.

Das Weib sollte verflucht sein, dachte er.

Mit letzter Kraft ergriff er sie am Handgelenk und zog sie zu sich heran, wobei er ihre Handfläche gegen seine Stirn drückte, wie er es so viele Male gesehen hatte, wenn sie die Kranken behandelte. „Und?", röchelte er.

Ihre Finger rollten sich auf und sie schaute weg. Dann biss sie die Zähne zusammen, als wenn sie einen inneren Kampf gekämpft und gewonnen hatte. Sie schaute ihn direkt an und ihr Blick war wild. „Nay", antwortete sie. „Nay, Ihr liegt nicht im Sterben."

Sie log und er wusste, dass sie log. Der Herr möge ihm verzeihen, aber er liebte sie dafür.

Kapitel 16

Die Glocken im Kloster läuteten zum Morgengebet. Panisch öffnete Cynthia die Augen. Oh Gott, wie lange hatte sie geschlafen? Sie erinnerte sich nur noch daran, dass sie sich zum Gebet gekniet hatte. Der flackernden Kerze nach zu urteilen war mindestens eine Stunde vergangen. Sie stand auf, rieb sich die Wangen und schaute ängstlich auf Garths blasses Gesicht.

Er atmete inzwischen sehr flach. Als sie Glocke läutete, beugte sie sich zu ihm herab, um die Atemzüge, die durch seine vor Schmerzen zusammen gebissenen Zähne pfiffen, zu zählen. Sie waren sehr flach und lagen weit auseinander. Er bekam nicht genug Luft. Tränen der Frustration stiegen ihr in die Augen.

„Nay." Ihre Stimme klang so verzweifelt, dass sie sie kaum erkannte. Sie ergriff seine schlaffe Hand mit ihren beiden Händen und massierte sie. „Bitte, nay. Ich hatte nicht schlafen wollen. Aber es war so schwer ..." Sie biss sich auf ihre zitternde Lippe. „Ich hatte Euch nicht verlassen wollen. Bitte sterbt nicht. Bitte sterbt nicht ..."

Garth fing jedoch an vor dem furchtbaren Feind, der

langsam das Leben aus ihm saugte, zu kapitulieren. Im nächsten Augenblick hörte auf zu atmen.

Cynthia spürte, wie das Leben auch sie verließ. Ein schreckliches Gewicht drückte sich auf ihre Brust und einen Augenblick lang konnte sie nicht atmen.

Er konnte nicht tot sein. Es konnte nicht sein. Es war nicht möglich.

Das Zimmer verschwamm um sie herum.

Garth konnte nicht tot sein.

Sein Licht schwand, während sie den Sog süßer Bewusstlosigkeit und gnädigen Vergessens spürte.

Und dann atmete sie tief und schmerzhaft durch und wurde zurück ins Bewusstsein gezogen, zurück in die quälende Realität wie ein ertrinkender Mann an das Ufer gespült wird. Aber anstatt von Trauer war diese Lunge voll Luft und voller Zorn.

„Nay!“, stöhnte sie und ihre Stimme bebte vor Wut. „Nay! Ihr könnt nicht sterben! Hört Ihr mich?“ Sie schüttelte seine leblose Gestalt. „Das könnt Ihr nicht tun!“ Tränen machten sie blind, aber sie fuhr fort ihn erbarmungslos zu beschimpfen. „Eure Familie braucht Euch, verdammt! Das Kloster braucht Euch! Wendeville braucht Euch! Ich ... oh Gott.“ Sie erstickte an den Worten. Erneut drohte die Trauer sie zu überwältigen, als ihr plötzlich der Preis klar wurde, den Gott von ihr forderte.

Auch wenn es an ihrer bereits zerrissenen Seele zerrte, beugte sie doch schnell ihren Kopf über ihren gefalteten Händen und leistete einen schrecklichen Schwur über seinem Körper. Tränen liefen über die Wangen und ihr Herz brach entzwei, als sie die Worte murmelte.

„Bitte Gott, lass ihn leben. Gib ihm die Kraft gesund zu werden. Lass ihn leben und ich verspreche, dass ich nicht versuchen werde ... ihn zu verändern. Ich verspreche ..." Ihre Stimme brach. „Ich verspreche, dass ich ihn der Kirche zurückgebe. Ich gebe ihn Dir zurück. Vollständig und für immer."

Garth spürte, wie sein Körper in dunklen ruhigen Gewässern schwebte. Erinnerungen an seine Kindheit und den Teich im Sommer überkamen ihn, als die Wellen über seinem Kopf zusammenschlugen und die Sonne blockiert wurde und er angenehm kühl war. Irgendwo tief in ihm wusste er, dass er die Oberfläche durchbrechen sollte, dass er es musste, aber es war so friedlich hier, wo er alle seine Sorgen in der Tiefe lassen konnte. Über ihm wurde das Licht gedämpfter und die Sonne wurde immer schwächer, bis sie nur noch ein winziger weißer Punkt war und dann wurde auch er gelöscht.

Dann wurde seine Ruhe von etwas Gnadenlosem und Beharrlichem gestört. Es zog an ihm und riss ihn aus seiner Gelassenheit nach oben durch die kalte Strömung in das helle Sonnenlicht. Ein rauer Atem kratzte in seinem Hals und ging in seine hungernden Lungen. Oh Gott, es tat weh. Er bekam seine Augen nur halb auf und seine Zunge war dick und säuerlich. Seine Rippen schmerzten und sein Bauch war eingefallen vor Hunger. Sein Puls schlug mit einem dumpfen Pochen an seinem Hinterkopf. Er überlegte, welche Armee über ihn hinweg marschiert war. Allein der Gedanke sich zu bewegen, tat ihm schon weh.

Sein einziger Trost war die zarte Hand, die auf seiner Stirn lag. Von diesem Berührungspunkt aus floss eine weiche Energie in ihn, die ihn beruhigte, nach außen strahlte und ihm Linderung brachte. Einen flüchtigen Augenblick lang überlegte er, ob es die Berührung des Todesengels war. Aber nay, dies war keine kalte knochige Klaue. Es war eine warme und zarte Hand aus Fleisch und Blut.

Mit großer Mühe öffnete er seine Augenlider, um seine Wohltäterin anzusehen.

Es war tatsächlich ein Engel – blass und verhärmt, aber trotzdem ein Engel. Lady Cynthia. Ihr Haar lag achtlos auf seinen Schultern ausgebreitet. Verzweiflung war in ihrem Gesicht zu sehen und ihre geschlossenen Augen hatten dunkle Ringe. Ihr Mund war zum stillen Gebet geöffnet. Während er sie beobachtete, lief eine glitzernde Träne aus ihrem Augenwinkel über ihre Wange.

Oh nay, er konnte es nicht ertragen, dass sie wegen ihm weinte. Während all der langen anstrengenden Stunden, in denen sie gegen die Krankheit im Dorf gekämpft hatte, hatte sie kaum eine Träne vergossen – auch nicht, wenn sie ein Kind oder einen alten Freund verlor oder wenn die Dorfbewohner ihr sogar die Energie genommen hatten, sich aufrecht hinzustellen. Er konnte es nicht zulassen, dass sie wegen ihm weinte.

Langsam hob er seinen Arm, der sich so schwer wie ein schottisches Breitschwert anfühlte und streckte eine zitternde Hand zu ihrem Gesicht. Er legte seine Finger auf ihre Wange und wischte die Träne mit einer zitternden Fingerspitze weg.

Sie riss die Augen auf. Schnell zog sie ihre Hand von seiner Stirn. Hundert verschiedene Gefühle blitzten in ihrem Gesicht auf – Schock, Dankbarkeit, Ungläubigkeit. Sie betrachtete sein Gesicht und ihre Augen waren gerötet und vor Erschöpfung verschwommen.

„Ihr seid …“, flüsterte sie mit nackter Hoffnung in ihrem Blick.

Sein Hals fühlte sich wie eine verrostete Kirchenglocke an. Er wusste, dass er kein Wort herausbringen würde, aber er könnte wahrscheinlich ein Lächeln zustande bringen. Seine Lippen waren trocken wie Pergament, aber langsam verzog sich ein Mundwinkel nach oben zu einem beruhigenden Grinsen für sie.

Daraufhin musste sie erst richtig schluchzen.

Er fing an seinen Arm zurückzuziehen und ärgerte sich über das Chaos, das er unabsichtlich angerichtet hatte. Sie ergriff jedoch seine Hand und hielt sie fest in ihren beiden Händen. Er beobachtete verwundert, wie sie tränennasse Küsse auf seine Finger regnen ließ. So ramponiert, schwach und hungrig wie er war spürte er doch, wie eine Welle herrlicher Wärme ihn umhüllte, die seine Schmerzen und Sorgen entfernte und Platz machte für das allumfassende, mächtige Gefühl, das so lange in der fruchtbaren Erde seiner Jugend vergraben war und jetzt durch die Kruste der Verdrängung herausbrach, um aufzublühen.

Es war Liebe.

Er liebte Cynthia.

Er hatte versucht es zu leugnen. Er hatte gedacht, wenn er sie verließe, dass seine Gefühle für sie dann schwinden würden. Er hatte geglaubt, dass sie eine Tochter Evas wäre, die ihm geschickt worden sei, um ihn in seiner Berufung in Versuchung zu führen, aber das stimmte nicht. Im Gegensatz zur berechnenden Mariana, die sich einen Spaß daraus gemacht hatte, ihn zu verführen und dann zu verlassen, hegte Cynthia ehrliche Gefühle für ihn. Und er ...

Er liebte alles an ihr – ihre Barmherzigkeit, ihre Unschuld, ihr Feuer und das Funkeln in ihren Augen, wenn sie einen Streich plante, die Sehnsucht in ihrem Lächeln, wenn sie ihren Garten betrachtete, ihr Temperament, ihre fürsorgliche Geduld, den blumigen Duft ihres Haares, die heilende Berührung ihrer Hände und den Honiggeschmack ihrer Lippen ...

Auch wenn es Ewigkeiten her zu sein schien, erinnerte er sich an ihren Kuss. Der Kräutergarten. Ihre offenen Arme. Ihre süße nackte Brust im Mondlicht. Weich. Unschuldig. Er schluckte schwer, als die Erinnerung ihn wie eine Welle überkam.

Seine Zuneigung musste in seinen Augen zu sehen gewesen sein. Cynthia beruhigte sich und ihr eigener Blick wurde als Antwort auch weicher. Tränen hingen an ihren Wimpern wie zarte Tropfen Eis. Es war mucksmäuschenstill. Einen schmerzhaften bittersüßen Augenblick lang blickten sie sich nackt in die Augen und in ihr Herz und teilten ihr Verlangen. Einen Augenblick lang schien eine warme Präsenz sie in einer natürlichen Ehe zu verbinden.

Wie ein Schatten schwand plötzlich die Freude in ihrem Gesicht. Sie zog sich zurück und entfernte sich von ihm. Sie runzelte die Stirn und im Nu wurde sie so schwer fassbar wie ein Nebel. Sie schaute ihn nicht an, während sie die Ampullen auf seinem Nachttisch umstellte.

„Ihr müsst halb verhungert sein", sagte sie und ihre Stimme brach wie sprödes Glas.

Er war hungrig, aber irgendwie schien das nicht mehr wichtig zu sein.

„Ihr werdet langsam anfangen müssen", sagte sie halb zu sich selbst und wrang ein Leinentuch über der Schüssel aus. „Gerstenwasser." Sie hing den Lappen an einen Kleiderhaken. „Heiße Milch mit Mandeln."

„Cynthia." Selbst für seine eigenen Ohren hörte sich das Wort an, wie wenn ein mit Nägeln besetzter Streitkolben über eine Rüstung kratzt und es schmerzte noch mehr, aber Garth musste wissen, was los war.

Sie wischte die Tränen weg, die ihr weiterhin in die Augen stiegen. „Einige Stückchen Brot."

„Cynthia."

Sie erstarrte und wandte ihm den Rücken zu. „Ich hole den Prior. Er kann sich jetzt um Euch kümmern." Sie nahm ihre Tasche und fing an die Fläschchen einzuräumen. „In einer Woche solltet Ihr vollständig genesen sein."

Er schaute finster. Sie hätte ihm auch sagen können, dass er sterben würde angesichts der Traurigkeit in ihrem Tonfall.

„Cynthia."

„Ich muss jetzt nach Hause gehen. Zu meinem eigenen Leben", sagte sie, unterdrückte ein Stöhnen und steckte ihre restlichen Kräuter in die Tasche. Ihre nächsten Worte waren eher ein Schluchzen als eine Ansprache. „Und ich überlasse Euch Eurem Leben."

Er schaute finster. Was meinte sie damit? Er hatte kein Leben ohne sie.

Die Worte, die sie ihm entgegen schleuderte, stammten jedoch von ihm. Er war derjenige, der ihr gesagt hatte, dass sie nicht in der gleichen Welt leben konnten. Er war derjenige, der sie verlassen hatte.

„Nay", protestierte er und verfluchte seine Schwäche, die es ihm unmöglich machte, ihr den Weg zur Tür zu versperren.

Ohne einen Blick zurück floh Cynthia aus seiner Zelle und hinterließ keinen Beweis ihres Besuches abgesehen vom schwachen Duft ihrer weiblichen Haut und den Schmerzen in seinem Herz. Dieser Schmerz tat ihm mehr weh als alle seine anderen Beschwerden zusammen.

Den ganzen Weg nach Hause weinte Cynthia und schluchzte, als würde ihr die Seele herausgerissen. Als sie schließlich durch die Tore von Wendeville ritt, war sie so erschöpft, so leer und so beraubt, dass sie noch nicht einmal Elspeths besorgte Fragen beantworten konnte. Sie lehnte die heiße Milch mit Mandeln ab, die ihre Dienerin ihr servieren wollte, ging die Treppen hinauf in ihr Zimmer und schlief fast einen ganzen Tag lang.

Als sie schließlich aufwachte, hörte sie plätscherndes Wasser und roch Veilchenduft. Die Nachmittagssonne tauchte ihr Zimmer in rostrot und rosa.

„Seid Ihr wieder unter den Lebenden?", fragte Elspeth, trocknete ihre Hände an ihrer Schürze und kam näher, um zu schwatzen. „Ihr müsst am Rande der Erschöpfung gewesen sein, Mylady. Zuerst dachten wir, dass der Priester gestorben wäre, weil Ihr gestern Abend ein so trauriges Gesicht gemacht habt." Ohne viel Federlesens zog Elspeth die Decke zurück und fing an sie auszuziehen. „Aber dann kam der Prior, fragte nach Euch und brachte ein Fass guten Klosterweins, um Euch dafür zu danken, dass Ihr Vater Garth das Leben gerettet habt."

Cynthia zitterte, als El ihr das Unterkleid mit den Schweißflecken auszog und ihr aus Anstandsgründen ein Leinenhandtuch reichte. Sie strich sich mit der Hand durch ihr klebriges Haar. Wie lange war es her, seit sie es gekämmt hatte? Sie strich sich mit der Zunge über ihre Zähne. Ihr Mund fühlte sich staubtrocken an. Als sie immer noch halb im Schlaf zur Badewanne ging, knurrte ihr der Magen vor Hunger.

Elspeth musste es gehört haben. „Wir bringen Euch etwas zu essen, wenn Ihr gebadet habt."

Das warme Wasser half ihren Körper zu erfrischen,

aber es half ihrem Geist in keiner Weise. Auch Elspeths vorsichtiges Bohren konnte den Grund für Cynthias Melancholie nicht ans Licht bringen.

Sie war der Meinung, dass sie sich hätte freuen sollen. Sie hatte schließlich gewonnen. Sie hatte ganz allein eine sicherlich verzweifelte Situation überwunden, dem Tod ins Auge geblickt und ihn von der Tür verjagt.

Aber zu welchem Preis?

„Wie geht es den Dorfbewohnern?", fragte sie.

„Es ist keiner gestorben." Elspeth strahlte und fuhr fort Cynthia den Rücken zu schrubben. „Ein paar sind noch ein bisschen schwach, aber sie werden sicherlich sehr bald gesund sein."

Cynthia schloss die Augen und hauchte dafür ein Dankesgebet.

El schüttete einen Eimer mit warmem, sauberem Wasser über Cynthias Kopf, um die Seife auszuspülen. Dann wickelte sie ihr Haar in ein Leinentuch und drehte es am oberen Ende.

„Mylady", sagte sie, half Cynthia aus der Wanne und wickelte ein weiteres Tuch um sie. „Darf ich offen sprechen?"

Cynthia hob eine Augenbraue. Seit wann fragte Elspeth, ob sie offen sprechen dürfte?

Sie führte Cynthia zu einer weichen Bank und setzte sich neben sie. „Wendeville ist eine Domäne mit vielen prächtigen Landsitzen. Ihr könnt sie nicht wie eine hilflose Taube für die kreisenden gierigen Falken brach liegen lassen. Irgendwann müsst Ihr einen Erben bekommen. Das wisst Ihr und Ihr müsst einen guten Vater für diesen Erben wählen."

Cynthia sagte nichts. Sie hörte nur zu.

„Ich weiß, dass Lord John noch nicht lange im Grab liegt." Sie bekreuzigte sich. „Aber ich weiß, dass er dies auch wollen würde. Er würde nicht wollen, dass seine Burg verfällt, weil kein Erbe da ist."

Cynthia schluckte und schaute aus dem schmalen Fenster, wo die Sonne langsam unterging.

Elspeth hatte Recht. Das Versprechen, dass John von ihr verlangt hatte, dass sie aus Liebe wieder heiraten sollte, war mehr als eine großzügige Geste gewesen. John hatte gewollt, dass sein Erbe fortgeführt werden würde, auch wenn er es nicht selbst erlebte.

Cynthia hatte schon einmal ihre eigenen egoistischen Wünsche geopfert, um ihrem Vater, ihren Schwestern und ihrem König zu Gefallen zu sein. Sie nahm an, dass es das Schicksal einer adligen Frau war. Sie war eine Spielfigur, die der größeren Sache geopfert werden konnte.

Vielleicht *sollte* sie wirklich einen Lord für Wendeville suchen. Das Mindeste, was sie für die Burgbewohner tun konnte, war einen freundlichen, anständigen und gerechten Mann zu heiraten, um ihre Zukunft zu sichern.

Bei dem Gedanken schnürte sich ihr Hals zu, aber sie weigerte sich vor Elspeth zu weinen. Wegen solcher Dinge zu weinen war kindisch. Außerdem würden ihre Tränen Elspeth nur verwirren. El würde niemals verstehen, nachdem sie sich so viel Mühe gegeben hatte Cynthia jeden heiratsfähigen Mann in England vorzustellen, dass der einzige Mann, an dem Cynthia interessiert war, der einzige, der ihr Herz und ihre Seele berührte, derjenige war, den sie niemals haben könnte.

Garth wollte verdammt sein, wenn er eine Woche brauchte, um sich von der Krankheit zu erholen. Schließlich kam er aus der gesunden de Ware Familie. Nachdem er drei Tage lang die Fürsorge des Priors ertragen hatte, war er bereit, die Wände seines Gefängnisses Stein um Stein einzureißen.

Was jedoch die Heilung seines verwundeten Herzens betraf ...

Er hatte nichts mehr von Cynthia gehört, seit sie aus seiner Zelle geflohen war, als wenn sie jetzt mit ihm fertig wäre, so wie sie mit seiner Krankheit fertig war. Jedoch hatte sie genau das befolgt, was er ihr die ganze Zeit gepredigt hatte. Sie hatte seine Weisheiten einfach wiederholt. Das Kloster war sein Zuhause. Wendeville war ihr Zuhause. Er gehörte in diese Welt. Sie gehörte in eine andere.

Fürwahr, während er in ihrer Abwesenheit litt, fing er an, all das immer weniger zu glauben.

Feine Staubpartikel schwebten durch den Sonnenstrahl im Skriptorium und erleuchteten das halbfertige Pergament. Garth tauchte seine Feder wieder in die schwarze Tinte, hielt dann inne und seine Fingerspitzen spannten sich an, während er auf das Wort starrte, das er auf die Bibelseite geschrieben hatte.

Cynthia.

Er seufzte und ärgerte sich, dass er sich hatte ablenken lassen. Ganz gleich, wie ordentlich die Handschrift war, *Cynthia* gehörte nicht mitten in das Buch der Psalme. Frustriert warf er die Feder hin. Sie machte einen Flecken auf die Seite wie eine zerdrückte Spinne.

„Stimmt etwas nicht?"

Garth griff schnell nach dem Pergament und zerknüllte es in seiner Faust, bevor Prior Thomas den Fehler sehen konnte. Wie lange hatte der listige alte Mann schon dagestanden?

„Ich ... ich brauche eine neue Feder", erfand er. „Diese ist gespalten."

Der Prior hob die Feder hoch und untersuchte ihre Spitze. „Hmm." Er betrachtete das zerknüllte Pergament in Garths Hand. Danach ging er einmal um den Tisch herum und legte die Feder an den Rand.

„Bruder Garth." Er legte seine dicken Finger an seine geschürzten Lippen. „Euer Körper ist mit Gottes Segen schnell gesund geworden."

„Aye." Garths Lächeln fühlte sich gezwungen an.

„Aber ..." Er legte seine Hand auf Garths Schulter. „Ein gesunder Körper macht einen Mann noch nicht ganz." Garth legte seine Finger fester um das Pergament. „Euer Geist ist noch sorgenschwer, nicht wahr?"

„Sorgenschwer?"

Zu seinem Entsetzen nahm Prior Thomas ihm vorsichtig das zerknüllte Pergament aus der Hand. Dann sprach er weiter und zeigte auf das verdammte Ding. „Aye. Sorgenschwer, gequält und rastlos."

Garth räusperte sich. „Der Geist eines Priesters ist ... ist immer rastlos, solange es Sünde auf der Welt gibt."

Einen Augenblick lang herrschte Stille. Dann schmunzelte der Prior und warf das ungeöffnete Pergament zurück auf den Schreibtisch. „Sünde? Cynthia?"

Beschämt ballte Garth seine Hände zu Fäusten und wollte protestieren.

„Es bringt nichts, zu versuchen diesen alten Fuchs zu täuschen", versicherte Prior Thomas ihm mit einem Zwinkern.

Garth hielt dem Blick des Priors stand, aber Thomas Augen waren voller Mitleid und nicht erzürnt. Der Mann versuchte aufrichtig ihm zu helfen. Garth zwang sich, sich zu beruhigen.

„Es ist hoffnungslos, Vater", sagte er leise und stützte seine Stirn auf seine Handfläche. „Ich bekomme sie nicht aus dem Kopf. Ich bete. Ich faste. Ich beschäftige mich hiermit." Er nahm einen dicken Packen Pergament und starrte ihn an. „Und immer noch verfolgt sie mich."

Der Prior nickte. „Wie die andere?"

Er runzelte die Stirn. „Die andere?" Mariana. Er meinte Mariana – die lüsterne berechnende Mariana, die ihn mit den Reizen einer Dirne erregt hatte. „Nay, nicht wie sie. Mariana war grausam. Cynthia ist ..." Er fand keine Worte um sie zu beschreiben, zumindest keine, die er vor dem Prior aussprechen konnte und keine, um die Vollständigkeit seines Geistes und die Richtigkeit, die er bei ihr fühlte, zu erklären. „Cynthia ist nicht so."

Der Prior lächelte trocken. „Ein großes Lob für die Frau, die Euer Leben gerettet hat."

Garth griff schneller nach dem Alibi, als ein Hund nach einem Stück Fleisch schnappen konnte. „Aye. Vielleicht ist es das. Vielleicht ist es nur Dankbarkeit."

„Dankbarkeit?" Der Prior schmunzelte. „Nay, das glaube ich nicht. Ich habe Euch auch einige Medizin verabreicht, aber meinen Namen habt Ihr nie im Fieber gerufen."

Garth atmete tief durch und rieb sich die Schläfen, in denen ein dumpfes Pochen begonnen hatte. „Sicherlich hat Gott mich im Stich gelassen und doch habe ich alles in meiner Macht stehende getan, Seinen Willen zu erfüllen. Warum leitet Er mich nicht in dieser Sache?"

Der Prior seufzte und ging nachdenklich vor dem Schreibtisch auf und ab. „Vielleicht tut er das." In Gedanken tippte er sich gegen seine Unterlippe. „Bruder Garth, ich will offen mit Euch sprechen." Er faltete seine Hände über seinem runden Bauch. „Die Saat ist in der Erde. Die Vorräte des Klosters sind ausreichend. Ich habe zwei Novizen, die eifrig das Schreiben üben wollen und angesichts der Menge an zerbrochenen Federn und verschwendetem Pergament in letzter Zeit muss ich sagen, dass ich versucht bin, ihnen Gelegenheit zum Üben zu geben."

Garth setzte sich aufrecht hin. „Ich kann das bezahlen."

„Nay, nay, darum geht es nicht", sagte der Prior und winkte sein Angebot ab. „Außerdem hat Euer Vater uns genug gespendet, dass wir einen Berg Pergament und ein Meer voll Tinte kaufen könnten. Nay, der Kern des Ganzen ist, dass Gott Euch scheinbar äußerst wohlüberlegt führt." Er hielt erwartungsvoll inne.

Garth schaute finster.

„In Gottes Augen ist Eure Arbeit bei Lady Cynthia offensichtlich noch nicht beendet", erklärte Thomas.

Garth strich sich fest über die Stirn.

„Ihr werdet im Kloster nicht gebraucht, Garth", vertraute der Prior ihm leise an. „Aber Wendeville mangelt es weiterhin an einem Priester."

„Dann findet einen anderen." Garth runzelte die Stirn erneut. „Ich kann nicht an ihrer Seite arbeiten, solange ich diese Gefühle hege."

Der Prior nahm seine Hand mit einem überraschend festen Griff, bis Garth den Blick hob. „Ihr könnt auch nicht hierbleiben, mein Sohn, solange Ihr diese Gefühle hegt."

Garth biss sich auf die Lippe. Er überlegte, wie es möglich war Hoffnung und Furcht gleichzeitig zu fühlen.

Sein Herz raste bei der Aussicht Cynthia wieder zu sehen, aber Furcht lähmte seine Gliedmaßen. Er schwankte unentschlossen.

„Garth, ich habe Bruder Andrew Eure Zelle gegeben."

„Wie bitte?" Er blinzelte.

„Das hatte ich ihm versprochen, für wenn Ihr wieder ganz gesund seid ..."

„Verbannt Ihr mich aus dem Kloster?", fragte Garth ungläubig.

„Nay, nicht verbannen." Der Prior schaute finster und tätschelte seine Hand. „Ich lasse Euch flügge werden."

Garth war entsetzt. Prior Thomas schmiss ihn raus wie einen Trunkenbold aus einer Kneipe. Jedoch wusste er in seinem Herzen, dass der alte Mann Recht hatte. Garth war offensichtlich nutzlos im Kloster. Er konnte noch nicht einmal zwei Verse hintereinander ordentlich schreiben, weil er immer noch von den saphirblauen Augen verfolgt wurde.

Er konnte sich jedoch nicht vorstellen, wie es ihm auf Wendeville besser ergehen könnte.

„Grübelt nicht, Garth. Gott wird Euch führen", sagte der Prior und schlug ihm auf die Schulter, „so wie Er es schon immer gemacht hat."

Garth lächelte bedrückt. Davor hatte er die meiste Angst.

Am Ende jenes Tages stand Garth vor den Türen zur großen Halle von Wendeville und hielt die Luft an. Im schlimmsten Fall erwartete er einen kühlen Empfang von den Burgbewohnern. Schließlich hatte er sie mitten in der Fastenzeit und der Krankheitswelle verlassen. Bestenfalls hoffte er auf Vergebung in Form eines gedämpften, aber höflichen Empfangs. Die Verzweiflung in den Augen des

Verwalters Roger hätte er jedoch niemals erwartet, als dieser die Tür öffnete.

Der Mann sah völlig schockiert aus. Er hatte dunkle Ringe um die Augen und sein grimmiges Gesicht ließ ihn zehn Jahre älter aussehen.

Garth ließ seine Tasche auf die Steine fallen. „Was ist los? Was ist passiert?"

Roger wrang seine Hände, während sich seine müden Augen mit Tränen füllten. Ein unheimliches Gefühl überkam Garth.

„Roger, sagt es mir."

Roger fummelte am Ärmel seines Surcots. „Ich fürchte, ich habe schlechte Neuigkeiten."

Garths Puls schlug unnatürlich laut in seinen Ohren. War es Elspeth? War Elspeth etwas zugestoßen?

Elspeth kam jedoch hinter Roger herbeigeeilt, hatte müde Augen und sah erschöpft, aber lebendig aus.

„Es ist Lady Cynthia", platzte sie heraus und schluchzte in ihre Schürze.

Ein scharfer Schmerz schoss durch Garths Brust, als sein Herz plötzlich ins Stocken geriet.

Bevor er wusste, was er tat, ergriff er den Surcot des Verwalters mit den Fäusten und zog den armen Mann ganz dicht zu sich heran.

„Nay!", knurrte er.

Rogers Augen weiteten sich und er öffnete und schloss seinen Mund zwei Mal, wobei er wie eine Forelle aussah.

„Hört auf! Hört auf!", rief Elspeth.

Garth blinzelte verwirrt und ließ Roger sofort los, wobei er sich für das gewalttätige Verhalten der de Wares entschuldigte. „Was ...", fing er an und erstickte fast an den Worten. „Was ist passiert?"

Gnädigerweise verschwendete Roger keine Zeit und sammelte sich wieder. Sein Gewand saß immer noch schief und er sagte: „Sie hat die Krankheit. Sie könnte ... sterben."

Garth blieb das Herz stehen. Sein Kinn zitterte, jedoch nicht vor Trauer, sondern vor Zorn, weil Gott es gewagt hatte, die schreckliche Krankheit über Cynthias Schwelle kommen zu lassen. Cynthia, welche die Sterbenden getröstet und Babys auf die Welt gebracht hatte, die selbstlos gegen die schlimmsten Krankheiten des Teufels gekämpft hatte und die Heldin jener war, die keine Kraft mehr hatten zu kämpfen und deren Leben ohne aufzublühen vor ihr lag. Zorn kochte in ihm, bis seine Haut davon kribbelte.

„Bringt mich zu ihr", brachte er heraus. „Jetzt sofort."

Cynthia brauchte jetzt einen Helden. Sie hatte für alle anderen gekämpft. Oh Gott, sie hatte für *ihn* gekämpft und ihm das Leben gerettet. Er schuldete ihr so viel. Verdammt – *Gott* schuldete ihr so viel.

Mit der Angst als Begleiter rannte er die Treppen hinauf zu ihrem Zimmer und war mit nichts als seinem Verstand, seinem Willen und seiner Liebe, von der er bei Gott hoffte, dass sie alles besiegen würde, bewaffnet.

Der Abt hörte mit vorgetäuschter Geduld zu, wie Mary tränenreich ihre Beichte herausplatzte. Garth de Ware war nach Wendeville zurückgekehrt. Er war schon zwei Tage da und laut Mary richtete er Chaos und Verwüstung an. Ihr Jammern ließ die Flamme der Kerze, die er hielt, flackern und Schatten waren auf den verschmutzten Wänden der Hütte zu sehen und sahen aus wie Fledermäuse, die im Zwielicht auf der Flucht waren.

„Bruder Garth wurde so wahnsinnig wie ein Bulle, Vater! Ich hatte keine andere Wahl und musste ihm die Kräuter holen! Ich schwöre es! Und als ich mich weigerte, ihm Eier zu bringen, weil es ja Fastenzeit ist, hat er ..." Sie hielt inne und schluchzte und strich mit ihren schmutzigen Fingern unter ihrer Nase entlang. Schleim war auf ihnen zu sehen. Der Abt verzog vor Missfallen den Mund. „Er hat mir gesagt, dass ich hängen würde, wenn Lady Cynthia sterben würde."

Sterben? Das war eine Überraschung. „Ist sie so krank?"

„Aye, Vater. Sie hat jetzt seit fünf Tagen Fieber und Bruder Garth ist ihr nicht einmal von der Seite gewichen. Er lässt niemanden in ihre Nähe außer ihrer Dienerin und mir. Und jetzt liegt sie da so still wie der Tod." Mary verzog das Gesicht in einer hässlichen Mischung aus Schleim und Schmutz und sie weinte neue Tränen. „Oh, Vater! Gott wird mir doch verzeihen, nicht wahr? Ich *musste* die Kräuter holen!" Sie ergriff zwei Fäuste voll von seiner Soutane. Er verzog das Gesicht, als er sich an den Zustand ihrer Hände erinnerte. „Ich *musste*!"

„Ich werde mich für Euch einsetzen", sagte er eher, um sie zum Schweigen zu bringen, als um sie zu trösten.

Es funktionierte. Sie ließ tränenreiche Küsse auf den Saum seiner Soutane regnen.

Nachdenklich strich er sich über sein Kinn. Lag Lady Cynthia im Sterben? Wichtiger noch, wurde ihr Tod beschleunigt? Vielleicht hatte er de Ware nicht genug Beachtung geschenkt. Vielleicht war der hinterhältige Priester doch nicht so selbstlos. Mary hatte ihre schmutzige Begegnung im Garten beobachtet. Könnte es sein, dass der listige Mönch sich bei Cynthia eingeschmeichelt hatte mit der Absicht, sie zu eliminieren?

Einige der Teufelskräuter, die Mary für den Priester hatte holen sollen, waren giftig. War es möglich, dass de Ware die Absicht hatte Cynthia zu vergiften, sobald er sein Erbe Wendeville an sich gebracht hatte?

Der Abt seufzte unglücklich. Es ärgerte ihn, dass er den Mönch so falsch eingeschätzt hatte. Normalerweise konnte er Männer seiner Art - mächtige Männer mit Ehrgeiz - blitzschnell erkennen. Diesen hatte er übersehen.

De Ware könnte durchaus den letzten Erben von Wendeville eliminieren, um sich das Land anzueignen und das zu nehmen, was rechtmäßig dem Abt gehörte.

Andererseits könnte es von Vorteil sein, wenn Cynthias Blut an de Wares Händen und nicht an seinen eigenen klebte. Demnach könnte er dem Abt die Arbeit abnehmen, sie loszuwerden.

Natürlich würde Garth letztlich verlieren. Der Abt spielte dieses Spiel schon viel länger. Er hatte die Möglichkeit Garth de Ware zu zerstören, ihm die Soutane herunter zu reißen und ihn als Ketzer auf dem Scheiterhaufen brennen zu lassen.

Er hatte die Liste der Teufelskräuter.

Außerdem hatte er Beweise, dass die Fastenregeln verletzt worden waren.

Und er hatte eine Zeugin, die jetzt zu seinen Füßen kroch, für die mitternächtliche Indiskretion des Priesters mit Lady Cynthia.

Ganz egal wie, aber sowohl Cynthia Wendeville als auch Garth de Ware würden für ihre Sünden bezahlen.

Selbstgerechtigkeit stieg in ihm auf wie ein Springbrunnen und ließ die jämmerliche Hütte plötzlich hell leuchten. Selbst sein normalerweise kritischer Blick, mit dem er auf die jämmerliche Gestalt, die seine Gewänder anbetete starrte, wurde freundlicher. Mary erschien jetzt weniger jämmerlich. Ihre dicken Tränen glitzerten wie polierte Edelsteine auf ihrer blassen Wange und ihr Haar lag strähnig über ihren bebenden Schultern. Fürwahr, sie schien fast heilig. Ihre Hand umklammerte den Rand seiner Soutane und hielt ihn an ihre Brust, als gehörte das Gewand Jesus Christus. Ihre roten vom Schluchzen geschwollenen Lippen murmelten Gebete.

Das arme Kind litt. Sie brauchte ihn. Sie brauchte seine Vergebung. Seinen Segen. Seine Opfergabe.

Er wurde sofort hart.

Garth strich sich mit zitternder Hand durch sein fettiges Haar. Seine Augen brannten und fühlten sich so sandig an wie Muscheln. Er war sich sicher, dass er nach Schweiß und Sorge stank. Sein Magen knurrte vor Hunger, aber er konnte nicht essen. Farbflecke flatterten vor ihm wie Motten und erinnerten ihn, dass er zu lange nicht geschlafen hatte. Er rieb sich die Augen und für den Moment waren die flatternden Lichter verschwunden. Er wusste jedoch, dass sie zurückkommen würden, so wie der Trübsinn, der inzwischen den Hoffnungsschimmer heimsuchte.

Seit drei Tagen und Nächten war er jetzt bei ihr, beobachtete sie und kämpfte für sie, während sie am Rand des Todes war. In all der Zeit hatte er nicht ein einziges Gebet gesagt und zwar nicht, weil ihm der Glaube fehlte, sondern, weil er wusste, dass er auch den Teufel anbeten würde, um Cynthia zu retten, wenn er geglaubt hätte, dass das helfen würde.

Er hatte bereits die Fastenzeit verletzt. Schon jetzt

hatte er Kräuter verwendet, die bekanntermaßen Teufelskräuter waren und hunderte Male hatte er sie intim berührt, ihre fiebrige Haut gewaschen, sie umgezogen und ihr Haar aus dem blassen Gesicht gestrichen. Nay, Gott würde das Flehen eines Sünders jetzt nicht anhören.

Er war jedoch verzweifelt.

Er griff nach Cynthias Handgelenk. Unter seinen Fingern war ihr Puls schwach und langsam und ihre Haut fühlte sich klamm an. Er legte seine Handfläche vor ihre Lippen. Ihr Atem war kaum zu spüren. Er schluckte schwer und kämpfte gegen die Verzweiflung, die drohte ihn zu ersticken.

Er sollte im Sterben liegen und nicht Cynthia.

Wer war er denn schon? Ein leeres Schiff führerlos auf einem namenlosen Meer. Ein halber Mann, der weder für die Kirche noch für die Ehe taugte. Aber Cynthia – Cynthia war voller Leben und Liebe und Zielstrebigkeit. Sie brachte die Macht Gottes mit mehr Kraft in die Herzen der Menschen als jede seiner hohlen Predigten es jemals könnte.

Es war eine Farce. Sie hatte sich erschöpft, um ihn zu retten und jetzt lag sie da im Sterben.

Sein Mund verzog sich vor Bitterkeit. Auf dem Tisch neben Cynthias Bett lagen getrocknete Blätter und zerstoßene Rinde in ordentlichen Haufen auf einer hölzernen Platte. Dies waren die Waffen, die er sorgfältig vorbereitet hatte und so gut er konnte hatte er Cynthia nachgeahmt, um die Dämonen abzuwehren, die sie angriffen. Er glaubte, dass er sie retten könnte, so wie sie die Dorfbewohner gerettet hatte, aber jetzt schienen sie eher machtlose Unkräuter und Spreu zu sein. Ohne Cynthias Berührung und ohne ihr Heilungstalent, um sie mit Leben zu erfüllen, waren die Kräuter nutzlos.

Frust ließ den Zorn in ihm größer werden, verhöhnte ihn und quälte ihn, bis er in einem Sturm des Schmerzes explodierte. Er fluchte und strich mit seinem Arm gewalttätig über den Tisch, wobei er das Tablett beiseite stieß und die Kräuter in das Schilf verteilte. Vergebliche Tränen stiegen ihm in die Augen, ließen seinen Blick verschwimmen und er sehnte sich danach die Ungerechtigkeit des Ganzen hinaus zu schreien.

Aber die einzigen Worte, die er dann letztlich sprechen konnte, waren ihm so vertraut wie sein eigener Name. Gebrochen schloss er die Augen und kapitulierte vor seinem furchterregenden Gott. Er fiel auf die Knie vor Cynthia, faltete die Hände und betete um Gottes Gnade für sie.

Er sagte die Wörter immer wieder, bis seine fiebrigen Gebete schließlich schwanden und hirnlos gemurmelte Silben wurden, während die Flecken wieder vor seinen Augen schwebten. Erschöpfung überwältigte ihn. Nach drei schlaflosen Nächten schlief er nun endlich ein.

Eine Stunde konnte vergangen sein oder auch zehn. Er war sich nicht sicher, aber ein leises Geräusch weckte ihn. Er hob seinen Kopf von der kühlen Decke und einen Augenblick lang konnte er sich nicht erinnern, wo er war. Seine Augen waren geschwollen und die Haut seiner Wangen fühlte sich vom Salz seiner Tränen wie Pergament an.

„Garth?“

Augenblicklich wurde er wach. Er hätte die süße Stimme überall erkannt.

„Cynthia“, krächzte er.

Sie sah so schwach aus wie ein frisch geschlüpftes Täubchen und ihr Hals bebte, als sie sich bemühte ihren Kopf zu heben. Sie atmete jedoch. Außerdem hatte sie wieder etwas Farbe im Gesicht. Sie lebte. Dem Herrn sei Dank, sie lebte.

„Cynthia!"

Sein erster Impuls war sie in einer Umarmung purer Euphorie zu zerdrücken. Er sehnte sich danach ihr Gesicht mit Küssen zu bedecken, sie hoch zu heben und im Zimmer umher zu schwingen.

Als er jedoch näher ans Bett trat, eine Hand ausstreckte und in ihre leicht schimmernden Augen blickte, sah er sie klarer als jemals zuvor.

Diese Frau verdiente nur das Beste im Leben. Gott hatte sie dem Tod entrissen, sodass sie noch ein wenig unter den Lebenden bleiben, ihre Gabe teilen und Träume erfüllen könnte. Wer war *er*, dass er das helle Licht ihres Geistes dämpfte, dass er die wertvollen Jahre, die sie hatte, mit Reue und Enttäuschung befleckte? Cynthia verdiente etwas viel Besseres. Sie verdiente mehr als das, als was Mariana ihn entlarvt hatte—einen halben Mann.

Während sie ihn erwartungsvoll anstarrte und ihre kornblumenblauen Augen voller Hoffnung, Dankbarkeit und Zuneigung waren, rutschte ihm das Herz in die Hose.

Er wusste, dass es ihn umbringen würde seine Gefühle zu leugnen. Es würde ihr auch das Herz brechen. Jedoch war es das einzig Richtige, was er tun konnte.

Er schaute weg, da er die Verwirrung und den Schmerz, die in ihren Blick kommen würden, nicht ertragen konnte. Er zog seine ausgestreckte Hand zurück und ballte sie zur Faust. Er härtete sein Herz gegen die Flut von Gefühlen, die drohte, ihn zu entmannen und ihn seine guten Absichten vergessen zu lassen.

„Geht es ...", er räusperte sich, „... geht es Euch besser?"

Ihr Schweigen zwang ihn ihrem Blick wieder zu begegnen. Sie sah verletzt und verwirrt aus.

„Ihr ...“, krächzte sie.

Sie versuchte, sich aufrecht zu setzen. Er konnte nicht danebenstehen und ihre vergeblichen Versuche beobachten. Er stählte seine Gefühle, trat vor, legte seinen Arm um sie und stützte sie mit mehreren Kissen. Dann streckte er die Hand nach seiner Flasche mit verwässertem Wein aus, entkorkte sie mit seinen Zähnen und setzte sie an ihre Lippen. Sie bedeckte seine Hand mit ihren beiden und trank gierig. Es war sicherlich nicht weise, sie so viel auf einmal trinken zu lassen, aber er konnte es ihr nicht verweigern.

Nach mehreren Schlucken schob sie die Flasche beiseite und wischte sich mit zitternder Hand über die Lippen. Dann schaute sie zu ihm hoch.

„Ihr seid bei mir geblieben.“

Es hörte sich an wie ein Vorwurf. Er legte seinen Arm um sie, verkorkte die Flasche und senkte den Blick.

„Wie lange?“, fragte sie.

„Nicht lange“, log er und steckte die Flasche weg.

„Lange genug, um dies wachsen zu lassen“, sagte sie und hob die Hand, um über sein stoppeliges Kinn zu streichen.

Ihre Finger brannten wie heiße Kohlen an seinem Gesicht. Er drehte seine Wange weg.

Er spürte ihren Blick auf sich, wie sie sein Gesicht lange betrachtete, bevor sie ihren Kopf abwandte, um niedergeschlagen zum Fenster zu schauen.

„Wie viele Tage war ich krank?“

„Fünf ... sechs.“ Er hob die Holzplatte vom Boden auf und stellte sie auf den Tisch. Er musste weg von Cynthia und zwar jetzt sofort, bevor er seine guten Absichten vergaß und sich wieder nach ihrer Berührung sehnte. „Ich hole Elspeth. Sie wird erleichtert sein, dass es Euch besser geht."

„Und seid Ihr es?" Sie schaute immer noch aus dem Fenster und ihre Worte schienen eher Gedanken als Aussagen zu sein.

„Bin ich ...?"

„Erleichtert?"

Mehr als ihr Euch jemals vorstellen könntet, dachte er. Stattdessen antwortete er ausweichend. „Natürlich. Es ist immer ein Segen, wenn man die Arbeit von Gottes Hand sieht ..."

„Gottes Hand hat mich nicht geheilt." Sie wandte sich zu ihm und in ihren Augen war eine solche Verzweiflung, dass er es nicht ertragen konnte.

Er biss sich auf die Lippe und mied ihren bohrenden Blick. „Ich fürchte, das ist Blasphemie, Mylady."

Bevor er sie aufhalten konnte, ergriff sie seine Hand mit ihren beiden.

„Ich erinnere mich an diese Hand, die meine gehalten, meine Stirn und meine Wange gestreichelt und mich geheilt hat." Ihre Stimme war rau und sie errötete, als wenn die Worte gegen ihren Willen aus ihr heraussprudelten. Dann hob sie seine gefangene Hand, um einen schnellen und waghalsigen Kuss auf seine Handknöchel zu platzieren.

Sein Herz flatterte. Er wollte ihren Kuss. Ihr weicher Atem war wie ein liebevolles Streicheln auf der Rückseite seiner Hand.

„Dann müsst Ihr diese Hand vergessen", flüsterte er grob, zog sie zögerlich weg und wusste, dass er sie verletzte. „Sie ist nur ein Instrument von Gottes Willen, mehr nicht. Das ist alles, was sie jemals sein wird."

Er bekreuzigte sich und ging steif zur Tür und spürte den Schmerz, den er ihr zugefügt hatte, bei jedem Schritt. Bevor er hinausging, wandte er sich noch einmal zu ihr um. „Das ist alles, was ich jemals sein werde."

Kapitel 17

In den folgenden Tagen ebbte die Krankheit im Dorf ab und war dann ganz verschwunden und die Luft war gefüllt mit den süßen Düften der Erneuerung der Natur. Die Sonne lockte zartes Gras hervor und fest aufgewickelte Blätter und Knospen tauchten die dunklen Äste in ein lebhaftes Grün. An Ostern drängten sich alle, ob Bauer oder Edelmann in die große Halle von Wendeville zu einem riesigen Festmahl. Cynthia engagierte Schauspieler, welche die Geschichte von Sankt Georg und dem Drachen aufführten.

Die Tage vergingen in ruhiger Harmonie, während der Garten in eine langsame Explosion an Farben ausbrach. Die Blüten machten Cynthia jedoch nur wenig Freude. Sie waren nur eine helle Erinnerung daran, wie düster ihr Leben im Gegensatz zu ihnen geworden war.

Elspeth schaffte weiterhin Freier für Cynthia herbei und obwohl sie versuchte, sie höflich zu begrüßen, schien keiner von ihnen ausreichend intelligent oder das geeignete Verhalten zu haben, um die Verantwortung für Wendeville zu übernehmen. Keiner von ihnen berührte auch nur im Entferntesten ihr Herz, obwohl dies keine notwendige Voraussetzung für eine Ehe war, aber wenn sie einen Erben wollte, musste sie zumindest willens sein bei Wendevilles Lord zu liegen.

Die Situation erschien hoffnungslos und Garths Nähe war nicht dienlich. Sie verglich jeden Mann mit ihm. Die Augen dieses Lords waren nicht hell genug. Das Lächeln jenes Lords war nicht so bezaubernd. Die Berührung dieses Herrn war nicht im Entferntesten so warm und die jenes Herrn lange nicht so fest.

An einem hellen Morgen Ende April, als der strahlend blaue Himmel mit Schäfchenwolken getupft war, kam er endlich.

Sein Name war Philip.

Er war perfekt – gutaussehend, nicht nichtsagend, nicht übermäßig extravagant, aber auch nicht geizig, sondern freundlich, höflich und bescheiden.

Sie liebte ihn nicht. Bei weitem nicht. Er wäre jedoch ein annehmbarer Lord für Wendeville. Sie konnte sehen, dass er den Leuten ein guter Lord sein würde. Roger mochte ihn. Elspeth mochte ihn. Die Burgbewohner mochten ihn. Alle würden sich über eine Hochzeit mit ihm freuen.

Alle außer Garth. Er hasste Philip vom ersten Augenblick an. Ebenso schnell betete er um Vergebung. Es gab keinen wirklichen Grund den Mann zu hassen. Er war perfekt für Wendeville und auch für Cynthia, aber das hässliche wilde Tier namens Eifersucht saß auf Garths Schulter.

Es gehörte dort nicht hin. Garth hatte keinerlei Anrecht auf Cynthia. Seit jenem gesegneten Tag, als Gott ihr in seiner Gnade das Leben gerettet hatte, hatte sich Garth ganz und gar und hingebungsvoll seinen religiösen Pflichten gewidmet und geschworen Cynthia einem Mann zu überlassen, der sie mehr verdiente.

Er besuchte jetzt häufiger das Dorf. Er kannte die Dorfbewohner mit Namen und betrachtete jede Seele als seine feierliche Verantwortung. Mit Erlaubnis des Stallmeisters von Wendeville schickte er sogar jeden Sonntag Pferde und einen Wagen ins Dorf, um die älteren Leute zur Messe in die Burgkapelle zu bringen.

Er half bei der Verteilung von Spenden, Speisen und Kleidung und schrubbte sogar hin und wieder den Boden der Kapelle selbst und polierte das Buntglas, bis es blitzte und blinkte.

Er lehrte die Kinder in der Burg das Lesen und gab dem Falkner nach, der nicht wirklich lesen können musste, weil dieser ein so aufrichtiges Verlangen danach zeigte, dass er es ihm nicht abschlagen konnte. Er kümmerte sich um die Kranken, betete für die Obdachlosen, segnete zwei Neugeborene und gab dem alten Braumeister auf der Burg die Sterbesakramente.

Dabei schaffte er es sich von Lady Cynthia fernzuhalten. Sie entsprach sogar seinem Wunsch, indem sie seine gewählte Distanz zu ihr respektierte. Nachdem er ihr erklärt und deutlich gemacht hatte, dass er seinen Glauben für ihr Leben versprochen hatte, zitierte sie ihn nicht mehr in den Garten oder verhöhnte ihn beim Abendessen oder trug einen Jasminduft in seiner Gegenwart.

Nur, wenn er an einem der duftenden Kreuze mit weißen und gelben Blüten vorbeiging, die Cynthia überall auf der Burg platziert hatte, durchbohrte eine schwache, aber beharrliche Sehnsucht sein Herz. Nur, wenn der Jasminduft durch seine Gedanken schwebte, fühlte er sich seltsam beraubt.

Er spürte Mitgefühl ihr gegenüber, wenn auch sie in untätigen Augenblicken besonders wehmütig schien, aber er sagte sich, dass dies wegen des Todes ihres Mannes war oder wegen einer weiblichen Sehnsucht nach einem Kind oder vielleicht die einfache Rastlosigkeit des Frühlings sei. Es hätte ihn zu sehr gequält zu hoffen, dass sie die gleichen Gefühle hegte wie er.

Es stellte sich heraus, dass er wegen ihrer Melancholie irrte. Sie verschwendete keine Zeit, um einen neuen Lord für Wendeville zu finden.

Elspeth hatte mit ihrer üblichen sturen Beharrlichkeit weiterhin heiratswürdige Edelmänner auf die Burg zitiert und eine Zeit lang hatte Cynthia diese aussortiert wie ein Fischer, der zu kleine Fische zurückwirft.

Es wäre gelogen, wenn man sagen würde, dass Garth von ihrer Handlungsweise enttäuscht war. In seinen Augen schien keiner der Männer gut genug für sie zu sein.

Dann kam jedoch Sir Philip de Laval.

Er war lange nicht so extravagant und unterhaltsam wie Lord William gewesen war, jedoch wäre der Mann auch niemals an Cynthia herangekommen. Wenn Garth die Sache vernünftig betrachtete, erkannte er, dass Sir Philip ein guter Mann war. *Sein* Geist wurde nicht von Zweifeln geplagt. *Er* wurde nicht von moralischen Problemen gequält. Er war einfach ein anständiger, gottesfürchtiger und ehrbarer Mann.

Scheinbar war Cynthia der gleichen Meinung. Innerhalb weniger Tage nahm sie seinen inoffiziellen Heiratsantrag an.

Es war wahrscheinlich zum Besten so. Sie sah friedlich aus, wenn sie an seinem Arm im Burghof spazierte. Beim Abendessen lächelten sie sich liebevoll an und Philips Gesicht leuchtete vor stiller Freude, wenn sie das Zimmer betrat und Garth wusste, dass er sie gut behandeln würde.

In den gelegentlichen Augenblicken, wenn Eifersucht in ihm aufstieg, unterdrückte Garth diese so gut er konnte. Wenn sich sein Hals verengte bei dem Gedanken, dass er ihre Ehe schließen würde, erinnerte er sich, dass Cynthia so viel mehr verdiente, als *er* ihr geben konnte.

An Tagen wie dem heutigen ersten Mai, wenn ganz Wendeville mit Feiern und Festen beschäftigt war, freute sich Garth über das Chaos, das auf der Burg herrschte, weil er dann keine Zeit hatte, über traurige Herzensangelegenheiten nachzudenken.

Tatsächlich faszinierte ihn seine eigene Ausgelassenheit, während er am Rand des Palisadenzauns stand, der für das große Turnier errichtet worden war. Auf dem Übungsplatz wirbelten Wendevilles beste Krieger Staub auf, während sie zu Fuß in Gefechten kämpften, stumpfe Schwerter schwangen und ihren Gegnern Verunglimpfungen zuriefen.

Garths Herz raste und er spürte, wie seine Schultern sich anspannten, während er beobachtete, wie die Ritter sich drehten und nach ihren Gegnern schlugen. Natürlich war nicht einer von ihnen gut genug, um auch nur die Rüstung seiner großartigen Brüder zu polieren. Er war sicher, dass Duncan und Holden die gesamte Wendeville Truppe besiegt hätten, ohne auch nur einen Kratzer zu erleiden, aber das verringerte seine Freude an dem Spektakel nicht und schon bald brüllte er Beleidigungen und Ermutigungen mit dem Rest der Menge.

Es war ein freundschaftliches Gefecht. Als alles vorbei war, streckten die Sieger den Besiegten ihre Hand entgegen und schlugen ihnen auf die Schulter, weil sie gut gekämpft hatten. Bei den Schwertduellen wurden stumpfe Klingen benutzt. Auch beim Lanzenstechen waren die Lanzen abgestumpft und daher verursachte der Unfall einen so großen Schrecken.

Garth hatte einen Becher Wein von einer vorbeigehenden Dienerin genommen und betrachtete die Banner der Ritter, die zu Besuch waren, um zu sehen, wie viele er erkennen könnte, als ein kollektives Keuchen der Menge seine Aufmerksamkeit auf sich zog. Sofort wandte er seinen Blick zum Übungsfeld. Einer der Lanzenritter war vom Pferd gefallen, was nicht überraschend war, aber er lag zu lange ruhig da. Als ihm der Helm vom Kopf gezogen wurde, wurde es offensichtlich, dass der bewusstlose Ritter noch ein Junge war.

Garth fluchte leise. Seine Brüder hatten als Kinder häufig Rüstungen gestohlen und in Turnieren gekämpft, zu denen sie weder zugelassen waren, noch die nötige Erfahrung mitbrachten. Aber sie sollten auch die besten Ritter Englands werden. Dieser Junge war offensichtlich noch ein Kind.

Die Männer auf dem Feld hatten seine Brustplatte abgenommen und schlugen ihm jetzt auf die Wange, um ihn zu wecken, aber vergeblich. Oh Gott, wenn sie sich nicht beeilten ...

Garth ließ seinen Becher auf den Boden fallen. Er zog seine Soutane hoch und sprang über den Zaun, wobei er weiterrannte, sobald seine Füße festen Boden berührten.

Cynthia raffte ihre Röcke und eilte ohne nachzudenken nach vorn. Ein Junge lag bewusstlos auf dem Feld. Sie musste ihm helfen.

Als sie loslief, hörte sie einen schwachen Protest, der zweifellos von Philip kam, weil er sich um ihre Sicherheit sorgte. Sie eilte trotzdem los und es war ihr nur halb bewusst, dass ihr Verlobter sie bei jedem Schritt verfolgte.

„Geht zurück!", fauchte sie die Ritter an und warf sich

neben dem gefallenen Lanzenstecher zu Boden. „Macht Platz, damit ich arbeiten kann."

Hinter ihr keuchte Philip. „Cynthia! Ihr wollt doch sicherlich nicht ...", fing er an und war wahrscheinlich entsetzt, dass seine Verlobte wie eine Bäuerin im Dreck hockte.

„Lasst sie in Ruhe." Cynthia hörte die weiche tiefe Stimme über ihr. Es war Garth. In dem Augenblick, als er so nahe bei ihr stand, dass seine Soutane ihren Surcot berührte, schwebte ein unerwartete Brise des Verlangens an ihr vorbei wie ein Wind aus einem warmen, weit entfernten Land.

„Aber ... sie kann doch nicht ...", stotterte Philip.

„Lasst sie in Ruhe." Garth sprach ruhig, aber energisch zu Philip. Dann begegnete er ihrem Blick. „Wird er überleben? Könnt Ihr ihn retten?"

Als sie in seine ernsten grünen Augen blickte, fühlte sie sich in das Kloster zurückversetzt. Sie hatte genau das auch gefragt, als Garth leidend in seiner Zelle lag.

„Ihn retten?", fragte Philip. „Von was sprecht Ihr?"

„Was braucht Ihr?", fragte Garth.

Philip mischte sich ein. „Vater, ich muss protestieren. Dies ist kein Ort für ..."

„Sprecht", befahl Garth.

Cynthia nickte und begann ihre Handflächen aneinander zu reiben.

Hinter ihr protestierte Philip. „Was zum Teufel?"

„Nicht der Teufel", murmelte Garth. „Es ist Gottes Werk."

Seit Philip angekommen war, hatte sie ihr Talent nicht mehr benutzt und es kam nur zögerlich zurück, aber mit einer solchen Kraft, dass sie seine Macht kaum kontrollieren konnte. Blitzartig strömte es durch ihre Arme und Beine und die Blitze schienen sie zwischen der Erde und dem Himmel aufzuspießen. Ihre Haut kribbelte vor Hitze. Vor Angst zitternd streckte sie ihre Hände aus und legte sie leicht auf die Stirn des Jungen.

Ein Bild erschien schnell, deutlich und klar in ihrem Kopf wie die Blitze eines Sturmes in der Nacht. Es erschien ihr jedoch so seltsam und so pervers ...

Sie runzelte die Stirn und öffnete die Augen, wobei sie ihre Hände zurückzog. Das Bild ergab keinen Sinn.

„Was ist los?", fragte Garth.

„Cynthia, ich muss darauf bestehen, dass Ihr hier weg geht", sagte Philip.

Sie ignorierte ihn. Sie befeuchtete ihre Lippen, schloss die Augen und versuchte es erneut, wobei sie nur die Fingerspitzen auf die Schläfen des Jungen legte. Da war es wieder. Das gleiche abnormale Bild. Es konnte unmöglich so richtig sein. Aber welche Wahl hatte sie? Der Junge wurde mit jedem Augenblick blasser und seine Haut kühler, während sie mit ihren Gedanken kämpfte.

Garths Herz raste. Wenn Cynthia sich nicht beeilte, wenn sie das Heilmittel nicht bald erkannte ...

Plötzlich gab sie ein leises Stöhnen verwirrter Frustration von sich. Dann neigte sie ihren Kopf zu dem des Jungen und einen Augenblick lang erschien es, als wollte sie ihn küssen.

Philip fluchte. „Was zum Teufel ..."

Garth griff ein und hielt Philip mit seinem Arm zurück. „Wartet."

Auch Garths Glaube wurde auf eine harte Probe gestellt, als sie ihre Lippen auf unangemessen intime Art und Weise auf den Mund des Jungen legte. Sie atmete aus und die Wangen des Jungen schwollen an wie die eines Frosches. Die Ritter, die um sie herumstanden, fingen an untereinander zu tuscheln, als wenn sie überlegen würden, was sie von dieser seltsamen Perversion halten sollten. Noch einmal atmete sie in den Mund des Jungen aus.

„Was ist das hier für eine Sündhaftigkeit?“, fragte Philip erzürnt. „Kommt jetzt weg von ihm, Cynthia.“ Er streckte die Hand aus, um ihren Arm zu ergreifen.

Sie schüttelte ihn ab und ihm stand der Mund vor Erstaunen auf.

„Lasst sie in Ruhe“, sagte Garth.

„Ich werde nicht danebenstehen und zulassen …“

Plötzlich durchbohrte ein röchelnder Atemzug die Luft und Garth sah, dass sich die Brust des Jungen hob. Erleichterung und Erstaunen erfüllte ihn. Sie hatte es geschafft. Sie hatte den Jungen gerettet. Sie hatte den Atem des Lebens in ihn hinein gepustet. Er begegnete ihrem Blick und in ihren Augen leuchtete eine so tiefe Freude, dass er sie am liebsten in reinem Triumph umarmt hätte.

Das geziemte sich jedoch jetzt nicht für ihn. Er war ein Priester. Cynthias Verlobter Philip schaute immer noch finster neben ihm.

Großer Jubel erhob sich und echote bis zur Tribüne und der Junge kämpfte sich auf seine Ellbogen, war schwindelig und beschämt, aber dankenswerterweise am Leben.

Plötzlich wurde die Rückseite von Garths Arm fest gekniffen.

„Wie könnt Ihr es wagen dieses Teufelswerk gutzuheißen“, zischte Philip. „Seid Ihr nicht in Sorge um Lady Cynthias Seele?“

Ohne auf eine Antwort zu warten ließ Philip ihn los und zog Cynthia mit Gewalt am Arm. „Und Ihr“, knurrte er leise.

„Der Junge sollte tot sein. Wie könnt Ihr Euch in den Willen Gottes einmischen?"

Bevor er wusste, was er da tat, ergriff Garth, der wegen der groben Behandlung Cynthias erzürnt war, den Mann an den Schultern und drehte ihn zu sich herum. „Wenn Ihr noch einmal Eure Hand an sie legt", bellte er, „werde ich sie abhacken."

Jene, die ihn hörten, keuchten. Das waren nicht die Worte eines bescheidenen Priesters.

Philip blinzelte mehrere Male und war ebenso erstaunt von Garths Drohung als von seinem eigenen voreiligen Verhalten. Dann sprach er leiser und voller Sorge. „Mylady, ich bitte Euch meine ... meine Grobheit zu entschuldigen. Ich bin sicher, dass Gott Euch wegen Eurer Unwissenheit vergeben wird, aber wenn Ihr meine Frau werden sollt, müsst Ihr mir versprechen, dass Ihr dieses Hexenwerk nicht noch einmal vollbringt."

Garth taumelte immer noch von der Gewalttätigkeit, die in seinem Blut floss. Er biss sich auf die Lippe und unterdrückte die Worte, die ihm in den Sinn kam, als er den Schmerz und die Verwirrtheit auf Cynthias Gesicht sah. Sie protestierte jedoch nicht. Auch wenn es ihr wahrscheinlich das Herz brach, schluckte sie einfach ihre Enttäuschung und nickte zustimmend.

Dann war der Tag für ihn verdorben. Cynthia hatte ein Wunder vollbracht und der Mann, den sie heiraten sollte, hatte sie dafür geschimpft. Garth überlegte, wie lange Philip sich selbst ins Auge sehen konnte, wenn er wusste, dass er die Essenz dessen, was Cynthia ausmachte, abgewiesen hatte. Es war eine Tragödie und es gab nichts, was er tun konnte, um sie aufzulösen.

Über den Rest des Nachmittags verbarg er seine

Gefühle sorgfältig und gab sein bestes, der gute Priester für die Feiernden auf Wendeville zu sein. Er segnete ihr Essen, fand gute Schlafplätze für jene, die zu viel getrunken hatten, schmunzelte sogar gutmütig über die heidnischen Possen einiger der Burgbewohner und führte sie vorsichtig zurück auf den rechten Weg. Er versuchte ein fröhliches Gesicht zu machen.

Später jedoch, nachdem die Feierlichkeiten zu Ende gegangen waren und die Burg vom leisen Schnarchen der Wohlgenährten echote, während er ruhelos durch die Flure, die Halle und über den Burghof ging, wo die schwüle Luft voller lüsterner Versprechen war, wurde ihm klar, dass das alles seine Gefühle nicht änderte.

Er liebte Cynthia immer noch.

Er konnte das Profil des aufsteigenden Mondes sehen, der golden im dunklen Himmel leuchtete. Eine leichte Brise ließ die Zweige im Dunkeln in den schimmernden Strahlen erzittern. Grillen zirpten eine lüsterne Musik für ihre Paarung und in der Ferne rief leise eine Eule.

Garth ballte seine Hände einmal zu Fäusten und zögerte vor dem Privatgarten, wobei er im Stillen seine hinterhältige Wanderlust verfluchte, die ihn an diesen Ort gebracht hatte, denn das Tor stand auf und das konnte zu dieser späten Stunde nur eines bedeuten.

Cynthia war dort.

Durch den Spalt in der Tür sah er, wie das Licht über die Zweige nur auf den schmalen Weg fiel. Von hinten blies ein warmer Wind und strich über seine Soutane an ihm vorbei. Er öffnete das Tor einen weiteren Zoll und es lockte ihn weiter vor.

Er sollte nicht hineingehen.

Er sollte sich umdrehen, zurück in seine Unterkunft gehen und versuchen zu schlafen.

Er sollte noch nicht einmal darüber nachdenken hineinzugehen; nicht, wenn er seine Gefühle so sehr unter Kontrolle gehabt hatte und nicht, nachdem er es geschafft hatte einen freundlichen Umgang mit Cynthia zu pflegen, ohne sie das Feuer, das in ihm brannte, sehen zu lassen.

Er konnte diese Leistung nicht zerstören. Er war jetzt Wendeville verpflichtet. Es könnte vielleicht eine sehr lange Zusammenarbeit werden. Wenn er niemals seine tiefen Gefühle, die er für sie hegte, ausdrücken könnte, dann müsste er lernen, damit zu leben. Er musste sich damit abfinden, ein platonischer Begleiter für sie zu sein.

Daher sollte er sie heute Abend in Ruhe lassen.

Wahrscheinlich wollte sie allein sein. Bei Gott, *er* musste allein sein. Zu viele Dinge könnten passieren, wenn sie zusammen an einem lüsternen Abend wie diesem allein wären.

Er sollte es nicht tun.

Seine Füße trugen ihn jedoch weiter in Richtung des Spalts in der Gartenmauer.

Langsam öffnete sich das Tor nach innen. Es quietschte leise und ließ mehr Licht herein. Ein paar blasse Apfelblüten flatterten zu Boden und glühten sanft im Licht.

Dann sah er sie.

Sie saß auf einer Bank im Schatten der Weide und wurde vom Mondlicht erleuchtet. Sie wandte ihm ihr trauriges Gesicht zu, als wenn sie schon ewig geweint und auf ihn gewartet hätte.

Er hielt die Luft an und wollte sie nur anschauen. Oh Gott – sie war schöner und atemberaubender als die Sterne.

Diesen Augenblick hätte er sich gern für alle Ewigkeit aufgehoben. Er stand ganz still und war sicher, dass atmen, sprechen und Bewegung die zerbrechliche Verbindung zerstören würden, die von reinen Blicken geschmiedet worden war.

Wie auch immer er sich jedoch nach ihr sehnte, er war auch ihr Freund und ihr Priester. Wider besseren Wissens trieben ihn seine Füße voran. Er drückte das Tor hinter sich zu, lehnte sich dagegen und wusste in dem Augenblick, dass er sein Schicksal besiegelt hatte.

Es gab kein zurück.

Der Duft des verfluchten Jasmins lockte ihn. Kapitulierend atmete er tief durch und ging auf sie zu. Die Schatten der Zweige bildeten auf seiner Soutane die Schlange im Garten Eden, als sollte sie ihn warnen. Er konnte jedoch der Verführung zu ihr zu gehen ebenso wenig widerstehen, wie Adam Eva hatte widerstehen können.

Sie wartete auf ihn und hielt ihre Hände geduldig in ihrem Schoß gefaltet, bis er auf Armeslänge bei ihr war. Ihre Augen schienen durchsichtig und vertrauensvoll und in ihnen war eine tiefe Melancholie, als sie sein Gesicht betrachtete. Schatten von Blättern waren auf ihrem offenen Mund zu sehen. Mit Sehnsucht dachte er daran, dass er diese Lippen einmal geschmeckt hatte. Sie waren süß und warm und nachgiebig.

Er wollte nicht daran denken.

„Mylady, Ihr solltet im Bett sein."

„Hätte ich den Jungen sterben lassen sollen?" Ihre Augen füllten sich mit Tränen.

„Sorgt Ihr Euch deswegen?"

Sie sah so zart aus wie ein neugeborenes Rehkitz, das

noch nicht sicher auf seinen Beinen war. Er hätte Philip am liebsten verflucht, dass er solche Zweifel in ihr gesät hatte.

„Vielleicht war es Gottes Wille", sagte sie gebrochen.

Er ergriff sie an den Schultern und zwang sie ihn anzuschauen. „Gott hat Euch die Gabe verliehen. Sie ist eine wunderbare Sache. Er wollte, dass Ihr sie benutzt. Zweifelt nie daran."

„Aber Philip ..."

„Zur Hölle mit Philip!" Sie zuckte bei seinen Worten zusammen und er hätte sich am liebsten auf die Zunge gebissen. „Verzeiht mir. Es steht mir nicht zu, ein Urteil abzugeben, aber Philip versteht Eure Gabe nicht. Auch wenn er es gut meint, er wird es niemals akzeptieren."

Sie senkte den Kopf. „Ich liebe ihn nicht", beichtete sie flüsternd. „Ich habe ihn noch nie geliebt. Ich wollte nur Roger, Elspeth und die Leute von Wendeville glücklich machen, aber ich liebe ihn nicht."

Garth atmete mit einem Beben tief durch.

Sie fuhr fort. „Ich fürchte, dass ich ihn entehre, wenn ich ihn heirate, obwohl ..."

Eine Haarsträhne wehte ihr ins Gesicht. Ohne nachzudenken streckte er die Hand aus, strich sie von ihrer Wange und steckte sie ihr hinter das Ohr. „Obwohl?"

Vorsichtig griff er nach ihrem Handgelenk, wie wenn ein Kind einen Spatz fängt. Sie schloss die Augen und drückte seine Hand gegen ihren Hals.

Trotz ihrer Gelassenheit spürte er, wie ihr Puls wild gegen seine Handfläche schlug. Bei der Wärme ihrer Berührung, die er sich so lange vorgestellt und sich versagt hatte, schoss Freude durch seinen Körper.

„Obwohl mein Herz einem anderen gehört", murmelte sie.

Ihm blieb fast das Herz stehen. Er wusste, dass er sich jetzt zurückziehen sollte. Sie war eine Dame und er ... das hatte er jedoch gewusst, als er über die Schwelle trat. Jetzt war es zu spät. Verlangen zerrte an ihm wie eine Strömung im Meer.

„Ich liebe Euch", flüsterte sie. „Ich habe immer nur Euch geliebt." Sie drehte ihren Kopf leicht und er spürte ihren feuchten Atem auf seiner Hand. Sie küsste ihn einige Male zärtlich auf seine Handfläche. Er beobachtete verwundert und atemlos, wie sie seinen Fingern einen nach dem anderen huldigte, wobei ihr eigener Atem flatterte und unsicher war und ihre Augen wie in lieblicher Qual fest geschlossen waren.

„Wir dürfen nicht", brachte er heraus.

Mit der Zunge strich sie über seine Fingerspitze und ein Blitzschlag fuhr ihm in die Lenden. Seine Beine wurden schwach und er seufzte. In seinem Kopf nahm das Brüllen zu, als wenn ein wilder Löwe freigelassen werden wollte.

„Nay", knurrte er.

Er hatte schon einmal gegen das lüsterne Tier gekämpft und gewonnen, wenn auch nur knapp. Seitdem war es jedoch zu einem fauchenden wilden Tier geworden, das die ruhige Stimme der Vernunft ausblendete.

Er konnte nicht widerstehen.

Mit einem Stöhnen sank er vor ihr auf die Knie. Er vergrub seine Hände in ihrem Haar und neigte sich vor, um ihren Mund in Besitz zu nehmen.

Ihr genüssliches Keuchen trieb seine Leidenschaft an. Er antwortete ihr mit einem hungrigen Knurren und nippte an ihren geöffneten Lippen. Seine Hände bewegten sich auf ihr, als hätten sie ihren eigenen Willen und fanden jeden Teil von ihr weich und warm und gefügig.

Er küsste sie am Hals wie ein hungernder Mann, der so oft von diesem Festmahl geträumt hatte und sie entblößte ihren Hals für ihn. Er flüsterte an ihrem Ohr ohne Worte und sie zitterte in seinen Armen und klammerte sich fiebrig an die Vorderseite seiner Soutane. Geschickt zog er ihren Umhang zurück und lockerte ihren Surcot.

Sein Unterleib zog sich zusammen vor Gier und vorsichtig steckte er die Hand in ihr Unterkleid und fühlte ihre Brust. Sie war wie Samt und ihre Spitze wie eine winzige Rosenknospe. Er befreite sie von ihrem Kleid und saugte an ihrem lieblichen Fleisch.

Sie stöhnte ermutigend und ihre Hände bewegten sich nach unten über seine Soutane. Er keuchte, als sie das, was sie suchte, durch die Wolle entdeckte und es voll erigiert war und wegen der Last des Samens pochte. Der Druck ihrer Finger an ihm brachte ihn zur Vernunft.

„Nay!", rief er und stolperte rückwärts gegen die Gartenmauer, wobei er mit einer Hand seine Soutane geschlossen hielt und die andere über seinen sündigen Mund legte.

Cynthia wankte und sie versuchte zu Atem zu kommen. Ihr Gewand hing an einer Schulter und ihre Brust war entblößt. Schwindelig von der berauschenden Leidenschaft war es ihr einerlei.

Aye, sie gehörte einem anderen. Aye, sie brach ihren heiligen Schwur, den sie vor Gott geleistet hatte. Unabhängig von den Konsequenzen wollte sie Garth für sich haben. Sie würde dafür bezahlen, selbst wenn es bedeutete, dass ihre Seele verdammt wäre, wenn er sie nur wieder in seinen Armen halten, sie küssen und seine Liebe gestehen würde.

Er lehnte sich jedoch an die Mauer und umklammerte

seine Soutane, als wäre sie sein Talisman. Sein Gesicht war voller Leid. Seine Augen funkelten vor Angst, Verlangen und etwas anderem.

Sieg.

Er dachte, er hätte den Krieg gegen seine Gefühle gewonnen. Er dachte, er könnte sich einfach vom Schlachtfeld zurückziehen und gewinnen.

Sie war jetzt so weit gekommen. Sie hatte es riskiert, ihm die Wahrheit zu sagen und ihr Herz, wie auch ihren Körper entblößt. Sie hatte nicht die Absicht, den Kampf aufzugeben.

„Vor was habt Ihr Angst?“, flüsterte sie und ging einen Schritt auf ihn zu.

Er zuckte zurück und erstarrte an der Mauer.

„Warum wehrt Ihr Euch gegen das, was wir beide wollen?“ Sie ging einen weiteren Schritt.

Sein Kinn spannte sich an. Er sah so argwöhnisch aus wie eine Katze, die von einer Dogge in die Enge getrieben wurde.

„Ihr wollt mich“, murmelte sie, als wäre es nicht Signal genug, dass sie den Vanilleduft und den Rauch auf seiner Haut wahrnehmen konnte. „Und Gott weiß, dass ich Euch will.“

Er drückte seine Augen fest zu, als wenn er die Wahrheit ausblenden könnte, wenn er sich blind stellte.

„Ihr seid kein Mönch mehr. Was kann Schlimmes daran sein …?“, sagte sie und fasste ihn leicht am Unterarm an.

Schnell wie eine Katze drehte er seine Hände und streifte ihre Handgelenke von sich ab, wobei er sie mit einem feurigen Blick versengte.

„Lasst mich in Ruhe!“, zischte er.

„Warum?“, wollte sie wissen. „Warum?“ Sie war sehr nah daran verletzt zu werden und er spürte es, aber sie musste es wissen. Sie suchte nach einer Antwort in seinen Augen. „Ist es ... Mariana?“

„Was?“, explodierte er. „Woher wisst Ihr ...“

„Ihr habt ihren Namen schon einmal gerufen.“ Sie spürte einen Stich in ihrem Herz, aber sie musste die Wahrheit herausfinden. „Ist es Mariana? Liebt Ihr sie?“

„Nay.“ Er schaute sie finster an, als wäre sie wahnsinnig. „Nay.“

„Warum weist Ihr mich dann zurück?“

„Lasst mich allein“, fauchte er. „Geht zu Philip oder einem anderen. Es ist einerlei. Ich habe nichts, was ich Euch geben kann. Ich habe nichts, was ich irgendeiner Frau geben kann.“

Seine Stimme war barsch und seine Hände lagen kompromisslos auf ihren Handgelenken, aber als sie ihm in die Augen blickte, sah sie etwas ganz anderes.

Ein Flehen ... ein verzweifeltes Flehen. Er wollte, dass sie ihm das Gegenteil bewies.

„Nay“, hauchte sie. „Das stimmt nicht. Ihr habt genug für mich. Ihr habt immer ...“

„Nay!“, rief er und schüttelte sie einmal. „Ihr wisst es nicht. Ihr könnt es nicht wissen.“

„Ich kann was nicht wissen?“, beharrte sie. „Dass Ihr Schmerzen vor Verlangen leidet? Ihr sagt mir, dass ich die Gabe, die Gott mir gegeben hat, nicht ablehnen darf und doch lehnt Ihr die Männlichkeit ab, die Er Euch gegeben hat. Wollt Ihr leugnen, dass Ihr die Begierde aller sterblichen Männer fühlt?“

„Aber ich bin kein Mann!“, platzte er heraus, drehte sich

mit ihr und drückte sie gegen die Steinmauer, wobei sich sein Gesicht vor Qual verzog. „Ich bin nur ein halber Mann!“

Sie wusste nicht, was er meinte, aber sie konnte den tiefen Schmerz in seinen Augen sehen. Sie wollte nichts mehr, als diesen Schmerz zu lindern.

„Dann wollen wir Euch ganz machen“, flüsterte sie.

In seinen Augen flackerte ein klein wenig Hoffnung auf, bevor sein Blick auf ihre Lippen fiel und sich dort mit dem wilden Hunger eines Wolfes konzentrierte. Er strich sich schnell mit der Zunge über die Unterlippe und seine Nasenflügel bebten.

„Lasst mich Euch ...“, wiederholte sie, aber sein Mund hatte ihren bereits gefunden.

Er küsste sie gierig und heftig, als wenn er Angst hätte, dass dies seine letzte Gelegenheit sein könnte. Stöhnend strich seine Zunge über ihre Lippen und teilte sie. Sie stöhnte, als er ihre Handgelenke losließ und seine Finger in ihrem Haar vergrub, wobei er ihren Kopf neigte, um Zugang zu ihrem Mund zu finden und seine Zunge hinein tauchte, um sich mit ihrer zu verbinden.

Oh Gott, er war stark – stärker als John jemals gewesen war und stärker, als Philip jemals sein würde, so stark, dass sie fast vor Angst erschauderte.

Plötzlich wurde sie so schlaff wie eine Stoffpuppe. Irgendwie klammerte sie sich an seine Soutane, als er ihre Lippen belagerte, aber wie sie auf ihren Beinen blieb, konnte sie nicht sagen. Die Stelle zwischen ihren Beinen schwoll vor Verlangen an, als wollte sie zerbersten. Sein Oberschenkel drückte dort gegen sie und sie keuchte wegen des schmerzhaften Vergnügens. Vage wurde ihr der Druck an ihrem Bauch bewusst, als Garth hart wurde.

Dann schlüpften ihre Finger nach unten, um seine

Kordel zu lösen, aber sie war zu abgelenkt, um den Knoten auf zu bekommen. Sie murmelte einen Fluch an seinem Mund.

Er machte den Knoten selbst auf, ohne dass seine Lippen ihre verließen und als er seine Soutane öffnete, ließ sie ihre Finger durch die dunklen Locken, die sie offenbarte, wandern. Dort entdeckte sie mit einem leisen verwunderten Stöhnen seinen harten, warmen Stab, der in seiner Größe schon fast bedrohlich war. Mit einem Zittern umschloss sie ihn vorsichtig mit ihrer Handfläche. Er stöhnte und der Druck seiner Finger wurde fester an ihren Schultern. Sie schloss die Augen und fiel fast in Ohnmacht, als sie sich die samtene Länge in sich vorstellte.

Mit einem leisen Schrei zog sie ihre Röcke hoch legte ihren Kopf gegen die Steine. Er seufzte ehrfurchtsvoll und hob sie hoch, wobei er sie gegen die Wand drückte. Seine muskulösen Oberschenkel fühlten sich wie Feuer an, als sie ihre spreizten. Er atmete röchelnd, murmelte Zärtlichkeiten und flehte um Einlass.

Sie seufzte als Antwort.

Und dann war er da, unmöglich riesig, unmöglich heiß und bereit in sie einzudringen.

Sie konnte nicht mehr warten. Stück um Stück umhüllte sie ihn und genoss sein tiefes Stöhnen, als sich ihre Haut straffte und sich ihre Muskeln anspannten, um ihn aufzunehmen. Oh Gott – sie hatte Angst, dass sie explodieren würde. Irgendetwas war jedoch an der Straffheit und der Art und Weise wie er in sie hinein glitt.

„Oh!"

Er drückte sich tief in sie und sie erschauderte vor Freude, wobei sich ihre Finger in seine Schultermuskeln gruben.

„Oh Gott", knurrte er. „Cynthia."

Zu ihrem Erstaunen waren ihr Tränen in die Augen gestiegen. Sie wollte hier für immer verbunden mit diesem Mann und erfüllt von ihm bleiben. Sie wollte ihre Vollkommenheit genießen.

Aber nach ihrer Erfahrung funktionierte es bei Männern nicht so. Diese süße Lethargie würde nicht lange andauern. Sie musste schnell arbeiten.

Sie zog sich ein Stück zurück und biss sich auf die Lippe bei der exquisiten Reibung seines Fleisches an ihrem. Dann ignorierte sie ihr egoistisches Verlangen und jenen instinktiven trägen Rhythmus, der sie rief und sie begann mit dem Bewegungsmuster, das sie gut kannte.

Garth biss die Zähne zusammen angesichts dieses unglaublichen Gefühls. Es war vier Jahre her, seit er von warmem weiblichem Fleisch umhüllt worden war. Bei Mariana zu liegen war nichts im Vergleich hierzu. Cynthia war weicher, lieblicher und tröstlicher. Wenn sie allerdings nicht langsamer wurde ...

„Wartet", konnte er gerade noch krächzen.

Alles passierte zu schnell und mit zu viel Intensität. Er würde gleich seinen Höhepunkt erreichen und sie zurücklassen, wenn sie sich weiter so schnell bewegte.

„Wartet!"

Mit reiner Willenskraft und entgegen seines Instinkts stoppte er ihre fieberhaften Schläge und in einer einzigen Bewegung hob er sie von der Mauer und legte sie auf den Rasen. Er senkte sich über sie und setzte jeden seidigen, geschmeidigen, die Seele verzehrenden Teil von ihr unter ihm fest. Dann tauchte er mit träger Eleganz in ihren feuchten, einladenden Hafen ein.

Hier gehörte sie hin. Hier war er der Meister. Hier

könnte er ihr mit in seiner eigenen Geschwindigkeit Vergnügen bereiten, solange er seine eigene kochende Leidenschaft unter Kontrolle halten konnte.

„Aye", seufzte er und zitterte angesichts der Zurückhaltung der letzten vier langen Jahre. „Aye."

Cynthia wölbte sich in einem Sturm aus Verwirrung und Ekstase. Dies war nicht in Ordnung. Sie sollte mit gespreizten Beinen auf ihm sitzen. So war es früher gewesen, aber Garth hatte sie wie eine Motte unter einer Katzenpfote festgesetzt. Mit seinem Körper blockierte er das Mondlicht und versperrte ihr die Sicht, sodass sie nur noch ihn sehen konnte. Er drückte sie so fest, dass sie sich kaum bewegen konnte. Sicherlich würde sie unter ihm zerdrückt werden.

Es fühlte sich jedoch so richtig an. Sie bekam genug Luft, dass sie seinen berauschenden männlichen Duft einatmen konnte. Außerdem verspürte sie kein Verlangen etwas anderes als sein Gesicht zu sehen. Sein Fleisch vermischte sich mit ihrem wie geschmolzener Stahl.

Oh Gott! Er bewegte sich langsam und elegant wie bei einem Tanz. Er zwang sie jeden Zoll von ihm zu spüren, während er sich zurückzog und sich dann wieder mit träger Anmut in sie hineindrückte. Er berührte ihr Gesicht mit äußerster Zärtlichkeit, wobei sein Daumen über ihre Unterlippe strich, bevor er sich herabbeugte um einen Kuss zu stehlen.

In der Ferne zirpten Grillen und der Wind strich durch die Bäume über ihm, aber alle anderen Geräusche waren gedämpft, als Garth stöhnte und etwas an ihrem Ohr murmelte.

Ihr ganzer Körper fing an zu kribbeln so wie bei einer Heilung, aber die Hitze zentrierte sich an dem Punkt, wo ihre Körper verbunden waren und verbreitete sich unaufhörlich nach außen wie ein Feuer. Jeder Atemzug schürte die Flamme mehr an.

Es gab keinen Platz für Gedanken, sondern nur Wahrnehmung. Es war, als wenn ein Verband um sie gewickelt wäre, der die Welt verschwimmen ließ und alles unterdrückte, außer dem außerordentlichen Gefühl, das sich in ihr aufbaute. Ihre Brustwarzen schmerzten und er schien ihre Gedanken zu lesen und legte seine Handflächen auf die pochenden Knospen. Ihre Hüften wölbten sich von allein nach oben auf der Suche nach etwas, das sie nicht kannte. Ihr Kopf drehte sich von einer Seite auf die andere und ihr Stöhnen hörte sich fremd für sie an. Irgendein herrlicher Dämon schien sie in Besitz zu nehmen, ihr die Kontrolle zu stehlen und ihre Anmut zu zerpflücken wie altes abgetragenes Leinen. Sie hatte noch nie einen solchen Wahnsinn, solche Hilflosigkeit und solche Ekstase erlebt.

Mit alarmierender Schnelligkeit gelangte sie zu einem schwindelerregenden Höhepunkt und es kam der Augenblick, als fast alles aufhörte. Sie atmete nicht mehr. Sie brachte kein Wort heraus. Kein Geräusch drang durch die übernatürliche Stille. Ihr Körper schien im perfekten Gleichgewicht zwischen zwei Welten zu hängen, aber die eine Stelle, wo ihre Körper zusammengefügt waren und zusammen tanzten, weigerte sich aufzuhören. Es wurde noch heller und sie wurde in das Reich jenseits der Realität getragen und wurde zu einem reinen Geist aus Licht und Gefühl.

Und dann schlugen die Wellen intensiven Vergnügens wie ertränkende Gewässer über ihr zusammen, nahmen ihren Körper und entzogen ihr ihren eigenen Willen. Auf ihrem ekstatischen Höhepunkt schluchzte sie seinen Namen.

Dann zog sich die ätherische Welt zurück. Ganz allmählich fing sie an die Grillen wieder zu hören. Die Sterne glitzerten zwischen den graugrünen Ästen der Weide. Der Boden unter ihr war feucht und duftend.

Ihr Körper war erschöpft und schwach wie der eines kleinen Kätzchens und fühlte sich an, als würde er zu jemand anderem gehören und Garth ragte über ihr, wobei sein Fleisch noch mit ihrem verschmolzen war. Er atmete schwer an ihrer Wange und sein maskuliner Duft war stark und männlich.

Vor Entsetzen schloss sie die Augen. Sie hatte etwas falsch gemacht. Es musste so sein. Sie hatte noch nie so die Kontrolle verloren. Sie hatte noch nie so vollkommen kapituliert oder sich so verletzbar gefühlt. Was war bloß los mit ihr?

Sie hatte Garth völlig vernachlässigt. Sie hätte ihm helfen sollen zum Höhepunkt zu gelangen. Das war ihre Pflicht. Nay, sie hatte sich so sehr auf ihren eigenen Durst konzentriert, dass sie auf seinen kaum Rücksicht genommen hatte. Diese Konzentration hatte sich als tödlich erwiesen. Sie hatte keinerlei Kontrolle über ihren Körper gehabt – weder über ihre Gliedmaßen, die schlugen und sich an ihn klammerten wie die einer Wahnsinnigen, noch über das wilde Stöhnen und die Schreie, die sie von sich gegeben hatte und noch nicht einmal über die unersättlichen, selbstsüchtigen Gedanken, die sie dazu gebracht hatten ihr eigenes Verlangen über seine Bedürfnisse zu stellen.

Er musste entsetzt sein.

Sie war wie ein gieriges Kind. Sie würde dafür bezahlen.

Oh aye, Gott hatte ihre Seele an den Rand des Todes geschickt.

Garth hatte sich nicht mehr zurückhalten können und war Cynthia zur gleichen Zeit über die Klippen der Leidenschaft gefolgt, indem er immer wieder in ihren süßen Körper eintauchte, sie mit seinem Samen füllte und anschließend erschauderte wie ein ausgelassenes Pferd.

Jetzt wünschte er, dass er für immer verbunden mit Cynthia dort bleiben, ihren weiblichen Duft einatmen, die Schatten der Blätter auf ihrer vom Mond beleuchteten Haut beobachten, ihrem keuchenden Atem zuhören und fühlen könnte, wie ihr Herz an seinem schlug. Er wollte an nichts anderes denken als an die anmutige, wilde, ruhige und schamlose Frau unter ihm. Er wollte hier mit ihr in seinen Armen einschlafen, sie beschützen und von Jasmin träumen.

Er hatte jedoch die harte Wahrheit von Mariana gelernt. Die schöne Frau unter ihm war noch lange nicht befriedigt. Für sie war das erst der Anfang. Da er soweit gekommen war, schuldete er ihr das Beste, was er anzubieten hatte, auch wenn das nicht ausreichen würde.

Also sammelte er seine ihm verbliebene Kraft und wollte sein schlaffes Gemächt dazu bringen wieder hart zu werden. Er strich mit den Fingerspitzen einer Hand über ihre Taille und ihre perfekt geformte Hüfte durch die Locken, die immer noch feucht von ihrem Liebesakt waren. Vorsichtig öffnete er die Blütenblätter unten, um die feuchte Knospe darin zu streicheln.

„Nay!", zischte sie.

Reflexartig zog er seine Hand zurück. Was hatte er getan?

„Nay“, flüsterte sie noch einmal.

Er betrachtete ihr Gesicht. Darin waren keine Bösartigkeit und kein Ekel zu sehen. Nur eine seltsame Scham, die sie davon abhielt, seinem Blick zu begegnen.

Plötzlich schämte er sich.

Sie war unbefriedigt. Das war es. Genau, wie Mariana gesagt hatte. Er war nicht Mann genug.

„Ich kann noch mehr“, sagte er barsch. Er spürte jedoch bereits, wie seine Leidenschaft schwand.

„Nay!“, sagte sie schnell. „Nay. Ihr habt schon genug getan.“

Sein Stolz drohte zu zerbrechen, aber die monatelangen Sticheleien von Mariana hatten ihn insoweit abgehärtet, dass er nicht zusammenbrach, als er sich von ihr löste.

Die Grillen schienen höhnisch zu applaudieren, als er seine Soutane wieder um seinen unzureichenden Körper wickelte. Jetzt sahen die Schatten des Gartens hart auf dem Weg aus und hatten ihre Weichheit verloren.

Cynthia wirkte so verloren wie ein Waisenkind ohne Zuhause, als sie ihre Gewänder um sich zog.

„Es tut mir leid“, murmelte sie und sah sich nach ihren Stiefeln um.

Er konnte nur nicken. Er erstickte an einem Kloß voller Gefühle. Natürlich tat es ihr leid, dass sie ihn überhaupt jemals getroffen hatte.

Sie fand ihre Stiefel, stand da und drückte sie an ihre Brust. Ihr Kinn zitterte, als sie versuchte nicht zu weinen.

Er konnte es ihr nicht verübeln. Er war eine Enttäuschung. Es war nicht ihre Schuld. Wie könnte eine Frau wirklich verstehen, wie es sich anfühlte nur ein halber …

„Es tut mir leid“, platzte sie unter Tränen heraus. Sie wandte sich ab, um zu fliehen, aber nicht, bevor er nicht die erste Träne über ihre Wange laufen sah. „Es tut mir so leid."

Er starrte auf den Boden, weil er nicht zuschauen wollte, wie sie vor ihm wegrannte, als wäre er verflucht. Ihm tat es auch leid. Er hatte es besser gewusst. Er hatte von Anfang an gewusst, dass sie aus unterschiedlichen Welten kamen.

Irgendwie jedoch tat es ihm überhaupt nicht leid. Einen leuchtenden Augenblick lang hatte er den Himmel in seinen Armen gehalten. Auch wenn er niemals wieder bei einer Frau liegen würde, hätte er zumindest das.

KAPITEL 18

Zwei Wochen nach Ostern trieb der Abt sein Pferd voran und zuckte bei den Schmerzen in seinen Hüften von dem langen Ritt zusammen. Er war das Reiten überhaupt nicht gewöhnt, aber einer der Vorteile einer eigenen Burg war, dass er sich zumindest das beste Pferd in den Ställen von Charing aussuchen konnte.

Vor ihm ragte die Burg Wendeville auf wie ein Schlag ins Gesicht des Gottes, der den Menschen eine perfekte Welt geschaffen hatte. Die großartige Burg schien das bröckelnde Charing des Abtes zu verhöhnen. Dort konnte man froh sein, wenn man in einer feuchten Nacht eine Ecke fand, die nicht zugig war.

Es ärgerte ihn, dass er persönlich hierherkommen musste und er schwor, dass er erst wiederkommen würde, wenn er der Schlampe von Wendeville den Befehl für ihre Hinrichtung überreichen konnte und er Wendeville selbst übernehmen würde.

Er hatte jedoch kommen müssen. Seine Pläne hatten eine unangenehme Wendung genommen. Garth hatte das Weib doch nicht getötet. Sie war auch nicht an ihrer

Krankheit gestorben. Tatsächlich hatte sie sich scheinbar so gut erholt, dass sie sich den Hof machen ließ. Laut Mary hatte Cynthia Wendeville sich so gut wie verlobt mit Sir Philip de Laval und das bedeutete nichts Gutes für den Abt.

Also war er nun gekommen, um die Sache wieder selbst in die Hand zu nehmen. Er hatte vor sich mit dem eifrigen Philip anzufreunden, mit ihm zu sprechen und über Lady Cynthias Hexerei nachzudenken. Schließlich kannte sich das Paar erst seit kurzem. Der Abt kannte sie so viel besser. Scheinbar hatte Cynthia es sogar geschafft eines ihrer „Wunder" beim Osterturnier mit Philip als Zeugen zu vollbringen. Jetzt musste der Abt dem scheinheiligen Sir Philip nur noch ins Ohr flüstern, was er über die skrupellose Cynthia Wendeville und ihre Teufelskräuter wusste. Er war sich sicher, dass er den Herrn innerhalb weniger Stunden davon überzeugen könnte seine befleckte Verlobte zu verlassen und den Abt seinem Sieg so viel näher zu bringen.

Er schaute wieder hoch zu dem kühnen Banner, das über der majestätischen Burg wehte und verzog das Gesicht angesichts des bitteren Geschmacks der Angst. Er war so nah dran und doch schien das Schicksal immer wieder entschlossen zu sein, ihm Steine in den Weg zu legen. Er fühlte sich wie ein Hund, der nach einem Knochen gierte, der knapp außerhalb seiner Reichweite lag.

Elspeth wusste, dass etwas Schreckliches passiert war, aber die stolze Cynthia sagte nicht ein Wort darüber. Seit Ostern hatte sich das arme Mädchen in ihr Zimmer zurückgezogen, nahm ihre Mahlzeiten dort allein zu sich und kam nur heraus bei Problemen, die Roger nicht lösen konnte. Sie hatte sogar kaum mit dem Mann gesprochen, den sie heiraten sollte.

Zuerst überlegte Elspeth, ob die Krankheit dauerhafte Spuren hinterlassen hatte oder ob das Osterfest vielleicht zu anstrengend gewesen war. Dann war sie besorgt, dass es eine neue Krankheit sein könnte, aber tief in ihrem Inneren herrschte Angst. Cynthia hatte sich noch nie zuvor so weit in sich zurückgezogen. Sie hatte ihr Zimmer noch nie vor Elspeth verriegelt. Außerdem hatte sie noch nie so früh am Tag nach starken Getränken gerochen.

Diese Gedanken beschäftigten Elspeth, während sie beaufsichtigte, wie neues Schilf auf dem Steinboden der großen Halle ausgebracht wurde. Daher war sie völlig überrumpelt, als sie die Türen nach draußen öffnete und der Abt wie der Sensenmann auf der Schwelle stand.

„Oh je!", kreischte sie. „Abt!"

„Elspeth."

Sie hasste die Art und Weise, wie er ihren Namen sagte, als wäre er ein sächsischer Fluch.

„Ich wusste nicht, dass Ihr ... also, wenn ich gewusst hätte, dass ...", murmelte sie und ließ Mädesüßstengel auf den Boden fallen. „Warum seid Ihr gekommen, Abt?"

„Nun kommt schon, Elspeth." Roger trat hinter sie und drückte gegen ihren Rücken, während er sie aus dem Weg schob. „Wir wollen den Abt doch erst einmal hereinbitten, bevor wir Fragen stellen, nicht wahr?"

Einen Augenblick lang stand sie verwirrt da, bis sie merkte, dass sie unhöflich war. „Natürlich. Natürlich. Ich hole Euch einen Becher Bier, Vater. Kommt herein." Sie trat zur Seite und ließ ihn wider besseren Wissens herein.

Oh Gott, dachte sie und ihre Hand zitterte, als sie einen Augenblick später im Vorratsraum Bier in einen Becher schenkte, der Abt hätte keinen schlechteren Zeitpunkt für seinen Besuch wählen können. Lady Cynthia hatte immer eine starke Rüstung gebraucht, um gegen den jämmerlichen Kirchenmann zu kämpfen und gegenwärtig konnte das arme Mädchen sich morgens kaum selbst anziehen. Was würde sie tun, wenn er schlechte Nachrichten brachte?

Ihre Hände zitterten noch, als sie über das neue Schilf zum Kamin eilte, wo Roger sich mit dem Abt unterhielt.

„Ich hoffe, die Dame ist nicht krank", erkundigte sich der Abt und runzelte die Stirn mit vorgetäuschter Sorge.

„Es geht ihr gut", log Roger und verteilte die vollen Becher.

„Und Euer Priester?", fragte der Abt.

„Vater Garth", warf Elspeth ein, „hat sich gut eingelebt. Ihr habt eine gute Wahl getroffen, Abt."

Sie hoffte, dass dies nicht auch eine Lüge war. In den letzten paar Tagen hatte sich Vater Garth so rar gemacht wie ein Eichhörnchen im Januar. Seine Sonntagspredigt war ein langweiliger Sermon über die Vorteile einer Pilgerfahrt gewesen. Er konnte selbst kaum dabei wach bleiben.

Der Abt schaute sie an, als wollte er sie entlassen, sowie er es immer tat und wandte sich wieder zu Roger.

„Ich habe gehört, dass Glückwünsche für Eure Herrin angebracht sind. Eine Hochzeit?"

Voller Panik schaute Elspeth zu Roger und räusperte sich dann. „Es gibt einen Freier, einen feinen ehrbaren Herrn. Er weiß natürlich, dass es nicht so schnell gehen wird, weil die Herrin immer noch um Lord John trauert, der Herr möge seiner Seele gnädig sein." Schnell bekreuzigte sie sich, um Vergebung für die Lüge zu ersuchen und nicht wegen Lord John.

„Natürlich." Der Abt ahmte ihre Bewegung mit langsamer Ehrfurcht nach.

Elspeth atmete tief durch. Sie überlegte, ob der Abt ihr wohl glaubte. Nicht, dass es etwas ausmachte. Er würde die Zeremonie nicht durchführen. Bis er von der Hochzeit erfuhr, wäre die Sache von Wendevilles eigenem Priester durchgeführt worden.

„Irgendwelche … Probleme?", fragte der Abt.

„Probleme?", wiederholte Roger, trank noch einen Schluck und runzelte nachdenklich die Stirn. „Nay, nicht dass ich wüsste, sofern Ihr das Kaninchen, das sich aus der Falle befreit hat, nicht mitzählt." Er lachte und verschüttete ein wenig von seinem Bier.

Die ernste Miene des Abtes veränderte sich nicht. Elspeth überlegte, wie schnell sie ihn wieder loswerden könnten.

„Nun ja", sagte der Abt und strich mit seinem knochigen Finger über den Rand des Bechers, „mehr wollte ich nicht. Ihr wisst doch, dass diese Burg mir immer am Herzen liegen wird." Er schaute sich in der Halle um und betrachtete die Wandteppiche, die an den sauberen Wänden hingen. „Ich werde Wendeville immer als mein Zuhause erachten."

Elspeth bezweifelte, dass der Abt überhaupt ein Herz hatte. Als er sagte, dass Wendeville sein Zuhause sei, glaubte sie ein gieriges Glitzern in seinen Augen gesehen zu haben.

Glücklicherweise hatte Roger mehr Taktgefühl als sie.

„Ihr werdet immer einen Platz hier haben, Abt."

Der Abt trank seinen Becher auf einmal leer, lehnte sich dann zurück und starrte in die Flammen, als wenn er niemals wieder wegwollte.

„Nun“, unterbrach Elspeth schließlich das unbehagliche Schweigen, „werdet Ihr zum Abendessen bleiben?“

„Es ist ein weiter Weg nach Hause und ich fürchte, dass meine Knochen von dem Ritt müde sind. Wenn ich eine Nacht bleiben dürfte, würde ich diesen Freier von Lady Cynthia gerne kennen lernen.“

„Natürlich“, antwortete Roger eilig.

„Vielen Dank.“ Er reichte Elspeth seinen leeren Becher. Es war gut, dass er sie nicht anschaute, sonst hätte er sofort das Missfallen auf ihrem Gesicht erkannt.

Garth verzog das Gesicht, als ein weiterer Stein sich in die Sohle seines Stiefels bohrte. Noch ein paar Besuche im Dorf und er würde ein Paar neue Schuhe brauchen. Ihm taten die Füße von dem langen Marsch nach Hause weh.

Dies war jedoch ein vertrauter Schmerz, den er sich nach der ehrlichen Arbeit eines Tages verdient hatte und den er mit Öl und Kräutern lindern konnte. Er war ganz anders als der Schmerz in seiner Brust, der drohte sein Herz zerbersten zu lassen.

Jener Schmerz würde niemals heilen, ganz gleich, wie oft er ins Dorf marschierte um vor den Sündern zu predigen und ganz gleich, wie viele Babys er segnete oder wie viele Ehen er schloss. Jener Schmerz würde ihm für den Rest seines Lebens erhalten bleiben. Nur die Zeit würde dem Schmerz die Schärfe nehmen.

Die Sonne stand noch hoch und beobachtete ihn, während er zügig den Weg in Richtung Wendeville marschierte.

Er überlegte, was es wohl zum Abendessen geben würde, da er Hunger hatte. Am meisten überlegte er jedoch, ob *sie* da sein würde.

Seit ihrer unglückseligen Affäre im Garten war sie nicht einmal zum Abendessen heruntergekommen, was ihn ungemein erleichterte. Da sie sich auf ihr Zimmer beschränkte und er häufig ins Dorf ging, waren das Abendessen und der Sonntag die einzige Zeit, zu der sie sich begegnen könnten. Bis jetzt hatte sie das Abendessen gemieden.

Er hatte überlegt, sich auf seine Unterkunft zu beschränken, wo er mit Sicherheit in Ruhe zu Abend essen könnte. Wenn sie jedoch beide für sich allein zu Abend aßen, hätte das Verdacht erregt. Es hätte Cynthia gefährdet. Mehr als alles andere, musste er sie beschützen.

Mit vor Angst angespannten Schultern trat er durch die dicke Eichentür von Wendeville und kam gerade rechtzeitig, um ein Nachmittagsmahl einzunehmen.

Cynthia war wieder nicht anwesend.

Stattdessen war der Abt auf Besuch von Charing da und saß auf dem Ehrenplatz am Tisch auf dem Podium. Zu Garths Leidwesen forderte er den Priester von Wendeville auf, ihm Gesellschaft zu leisten.

Der Abt machte Garth keine Angst. Aye, er war so ernst wie ein Grab und er sah der Abbildung des Todes in der Klosterbibel ähnlich. Er war jedoch ein Mann aus Fleisch und Blut, auch wenn er nicht viel davon hatte.

Seine Fragen waren jedoch beunruhigend. Der Abt war nur ein Mann, wenn auch ein mächtiger Mann, der mit einer Handbewegung Menschen verbannen und verurteilen konnte.

Garth war sich sicher, dass ihm Schuld wie die Asche der Fastenzeit auf die Stirn geschrieben war, sodass der Abt sie sehen konnte. Sicherlich sahen die listigen Augen des Abtes den entblößten Fleck auf seiner Seele. Wenn der Abt *Garths* Sünde erschnüffeln konnte ...

Ein Bild ihrer himmelblauen Augen und orangefarbenen Locken blitzte in seinem Kopf auf.

Gott sei Dank war sie in ihrem Zimmer geblieben.

„Seid Ihr zufrieden mit Eurer Stellung hier, Vater Garth?", fragte der Abt leise und pickte abwesend an seiner Forelle.

„Aye", antwortete er vorsichtig.

„Es ist eine ... prächtige Burg."

Garth schaute sich in der Halle um. Cremefarbene Kerzen flackerten mit goldenem Licht an den weißen Wänden. Bemalte Schilder und edle Wandteppiche hingen zwischen den schmalen Fenstern. Sie war prächtig. Fast so prächtig wie die Burg de Ware. Aber seit seiner Ankunft hatte er außer auf Cynthias Pracht nur auf wenig geachtet.

„Ist Eure Unterkunft in Ordnung?"

„Aye." Garth bewegte sich auf seinem Stuhl. Diese Art von Gerede machte ihn rastlos. Hinter den Worten des Abtes steckte ein Motiv, aber er wollte verflucht sein, wenn er darauf kam.

Der Abt seufzte. „Es war nicht einfach."

Garth betrachtete die Leute vor ihm, die er jetzt alle mit Namen kannte. „Es sind gute Leute."

Der Abt neigte seinen Kopf zu Garth und lächelte ihn seltsam an, als wenn er irgendeine Art von Insekt wäre, das er identifizieren wollte.

„Gute Leute. Aye." Dann hob er ein Stück Forelle an seinen Mund und nahm es von seinem Messer mit einem saugenden Geräusch.

Garth schaute zu seiner Weinflasche. Sie war leer. Er wünschte, dass er einen vollen Becher hätte, um ihn in sich hinein zu schütten.

„Und wie läuft es mit der ..." Der Abt neigte sich zu

ihm und flüsterte leise. „Die Sünde, für die Ihr das Schweigegelübde abgelegt habt?"

Garth errötete plötzlich. Wusste der Abt Bescheid? Wusste er, dass er nach der Burgherrin gierte? Wusste er, dass er seine Lust erst vor wenigen Tagen zwischen ihren schönen Beinen befriedigt hatte?

Er wagte es nicht hoch zu schauen.

„Gut", antwortete er so gleichgültig wie möglich. „Sehr gut."

Der Abt musterte ihn lange Zeit. Dann tupfte er seine Lippen mit der Serviette ab.

„Aye. Das sind gute Nachrichten. Schließlich ist die Versuchung viel größer außerhalb des Klosters."

Garth hielt die Luft an. Jetzt kam es. Jetzt würde der Abt seine Falle zu schnappen lassen.

„Und wie kommt Ihr zurecht mit", murmelte der Abt, „dem armen Kind?"

„Dem Kind?"

„Lady Cynthia."

Er hätte fast herausgeplatzt, dass Lady Cynthia kein Kind war. Im letzten Augenblick jedoch schluckte er die Worte hinunter. „Gut."

Der Abt legte seinen Speisedolch an den Rand seines Silbertellers. „Gut?"

„Aye." Er wusste, dass er mehr sagen sollte, aber ihm fiel nichts ein, was die Schlinge um seinen Hals nicht noch fester ziehen würde.

„Nun kommt schon", rügte er und stieß Garth mit dem Ellbogen an. „Die Wahrheit wird Euch befreien." Dann flüsterte er: „Das Weib ist eine hoffnungslose Heidin voller Lüsternheit und Vulgarität. Sie ist die Dienerin des Teufels persönlich. Jahrelang habe ich versucht, sie zum Licht zu führen, aber ich fürchte, dass ich kläglich gescheitert bin. Ich hatte gehofft, dass Ihr Euch mit ihr anfreunden und sie auf den rechten Weg bringen und das Kind unterweisen würdet ..."

„Sie ist kein Kind", fauchte Garth und konnte die Beleidigungen nicht mehr hören. Er bereute seine Worte sofort.

„Was ist?", fragte der Abt listig und neigte sich nah genug, dass er Garths Haar mit seinem schmutzigen Atem zerzauste. „Hat sie ihre weiblichen Verführungskünste schon an Euch ausprobiert, Vater Garth?"

Er brauchte seine ganze Kraft, um sich zu drehen und dem Abt ins Gesicht zu sehen, ihm fest in die Augen zu schauen und zu lügen. Aber er tat es. Für Cynthia.

„Überhaupt nicht", sagte er. „Ich bin ein Mann Gottes. Das habe ich ihr ausreichend klargemacht."

Danach schwand der interessierte Blick des Abtes, weil er vielleicht enttäuscht war. Er hoffte es. Um Cynthias Willen hoffte er es.

Der Abt senkte seinen Blick auf die zerlegte Forelle auf seinem Teller. Unbewusst legte er die Reste in die Form eines Kreuzes, wie es ihm zur Gewohnheit geworden war. So legte er abends auch seinen Mantel und seine Schuhe hin. Ebenso wie die Sammlung seiner Edelsteine, die er von seinen Schäfchen geschenkt bekommen hatte und die er von Zeit zu Zeit hervorholte. Voller Befriedigung überlegte er, dass er Cynthia so hinlegen würde, wenn er sie hinrichten ließ.

Garths Gesicht versicherte ihm, dass es so kommen würde. Der Narr zeigte seine Leidenschaften wie ein Banner.

Zuerst hatte er gedacht, dass es eine List sei und dass Garth sich bei Cynthia zu seinem eigenen Vorteil eingeschmeichelt hatte, aber jetzt sah er, dass es überhaupt nicht aufgesetzt war. Der Narr hatte sich in sie verliebt.

Er steckte ein Stück getrocknete Feige in den Mund und kaute langsam. Normalerweise hasste er Süßigkeiten, aber heute Abend gab es einen Grund zu feiern.

Cynthia nur wegen der Kräuter zu verurteilen wäre schwierig gewesen. Fürwahr, viele Edelfrauen übten die Heilkunst aus und nur wenige könnten einer genauen Überprüfung ihres Kellers standhalten.

Aber das hier ...

Einen Kirchenmann zu verführen und ihn von Gott wegzulocken ...

Dafür würde sie bezahlen.

Er musste sie nur in flagranti erwischen.

Morgen würde er Wendeville verlassen. Wenn er damit fertig war Lord Laval aufzuklären, würde der gottesfürchtige Mann sicherlich einpacken und so schnell wie möglich aufbrechen. Dann würde dem niederträchtigen Verhalten des dummen Mönches und seiner sündigen Geliebten nichts mehr im Weg stehen.

Er würde sie ihren Sünden überlassen, aber er würde in der Nähe bleiben. Er würde sie beobachten wie ein Adler.

Kapitel 19

Das Zimmer drehte sich, als Cynthia in die dampfende Wanne stieg, wobei sie ihren Becher mit Starkbier in einer Hand festhielt.

„Es ist mir einerlei", lallte sie betrunken vor sich hin und runzelte die Stirn.

Das Schwindelgefühl war in Ordnung. Bei weitem besser als das schreckliche Schuldgefühl, das sie seit zwei Wochen quälte und die Tage, an denen sie sich vor Garth und Elspeth und dem anständigen Mann versteckte, von dem alle wollten, dass sie ihn heiratete. Alle außer ihr. Verdammt - heute hatte sie es laut Elspeth sogar geschafft, sich vor dem Abt höchstpersönlich zu verstecken.

Sie ließ sich in das Wasser gleiten und den Kopf nach vorn fallen.

„Mist!"

Sie hatte vergessen, ihr Unterkleid auszuziehen. Es klebte an ihr wie die Haut an einer nassen Schlange.

„Was soll's."

Sie war traurig. Ohne guten Grund.

Sie sollte glücklich sein. Sie war gesund. Sie war reich. Sie würde bald heiraten. Die Samen, die sie gesät hatte, streckten schon ihre kleinen grünen Köpfe nach oben durch die Erde.

Trotzdem fühlte sie sich jämmerlich.

Sie verschüttete ein wenig Bier in die Wanne, hielt den Becher schnell wieder gerade und schaute sich nach etwas um, wo sie ihn abstellen könnte. Da war nichts. Sie schaute finster.

„Mary!"

Der Wandteppich bewegte sich und sie schloss die Augen, weil ihr bei seinem Anblick schlecht wurde. Sie sollte wirklich nicht so viel trinken, dachte sie. Der Alkohol zerstörte ihre Gabe. Der Mann, den sie heiraten sollte, hatte ihr verboten, sie zu benutzen und daher war es wohl einerlei. Von Bier bekam sie jedoch am nächsten Tag immer schreckliche Kopfschmerzen. Außerdem schwand ihre Autorität über ihre Diener. Es hatte mehr als eine Stunde gedauert, bis sie heißes Wasser für ihr Bad bekommen hatte.

Sie leerte ihren Becher.

„Mary!"

„Habt Ihr einen Wunsch, Mylady?"

Cynthia kniff die Augen zusammen und schaute zu dem Gesicht in der Tür. Es war nicht Mary.

„Elspeth!" Sie prostete ihr mit ihrem Becher zu. Dann runzelte sie die Stirn. Sie wusste nicht mehr, was sie gewollt hatte. Es war aber nett, Elspeth zu sehen, beschloss sie.

„Oh, Mylady", sagte Elspeth und klackte mit der Zunge. Sie schloss die Tür hinter sich.

„Wo ist Mary?"

„Ich habe sie in die Halle geschickt, um Euch bei Euren Gästen zu entschuldigen", sagte sie und eilte nach vorn. „Ich kann ja wohl nicht zulassen, dass sie Euch so sehen, oder?"

Sie schüttelte ihren Kopf. „Oh, Mylady, Ihr habt Euch ganz schön betrunken."

„Aye", stimmte sie grinsend zu. „Wirklich und wahrhaftig."

„Nun kommt schon, Mylady, es ist Zeit, dass wir uns unterhalten", sagte Elspeth ein wenig vorsichtiger und nahm ihr den Becher aus der Hand. „Was ist los? Eine Woche lang habt Ihr Trübsal geblasen wie eine Dirne, die ins Kloster geschickt wird und jetzt seid Ihr so betrunken, dass Ihr kaum ..."

Cynthia kicherte einmal und warf dann ihren Kopf zurück, um laut zu lachen.

„Mylady!", schimpfte El.

„Eine Dirne?" Cynthia brüllte vor Lachen und schlug mit der Hand auf das Wasser. „Ins Kloster geschickt? Ich, El?"

So lustig, wie der Gedanke einen Augenblick lang gewesen war, so entsetzlich traurig machte er sie auch. Selbst, während sie noch lachte, stiegen ihr Tränen in die Augen.

„Eine Dirne, die ins Kloster geschickt wird", wiederholte sie reumütig. Die gute Elspeth wusste gar nicht, wie nah sie der Wahrheit war.

Cynthia schloss die Augen und lehnte sich in dem beruhigenden Wasser zurück, sodass es ihren Hals, ihren Mund und ihre Nase umschloss.

„Mylady!"

Elspeth zog sie am Ausschnitt ihres Kleides hoch. Cynthia keuchte, verschluckte sich und schlug nach den Händen der Dienerin.

„Sprecht mit mir, Mylady", sagte Elspeth in einem Tonfall, der keinen Widerspruch duldete.

Cynthia schluckte. Sie wollte nicht sprechen. „Zuerst

brauche ich noch etwas zu trinken."

„Pah! Ihr braucht ebenso wenig etwas zu trinken wie der Abt einen neuen Schwanz."

Cynthia musste husten. Sie lächelte amüsiert.

„Jetzt sagt mir, was los ist", befahl Elspeth.

Cynthia malte Kreise auf der Wasseroberfläche. „Gott", sagte sie, „bestraft mich."

„Er bestraft Euch? Gott?"

„Aye. Neulich nachts hätte er fast meine Seele ergriffen", murmelte sie zitternd. Ihr Körper konnte sich noch an die leidenschaftliche Erregung erinnern, als sie am Rand der Sterblichkeit verharrte.

„Was meint Ihr damit, Mylady?"

Cynthia strich sich mit der Zunge über die Lippen. Sie fühlten sich plötzlich sehr trocken an. „Ich meine ..." Sie blickte auf den durchsichtigen Stoff zwischen ihren Beinen. Ihr weiblichen Locken sahen trotz ihrer Sünde und der turbulenten Begegnung mit dem Tod so unschuldig aus wie eh und je. „Ich habe bei einem Mann gelegen."

Elspeth schlug die Hand vor ihren Mund, sagte aber nichts.

„Es war ... es war ... großartig." Sie lächelte. In ihren Ohren rauschte es, als sie sich an die Hitze von Garths Umarmung und die Art und Weise, wie sein Fleisch mit ihrem verschmolz, erinnerte.

Dann besann sie sich eines Besseren. „Nay. Nay. Es war schrecklich." Sie verzog ihr Gesicht. Sie brauchte einen Augenblick, um sich zu erinnern, warum es so schrecklich gewesen war. Dann fiel es ihr wieder ein. „Ich konnte nicht atmen. Ich konnte nicht sprechen. Ich konnte nicht denken. Der Teufel hat ein schreckliches Stöhnen in meinen Hals gelegt und Gott ..."

Sie runzelte die Stirn. Elspeth machte ein komisches Geräusch. Sie schaute die Dienerin mit schweren Augen an.

Sie sollte verflucht sein!

Elspeth kicherte hinter ihrer Hand. Ihre Schultern bebten vor unterdrückter Heiterkeit. Wenn sie nicht so betrunken gewesen wäre, hätte Cynthia die freche Dienerin bis hin zur Tür geschubst. Stattdessen gab sie sich damit zufrieden, ihr Schimpfwörter entgegen zu schleudern.

„Ihr verfluchtes Klappergestell", lallte sie. „Was ist so lustig, wenn man wie ein geköpftes Huhn um sich schlägt und ..."

Elspeth konnte gar nicht mehr aufhören zu kichern. „Oh, Mylady, hört auf! Hört auf!"

Cynthia verschränkte die Arme über ihrer Brust und wartete, dass Elspeth aufhörte zu lachen.

„Mylady", brachte Elspeth schließlich heraus. „Ist das alles? Ist das Euer einziges Problem?"

„Reicht das nicht?"

Elspeth stellte sich neben die Wanne und streckte eine Hand aus. „Gebt mir Euer Gewand, Mylady. Wir müssen einiges besprechen und Ihr könnt ebenso gut in der Wanne bleiben, solange das Wasser warm ist."

Elspeth hatte ihr einiges zu sagen. Sie erzählte Cynthia Dinge, bei denen sich ihre Augen weiteten und ihre Ohren brannten. Sie sprach über die Natur der Männer und wie die Dinge funktionierten und all die Sachen, die Cynthias Mutter ihr offensichtlich nicht erzählt hatte. Sie sprach, bis das Wasser nur noch lauwarm war. Cynthia lauschte jedem Wort und war zu verlegen, um zu streiten. Als Elspeth mit ihrer Predigt fertig war, sprießte Hoffnung in Cynthias Herz.

„Aber bei John ...", fing sie an, als Elspeth sie abgetrocknet hatte.

„John war ein alter Narr", sagte Elspeth barsch. „Es war nicht seine Schuld, aber er hatte wahrscheinlich keine Ahnung, wie man einer Frau Vergnügen bereitet. Ein junger Mann jedoch wie Lord Philip? Er wäre der richtige, um Eure Röcke durcheinanderzubringen."

Cynthia kicherte. Ihre Röcke durcheinanderbringen. Das hatte Garth wirklich getan. Plötzlich stieg Freude in ihr auf. Garth wusste offensichtlich, wie er ihr Vergnügen bereiten konnte. Es war also alles in Ordnung.

Dankbar umarmte sie Elspeth so heftig, dass die Dienerin kreischend protestierte und dann ließ sie sich brav ins Bett bringen. Als Elspeth sich über sie beugte, um sie auf die Stirn zu küssen fragte sie flüsternd: „Liebt Ihr ihn also, Mylady? Liebt Ihr Philip?" Sie gab vor zu schlafen.

Als sie hörte, dass die Tür geschlossen wurde, öffnete Cynthia die Augen. Sie war zu erleichtert und viel zu aufgeregt, um zu schlafen. Sie musste mit Garth sprechen. Sie musste die sinnlose Kluft zwischen ihnen schließen. Sie musste es jetzt sofort tun, bevor sie eine weitere Nacht der Enttäuschung durchlitt. Sie würde ein seidenes Gewand anziehen, sich durch die Halle schleichen und zu ihm in seine Unterkunft gehen. Sie würde alles wieder in Ordnung bringen.

Der Biergeruch weckte Garth – ebenso wie das barsche Flüstern, das die Nachtruhe störte.

„Garth!"

Er warf die Decke zurück und griff nach dem Dolch, der sich nicht unter seinem Kissen befand und auch noch nie dort gewesen war.

„Ich bin es!“, flüsterte Cynthia und eine weitere Bierwolke schwebte in seine Richtung.

„Cynthia?“, fragte er flüsternd und sein Herz raste. Was machte sie hier in seinem Zimmer?

„Es ist gut“, hauchte sie. „Alles ist gut.“

„Wie bitte?“ Ihm schwirrte der Kopf. Wenn er dies irgendwie begreifen wollte, müsste er aufstehen und eine Kerze anzünden. „Wartet.“

Er tastete sich zum Kamin und stocherte in der Kohle, wobei er die ganze Zeit überlegte, ob er vollkommen verrückt geworden war, dass er Cynthia in sein Zimmer gelassen hatte. Bei Gott, in dieser Nacht schlief der Abt höchstpersönlich in der Burg.

Er entzündete die Kerze an der Glut im Kamin. Dann wandte er sich zu ihr hin.

Aye, beschloss er, er war vollkommen verrückt.

Ihr Haar fiel ihr wild, offen und noch feucht über die Schultern. Eine Schulter ihres dünnen Gewandes hing tief genug, dass ihre Armbeuge und ein Teil ihrer Brust entblößt waren. Ihre Füße waren nackt und ihre Zehen spielten mit dem Schilf. Sie war offensichtlich betrunken. Sie wankte ein wenig und ihre Augenlider senkten sich verführerisch, während sie ihn anstarrte. Er hätte fast gestöhnt, als sie zwinkerte und ihn berauschend lüstern anlächelte.

Er steckte die Kerze in die Halterung am Fußende seines Bettes.

„Ihr seid betrunken.“ Zumindest erklärte das ihre unbesonnene Anwesenheit hier, aber sein verfluchter Körper erkannte den Unterschied nicht. Das Blut rauschte in seine Lenden, als wenn er tatsächlich gleich bei der wankenden Frau vor ihm liegen würde. „Geht zurück in Euer Zimmer.“

„Nay“, antwortete sie und eilte vor.

Er hielt die Luft an.

„Nay“, beharrte sie. „Ihr versteht nicht. Es ist jetzt in Ordnung.“ Sie legte ihre Handflächen flach auf seine Brust und blickte ihm in die Augen. Sie duftete sauber und wunderbar. „Es ist perfekt.“

Er hatte keine Ahnung, von was sie sprach und nahm an, dass sie es auch nicht wusste.

Schon bald würde er atmen müssen. „Geht jetzt, Cynthia. Geht.“

„Aber ...“ Einen Augenblick lang sah sie verärgert aus. Dann hatte sie plötzlich eine Idee und ihre Augen funkelten. „Küsst mich!“

Unwillkürlich wanderte sein Blick zu ihrem breiten, sinnlichen Mund, der wahrscheinlich nach gutem Bier schmeckte.

„Nay, Mylady.“

„Dann werde ich Euch küssen.“

Es wäre unverzeihlich gewesen sich von ihr loszureißen. Insbesondere, da sie so naiv und verletzbar aussah und so unsicher auf den Beinen war. Es hätte ihr weh getan. Zumindest sagte er sich das. Er hätte es jedoch tun sollen. Er hätte sich wie vor einem Feuer zurückziehen sollen. Stattdessen ließ er es zu, dass sie ihren Mund an seinen hob.

Ihre Lippen schmeckten wie der Herbst nach der Ernte und nach geschnittenem Weizen, reifen Äpfeln und Tannenzapfen auf abendlichen Feuern. Er konnte dem Geschmack ebenso wenig widerstehen wie ein hungernder Mann einen Laib Brot ablehnen konnte. Als er einmal in diesem berauschenden Nektar verloren war, wollte er nichts anderes, als noch mehr davon zu trinken.

Sie war noch warm von ihrem Bad. Ihr feuchtes Haar duftete nach Gewürzen. Er steckte eine Hand in die duftende Mähne, während er ihren Mund plünderte. Seine andere Hand glitt über ihren Rücken.

Irgendwo in seinem Hinterkopf protestierte eine Stimme und sagte ihm, dass er einen Fehler machte und dass er jetzt aufhören sollte, bevor er sich zum Narren machte. Er ignorierte sie jedoch. Sie hörte sich zu sehr wie das Schimpfen von Mariana an. Im Augenblick war die Stimme der Leidenschaft lauter als die Stimme der Vernunft.

Cynthia wandte sich näher an ihn heran, schlang ihre Arme um seinen Nacken und verschlang ihn, als wäre er ein Weihnachtsessen. Sie stöhnte an seinen Lippen und flehte schweigend um mehr.

Gott sollte ihm beistehen, aber er kam ihrer Bitte nach.

Er tauchte seine Zunge tief in ihren Mund und schmeckte die süßen, warmen Vertiefungen mit der Verzweiflung eines verurteilten Mannes bei seiner Henkersmahlzeit. Verlangen durchströmte ihn wie starkes Gift, blendete seine Vernunft aus und zwang ihn sie zu schmecken, zu umarmen und sie zu nehmen.

Während er noch ihren Mund plünderte, zog er seine Soutane aus. Auch sie entledigte sich ihres Gewandes und zerriss das zarte Teil am Halsausschnitt. Es glitt über ihre Kurven und fiel zu Boden. Dann gab es nichts mehr zwischen ihnen.

Flammen leckten an ihm, während sie seinen Hals, seine Schulter und seine Brust küsste und dann wieder seinen Mund suchte und fand. Er hielt die Qualen aus, wie ihre Brustwarzen und ihr offenes Haar gegen ihn strichen, wobei sein Blut kochte, als sie sich knapp außerhalb seiner

Reichweite bewegte. Dann konnte er nicht noch mehr aushalten.

Er zog sie fest an sich und schmiedete ihr Fleisch an seins wie Eisen an Stahl. Er warf sie auf sein Bett, wo er schon zu viele lange schuldbehaftete Nächte verbracht hatte und genau hiervon geträumt hatte – diese Verbindung ihrer Seelen, von der er geglaubt hatte, dass er sie nie wieder erleben würde.

Aber hier war sie wieder unter ihm, wand sich, keuchte, drehte ihren Kopf hin und her auf den Fellen, als wenn sie von einem Dämon des Verlangens gequält würde.

Er wusste, wie sie sich fühlte. Das Blut pulsierte in seinen Lenden und rauschte in seinem Körper wie der Ruf einer Sirene und machte ihn wahnsinnig – wahnsinnig genug, um ihr heißes Fleisch mit seinem zu bedecken, sein lüsternes Gewicht auf sie zu legen und ihre geschwollenen Blütenblätter zu teilen und in den einladenden Hafen ihres Unterleibs einzutauchen.

Es war himmlisch. Gott möge ihm verzeihen, aber es war himmlisch.

Schwindelerregende und atemberaubende Gefühle stiegen in Cynthia auf. Sie war zwar betrunken, aber diese Euphorie hatte nichts mit dem Bier zu tun. Garth war überall – über ihr, um sie herum und in ihr – und dort gehörte er auch hin. Sie fühlte sich von ihm in Besitz genommen, als wenn ihre beiden Seelen irgendwie zusammengeschmiedet wären.

Dann bewegte er sich und es fühlte sich viel feiner an, als sie sich erinnerte und er zwang sie zu der langsamen, unaufhaltsamen Flut. Ihre Lenden kribbelten vor Gier und er bediente diese Gier mit jeder Bewegung. Sie schlang die Beine um ihn, wollte ihn näher bei sich und spürte, wie sich die Muskeln in seinem Po anspannten und wieder entspannten. Ihre Hände wanderten über seine riesigen Schultern, über seinen Rücken und wieder strömte diese herrliche Angst durch sie hindurch.

Sie war im Begriff die Kontrolle zu verlieren. Sie spürte es so sicher wie die Sonne jeden Morgen über den Hügeln aufging. Unwillkürlich musste sie stöhnen. Ihre Hüften schlängelten sich in ihrem eigenen Rhythmus und wölbten sich nach oben gegen ihn. Sie klammerte sich an ihm fest, als hinge ihr Leben davon ab. Als sie wieder an dem schmalen Rand der Erfüllung taumelte, verspürte sie keine Panik.

Vielleicht lag es am Bier. Vielleicht an Elspeths Worten.

Dieses Mal ließ sie sich von der Flut davontragen und ließ Sorge und Vernunft hinter sich. Sie keuchte, wand sich unmöglich unter ihm, während er sich mit kühner Hemmungslosigkeit in sie trieb. Einen großartigen Augenblick lang waren sie eins und flogen hoch über der Erde wie ein einziger feuriger Engel. Dann fielen sie herab, während sie sich umklammerten und erschauderten, um dann ihre Leidenschaft in einem ruhigen Meer zu löschen.

Cynthia trieb auf dem Meer wie ein Schiff ohne Steuer. Sie konnte nicht aufhören zu lächeln. Ihr ganzer Körper glühte, als hätte sie zu nah am Feuer gestanden, aber sie wollte nicht von dem Feuer weggehen. Nay, sie wollte für immer unter Garth liegen bleiben.

Garth wollte sich bestimmt nicht bewegen. Er war physisch und mental ausgelaugt. Cynthia würde mehr wollen. Mariana hatte ihm erzählt, dass einmal für eine Frau niemals genug war. Wenn er sich ruhig verhielt, konnte er sich ziellos treiben lassen und das drohende Schuldgefühl ausblenden ebenso wie die Forderungen, die

Cynthia zweifellos stellen würde und bei denen er sich nicht sicher war, dass er sie würde erfüllen können.

Zuneigung jedoch tat, was weder Schuld noch Forderungen konnten. Er *sehnte* sich danach, sie erneut zu erfüllen. Er sehnte sich danach sie vollständig zu befriedigen. Er musste es zumindest versuchen.

Wenn sein Gemächt es nicht gewohnt war, sich erneut zu erheben, könnte eine geschickte Hand dies erreichen.

Er löste sich ein wenig von ihr und strich mit seinen Fingern über ihren flachen Bauch zu den feuchten Locken, die mit seinen vermischt waren. Vorsichtig teilte er ihre weichen Falten und strich mit einem feuchten Finger über die winzige Knospe, die dort verborgen lag.

„Nay", stöhnte sie, zuckte zusammen und hielt seine Hand auf.

Er zögerte. Tat er ihr weh? Oder protestierte sie wie viele andere Frauen aus Spaß. Wieder legte er seinen Finger über die empfindliche Knospe.

„Nay, Garth. Bitte." Sie zuckte unter ihm und drückte ihre Oberschenkel zusammen.

Eine Flut von Ängsten überkam ihn. Er hatte ihr kein Vergnügen bereitet. Sie bereute ihre Handlungen. Er war nur ein halber Mann. Sie konnte seine Berührung nicht ertragen.

Fürwahr, sie war zu ihm gekommen. Sie war zu ihm gekommen. Warum? Warum, wenn noch weitere fähige Männer vorhanden waren. Wenn er sie beim letzten Mal nicht befriedigt hatte, warum hätte sie zu ihm kommen sollen?

„Braucht Ihr nicht ... mehr?", fragte er ängstlich und wartete auf ihre Antwort.

„Mehr?" Sie lachte. Es war jedoch nicht das höhnische

Lachen, das Mariana perfektioniert hatte. Cynthias Lachen war kapriziös und voller Freude und Erleichterung. „Oh Garth, noch mehr?“ Kichernd schlängelte sie sich weg von seiner Hand. „Noch mehr und ich werde wahrlich sterben. Sie würden meine erkalteten Knochen von um Euch herum losreißen müssen.“

Eine heftige Liebe strömte durch ihn hindurch, die nichts mit dem restlichen Feuer in seinen Lenden zu tun hatte.

„Ihr seid befriedigt?“, hauchte er und konnte es kaum glauben. „War es … ausreichend?“

Sie antwortete ihm mit einem albernen Seufzen, schlang ihre Arme um seinen Hals und lächelte ihn an. „Genug? Wie könnt Ihr mich das fragen, wenn ich im Begriff bin, vor Glückseligkeit zu sterben?“

Er musterte sie. Sie sagte die Wahrheit. Ihre Worte wirkten auf ihn, wie wenn der Scheitelstein eines Staudamms herausgenommen würde und eine Flut lange unterdrückter Gefühle löste sich auf einmal. Dankbarkeit erstickte ihn und er wagte es nicht zu versuchen zu sprechen. Stattdessen schloss er sie so fest in seine Arme, dass sie kreischend protestierte.

Er erinnerte sich nicht, dass er sie losgelassen hatte oder von ihr herunter neben sie gerollt war, damit er sie nicht zerdrückte. Er dachte, dass er zu aufgeregt wäre, als dass er schlafen könnte. Er hatte Unrecht. In kürzester Zeit schlief er tiefer als seit vielen Tagen.

Daher war er überrascht als er zur Stunde des Morgengebets hochschreckte und sah, dass die Kerze flackerte und Cynthia wie ein schwerer Umhang auf ihm lag.

„Cynthia“, flüsterte er und rüttelte an ihrer Schulter.

Sie murmelte zusammenhanglos.

„Cynthia, Ihr müsst aufstehen." Er schüttelte sie etwas fester. „Kommt. Es ist schon spät."

Sie murmelte erneut und kuschelte sich näher an ihn.

Er fluchte leise. Wie hatte er so dumm sein können einzuschlafen. Er hatte sie beide kompromittiert. Er musste Cynthia zurück in ihr Zimmer bringen.

Schnell löste er sich von ihr, schlüpfte in seine Soutane und kämmte sich die Haare mit den Fingern. Dann starrte er auf den Engel in seinem Bett und er musste lächeln. Sie sah aus wie das Opfer eines Schiffbruchs, das von einer zufälligen Welle angespült worden war. Ihr Haar war über dem Kissen wie Seetang ausgebreitet und ihre Haut glühte in einem perlmuttfarbenen Licht. Er stand lange da, um sich ihre Züge einzuprägen, damit er sie sich in den nächsten Tagen, wenn sie sich in der großen Halle, in der Kirche oder im Garten begegneten, ins Gedächtnis rufen könnte.

Dann bückte er sich, um sie aus dem Bett zu heben. Er war sich nicht sicher, ob sie überhaupt aufwachte, sogar, als er ihr das Gewand über ihren Kopf zog. Er trug sie durch die Schlafenden in der großen Halle, wobei er wusste, dass der Abt im Zimmer des Lords untergebracht sein würde und er betete, dass die Diener noch schliefen. Er schlich sich die Treppe hoch zu ihrem Zimmer und legte sie in ihr Bett.

Er gratulierte sich im Stillen, während er sich zurück in seine Unterkunft schlich. Dieses heimliche Treffen der Liebenden um Mitternacht würde nicht noch einmal passieren. Es war viel zu gefährlich für sie beide. Sie lebten immer noch in zwei unterschiedlichen Welten. Sie hatte ihren Verlobten und er seine Kirche. Cynthia hatte ihm jedoch seine Männlichkeit zurückgegeben. Er würde eine liebliche Erinnerung haben, die ihn aufrecht erhielt. Mit ein bisschen Glück würde sie sich an nichts mehr erinnern.

Unglücklicherweise verließ er sich zu sehr auf drei Dinge—auf die amnesischen Eigenschaften von Bier, dass er Cynthia nun widerstehen könnte, nachdem er jetzt bei ihr gelegen hatte und dass sie nicht gesehen worden waren.

KAPITEL 20

Elspeth wich zurück in die Dunkelheit am unteren Ende des Treppenaufgangs. Sie schlug ihre Hand über den Mund, damit sie unbemerkt blieb. Einen Augenblick lang schloss sie sogar fest die Augen, damit sich das, was sie gesehen hatte, als eine optische Täuschung des Mondlichts herausstellen würde, wenn sie sie wieder öffnete.

Jedoch so sicher, wie sie die Rückseite ihrer Hand kannte, war das Vater Garth, der Cynthia in ihr Zimmer trug. Sie lehnte sich gegen die kalte Steinmauer und fühlte plötzlich jedes ihrer dreiundsechzig Jahre.

Verzweifelt überlegte sie, während ihr Herz raste, waren die Dinge nicht so, wie sie aussahen. Vielleicht war Cynthia zu ihm gegangen, um ihre Sünden zu beichten und war dann ... eingeschlafen oder ... oder der Vater hatte sie schlafend in der Speisekammer gefunden, wo sie sich beide etwas zu essen geholt hatten. Vielleicht war sie die Treppe heruntergefallen und ...

Aber nay. Garth schien nicht in Eile zu sein. Wenn überhaupt, schien er zu schleichen. Als die Kerze in der Wandhalterung sein Gesicht kurz erleuchtete, sah sie mit

Gewissheit, dass sein Blick voller Wärme und Zuneigung für seine Last war.

Garth war Cynthias Liebhaber, nicht Philip.

Allein der Gedanke zerrte an Elspeths altem Herz. Aye, Garth sah gut aus und war freundlich und großzügig. Er stammte aus einer guten Familie. Er war jung und gesund. Er hatte ihr niemals Grund gegeben seine Loyalität infrage zu stellen. Zusammen waren sie ein gutaussehendes Paar mit ihren starken Gesichtszügen und einer prächtigen Größe. Was für Kinder sie ...

Sie schüttelte ihren Kopf fest.

Der Mann war ein Priester.

Elspeth schaute, wo die beiden gerade in Cynthias Zimmer verschwunden waren, kam aus ihrem Versteck und schlich sich zur Unterkunft des Verwalters. Roger würde wissen, was in einem solchen Wirrwarr zu tun war.

Er schreckte aus dem Schlaf und schlug ihr mit der flachen Hand fast den Kopf ab, als sie ihn an der Schulter rüttelte.

„Gebt auf Eure Faust acht!“, zischte sie. „Ihr alter Narr. Ich bin es. Ich. Elspeth!“

„Was zum Teufel?“

„Nicht so laut. Ich muss mit Euch sprechen.“

„Dann zündet eine Kerze an“, knurrte er, „Damit ich sicher sein kann, dass Ihr es seid und keine Harpyie, die gekommen ist, um mich zu quälen."

Sie nahm einen Kerzenstumpf und zündete den Docht an dem Feuer am Fußende seines Bettes an. Als sie zurückkam, hatte er sich aufgesetzt und die Decke bis zum Hals hochgezogen; sein Haar lag kreuz und quer und er sah verärgert aus.

„Um was geht es?"

„Oh, Roger, ich weiß kaum, wo ich anfangen soll." Scheinbar wusste sie es aber doch, denn die Geschichte sprudelte ohne Schwierigkeiten aus ihr heraus. Sie erzählte ihm von Cynthias Melancholie, errötete bei der Erzählung über ihre Unterhaltung im Bad und vertraute ihm dann an, was sie in der großen Halle gesehen hatte. „Es ist eine Tragödie, Roger. Was sollen wir nur tun?"

Roger saß lange Zeit schweigend mit nachdenklichen grauen Augen und strengem Mund da.

„Nichts", sagte er schließlich und drehte sich, um weiter zu schlafen.

„Was!", explodierte Elspeth und drehte ihn wieder zu sich hin. „Wie könnt Ihr es wagen ... habt Ihr kein ... was soll das heißen *nichts*?"

„Ich meine *nichts*. Ihr habt schon genug getan. Ihr habt sie alles gelehrt, was sie wissen muss. Sie ist eine erwachsene Frau und kein Kind mehr."

„Aber sie kann nicht bei dem Priester liegen!", schrie Elspeth.

„Und warum nicht?"

„Weil ... weil ... er in einem Kloster gelebt hat. Seine Gelübde verbieten ausdrücklich ..."

„Er ist kein Mönch mehr, Elspeth. Er ist ein Priester. Es ist nicht so ungewöhnlich, dass ein Priester sich eine Frau nimmt."

„Eine Ehefrau, aber eine Geliebte? Unsere Cynthia?"

Roger schaute sie finster an. „Ich bin sicher, dass er richtig handeln wird." Wie um sie zu verabschieden zog er die Decke wieder um seine Schultern. „Außerdem ist Garth de Ware ein weit besserer Mann, als diese Kerle, die ihr von Gott weiß woher geholt habt."

Ihr blieb der Mund offen stehen. „Lord Philip ist ein anständiger, gottesfürchtiger ..."

„Habt Ihr es nicht gehört? Philip ist scheinbar so gottesfürchtig, dass er sich vom Abt hat überzeugen lassen auf Pilgerfahrt zu gehen anstatt zu heiraten."

„Wie bitte?"

„Er bricht morgen auf." Roger schnaubte. „Was den Rest der Freier betrifft, so wisst Ihr selbst, dass keiner von ihnen gut genug für unsere Cynthia ist", warf er ihr vor. „Elspeth, Ihr überrascht mich."

Wieder schlug sie die Hand vor den Mund und stemmte die Fäuste in ihre Hüften. „Ich habe noch nicht gesehen, dass Ihr irgendwelche Freier herbeigebracht habt."

Roger schnaubte erneut. „Ich wäre sehr erfreut einen so anständigen Mann wie Garth de Ware meinen Lord und Herrn von Wendeville zu nennen. Ich bin ebenso froh, dass Cynthia ein so gutes Urteilsvermögen hat, dass sie dies auch glaubt."

Diese Antwort hatte Elspeth sicherlich nicht erwartet, als sie Roger geweckt hatte.

„Dann werdet Ihr also nichts unternehmen?", fragte sie. „Ihr werdet sie noch nicht einmal vor den Schwätzern beschützen? Vor dem Abt?"

Roger schaute sie plötzlich mit ernster Miene an. „Glaubt Ihr, dass der Abt davon weiß?"

„Ich bete zu Gott, dass er es nicht weiß. Wenn wir sie jedoch nicht bewachen ..."

Roger nickte. „Der Abt bricht bei Sonnenaufgang auf. Bis dahin achten wir besser auf sie."

Elspeth schürzte die Lippen. Das war zwar nicht die Reaktion, auf die sie gehofft hatte, aber es reichte, dass, wenn das Mädchen ihr Herz schon nicht unter Kontrolle hatte, sie doch wenigstens zwei Freunde besaß, die über ihren Ruf wachen würden.

Nach Lord Philips eiliger Abreise mit dem Abt waren Garths Versuche keusch zu bleiben ungefähr so erfolgreich, wie bei einem Fisch, der fliehen wollte.

Am nächsten Abend trieb Cynthia ihn in die Enge und machte ihn sich zu Willen. Er gab sich selbst die Schuld und behauptete, sein Urteilsvermögen hätte kurzfristig ausgesetzt.

Den Abend danach lockte sie ihn in die Ställe und in einem schwachen Augenblick gab er ihren lüsternen Wünschen nach.

Am nächsten Nachmittag überraschte sie ihn bei seinem Bad und da er bereits ausgezogen war ...

Am vierten Abend hatte er sämtliche Ausreden über Bord geworfen und die Tatsache akzeptiert, dass, wenn es Cynthias Wille war, sich mit ihm zu vergnügen, er nichts tun konnte, um dies zu verhindern.

Es war der Anfang des magischsten Sommers, den Garth jemals erlebt hatte. Fast ein Dutzend herrliche Wochen lang erfüllte Cynthia sein Leben mit mehr Farbe und Freude als alle ihre Blumenbeete, erfreute ihn, überraschte ihn und erfüllte ihn. Keine Ecke der Burg war sicher vor ihrer Leidenschaft – das Privatgemach, der Taubenschlag oder auch der Weinkeller. Wenn er sonntags Keuschheit predigte und Cynthia den Rest der Woche vögelte, so war das seine eigene private Sünde, für die er später bezahlen würde.

Jetzt wollte er erst einmal jeden letzten Tropfen Glück aus dem restlichen Sommer quetschen.

Sie mussten jedoch vorsichtig sein. Sowohl der Abt, wie auch der König würden sie hart verurteilen, ebenso wie jene, die glaubten, dass Frauen wie Lady Cynthia ausschließlich aus diplomatischen Gründen heiraten sollten und jene, die kompromisslos am Keuschheitsgelübde für Kirchenmänner festhielten.

Sie befolgten die ungeschriebenen Regeln. Sie trafen sich nie an Orten, an denen sie entdeckt werden könnten. In der Öffentlichkeit zeigten sie ihre Zuneigung noch nicht einmal, indem sie einander zum Trost die Hand reichten. Außerdem vertrauten sie sich niemandem an. Mehr als alles andere kümmerten sich Garth und Cynthia um ihre Vasallen. Wenn sie auch nur einen Augenblick glaubten, dass ihre Handlungen den Leuten von Wendeville schaden würden ...

Es wäre ein teuflischer Preis, den sie für den Himmel zu bezahlen hätten. Er hatte jedoch keine andere Wahl. Wenn sie ihre Liebe offenbarten, hätte der kompromisslose Abt Garth aus der Kirche verbannt und wenn das passierte, was für eine Zukunft hätte er Cynthia dann bieten können? Er wollte sich nichts vormachen. Er hatte den Großteil seines Lebens mit der Vorbereitung für das Priesteramt verbracht. Wenn er aus der Kirche verbannt würde, könnte er sich nirgends hinwenden.

Die Alternative war jedoch ebenso undenkbar. Wenn sie ihre Liebe geheim hielten, würde der ungeduldige König persönlich einen Ehemann für Cynthia wählen, der Edwards eigene politische Interessen weiterbringen würde. An jenem Tag würde Garths Seele verdorren und sterben.

Er ballte die Hände zu Fäusten und wünschte sich, dass er die Bilder der unmöglichen Zukunft vor ihnen auseinanderreißen könnte.

Aus dem Fenster betrachtete er den Sonnenaufgang. Es war fast eine Stunde her, dass sie zur Badestelle gegangen war. Wahrscheinlich war genug Zeit verstrichen, aber er konnte nicht vorsichtig genug sein.

Auch wenn er sein Keuschheitsgelübde nicht mehr befolgte und obwohl er an seinem Glauben festhielt, fühlte sich das, was er und Cynthia taten, manchmal an wie Sünde. Wenn sie erwischt würden ...

Er wollte gar nicht daran denken.

Er verspürte ein wenig Angst, als er durch das Fenster in Richtung Wald und den Weg zur Badestelle entlang schaute.

Sie hatte geschworen, dass der Ort privat war und dass dies jeder wusste und dass keiner es wagen würde, sie beim Baden zu stören. Das änderte jedoch nichts an der Tatsache, dass sie zusammen am helllichten Tag zum ersten Mal draußen wären.

Er hatte versucht sie zu überreden, dass sie bei ihm in seinem Zimmer blieben. Sie hatte ihn jedoch unaufhörlich angefleht und ihn mit den Vergnügungen des Sonnenscheins und grünen Grases und des erfrischenden Wassers in Versuchung geführt, wobei sie ihm ein Lächeln zugeworfen hatte, dass seine Knie weich wurden. Er hatte sie mit einem Knurren und einem heftigen Kuss bestraft und über seinen Oberschenkel und auf das Bett geworfen, wo er sie festsetzte. Jeder Muskel in seinem Körper hatte gezittert vor animalischer Lüsternheit, während er sie anblickte. Sie war jedoch standhaft geblieben.

Sie wussten beide, dass er ihre Meinung im Nu mit einer gezielten Berührung seiner Lippen oder einer Umarmung hätte ändern können.

Er hatte es jedoch nicht getan.

Jetzt befürchtete er, dass das Schicksal merken würde, dass es sie zu lange in Ruhe gelassen hatte.

Cynthia zitterte trotz der starken Mittagssonne, als das Wasser über ihre nackten Schultern spülte. Es war ein großartiger Tag. Am nördlichen Ende des breiten Teiches verlief ein Bach über glatte Steine wie ein Wasserfall nach unten, der einige Fuß hoch war, bevor er sich mit einem gluggernden Seufzen im Teich ausbreitete. Das Wasser war so glasklar, dass man sah, dass der Boden grün gefärbt war. Das Sonnenlicht funkelte auf dem Wasser, das am anderen Ende wieder in einen schnellen Bach mündete.

Sie überlegte, warum Garth so lange brauchte. Manchmal ärgerte sie sein Sinn für Schicklichkeit. War das, was sie taten, so falsch? Sicherlich konnte etwas so Himmlisches in Gottes Augen nicht böse sein. Fürwahr, Garth war ein Kirchenmann. Er hatte bestimmte Gelübde abgelegt. Er war jedoch kein Mönch mehr. Priester durften heiraten. Sicherlich war dies hier nicht so anders. Was sie betraf, warum sollte es den König interessieren, wen sie heiratete? Sie war keine Jungfrau mehr und die Gerüchte, die ihren Ruf beflecken könnten, interessierten sie nicht.

Sie legte ihren Kopf zurück und ihr Haar wurde von der kalten Strömung, die um sie wirbelte, nass. Es war so friedlich hier. Sie hatte diesen herrlichen Ort zu ihrer eigenen Domäne gemacht. Hier störte sie niemand. Die einzigen anderen Besucher waren Vögel, Eichhörnchen, Frösche und hin und wieder Füchse, die scheu am Teichrand tranken. Es war ein perfekter Zufluchtsort und der perfekte Ort, um Garth die guten Nachrichten zu erzählen.

Sie lächelte und rieb mit der Handfläche über die leichte Schwellung ihres Bauches. Tatsächlich war sie kaum bemerkbar. Sie war sich jedoch sicher, dass sie und Garth irgendwann nach Neujahr mit ihrem eigenen Kind gesegnet werden würden.

Es war die reinste Qual gewesen, es vor Elspeth geheim zu halten und vorzutäuschen, dass sie ihre monatlichen Blutungen zur normalen Zeit ertrug, obwohl sie schon drei verpasst hatte. Sie wollte jedoch, dass Garth es als erster erfuhr.

Sie war sich nicht sicher, wie er reagieren würde.

In den letzten drei Monaten hatte sie gesehen, wie Garth wieder auflebte. Sie hatte ihn lachen gehört, war fast in Ohnmacht gefallen bei seinen geflüsterten Worten des Verlangens und hatte die Musik in ihren verbundenen Seelen genossen.

Sie hatte alles über Garth de Ware und seine Familie erfahren. Sie lächelte jetzt, als sie sich an die Geschichten erinnerte, die er über seine berühmten Brüder erzählt hatte.

Holden de Ware war ein wilder Krieger und unbesiegt im Kampf – ein Mann, der das Vertrauen des Königs genoss wegen seines Geschicks in der Schlacht und seinem scharfen Sinn für Diplomatie. Diese Diplomatie hatte ihm eine Frau eingebracht – Cambria Gavin, die *Laird* eines schottischen Clans war. Laut Garth war Holdens Kettenhemd tragende Frau eine ebenso listige und wilde Kämpferin wie ihr Mann. Cynthia musste natürlich zugeben, dass seine Meinung vielleicht von der Tatsache beeinflusst war, dass Cambria Garth einmal ausgetrickst hatte.

Garths ältester Bruder Duncan war so barmherzig wie Holden wild war. Die Burg de Ware war voller Empfänger von Duncans Almosen. Er zog Waisen und Schwachköpfe an wie ein Magnet Eisenspäne. Er hatte jedoch seinen ganzen Charme spielen lassen müssen, um das Herz von Linet de Montfort zu gewinnen. Sie war eine flämische Tuchhändlerin, ein Mitglied der Gilde, war kompetent und unabhängig und sicher, dass sie keinen Ehemann brauchte. Scheinbar hatte Duncan sie ausgerechnet an Bord eines Piratenschiffs vom Gegenteil überzeugt.

Sie hörten sich sehr nett an und sie freute sich darauf, sie kennenzulernen ... wenn Garth sie denn haben wollte. Das war das einzige, dessen sie sich nicht sicher war. Garth schien sie jetzt zu mögen, aber wenn er von dem Kind erfuhr ...

Dann könnte sich alles im Nu ändern. Er könnte seine Gefühle wieder wegschließen. Darin hatte er ja schon genug Übung.

Sie musste das Risiko jedoch eingehen, bevor jemand anderes es herausfand. Beim Bad in den erfrischenden Gewässern dieses besonderen Ortes, wo die Sonne schien und die Vögel zwitscherten, würde Garth die Nachricht hoffentlich gut aufnehmen und würde sich freuen.

In den Büschen in der Nähe war ein Rascheln zu hören. Sie grinste und bewegte sich im Wasser in Richtung des Geräusches.

„Garth?“, wagte sie zu fragen.

Keine Antwort.

„Garth“, sagte sie. „Ihr könnt herauskommen. Es ist sicher.“

Die Büsche teilten sich. Es war nicht Garth.

Ein unheilvoller Knoten bildete sich in Cynthias Bauch,

während sie in die großen, schuldbewussten Augen ihrer Dienerin blickte.

„Mary?" Cynthias Stimme bebte. So ging es nicht. So wäre es, als würde sie ihre Schuld sofort zugeben. Nay, sie musste die Kontrolle übernehmen. „Mary!", schimpfte sie. „Geht sofort zurück zur Burg! Dies ist mein privater Ort! Was zum Teufel macht Ihr hier?"

Die Zweige des Busses wurden noch weiter auseinandergebogen. Mary war nicht allein. Der Knoten in Cynthias Bauch wurde zu einem Eisblock, als sie in das vertraute, grausame und harte Gesicht des Abtes blickte.

„Ich habe Ihr befohlen, mich zu Euch zu bringen."

Einen langen schmerzhaften Augenblick lang fühlte sie sich so verwirrt wie ein Hirsch, der auf einer offenen Wiese erwischt wird.

Dann raschelte es in den Büschen um den Teich und vier kräftige Ritter, die den scharlachroten Wappenrock von Charing trugen, kamen hervor. Auf Befehl des Abtes platschten sie durch die Strömung auf sie zu. Sie keuchte und versuchte sich vor ihren gierigen Blicken zu schützen, aber sie kamen zielstrebig auf sie zu. Sie geriet in Panik, drehte sich im Wasser und suchte nach einer Fluchtmöglichkeit. Schließlich ergriff ein Ritter ihren Arm mit seinem stählernen Handschuh und zog sie kräftig nach vorn.

„Hört auf", befahl sie. „Ihr tut mir weh."

Ihre Worte fielen auf taube Ohren. Leder und Kettenhemden kratzten an ihrer nackten Haut, als die vier Unholde sie grob aus dem Wasser zogen, wobei sie ihre Befehle ignorierten. Um dem Ganzen die Krone aufzusetzen, erzählte der Abt laut irgendeine

Lächerlichkeit über Kräuter und Hexerei, während sie mit ihrem schlüpfrigen Preis kämpften.

Sie kreischte vor Entsetzen und wurde knallrot, als sie sie nackt auf dem Ufer absetzten. Während sie da nackt, nass und zitternd stand, drückte einer der Männer einen gebogenen Dolch an ihren Hals. Ein anderer hielt ihre Arme hinter ihren Rücken, sodass ihre Brüste wie eine Opfergabe für den schrecklichen Mann, der andauernd weiter über ihre angeblichen Verbrechen sprach, nach vorn gedrückt wurden. Er schwang ein silbernes Kreuz und leckte sich über die Lippen wie ein Wolf, der im Begriff ist ein Kaninchen zu verschlingen.

Dann sagte er etwas, das Entsetzen in ihrer Seele auslöste.

„... Beweis, dass sie das Kind des Teufels in sich trägt."

Bevor sie es wirklich verstand, legte einer der Männer bereits die Eisen um ihre Handgelenke.

„Was soll das heißen ...", schrie sie und bekam dafür einen schnellen Schnitt mit dem Messer am Kinn.

In Panik blickte sie zu Mary. Sicherlich konnte sie dort auf Mitleid hoffen. Mary stand jedoch nur da und rieb sich schuldbewusst die Knöchel an ihren Händen.

„Ihr", hauchte sie. Mary war die Täterin. Irgendwie hatte Mary ihr Geheimnis erraten. Sie hatte es dem Abt offenbart.

„Knebelt sie", befahl der Abt und zeigte mit einem knochigen Finger auf sie. „Ich will nicht, dass sie Euch gute Männer mit einem Hexenzauber belegt, während Ihr Gottes Werk vollbringt."

Sie stopften ihr ein Stück Leinen zwischen die Zähne, um sie zum Schweigen zu bringen. Es war kaum notwendig. Sie bezweifelte, dass sie die Kraft hatte zu sprechen, angesichts des Entsetzens und Unglaubens, das ihr durch den Kopf ging.

Was sagte der Abt – sie wäre eine Hexe? Glaubte er das wirklich? Wenn dem so war, hatte er die Macht, etwas dagegen zu tun? Die Kirche hatte in geistlichen Angelegenheiten Hoheit, aber sicherlich könnten die falschen Anschuldigungen eines Mannes nicht ... oh Gott – was würde er mit ihr machen? Was würde er mit Garth machen? Und um Himmels Willen, was würde er mit ihrem Kind machen?

Sie schloss die Augen und bemerkte kaum die Schläge der Äste an ihren Armen, während sie barfuß den Weg entlang stolperte.

Das passierte nicht wirklich. Es *konnte nicht* sein.

Garth fluchte im Geiste, als er die Treppe herunterkam. Er hatte gehofft sich unbemerkt aus der Burg zu Cynthias Badeplatz zu schleichen. Die große Halle war jedoch voller Menschen.

Eine Hand voll kräftiger Ritter mit scharlachroten Wappenröcken kämpften sich den Weg frei, wobei sie etwas trugen, was er nicht erkennen konnte. Wahrscheinlich war es ein Dieb oder ein Wilderer, dachte er. Als die Männer sich auf zur Mitte der Halle machten, machten die Burgbewohner Platz für sie, keuchten und stolperten nach hinten.

Er runzelte die Stirn.

„Mylady!", kreischte Elspeth plötzlich vom anderen Ende der Halle.

„Lady Cynthia!", stöhnte Roger auf dem Podium, starrte und riss dann den Blick von der Last der Ritter.

Angst katapultierte Garth aus dem Treppenhaus. Steif marschierte er durch die Menge mit dem bitteren Geschmack von Angst im Mund. *Bitte, Gott, lass sie nicht …* betete er wild und konnte die Möglichkeit noch nicht einmal in Betracht ziehen. *Bitte lass sie nicht …*

Sein Herz schlug ihm bis zum Hals, als er durch die Menge zu den Rittern kam.

Einen kurzen Augenblick lang erfüllte ihn Erleichterung wie süßer Nektar. Cynthia lebte – außer Atem zwar, ein wenig blutig, aber lebendig. Gott sei Dank hatten die Ritter sie gerettet vor …

Seine Erleichterung verwandelte sich schnell in Zorn. Verflucht – sie war vollkommen nackt! Keiner dieser Männer, die sich Ritter nannten, hatte ihr wenigstens einen Umhang angeboten.

Er wollte gerade einen vernichtenden Tadel aussprechen, als Cynthia seinen Blick auf sich zog. Ihr Gesicht war voller Verzweiflung – nicht Scham oder Ungläubigkeit, sondern Verzweiflung.

Plötzlich wurde ihm alles klar. Diese Männer waren nicht ihre Retter. Sie waren ihre Fänger. Schlimmer noch, vor ihnen stand der Abt mit morbider Befriedigung im Gesicht.

Er hätte ängstlich sein sollen, aber sein Entsetzen überwältigte ihn. Garth richtete sich zu voller Größe auf.

„Abt!", fauchte er und scherte sich nicht um die Aufregung, die seine dominierende Stimme auslöste. „Was soll das alles bedeuten?"

Der Abt erschrak sichtbar, erholte sich aber schnell wieder. „Ich fürchte, ich habe schlechte Nachrichten."

Bevor er dies weiter ausführen konnte, stieß Garth eine Dienerin neben sich an. „Euren Umhang", forderte er.

Verlegen gab sie ihm das abgetragene Gewand.

Der Abt atmete tief durch. „Ich würde nicht zu nahe gehen, Vater Garth", warnte er und genoss jede Silbe. „Ich fürchte, dass Eure Herrin eine Dienerin Satans ist."

Die Burgbewohner keuchten, traten einen Schritt zurück und fingen dann an untereinander zu tuscheln.

„Wie bitte?", fragte Garth ungläubig. „Was für ein Unsinn ist das hier?"

Er grinste höhnisch und trat vor, um den Umhang um Cynthias Schultern zu legen. Das arme Mädchen zitterte vor Kälte und Angst. Ihre Lippen zitterten. Ihre Haut war so blass wie Pergament und ihr Haar hing ihr in nassen Strähnen über ihre Schultern und konnte ihre Brustwarzen nicht verbergen. Er konnte seinen Zorn kaum zügeln und biss die Zähne zusammen. Die Haut auf ihrer Hüfte und einem Oberschenkel war abgeschürft und auf der Wange war ein kleiner Schnitt zu sehen, was offensichtlich auf die grobe Behandlung durch die bewaffneten Unholde zurückzuführen war. Verdammt, er wünschte sich, dass er jetzt ein Schwert in der Hand hätte.

„Ich warne Euch", behauptete der Abt, „diese Frau ist eine Hexe. Ihr nähert Euch ihr auf eigene Gefahr.

„Das ist lächerlich! Lady Cynthia ist ebenso wenig eine Hexe wie ..."

„Ich sollte Euch auch warnen", sagte der Abt und hob beruhigend eine Hand, „dass Euer Glaube, Vater Garth, auch untersucht werden muss."

„Mein Glaube?" Was spie der Abt jetzt für einen Unsinn? Cynthia stand nass, verängstigt und zitternd vor ihm. Was hatte sein Glaube zu tun mit ...?

„Sicherlich erkennt Ihr alle Zeichen der Besessenheit. Ihr seid schließlich ein Mann Gottes." Der Abt hob seine knochigen Schultern und seufzte vor vorgetäuschter Reue. „Jedoch habt Ihr nichts unternommen. Sie hat Teufelskräuter benutzt und Ihr habt weggeschaut. Sie hat die Leute angewiesen, das Gebot der Fastenzeit zu brechen und Ihr habt weggeschaut. Und jetzt ..."

„Diese Frau hat unzählige Leben gerettet. Wer hat Euch autorisiert sie zu verurteilen?", fragte Garth, aber schon jetzt verspürte er ein schreckliches Pochen in seinen Schläfen. Verdammt ... wenn der Abt von den Kräutern und der Fastenzeit wusste ...

„Der Herr im Himmel", verkündete der Abt dramatisch, „verleiht mir die Autorität. Wollt Ihr Seinen Willen infrage stellen?"

Auf ein Zeichen des Abtes zogen drei der scharlachroten Ritter ihre Schwerter. Mit gedämpften Schreien wich die Menge zurück.

Garth hatte keine Angst. Er war zornig. Fürwahr, wenn er ein Schwert in der Hand gehabt hätte, hätte er sicherlich eine ganze Truppe Ritter besiegen können, da er so zornig war.

Aber er hatte keins und es würde Cynthia nicht weiterhelfen, wenn sein Blut auf dem Schilf vergossen werden würde. Dann hätte sie keinen Helden mehr. Nay, er würde seinen Verstand und nicht die Klinge benutzen.

„Würdet Ihr drei Krieger gegen einen unbewaffneten Priester schicken?", höhnte er. Dann wandte er sich zu den Dienern und Edelleuten, denen es unter Cynthias Obhut sehr gut ergangen war. „Glaubt Ihr diesen Vorwürfen?", fragte er. „Glaubt Ihr, dass diese Frau ..." Er zeigte auf sie und die Hoffnungslosigkeit in ihren Augen ließ seine Stimme brechen. „Glaubt Ihr, dass diese Frau, die Eure Wunden versorgt und Eure Knochen gerichtet hat, die Eure

Schnittverletzungen behandelt und Eure Babys auf die Welt gebracht hat, glaubt Ihr, dass diese Frau eine Hexe sein könnte?"

Lange Zeit schwiegen die Burgbewohner schuldbewusst. Sicherlich würden sie Cynthia nicht verraten. Sicherlich schuldeten sie ihr mehr als das.

Dann brach der Abt mit kühler Selbstsicherheit das Schweigen. „Weiß jemand hier etwas über die Existenz von Lady Cynthias Liebhaber?"

Die Menge schaute sich unsicher um. Garth schaute finster. Was hatte das damit zu tun ...

„Nay? Wie kann es dann sein", dachte der Abt laut nach, „dass sie ein Baby im Leib trägt?"

Die Leute im Raum rührten sich. Garth blickte zu Cynthia, aber ihre Augen waren auf den Boden gerichtet.

„Wer", fuhr der Abt fort, „außer die Geliebte des Teufels könnte ein Kind im Leib tragen, ohne einen Geliebten zu haben?"

Ein Baby? Garth hörte das überraschte Getuschel hinter sich kaum. Ein Baby? Sein Baby. Einen kurzen Augenblick lang stieg Freude in ihm auf, bevor sie wie eine Sternschnuppe in der schwarzen Nacht verschwand.

Ihre Blicke begegneten sich. Sorge stand ihr ins Gesicht geschrieben. Jedoch nicht um sich selbst. Sondern um ihn. Weil sie wusste, was er tun würde. Was er tun musste.

Er richtete sich zu voller Größe auf. Sein ganzer Körper bebte angesichts der enormen Tragweite dessen, was er sagen wollte. Es würde ihn zerstören. Es würde den Namen seiner Familie beschmutzen. Am Schlimmsten war, dass es ihn aus der Kirche verbannen würde, in der er Trost und Frieden gefunden hatte.

Hatte er nicht gewusst, dass es so weit kommen würde?

Seit dem ersten Mal, als er bei Cynthia gelegen hatte, war die Möglichkeit vorhanden gewesen. Im Verlauf einer jeden weiteren Woche war aus der Möglichkeit immer mehr Wahrscheinlichkeit geworden. Er konnte nicht lügen und behaupten, dass er nie über die Konsequenzen nachgedacht hätte. Vielleicht hatte er diese Konsequenzen niemals an die Oberfläche kommen lassen, aber tief in seinem Herzen wusste er sehr wohl, was er da tat und dass dieser Tag irgendwann gekommen wäre.

Auf seltsame Art und Weise fühlte er sich erleichtert. Die Entscheidung war jetzt für ihn getroffen worden. Seine Soutane fühlte sich wie eine alte Schlangenhaut an, die bereit war abgestreift zu werden.

Er hob die Hand und gebot Ruhe von den Burgbewohnern. „Ich erkläre hier vor allen Versammelten", verkündete er, „dass ich, Garth de Ware, der Vater von Lady Cynthias Kind bin."

Elspeth unterdrückte einen Schluchzer und Roger hätte nicht stolzer aussehen können, wenn Garth sein eigener Sohn gewesen wäre. Garth war sich jedoch sicher, dass sie ihm nicht glaubten. Wahrscheinlich nahmen sie an, dass er sich um Cynthias Willen opfern würde. Einen triumphierenden Augenblick lang sah der Abt wahrlich sorgenvoll aus.

Dann sprach Cynthia „Nay."

Garth schaute sie überrascht an. Cynthia schüttelte den Kopf und ihr Gesicht war so kalt und unnachgiebig wie Stein.

„Nay. Er ist nicht der Vater."

Garth runzelte die Stirn. Was im Namen Gottes ...?

„Er ist nicht der Vater meines Babys."

Ihm stockte das Herz. Wie konnte sie so etwas sagen?

Wie konnte sie ihn verraten? Natürlich war das Baby von ihm. Sie hatte bei keinem anderen gelegen. Das wusste er so genau wie die Farbe ihrer ...

Augen. Ihre Augen schauten ihn still flehend an und glänzten wie zwei blaue durchsichtige Edelsteine. Dann wurde ihm die Wahrheit klar. Sie leugnete ihn, weil sie ihn liebte. Sie wusste, dass er von der Kirche verbannt würde, wenn er zugab, einen Bastard gezeugt zu haben. Sie beschützte ihn.

Bei dem Gedanken, dass sie so viel für ihn opfern würde, bildete sich ein Kloß in seinem Hals.

Auf seiner langen Suche, in den vielen Stunden im Gebet und all den Tagen, an denen er die Bibel abgeschrieben hatte, in all den Wochen und Monaten der Armut, um in den Himmel zu kommen, war er niemals so nah dran gewesen.

Dies war der Himmel.

Kein schwarzhaariges Weib, das sich unter seinen Hüften wand und stöhnte. Auch nicht der liebliche Gesang heiliger Männer im Kloster. Noch nicht einmal die sorgenfreien Sommertage, an denen sie als Kinder auf den Wiesen herumgetollt waren. Der Himmel bestand aus der Liebe der wertvollsten Frau auf der Welt.

„Ob das Baby von mir ist oder nicht", sagte er mit mehr Überzeugung als in jeder seiner Predigten. „Ich erhebe Anspruch darauf. Und auf die Frau, die Ihr ungerechtfertigt verurteilt."

Das Getuschel der Menge wurde zu einem gedämpften Aufschrei.

Der Abt strich sich mit der Zunge über seine dünnen Lippen und seine glänzenden Augen schauten umher und dann hob er beide Arme. „Ruhe! Ruhe!"

Garth runzelte die Stirn. „Und wenn es nicht anders geht …“ Er griff nach dem hölzernen Kreuz um seinen Hals und zog es nach unten, um die Kette zu zerreißen und dann ließ er es auf den Boden fallen. „Widerrufe ich mein priesterliches Gelübde, um dies zu tun.“

Die Umherstehenden keuchten gleichzeitig und es dauerte dieses Mal viel länger, um ihr erstauntes Geschwätz zu unterbinden.

Garth richtete sich zu voller Größe auf. Er war endlich frei. Jetzt könnte er seine Dame retten. Jetzt könnte sein Leben anfangen.

Der Abt zog ein Gesicht, als hätte er unreife Orangen gegessen. Dann wurde sein Blick unerwartet weich und er lächelte Garth hinterhältig und mitleidig an.

„Ich fürchte, Ihr guten Leute“, sagte er und faltete die Hände fromm vor sich, „es ist bereits zu spät. Offensichtlich wurde Vater Garth von Eurer Herrin verhext. Wir müssen für ihn beten. Wenn die Versuchung aus dem Weg geräumt ist und er nicht mehr unter dem Einfluss der Hexe ist, wird er wieder zur Vernunft kommen.“ Er zeigte mit seinem knochigen Arm in Richtung Kerker. „Bringt sie nach unten.“

„Nay!“, explodierte Garth, als zwei Wachen Cynthia in Richtung Treppe zum Kerker zerrten. „Sie ist unschuldig! Ihr könnt nicht …“

„Ihr armer, armer Mann“, verkündete der Abt und schüttelte traurig den Kopf. „Scheinbar hat sie Euch verhext. Ich werde für Eure Seele beten“, versprach er.

„Nay!“, schrie Garth und rannte wild hinter ihr her. „Nay!“

Die anderen beiden Wachen ergriffen ihn an den Armen und zogen ihn zurück. Er kämpfte mit aller Kraft gegen ihren Griff, aber er konnte gegen die bewaffneten Riesen nichts ausrichten. Das letzte, was er sah, war Cynthias blasser nackter Fuß auf der ersten Stufe hinab zum Kerker. Dann schlug ihm jemand eine umrüstete Faust ins Gesicht und er sah nur noch Sterne, bevor ihm schwarz vor Augen wurde.

„Guter Junge."

Tropfen fielen Garth auf die Stirn. Er zuckte zusammen.

„Kommt Ihr wieder zu Euch?"

Er öffnete die Augen. Elspeths faltiges Gesicht war über ihn gebeugt.

„Der hat Euch einen ordentlichen Schlag versetzt. Ihr habt den größten Teil des Tages verschlafen."

Er richtete sich sofort auf. Das konnte nicht stimmen. Es schien, als wäre Cynthia gerade erst weggezerrt worden.

„Passt auf", schimpfte Elspeth und ergriff ihn an den Schultern. „Ihr werdet eine Zeit lang so wackelig auf den Beinen sein wie ein neues Fohlen.

Ihm war schwindelig. Vor sieben Jahren war er das letzte Mal so hart geschlagen worden, als er seine Lateinaufgaben über Duncans Liebesbriefe geschrieben hatte. Er schüttelte den Kopf, um klar zu werden.

„Ich muss zu ihr", sagte er.

„Nay, auf keinen Fall."

„Sie braucht meine Hilfe."

„Erst einmal geht es ihr gut. Es nützt ihr nichts, wenn Ihr auch noch eingesperrt werdet. Wenn Ihr im Kerker sitzt, könnt Ihr ihr nicht helfen."

Elspeth hatte natürlich Recht. Er konnte jedoch den Gedanken nicht ertragen, dass Cynthia irgendwo im dunklen Kerker zitterte, während er ...

Wo war er? Von der Decke hing eine Reihe gewachster Käselaibe. Glasierte Tongefäße funkelten im Kerzenlicht auf dem Regal mit den durchgebogenen Böden, auf denen unter anderem verschiedene in Tuch gewickelte Bündel und Flaschen standen.

Elspeth beantwortete seine nicht gestellte Frage. „Die Speisekammer. Roger dachte, dass es am besten sei, Euch zu Eurem eigenen Wohl eine Zeit lang außerhalb der Sichtweite des Abtes zu halten. Der Abt glaubt, dass Ihr aufgestanden und weggelaufen seid."

„Ich werde mich hier nicht wie ein verängstigtes Kaninchen verstecken, während ..."

„Ihr bringt nur Lady Cynthia und Euer Kind in Gefahr, wenn Ihr ..."

„Mein Kind." Er wandte den Blick zu ihr. „Ihr wisst es?"

„Was?", sagte Elspeth mit einem reumütigen Kichern. „Dass das Kind von Euch ist? Nun, nach all dem Vögeln, dass Ihr beide in der Hälfte der Zimmer auf der Burg gemacht habt, von wem sollte es da sonst sein?"

Zu seinem Leidwesen errötete Garth. „Ich wollte niemals ..."

Mütterlich zog Elspeth seine Soutane hoch über seine Schultern. „Ehrlich gesagt, Junge, Ihr hattet keine Chance, ob Priester oder nicht. Wenn Cynthia sich etwas in den Kopf setzt, dann müsst Ihr noch mehr kämpfen als ein Lachs, der gegen die Strömung einen Fluss hoch schwimmt, wenn Ihr Euch ihrem Willen widersetzen wollt." Sie tätschelte seine Hand. Es fühlte sich seltsam tröstlich an. Dann presste sie die Lippen fest zusammen. Ihr standen die Tränen in den Augen. „Aber jetzt ist sie in den Händen des Teufels und ob Ihr wollt oder nicht, sie will nicht, dass Ihr in diese Hölle gezogen werdet. Sie wird selbst auf dem

Scheiterhaufen leugnen, dass es Euer Kind ist und …“, sie brach schluchzend ab.

Garth schlug mit der Faust gegen die Wand. Farbe blätterte ab und fiel auf den Boden.

„Ich muss zu ihr gehen“, knurrte er mit zusammen gebissenen Zähnen und stellte sich auf seine Füße. „Ich muss gehen.“

„Bitte“, flehte Elspeth und knäulte seine Soutane verzweifelt in seiner Faust. „Ihr dürft es nicht. Ihr seid jetzt ihre einzige Hoffnung. Ihr müsst einen anderen Weg finden.“

Er ergriff sie an den Schultern und schaute in ihre braunen tränennassen Augen, wobei er so schnell überlegte, als würde er seine Ideen schnell auf Pergament kritzeln.

„Der Abt kann kein unschuldiges Baby opfern“, sagte sie. „Das verbietet die Kirche. Das Zeichen des Teufels muss bewiesen werden. Das Kind muss also geboren werden.“ Er strich sich mit der Hand über den Mund. „Also haben wir …“

„Sechs oder vielleicht sieben Monate Zeit.“

Er schaute nachdenklich über ihren Kopf, vorbei an Behältern und Flaschen, am Käse vorbei, an den Wänden der Speisekammer vorbei zu einem Ort in seinem Kopf, der schon staubig geworden war, weil er nicht benutzt wurde.

Es war an der Zeit, die Spinnweben wegzuwischen, das rostige Kettenhemd und den verblichenen Surcot des Jungen anzuziehen, der einst ein Schwert schwingen konnte und die quietschenden Beschläge der Kriegsmaschinerie zu schmieren.

„Bringt mir Pergament, Tinte und eine Feder“, sagte er und war von der Autorität in seiner Stimme überrascht. „Und einen vertrauenswürdigen Diener, der so schnell wie der Wind reiten kann. Nay, drei Diener.“

Elspeth nickte und eilte los, um seinem Wunsch nach zu kommen, wobei sie die Hände wrang und hoffnungsvoll zu ihm zurückblickte, bevor sie die Speisekammer allein verließ.

Er strich sich mit der Hand über die Wange und zuckte zusammen, als er die Stelle berührte, wo der Ritter ihn geschlagen hatte. Vier Jahre lang hatte er die andere Wange hingehalten. Jetzt war es an der Zeit zu kämpfen.

Sein Bruder Holden würde erstaunt sein, von ihm zu hören, aber er würde kommen. Das wusste Garth und mit Gottes Segen auch noch rechtzeitig. Auf die Vorliebe seines Bruders für einen guten Kampf konnte er sich vollständig verlassen.

KAPITEL 21

Mit dem Stück eines Rinderknochens kratzte Cynthia eine Markierung in die Steinwand. Dieses Werkzeug hatte sie sich von ihrem ersten Abendessen im Kerker aufgehoben. Laut ihrer Berechnung war dies zwei Monate her.

Es war also Oktober und die Zeit, um Erbsen und Bohnen zu säen, Lauch zu verpflanzen und Äste unter Kohlköpfe zu legen. Sie vermisste die Veränderungen der Jahreszeiten, das Vogelgezwitscher und ihren Garten.

Am meisten vermisste sie jedoch Garth.

Zuerst hatte sie versucht, nicht an ihn zu denken. Stattdessen konzentrierte sie sich auf das Baby, das in ihr heranwuchs. Ihr Bauch war jetzt so rund wie der einer ausgestopften Gans. Es faszinierte sie, dass das Kind trotz des Mangels an frischer Luft und Sonnenschein weiterhin gut gedieh. Sie nahm an, dass Babys so stur und widerstandsfähig waren wie Unkräuter, die selbst im unfruchtbarsten Boden wachsen konnten. Sie sehnte sich jedoch danach, diesem Baby den gesunden Start zu ermöglichen, den es verdiente. Ihr schmerzender Rücken, ihre untätigen Muskeln und blasse Haut sehnten sich danach die erquickende Natur zu spüren. Sie war diesen feuchten, dunklen Ort, an dem das Moos in jedem Spalt in den Steinen sprießte und in dem es immer kalt war, gründlich leid.

Elspeths Besuche hielten ihre Hoffnung am Leben. Obwohl sie unter strenger Bewachung der Wachen des Abtes stand, durfte Elspeth sie alle paar Tage für einen kurzen Zeitraum sehen. El brachte ihr die Nachrichten über die Burgbewohner, den Abt und neuerdings auch Nachrichten aus dem Dorf.

Während eines dieser Besuche flüsterte El, dass sie eine Nachricht von einem jungen Mann aus dem Dorf überbringen würde, der sich um die Alten und Kranken dort kümmerte und versprochen hätte, Lady Cynthia in seine Gebete einzubeziehen.

Danach gab es häufig Nachrichten von jenem *guten Mann*. Sie erfuhr, dass er seine Soutane abgelegt hatte, jedoch die Arbeit des Herrn weiterführte und jetzt mit den Dorfbewohnern direkt unter der Nase des Abtes arbeitete und dass die Räder für ihre Rettung in Gang gesetzt worden waren.

Laut Elspeth hatte der Abt angefangen Männer um sich zu scharen, die jedoch zum größten Teil übergroße Tölpel und religiöse Fanatiker waren, aus denen er aber seine persönliche Truppe rekrutieren wollte. Jeden Tag kamen mehr scharlachrote Ritter, um sich der Zimmer von Wendevilles Edelleuten zu bemächtigen. Zweifellos plante er sowohl Charing als auch Wendeville unter seinen Befehl zu bekommen. Ihr wurde klar, dass das wahrscheinlich die ganze Zeit seine Absicht gewesen war.

Außerdem erfuhr sie von Elspeth, dass der Abt zögerte sie hinzurichten, bevor ihr Baby geboren war. Er glaubte vielleicht, dass sie die Brut des Teufels in sich trug, aber bis er nicht einen unwiderlegbaren Beweis hatte, hinderte ihn das Gesetz der Kirche daran ein unschuldiges Kind zu töten.

Cynthia strich sich über ihren Bauch, als dieser jetzt mit leichten Bewegungen zuckte. Ungefähr noch drei Monate. Sie wusste, dass diese im Nu vorbeigehen würden. Falls Garths Rettungsversuch irgendwie scheiterte und da niemand dem Gebot des mächtigen Abtes widersprechen konnte, würde er seinen Willen bekommen. Cynthia würde als Hexe auf dem Scheiterhaufen brennen.

Der Gedanke trieb sie zur Verzweiflung und ungebetene Tränen stiegen ihr in die Augen. Bevor sie es aufhalten konnte, begann sie zu schluchzen. Sie schlug die Hand über ihren Mund und kämpfte gegen die Tränen, wobei sie die Gefühle verfluchte, die sie in letzter Zeit immer häufiger ohne Vorwarnung zu überwältigen schienen.

Sicherlich würde Garth sie retten. Selbst wenn er es nicht konnte, würde das Baby überleben, sagte sie sich und trocknete sich die Augen mit einer Ecke ihres Surcots. Elspeth und Roger würden dafür sorgen. Wenn alles nichts nützte und sie hingerichtet werden würde, beabsichtigte sie schmerzfrei in den Tod zu gehen. Wenn sie sie holten, würde sie El um Wein bitten, der mit Opium versetzt war. Mit ein bisschen Glück wäre sie halb tot, bevor Flammen ihr Fleisch berührten.

Dann schimpfte sie sich für ihre Zweifel. Garth würde sie retten. Er hatte es ihr versprochen. Es gab kein Grund zu weinen.

Vor der Tür waren Schritte zu hören.

„Mylady!", rief El.

El wäre traurig sie so zu sehen und deshalb wischte sie

die letzten Tränen weg und stellte sich an das kleine vergitterte Fenster. „El, was ist?"

Elspeths Gesicht war vor Aufregung gerötet, die sie jedoch wegen der Wache dämpfte. „Der Garten ist heute sehr schön, Mylady", sagte sie und fügte dann mit Betonung hinzu, „Ihr glaubt gar nicht, wie *grün* er ist."

„Grün?"

„Aye. *Grün.* Soweit das Auge sehen kann."

Cynthia blinzelte. Das war unmöglich. Es war Oktober. Der Garten konnte nicht grün sein.

El nickte nachdrücklich. „Ich habe Euch doch gesagt, dass der Eisenhut Früchte tragen würde."

„Eisenhut?" Cynthia runzelte die Stirn. Der Eisenhut hätte schon vor Wochen Samen bilden sollen.

Frustriert verzog Elspeth das Gesicht. „Aye, Mylady. Ich kann den Meerrettich von meinem Fenster aus sehen. Der Wolfs-Eisenhut wird bald aufgehen.

Über was zum Teufel sprach El? Grün? Eisenhut? Meerrettich? Wolfs-Eisenhut? „Ich verstehe nicht ..."

„Wolfs -Eisenhut", betonte Elspeth deutlich. „Dutzende davon haben schon ihre Köpfe herausgestreckt."

Cynthia starrte in Elspeths Augen, die bei den Bemühungen funkelten, dass sie endlich verstand. Langsam begann sie Els Worte zu entziffern. Eisenhut hieß auch Mönchshut. Der Mönch musste Garth sein. Wolfs-Eisenhut. Die Wölfe waren wahrscheinlich Garths Brüder. Meerrettich oder auch Pferderettich. El hatte Dutzende von *Pferden* von ihrem Fenster aus gesehen. Gekleidet in den Farben der de Wares würden sie das Land *grün* aussehen lassen, soweit das Auge reichte.

Cynthias Herz flatterte angesichts eines Gefühls, das sie schon fast vergessen hatte. Hoffnung. Sie umklammerte das

Gitter und bildete die Worte nur mit dem Mund: *Er kommt, um mich zu holen?*

Elspeth lächelte und nickte.

„Gott sei Dank", brachte Cynthia heraus. Die Wache wandte den Kopf und schaute düster und sie fügte schnell hinzu: „Ich hatte Angst, dass der Eisenhut ... in meiner Abwesenheit eingegangen wäre."

Die ungeduldige Wache zeigte Elspeth an, dass sie jetzt gehen müsste und El tätschelte ihr zum Abschied die Hand.

„Keine Sorge, Mylady", sagte El zwinkernd zum Abschied „Der Eisenhut ist fast unmöglich zu unterdrücken."

Als sie weg war, wandte sich Cynthia von der Tür ab. Wieder stiegen ihr die Tränen in die Augen, aber dieses Mal waren es Freudentränen. Garth hatte seine Brüder gerufen. Er hatte es getan. Er war gekommen, um sie zu retten.

Sie lehnte sich gegen die kalte Eisentür. Die Fackel im Flur flackerte und verursachte einen fröhlichen Schatten auf den feuchten Steinen ihrer Zelle.

Hoffnung erfüllte ihr Herz, dass sie und ihr Baby vielleicht überleben würden.

Sie wünschte, dass sie Elspeth hätte mehr Fragen stellen können. Was machte der Abt? Wie hatten die Burgbewohner die Nachrichten aufgenommen? Wo befand sich Garth? Sie würde wohl alles noch nach und nach erfahren. Erst einmal reichte es, dass sie wusste, dass Dutzende Ritter von de Ware auf dem Weg zu ihrer Rettung waren.

Das Baby bewegte sich in ihr, als würde es ihre Freude teilen und sie lachte laut, obwohl es sich fast wie ein Schluchzer anhörte.

„Schon bald", versprach sie und beruhigte das Kind mit einem sanften Streicheln. „Schon bald werden wir befreit sein."

Bestenfalls in einigen Stunden und höchstens in ein paar Tagen würde sie durch die Tür des Kerkers gehen und niemals zurückkehren.

„Als erstes werde ich mich im Garten auf dem Rasen ausstrecken“, sagte sie halb zum Baby und halb zu sich selbst. „Ich werde einfach nur die Wärme der Sonne und den Duft reifer Äpfel genießen und mit den Fingern durch die goldenen, orangen, gelben und roten Blätter streichen.“ Sie schloss die Augen und stellte es sich vor.

Das Geräusch sich nähernder Schritte unterbrach ihre Gedanken. Plötzlich erschien der Abt an der Tür. Er sah aufgeregt und verärgert aus und es lief ihr kalt über den Rücken.

„Was wollt Ihr?“, krächzte sie.

Er gab der Wache ein Zeichen diese drehte einen Schlüssel im Schloss der Tür.

„Was ...“, fing sie erneut an und verschluckte unfreiwillig die Worte.

Die Tür quietschte beim Öffnen und die Wache ergriff sie am Ellbogen. So lächerlich es auch war, sie widersetzte sich ihm und zögerte aus der Zelle zu treten, die über so viele Wochen ihr Zuhause gewesen war.

„Nun kommt schon, Kind“, sagte der Abt, als die Wache sie hinaus zerrte. „Es ist Zeit für ein Feuer.“

„Nay!“, schrie sie und kämpfte mit all ihrer Kraft gegen die Wache. „Nay!“

Dies konnte nicht sein – nicht, solange das Kind noch nicht geboren war und nicht, wenn die Wölfe von de Ware vor den Toren standen und nicht, wenn Garth auf dem Weg zu ihr war.

Sie verdrehte die Augen heftig, während sie sich gegen die Wache stemmte, bewegte ihre Füße nicht und klammerte sich an die Steinmauer in dem verzweifelten Versuch ihren Fortschritt zu verlangsamen.

Ihr letzter entsetzlicher Gedanke, als die Wache sie über die groben Steine und in das blendende Tageslicht der großen Halle zerrte, war, dass sie keine Gelegenheit haben würde, das Opium zu nehmen.

„Priester!"

Garth schaute von dem Haufen Holz, den er gerade gehackt hatte, hoch. Die Dorfbewohner nannten ihn immer noch Priester, obwohl er sein hölzernes Kreuz in seiner Jacke aufbewahrte und seit der Ankunft des Abtes weder eine Predigt gehalten noch ein Gebet gesprochen hatte.

Es war Elspeth und zum ersten Mal sah er sie auf einem Pferd. Angesichts des unliebsamen Galopps war es vielleicht sogar das erste Mal, dass sie ein Pferd ritt. Sie wackelte im Sattel und ihr Häubchen flatterte wie eine riesige Taube auf ihrem Kopf.

Er senkte die Axt ein letztes Mal und schlug sie in den dicken Eichenstamm und dann wischte er seine schwieligen Hände an seinem Leinenhemd ab. Schweiß tropfte ihm ins Auge und er kniff die Augen gegen die Sonne zusammen und beobachtete, wie die Dienerin sich näherte.

Alle paar Tage brachte sie ihm Nachrichten von Cynthia. Nur so hatte Garth es verhindert, dass er hier an diesem sicheren Ort in der Kate des Gerbers verrückt wurde. Auch so litt er Höllenqualen in dem Wissen, dass Cynthia in dem kalten feuchten Kerker dahinschmachtete.

Er sehnte sich danach sie zu sehen und zu beobachten, wie sein Baby in ihrem Bauch wuchs. Er lechzte nach ihrem Duft, ihrem Geschmack und ihrer Berührung. Seit Wochen hatte er weder richtig geschlafen noch gegessen und war durch die Warterei bis zum Zerreißen angespannt. Durch körperliche Arbeit hatte er sich abgelenkt und seinen Körper für die anstehende Schlacht gestärkt. Stundenlang hatte er Holz gehackt, Ochsen angetrieben, Zäune gebaut und mit dem Schwert geübt, um nicht an Cynthias Qualen denken zu müssen.

Es war fast drei Monate her, seit er seinem Bruder den Brief geschrieben hatte. Sicherlich musste er Holden inzwischen erreicht haben. Er hatte drei Reiter losgeschickt, um seine Lieferung zu garantieren. Die kryptische Einladung zu Garths Hochzeit mit der Bitte um eine Armee würde sicherlich dafür sorgen, dass Holden sich sofort auf sein Pferd setzte. Schon bald würde er hier sein und mit seinen wilden, schwer bewaffneten Gefolgsleuten vor die Mauern von Wendeville galoppieren.

„Priester!“, rief Elspeth. „Priester!“

Garth runzelte die Stirn. Tränen strömten über Els errötete Wangen, als sie das Pferd zum Halten brachte. Irgendetwas stimmte nicht. Garth eilte vor, um ihr vom Pferd zu helfen.

„Priester!“, schluchzte sie. „Ihr müsst kommen!“

Er ergriff sie an den Schultern. „Was ist passiert?“

Die arme Dienerin konnte vor Keuchen und Schluchzen kaum sprechen. „Eure Familie ist nur noch einen halben Tag entfernt.“

Erleichterung überkam Garth. Er wusste, dass er sich auf Holden verlassen konnte. „Aber das sind gute Nachrichten, El!“ Er hob sie hoch und schwang sie einmal herum.

Sie schüttelte jedoch den Kopf und schlug gegen seine Arme, bis er sie absetzte. „Nay“, stöhnte sie und bedeckte ihr Gesicht mit ihren Händen. „Ihr versteht nicht. Der Abt weiß, dass sie kommen. Er will nicht mehr warten. Er ... er baut schon den Scheiterhaufen."

Garth blieb das Herz stehen. „Jetzt?"

Sie heulte.

Entsetzen raubte Garth den Atem.

„Ihr müsst sie retten", flehte Elspeth und klammerte sich an sein Hemd. „Ihr müsst."

Garths Körper übernahm, während ihm der Kopf wegen des Schocks schwirrte. In einer fließenden Bewegung stieg er auf das Pferd, drehte es, wobei er Elspeth grimmig und beruhigend zunickte.

Seit seiner Jugend war er nicht mehr so schnell geritten, aber das Geschick kam so schnell wieder wie die Worte des Vaterunsers. Angetrieben von seinem Zorn legte er eine Meile nach der anderen zurück, wobei das Pferd Steine und Staub hinter sich aufwirbelte. Seltsamerweise gab es keine Anzeichen seiner Brüder und er hatte keine Zeit, zu überlegen, was aus ihnen geworden war. Als die Türme von Wendeville am Horizont auftauchten, war das arme Pferd der Erschöpfung nah und keuchte durch den Schaum vorm Maul.

Aber das treue Tier galoppierte den ganzen langen Hügel hinauf zur Burg am Torhaus vorbei und auf den Burghof und blieb erst stehen, als Garth an den Zügeln zog, damit es nicht in die Menge hinein galoppierte.

Der Burghof war voller Menschen – Edelleute, Diener, Bauern, Kaufleute und mehr scharlachrote Ritter, als er erwartet hatte. Abgesehen von den Kaufleuten, die enthusiastisch ihre Waren feilboten, als wären sie auf einem Frühjahrsmarkt, waren die anderen Leute seltsam still. Frauen sprachen hinter vorgehaltener Hand und die

Männer traten unbehaglich von einem Fuß auf den anderen.

War er zu spät? War es vorbei? War sie tot? Sein Herz raste in seiner Brust. Schnell überblickte er den Burghof und betrachtete den einzelnen schwarzen Pfosten, der wie ein anklagender Finger in den Himmel ragte. Aber in der Menge waren so viele Ritter auf Pferden, dass er nicht sehen konnte, was sich zu Füßen des Pfostens befand.

Er zwang sein Pferd weiter vor, schob sich zwischen zwei streitende Jungen, bewegte sich an einem Kuchenverkäufer vorbei und schob eine freche Tuchhändlerin mit einer riesigen Wagenladung Stoffe beiseite.

Endlich sah er Cynthia. Mit einer dicken Schnur war sie an den Pfosten gebunden und ihre Haut war so blass wie Alabaster, wo sie gegen das dunkle Holz gedrückt war. Die Knochen ihres Gesichtes stachen hervor und ihr Haar klebte vor Schmutz an ihrem Kopf und ließ sie zart und hilflos aussehen. Der kühle Oktoberwind zerrte an ihrem schmutzigen Leinenunterkleid und sorgte dafür, dass sie erschauderte und ihr geschwollener Bauch unschicklich entblößt wurde.

Bitterer Zorn stieg in ihm auf, der so tief saß, dass er keine Worte dafür finden konnte. Er trieb sein Pferd an und beabsichtigte auf den Scheiterhaufen zuzureiten und Cynthia zu befreien. Das Pferd war jedoch eingeklemmt. Jemand griff nach Garths Knie, aber er ignorierte es und versuchte stattdessen sein Pferd nach vorn zu bewegen. Jetzt zog jemand beharrlich an seinem Hemd und wollte seine Aufmerksamkeit. Er fluchte und zog fest an den Zügeln und wurde vor Frust fast wahnsinnig. Er stellte sich in den Steigbügeln auf und schlug den Arm, der dauernd an ihm zog, weg.

Er überlegte ganz abzusteigen, als jemand ihm diese Entscheidung abnahm und ihn aus dem Sattel zog, sodass er auf dem Boden auf seinem Hinterteil landete. Er schüttelte seinen schwindeligen Kopf und machte sich bereit, seinen Angreifer auszuschimpfen. Als er jedoch sah, wer in raschelnden burgunderfarbenen Samtröcken über ihm ragte, konnte er nur erstaunt keuchen.

„Wollt Ihr die Dame retten oder nicht?", fauchte die Frau mit funkelnden Augen.

Obwohl der vertraute Sarkasmus in ihrer Stimme zu hören war, hatte er noch nie lieblichere Worte vernommen.

Trotz der frischen Luft konnte Cynthia kaum atmen. Ihre Knie wackelten. Sie versuchte sich selbst zu überzeugen, dass es nur Hunger war, obwohl ihr Magen sich bei dem Gedanken an Essen drehte. Sie beharrte darauf, dass es die Kälte war, wegen der sie zitterte, obwohl klamme Schweißtropfen auf ihrer Stirn standen. Es war jedoch nicht Angst. Niemals Angst. Schließlich war der Tod ein vertrauter Begleiter gewesen. Es gab keinen Grund, sich vor dem Tod zu fürchten. Der Tod brachte Frieden und ein Ende des Leidens.

Warum ließ ihr dann der Anblick des großen, in schwarz gekleideten Scharfrichters den Atem stocken, der über ihr mit einer brennenden Fackel stand?

In scharlachrot gekleidete Soldaten schichteten Anmachholz zu ihren Füßen. Jemand zog an ihren Fesseln, um die Knoten zu überprüfen. Dann trat der Abt auf eine große hölzerne Kiste. Sie sah jetzt, dass er ungewöhnlich ungepflegt aussah, als wäre er gerade erst aus dem Bett gekommen. Seine Robe saß schief und sein weniges schwarzes Haar war eilig gekämmt worden. Er schien gehetzt und nervös, als wäre ihm nur allzu bewusst, dass er im Begriff war eine Todsünde zu begehen und es eilig hatte, dies hinter sich zu bringen. Er zog die Kapuze seiner Soutane fester um seinen dünnen Hals und hob eine Hand, um für Ruhe zu sorgen.

„Im Namen Gottes", verkündete er selbstgerecht, „verurteile ich diese Frau, dass sie als Hexe brennen soll." Er zeigte mit dem Finger auf sie.

Vor Cynthia verschwammen die Gesichter ... Elspeth, Jeanne ... Freunde, Feinde und Fremde.

„Dafür gibt es diese drei Beweise", sprach der Abt weiter. „Sie hat Kräuter, die allgemein als Teufelskräuter bekannt sind, zur Heilung benutzt. Sie hat Zauberei benutzt, um andere dazu zu bewegen das Gebot der Fastenzeit zu brechen und sie trägt den Samen des Satans in sich und hat keinen irdischen Vater, der das Kind für sich beansprucht."

Eine kühne Stimme meldete sich. „Wie ich die ganze Zeit gesagt habe, beanspruche ich ihr Kind!"

Bei der vertrauten Stimme wurde Cynthias Sicht sofort wieder klar und Hoffnung durchfuhr sie. Die Menge trat auseinander und ein muskulöser Mann trat frech vor den Abt. Cynthia hielt die Luft an. War es Garth?

„Ich bin der Vater."

Das konnte nicht sein. Dieser Mann hatte die Schultern eines Ochsen und Beine wie zwei junge Eichen. Er trug das grobe Hemd und die Hose eines Bauern und seine Haut war von der Sonne gebräunt. Und doch ...

Dann wandte er sich zu ihr und schaute sie mit seinen grünen Augen so voller Liebe und Versprechen an, dass sie fast in Tränen der Erleichterung ausgebrochen wäre.

„Vater Garth", sagte der Abt, „ich hatte gehofft, dass die Trennung vom Einfluss dieser Frau Euch dazu bringen würde, Eure Fehler einzusehen, aber leider fürchte ich, dass dem nicht so ist." Er klackte mit der Zunge. „Seht Ihr", verkündete er, „wie die Hexe den armen Garth in den Wahnsinn und die Gottlosigkeit getrieben hat? Es gibt keine Hoffnung für ihn, außer ..." Die Augen des Abtes funkelten angesichts seiner plötzlichen Eingebung. „Außer, dass ein reinigendes Feuer auch seine Seele läutert."

Der Abt nickte dem Scharfrichter zu. Die riesige vermummte Gestalt ergriff Garth am Arm und zog ihn über das Anmachholz auf den Scheiterhaufen.

„Nay!", schrie Cynthia und ihre Hoffnung wurde so schnell begraben, wie sie aufgekommen war.

„Was zum Teufel?", rief Garth. „Lasst mich los! Das ist Blasphemie!"

„Wir werden alle für Euch beten", versprach der Abt.

„Nay!", schrie Garth und kämpfte mit aller Kraft gegen den Unhold, der im Begriff war ihn zu seinem Tod zu zerren. „Hierfür werdet Ihr in der Hölle brennen, Abt! Ihr ermordet einen Unschuldigen! Eure Seele wird auf ewig verdammt sein!"

Aber Cynthia erkannte die Wahrheit. Ganz gleich, wie sehr Garth seine Unschuld auch beteuerte, ihre Unschuld und die des Babys beschwor, selbst wenn er schrie, bis seine Stimme heiser war und Flammen an seinen Füßen züngelten, der Abt hatte nicht die Absicht, einen von ihnen frei zu lassen. Noch nicht einmal der Wille der Leute, von denen einige weinten und stöhnten und einige entsetzte Proteste riefen, könnte den erbärmlichen Mann von seinen Absichten abbringen. Aus welchem unchristlichen Grund auch immer wollte der Abt sie beide los werden und keine Macht der Welt würde ihn davon abbringen.

„Eure Seele wird verrotten, Abt!“, fauchte Garth und warf den Kopf zurück wie ein wilder Wolf.

Der Scharfrichter brachte ihn schließlich zum Schweigen. Der große Mann schüttelte Garth grob und zischte: „Ruhe! Schaut zu Eurer Dame. Sie braucht Euren Mut.“

Garth hörte auf zu kämpfen und schaute Cynthia ins Gesicht. Sie versuchte aufzuhören zu weinen, aber die Tränen liefen ihr über das Gesicht wie ein Sturzbach. Garth wurde ruhig.

„Es tut mir leid“, flüsterte sie neben ihm auf dem Scheiterhaufen.

„Nicht“, murmelte er. „Ich bin gekommen, um Euch zu retten.“

Sie retten? Wie wollte er sie jetzt retten? Er war im Begriff neben ihr auf dem Scheiterhaufen verbrannt zu werden. Oder vielleicht, dachte sie unter neuen Tränen, meinte er die Rettung ihrer Seele. Aye, das meinte er. Er opferte sich, um ihre Seele zu retten.

„Es ist alles meine Schuld“, brachte sie heraus.

„Nay“, wiederholte er heftig. „Das dürft Ihr niemals glauben. Niemals. Ich bereue nichts von dem, was wir getan haben. Hört Ihr mich? Nichts. Ich will nicht ohne Euch leben. Ich ... ich könnte nicht ohne Euch leben.“

Der Scharfrichter band ihn nun an die Rückseite des Pfostens. Dann streckte Garth seine Hand hinter sich aus, um ihre zu ergreifen.

„Es wird jetzt nicht mehr lange dauern“, beruhigte er sie.

Als sich Garths warme Finger um ihre legten, spürte Cynthia, wie das scharfe, eisige Entsetzen des Augenblicks langsam schwand. Ihr Herz schlug immer noch heftig, aber nicht mehr ganz so schnell.

Es war zu spät für Reue oder darüber nachzudenken, was hätte sein können. Garth konnte sie jetzt nicht mehr retten. Er konnte nur bei ihr sein. Es reichte jedoch, die Kraft seiner tröstenden Hand zu spüren, wenn das Feuer ihre Körper verbrannte.

Durch ihre tränenden Augen nahm Cynthia alle Einzelheiten um sie herum mit einer seltsamen Losgelöstheit wahr. Die Zeit verlangsamte sich. Jede Bewegung, jeder Geruch und jedes Geräusch erreichte sie mit kristallklarer Deutlichkeit.

Unter ihr stampfte ein Pferd mit seinen Hufen und zerdrückte ein winziges Gänseblümchen im Rasen des Burghofs.

Jenseits der Menge gackerten Hühner und schwangen ihre nutzlosen Flügel, als ein Hund durch ein Loch im Zaun nach ihnen schnappte.

Zwei kleine Mädchen stritten sich um eine Puppe.

Mütter mit Babys, die sie zur Welt gebracht hatte, schluchzten in lautem Protest und drückten sich vergeblich gegen die Mauer aus scharlachroten Rittern.

Hinter der Reihe von Wachen vergrub Roger sein Gesicht in seinen Händen.

Der Duft von Schweinepasteten wehte an ihr vorbei.

Köpfe, die sie einst mit heilenden Elixieren gewaschen hatte, waren in ohnmächtiger Trauer.

In der Nähe zwang eine Tuchhändlerin ihren Karren frech an den Wachen vorbei und kümmerte sich nicht um das Spektakel, das stattfinden sollte, sondern pries ihre Waren an. Wehmütig bemerkte Cynthia, dass diese Frau, ebenso wie sie, hochschwanger war.

Die Fackel des Scharfrichters brannte lichterloh und der Geruch von Pech stieg ihr süß und schwer in die Nase.

Die Bilder flackerten schneller an ihr vorbei.

Ein schönes, dunkelhaariges Weib in burgunderfarben Röcken liebäugelte frech mit einer der Wachen.

Ein Adler flog kreischend über ihr.

Schwarzer Rauch schwebte über Cynthias Sichtfeld, als die Fackel nach oben gebracht wurde.

Die Händlerin rief: „Kammgarn! Feines Kammgarn!"

Eine Hitzewelle ließ Cynthia übel werden.

Das liebäugelnde Weib zwinkerte der Wache kokett zu.

Cynthia konnte die Asche schon fast schmecken, als die brennende Fackel an ihr vorbei geschwungen wurde.

„Schwarzes Tuch!"

Eisige Angst verursachte kalten Schweiß auf Cynthias Stirn. In Panik klammerte sie sich an Garths Hand. Er drückte ihre Handfläche langsam, fest und beruhigend.

„Es wird gleich vorbei sein", flüsterte er heiser. „Und ich schwöre Euch, dass uns dann nichts mehr trennen kann."

Cynthia biss sich auf die Lippe. „Ich ...*wir* ... werden Euch für immer und ewig lieben."

Das trockene Anmachholz knackte und knisterte, als es sich entzündete. Sie hustete, als der erste beißende Rauch aufstieg. Sie hielt Garths Hand fest und zwang sich nicht zu schreien.

Kapitel 22

Unter Cynthia rollte der Wagen der Tuchhändlerin langsam vor. Sie runzelte die Stirn, als er gefährlich nah an das Feuer steuerte. Verflucht, wenn die Frau nicht aufpasste ...

Der Haufen Stoff im Wagen bewegte und wand sich, als wäre er lebendig. Zuerst dachte sie, dass es eine durch das Feuer bedingte optische Täuschung wäre. Der Stoff bewegte sich jedoch weiter wellenartig. Sie blinzelte angesichts des unmöglichen Anblicks. Vor ihren Augen jedoch wölbten sich die Stoffe nach oben, blähten sich auf und fielen dann schließlich zur Seite, um ihren Inhalt frei zu geben.

Sie keuchte und atmete dabei beißenden Rauch ein. Ein Ritter in voller Rüstung mit zwei riesigen Schwertern sprang hoch. Er kämpfte sich im Wagen auf die Füße und trat die Stoffbündel beiseite.

Mit einem großen Schrei kam der Mann mit beiden Schwertern auf sie zu. Einen Augenblick lang glaubte Cynthia, dass er sie an Ort und Stelle töten wollte. Sie schloss die Augen, zuckte aber nicht. Schließlich wäre es ja ein Gnadenakt. Stattdessen schnitt er mit den Klingen die

Fesseln durch. Sie war so plötzlich ungefesselt, dass sie fast auf das knisternde Anmachholz weiter unten gefallen wäre.

Im Nu war auch Garth befreit und hob sie in seine Arme. Ohne einen Blick zurück warf er sie durch die Luft über das schwelende Feuer. Der Scharfrichter rettete sie vor einem Feuertod. Der Riese mit der schwarzen Kapuze fing sie in seinen großen Armen und stellte sie sicher auf den Boden. Während sie noch benommen war, zog er seine Kapuze zurück und offenbarte ein gutaussehendes dunkelhäutiges Gesicht und eine überlange Mähne glänzenden Haares und blauer, funkelnder Augen sowie ein breites Grinsen.

Bevor sie vor Überraschung keuchen konnte, erschien die schwangere Tuchhändlerin an ihrer Seite und hatte die Augen vor Sorge zusammengekniffen. „Geht es Euch so weit gut?", fragte sie und umfasste Cynthias Bauch so sanft und vertraut, als hätten sie sich ihr ganzes Leben schon gekannt.

Cynthia konnte nur noch nicken.

Der Ritter, der aus dem Tuchwagen herausgesprungen war, warf Garth eines seiner beiden Schwerter zu. Zu ihrem Leidwesen sah die Waffe in den Händen des Priesters so natürlich aus wie die Bibel. Garth sprang vom Scheiterhaufen und versengte dabei sein Hemd, da die Flammen jetzt hochschlugen.

„Kommt." Während die Tuchhändlerin sie an die Burgmauer in Sicherheit brachte, sah Cynthia das hübsche, dunkelhaarige Weib, das immer noch mit der Wache liebäugelte. Während sie sie beobachtete, zog die Dame zu ihrem Erstaunen ein silbernes Schwert von unter ihren Röcken hervor und ohne mit der Wimper zu zucken griff sie das Objekt ihrer Zuneigung wild an. Der Mann zog seinen Dolch und konnte sich kaum gegen die wilden Schläge der Frau verteidigen.

„Lasst sie“, sagte die Tuchhändlerin und zog Cynthia am Handgelenk. „Sie gibt nur an.“

Cynthia starrte verwundert auf den Tumult, der um sie herum stattfand. Hier und da schüttelten Männer, die scheinbar Bettler waren, ihre Umhänge ab und offenbarten Rüstungen und glänzende Schwerter. Sie zogen die scharlachroten Wachen von ihren Pferden und eine Menge verwirrter Pferde bäumten sich im engen Burghof auf. Die Bauern flüchteten vor ihnen und ließen dabei alles stehen und liegen. Das Feuer brannte weiter und die Flammen schlugen jetzt hoch gegen die Türme von Wendeville.

Mitten im Gefecht erblickte Cynthia Garth. In seinem schmutzigen zerrissenen Hemd und dem wilden Gesicht sah er so gar nicht aus wie ein Kirchenmann. Er war zu einem Krieger geworden. Er schlug nach rechts und links, hämmerte gegen Schilde, durchbohrte Kettenhemden und verletzte Fleisch. Er drehte sich und sprang so intuitiv, als wäre er mit dem Schwert in der Hand geboren worden und bewegte sich mit der Anmut und Kraft eines Wolfes auf der Jagd.

Während der Tumult um sie herum zunahm, bemerkte Cynthia, dass eine große grüne Welle langsam durch die Tore kam, bestehend aus Männern in einer so engen Formation, dass ihre Pferde Flanke an Flanke gingen. Die Tuchhändlerin sah sie auch.

„Glücklicherweise ist mein Mann früher als erwartet gekommen, obwohl er große Probleme hatte Garth zu finden. Ihr müsst wissen, dass Holden sich jetzt schon fast eine Woche mit seinen Spionen auf Wendeville befindet“, sagte sie vertraulich, „und er hat heimlich Eure Rettung geplant. Der Kampf sollte jetzt recht bald vorbei sein, da die de Ware Truppen aus dem Wald gekommen sind.“

Sie zuckte zusammen, als das dunkelhaarige Weib sich an ihr vorbei drehte, um ihr Schwert in dem Oberschenkel eines unglücklichen Opfers zu versenken.

Holden war Garths Bruder, dann musste die dunkelhaarige Kriegerin … „Cambria?", murmelte sie.

Die Tuchhändlerin lächelte. „Die Einzigartige."

„Und Ihr seid … Linet?"

Die arme Frau hatte keine Zeit zu antworten. Ihre grünen Augen weiteten sich, als die Klinge des Scharfrichters über ihre Köpfe zischte und sie nur knapp verfehlte.

„Verzeihung, Myladys!", rief der Mann und verfolgte eine verängstigte Wache.

„Ich bin Linet und das ist mein waghalsiger Mann."

„Duncan?"

„Ihr dürft ihn auch Tölpel nennen, wenn Ihr mögt", sagte sie mit vorgetäuschter Strenge. „Er ist in hervorragender Form heute." Sie klackte mit der Zunge. „Es scheint mir, dass er den Scheiterhaufen ein wenig zu früh gezündet hat. Ihr hättet Euch verbrennen können." Verschwörerisch neigte sie sich vor. „Ich habe ihm gesagt, dass Holden den Scharfrichter spielen sollte. Er hat ein passenderes Temperament dafür. Aber nay, Duncan musste die Rolle des Bösewichts bekommen. Er liebt diesen schwarzen Umhang einfach." Sie schüttelte ihren Kopf. „Männer."

Cynthia schwirrte der Kopf. Sie runzelte die Stirn und versuchte zu verstehen. „Holden war der Mann auf Eurem Wagen."

„Aye und wenn er einen meiner Stoffe mit seiner großen Klinge zerschnitten hat, bekommt er jede Menge Ärger von mir."

Cynthia fühlte sich überwältigt. In ihrem Kopf spielte sich ein ähnliches Chaos ab wie auf dem Burghof. Vor wenigen Augenblicken war sie noch bereit gewesen zu sterben. Jetzt schwatzte sie mit Garths Verwandten, als wären sie schon seit Ewigkeiten befreundet. Ihr Scharfrichter war ihr Retter und ihr sanfter Priester war ein schwertschwingender Held geworden.

Die de Ware Ritter nahmen jetzt die Hälfte des Burghofes ein. Nur wenige hatten sich die Mühe gemacht eine Lanze zu senken oder eine Klinge zu heben. Ihre Überzahl reichte, um den meisten der scharlachroten Rittern Angst zu machen und diese gaben ihre Waffen bereitwillig auf und flehten auf dem Boden kniend um Gnade.

Cynthia betrachtete das Durcheinander, bis sie Garth fand. Er hatte aufgehört zu kämpfen aber er keuchte immer noch vor entfesselter Kraft. Das war eine Seite von ihm, die sie noch nie gesehen hatte. Mit seinem flinken Blick und seinem blutigen Schwert in der Hand sah er aus wie ein Heiliger auf einem Rachefeldzug.

„Geht", sagte Linet und schob sie vor. „Es ist jetzt sicher. Geht zu ihm."

Sie wollte nichts mehr als das. Sie ließ Linet zurück und bahnte sich den Weg durch die Menge, wobei sie mit einem Arm ihren Bauch schützte. Sie war schon halb bei Garth, als er den Kopf drehte, um sie anzuschauen. Seine Schultern senkten sich und sein Gesicht wurde von einer seltsamen Mischung an Emotionen erleuchtet – Erleichterung, Verwunderung, Verwirrung und mehr als alles andere, von reiner Anbetung.

So wie sein Blick sie wärmte, fühlte sie sich, als wäre sie aus reinem Licht. All die Wochen, die sie in Dunkelheit verbracht hatte, verschwanden. All ihre Ängste lösten sich auf wie Wasser in der Erde. Sein Blick war wie ein schützender Umhang um sie und ihrer beider Baby.

Er ließ sein Schwert fallen und sie eilte in seine Umarmung mit der ganzen Anmut eines Milchlamms, das auf Nahrung für die Seele erpicht war. Vorsichtig legte er die Arme um sie und er keuchte, als ihr vorstehender Bauch gegen ihn gedrückt wurde. Aber sie brauchte dies und wenn das Baby fast drei Monate wässrigen Eintopf, einen feuchten Kerker und den fast tödlichen Kuss des Feuers überlebt hatte, würde es auch einen Zusammenstoß mit seinem Vater überleben.

Sie drückte sich fester an ihn und schließlich erwiderte Garth die Umarmung, umklammerte sie an den Schultern, ihrem Rücken und ihrem Kopf, als wenn er sich versichern wollte, dass sie echt war. Sie vergrub ihren Kopf an seiner Brust.

Seine Kleidung roch nach Rauch. Vielleicht hatte Linet Recht, dachte sie lächelnd. Duncan hatte das Feuer ein wenig zu früh gezündet. Das war jedoch jetzt einerlei. Garth war hier und sie wollte nichts mehr, als sich für den Rest ihres Lebens an ihn zu kuscheln.

Sie bemerkte kaum, als sich ein Jubel um sie herum erhob. Garth erwiderte die ermutigenden Rufe mit einem Lächeln und einem Winken.

Dann murmelte er zu ihr: „Ihr solltet jetzt nach drinnen gehen, weg von dem Blutvergießen."

Cynthia schüttelte den Kopf ablehnend. „Nach drinnen? Ich habe fast drei Monate drinnen verbracht. Ich will nichts mehr im Augenblick, als das Sonnenlicht und den Wind zu spüren."

Garth steckte ihr Haar hinter ihr Ohr.

„Garth!", rief Duncan. „Würdet Ihr mir bitte Eure geliebte Dame vorstellen?" Dramatisch warf er seinen schwarzen Umhang über eine Schulter und wackelte mit den Augenbrauen. „Oder ist Euer Kopf so verwirrt, dass Ihr Eure Manieren vergessen habt?"

„Wenn er verwirrt ist", antwortete Garth säuerlich, „dann kommt das daher, dass wir dem Tod äußerst nahekamen."

„Ha! Wenn ich nicht wäre, Ihr ach so heiliger Vater", feuerte Duncan zurück, „würdet Ihr bereits jetzt in der Hölle rösten!"

Cynthia wankte ein wenig und war erschöpft von dem Schrecken und von dem lebhaften Bild verstört, das vor ihrem Auge bei diesen Worten aufstieg.

Linet stieß Duncan in den Bauch. „Passt auf, was Ihr sagt, Duncan", knurrte sie. „Könnt Ihr nicht sehen, dass sie in einem empfindlichen Zustand ist?"

Darüber musste Cynthia lächeln. Das Wort *empfindlich* hatte noch nie jemand benutzt, um sie zu beschreiben. Linets Tadel funktionierte jedoch. Duncan hatte den Anstand, beschämt auszusehen.

Dann trat Holden nach vorn und er war eine ernstere Version seines Bruders mit mahagonifarbenem Haar. Er trug seinen Helm unter dem Arm, sein Schwert kampfbereit und er schaute finster. Der Blick, mit dem er ihr begegnete, war ruhig und gelassen und äußerst respektvoll. „Die Soldaten des Abtes sind geschlagen", erzählte er ihr. „Was sollen wir mit ihnen machen?"

Cynthia blinzelte, während er auf ihren Befehl wartete. Dieser Mann sprach zu *ihr.* Bei Gott– woher sollte sie wissen, was mit Kriegsgefangenen zu tun war? Wendeville war noch nie belagert worden. Im Gegensatz zu seiner schwertschwingenden Frau wusste sie nichts über Kriegsführung.

Bevor sie irgendeine lahme Antwort formulieren konnte, kam ihr Cambria zu Hilfe. Sie hatte einen Blutfleck auf ihrer Wange, der aber nicht von ihr stammte.

„Ich würde sie alle in der großen Halle versammeln, um ihnen den Lehenseid abzunehmen", schlug sie vor und ein leichter schottischer Dialekt war bei ihren Worten heraus zu hören. „Die meisten von ihnen scheinen unfähig und Tölpel zu sein und sind im Großen und Ganzen recht harmlos. Aber wer weiß? Wenn sie vielleicht sehen, wie Ihr Euch um Eure eigenen Vasallen kümmert, werden sie Euch mit der Zeit lieben und Euch folgen."

Es war ein weiser Vorschlag. „Aye", sagte Cynthia. „Ich danke Euch."

Holden ging sofort los, um die Gefangenen in die Halle zu bringen.

„Jetzt habe ich nur noch eine Frage", sagte Cambria zu der kleinen Gruppe, nachdem ihr Mann weg war. „Wo bitteschön ist der Abt hingegangen?"

Cynthia atmete tief durch. „Ist er weg?" Ihre Stimme war ganz dünn und zittrig.

Garth legte seine Hand an ihren Hals und zog sie an sich. „Solange ich lebe", sagte er mit viel Gefühl in der Stimme, „schwöre ich, dass dieser Mann Euch nie wieder anrühren wird. Es ist mir einerlei, ob er Priester oder Kardinal oder der Papst persönlich ist. Er wird Euch nicht mehr anrühren."

Als sie die Entschlossenheit in Garths Augen sah, glaubte sie ihm. Sie konnte ihm vertrauen. Er würde sie beschützen.

Cambria war jedoch nicht so überzeugt. Sie warf Garth

einen abschätzenden Blick von Kopf bis Fuß zu und erinnerte sich wahrscheinlich an jene Burg, die sie ihm einst unter der Nase weggeschnappt hatte.

„Wir werden ihn innerhalb einer Stunde finden."

Schließlich war der Scheiterhaufen abgebrannt und es war nur noch graue Kohle übrig.

Die de Ware Truppe hatte funktioniert wie ein gut gebauter Webstuhl. Holden und seine Ritter trieben die Gefangenen zusammen, während ihre Knappen die Pferde in die Ställe brachten. Diener sammelten abgelegte Waffen ein und wischten sie mit Lumpen sauber, bevor sie sie auf ordentlichen Haufen sortierten. Linet wies zwei Frauen an, den Zaun um die Hühner zu reparieren, während Garth sich um die Wunden eines von Cambrias unglückseligen Opfern kümmerte. Duncan versammelte einige betrübte und schniefende Kinder um sich und beschäftigte sie, indem er ihnen eine Geschichte erzählte.

Cynthia überblickte den Schaden im Burghof. Ihr Kräutergarten war zerstört. Das Feuer hatte das Gras verbrannt. Was davon übrig war, war zertrampelt worden.

Aber das nächste Frühjahr kam bestimmt. Die Beete und das Gras könnten dann wieder in Ordnung gebracht werden. Im nächsten Frühling würde sie einen ganz neuen Garten anlegen, um diesen zu ersetzen ...

Jemand schluchzte.

Sie ließ ihren Blick über die Burgmauer schweifen. Dort im Schatten des Taubenstalls hockte Mary, wiegte sich vor und zurück und weinte herzzerreißend.

Langsam ging Cynthia zu ihr und wich dabei Rittern und Dienern aus, welche die Waffen zusammenpackten. Als sie näherkam, sah sie etwas großes schwarzes, das sich auf Marys Schoß wand wie ein verletztes Tier oder ...

„Oh, Mylady", heulte Mary. „Verzeiht mir, Mylady und ich flehe Euch an, ihm zu verzeihen." Ihr junges Gesicht war vor Heulen hässlich geworden. „Bitte verzeiht ihm."

„Wem, Mary?", fragte Cynthia leise und ging näher.

Mary schaute hinunter auf ihren Schoß.

Der Abt. Seine Soutane war durchnässt. Er wand sich vor Schmerzen und stöhnte, wobei er seinen Bauch umklammerte, als wenn er ihn herausreißen wollte. Cynthia kniete sich neben ihn.

All ihre Ängste und ihr Hass waren im Nu vergessen. Ein Mann litt Schmerzen. Sie musste ihm helfen.

„Was ist passiert?", fragte sie und schob ihr Kleid beiseite.

„Ich wollte nicht ...", heulte Mary.

Sie ergriff Mary an den Schultern und schüttelte sie einmal. „Sagt mir, was passiert ist."

Mary blinzelte. „Ich konnte es ihn nicht tun lassen, Mylady. Versteht Ihr nicht? Es ist eine Todsünde ein unschuldiges Baby zu töten. Ich konnte es nicht zulassen, dass die Seele des Abtes im ewigen Höllenfeuer brennen würde. Ich konnte es einfach nicht!"

Cynthia schaute auf den Abt. Seine Haut hatte eine kränkliche Farbe angenommen und an seinem Mund hatten sich Blasen gebildet. Gift. „Was habt Ihr verwendet, Mary? Was habt Ihr ihm gegeben?"

„Nieswurz. Wein mit schwarzem Nieswurz." Sie legte die Hände über ihr Gesicht und begann wieder zu weinen.

Langsam begann Cynthia ihre Handflächen aneinander zu reiben, obwohl sie wusste, dass es vergeblich sein würde. Schwarzer Nieswurz war ein starkes Gift ohne Gegenmittel.

„Verdammt." Es war Garth. „Was ist los mit ihm? Was ..." Als er merkte, was Cynthia vorhatte, ergriff er sie fest am Arm. „Nay. Nay, Cynthia. Ihr seid ihm nichts schuldig. Bleibt weg von ihm. Bleibt weg von dem Teufel."

Sie ignorierte ihn und konzentrierte sich auf die Hitze, die sich zwischen ihren Händen entwickelte.

„Er hat versucht Euch zu töten", sagte Garth eindringlich. „Bei Gott, er hat versucht unser ungeborenes Kind zu töten! Wie könnt Ihr ...?"

„Wie kann ich nicht, Garth?", antwortete sie, ohne hoch zu blicken. „So wie Ihr ein Mann Gottes seid, bin ich eine Heilerin."

Dann schwieg er und während sie arbeitete hörte sie, wie sich andere hinter ihr versammelten, aber niemand sagte auch nur ein Wort. Sie legte eine Hand auf die klamme Stirn des Abtes und schloss ihre Augen. Er wimmerte ein wenig und wand sich vor Schmerzen, während das Gift in seine Adern floss.

Schließlich zog sie ihre Hand zurück. Wie sie angenommen hatte, war es zu spät ihn zu retten. Es war jedoch noch nicht zu spät, seine Schmerzen zu lindern.

„Holt mir den Wein mit dem Opium aus dem Keller. Beeilt Euch!", wies sie niemand im Besonderen an. Jemand lief los, um ihre Anweisung auszuführen. Zum Abt sagte sie: „Die Schmerzen werden bald vorbei sein. Das Opium wird Euer Leiden lindern." Sie strich ihm mit einer Hand sanft über den Kopf und legte die Handfläche der anderen Hand flach auf seinen krampfenden Bauch. Stärker als je zuvor strömte Wärme durch sie und sie lenkte die Energie wellenartig auf den Bauch des Abtes.

Allmählich entspannten sich seine Gesichtszüge und obwohl er flach und schnell atmete, hatte er zumindest aufgehört zu stöhnen. Als er sie anschaute, war sein Blick verwirrt.

„Ich hatte Unrecht, Kind", krächzte er und legte eine knochige Hand auf ihren Arm. „Ihr seid keine ... Hexe." Sein Blick entfernte sich einen Augenblick lang, als wenn er einen flüchtigen Blick auf das Jenseits geworfen hätte. Dann schaute er sie ein letztes Mal an. „Ein Engel."

Dann kniete sich auch Garth neben sie. Er holte sein hölzernes Kreuz aus der Jacke und nahm es in eine Hand. Mit der anderen machte er das Zeichen des Kreuzes über dem Abt. Er nahm die Hand des Sterbenden von Cynthias Arm und hielt sie zusammen mit dem Kreuz in seiner eigenen Hand. Danach sprach er die heiligen Worte der Sterbesakramente.

Als Linet und Cambria mit dem mit Opium versetzten Wein ankamen, war der Abt bereits tot und sie waren erstaunt, dass ihre Männer so uncharakteristisch still und ernst waren und ehrfurchtsvoll auf Cynthia starrten, als hätte sie ein Wunder vollbracht.

KAPITEL 23

Cynthia atmete die Luft des späten Oktobers tief ein. Die Blätter wirbelten umher und drehten sich an den grauen Zweigen über ihr wie junge Damen beim Tanz in zitronengelben, aprikosenfarbenen und kirschroten Gewändern. Ab und zu fielen einige herunter und flatterten im Sonnenlicht zu Boden. Der Duft reifer Äpfel durchtränkte die kühle Luft und vermischte sich mit den Düften von Rauch und Mulch, um den Wein des Herbstwindes zu würzen.

Alle warteten auf sie im Privatgarten direkt hinter dem Tor—ihr Verlobter, der Priester und einige wenige Zeugen. Impulsiv zog Cynthia ihre Stiefel aus und ließ die nährende Energie der Erde durch die Sohlen ihrer nackten Füße strömen. Sie schloss die Augen.

Schließlich ergriff sie den Arm des Verwalters Roger, drückte ihn voller Zuneigung und sie gingen langsam nach vorn durch das Tor über den mit Blättern übersäten Weg auf den Mann zu, den sie im Begriff war zu heiraten.

Es war eine intime kleine Hochzeit hier in der Stille des Gartens. Das Fest danach würde natürlich riesig werden. Die Gefolgsleute der de Ware Brüder, ihre eigenen

Burgbewohner und die Dorfbewohner waren eingeladen, an dem eine Woche dauernden Fest mit großem Turnier, auf das Cambria bestanden hatte, teilzunehmen. Elspeth hatte tagelang hart gearbeitet, um das große Ereignis zu organisieren. Linet hatte ihre kreative Fachkenntnis eingebracht und Gewänder für Braut und Bräutigam ausgesucht.

Cynthia hatte jedoch die Hochzeitszeremonie selbst geplant.

Von unter dem kahlen Pfirsichbaum strahlte sie Prior Thomas aus dem Kloster an und hielt dabei seine Bibel in der Hand. In seiner Nähe weinte Elspeth Freudentränen in ein Taschentuch aus Leinen. Auf der anderen Seite des Weges stand Garths engste Familie. Ihre Mienen waren voller Ermutigung und Akzeptanz.

Cynthia hatte jedoch nur Augen für Garth.

Er trug einen Surcot aus dunkelgrauem Samt und darüber einen tannengrünen Wappenrock, der zur Farbe seiner Augen passte. Um den Hals trug er ein hölzernes Kreuz als Zeichen, dass er ein gläubiger Mann war. Es war das erste Mal seit seiner Jugend, dass Cynthia ihn in Kleidung sah, die dem Sohn eines Edelmannes angemessen war. Er trug einen Silbergürtel um die Hüfte, was seine verwegene, schlanke Gestalt betonte und ihr das Herz stocken ließ.

Cynthia schluckte schwer. Wenn nicht ein halbes Dutzend Zeugen anwesend gewesen wären, hätte sie sich ihm an den Hals geworfen, weil die Welle des Verlangens, die in ihr aufstieg, so intensiv war, als sie dem Blick ihres gutaussehenden Helds begegnete.

Nervös strich sie über das weiche Material des Gewands, das Linet für sie gefertigt hatte. Es war feinster blauer italienischer Stoff und Linet hatte gesagt, dass er Cynthias Augen wie zwei blasse Saphire in einem Sommerhimmel hervorhob. Im Augenblick wäre es Cynthia einerlei gewesen, wenn er wie das Licht der Sterne geleuchtet hätte. Sie hatte nicht vor, das Gewand noch lange nach der Zeremonie zu tragen.

Als wenn das Baby sie für ihre unreinen Gedanken schimpfen wollte, trat es ihr kräftig gegen die Rippen. Sie keuchte und kicherte dann, als fünf Gesichter sie besorgt anschauten. Es war so schön, eine solche Zuneigung von jenen zu erfahren, die schon bald ihre Familie sein würden. Sie kannte sie erst seit weniger als zwei Wochen und schon kümmerten sie sich um sie wie um eine kleine Schwester. Linet wachte über ihre Kleidung, als wäre Cynthia eine Königin. Duncan schmeichelte ihr gnadenlos mit Gedichten auf ihre Tugend. Holden bewachte sie wie ein Wachhund. Cambria hatte sie die Geschichte des Gavin-Clans gelehrt und bestand darauf, dass sie schon bald zu diesem gehören würde. Cynthia hätte nicht glücklicher sein können.

Roger führte sie zu ihrem Verlobten und Garth streckte die Hand, an der er seinen Ring trug, nach ihr aus. Sie blickte auf das Siegel. Es war der Wolf de Ware. Sie überlegte, dass es richtig war, dass er ihn trug. Er würde ihn daran erinnern, dass, obwohl er das Friedenskreuz trug, auch der kriegerische Wolf in ihm schlummerte.

Er nahm ihre Hand und Prior Thomas begann mit der Hochzeitszeremonie. Der Augenblick schien verzaubert, als er die Worte in einem eleganten Rhythmus sprach. Ihr Zauber hallte sogar noch mächtiger durch den Mann an ihrer Seite. Während Garth sprach, kam die Sonne hinter einer Wolke hervor und ihre Strahlen fielen durch die kahlen Äste der Bäume auf seinen Kopf wie der

Heiligenschein eines Heiligen auf einem Kirchenbild. Sie seufzte. Wie großartig Garth doch war – schön und ehrbar und edel – und wie glücklich sie sich schätzen konnte, dass sie ihn hatte.

Sie hakte sich bei ihm ein und trat einen Schritt näher.

Plötzlich bewegte sich etwas unter ihrem nackten Fuß. Sie verlagerte ihr Gewicht. Es bewegte sich erneut. Nay, dachte sie und hielt die Luft an. Das konnte nicht sein … nicht im Oktober.

Sie hatte nicht schreien wollen. Es war einfach nur die Überraschung und noch dazu eine unangenehme, da sie doch auf so schönen Gedanken geschwebt hatte.

Als sie schrie, kreischte Elspeth natürlich auch. Garth kniff die Augen gefährlich zusammen und der arme Prior trat einen Schritt zurück. Cynthia hörte, wie drei Schwerter hinter ihr gezogen wurden. Sie konnte jedoch nur auf einem Fuß umher hüpfen und sich bemühen nicht zu fluchen, als der Schmerz von dem Bienenstich unter ihrem Zeh pochte und noch mehr musste sie sich bemühen nicht zu lachen, als sie die de Wares – Duncan, Holden und Cambria – mit gezogenen Schwertern sah, bereit den Feind auseinander zu nehmen.

Schließlich wurde die Etikette wiederhergestellt. Während der Prior sich die Stirn abtupfte, entfernte Garth vorsichtig den Stachel mit seinem Dolch und murmelte lächelnd, dass die Aufgabe ihm irgendwie vertraut vorkam. Elspeths Herz schlug wieder normal, nachdem Roger sie beruhigt hatte. Die de Wares steckten ihre Schwerter wieder ein und der Prior ging wieder an seinen Posten.

Später würde sie die Schwellung mit einem Umschlag aus Zitronenmelisse und Minze behandeln, aber jetzt wollte sie erst einmal mit der Zeremonie fortfahren. Die

Wolken zogen sich unheilvoll zusammen und sie konnte Regen in der Luft riechen. Außerdem hatte sich ihr Verlangen nicht dadurch beruhigt, dass Garth ihren nackten Fuß mit seiner Hand umfasst hatte. Ihr Körper war unmissverständlich bereit die Ehe zu vollziehen.

Sie sagte ihre Versprechen aufrichtig, aber eilig und hielt nur einmal inne, als das Baby mit dem Fuß gegen ihre Rippen stieß. Sie war halb durch mit ihren Versprechen, als sie hörte, wie der Wind durch die Weide strich. Sie nahm an, dass sie deshalb das andere Geräusch vorher nicht bemerkt hatte, weil die leichte Brise von hinter ihr kam.

Es war jedoch unmöglich, einige Augenblicke später das schnelle wütende Geflüster zu überhören. Es wurde von einem langen Seufzen und dann einem schnelleren wütenderen Geflüster gefolgt. Auf allen Seiten wurde nun geflüstert und sie hörte etwas, was sich verdächtig wie ein Fluch anhörte. Schließlich konnte sie es nicht mehr ignorieren. Sie hielt mitten im Satz inne und drehte sich um.

Alle hatten sich um Linet versammelt. Sie sah angestrengt aus, ihr Gesicht war so weiß wie Birkenrinde und sie lehnte sich an Duncan.

„Was zum Teufel?", fragte Garth.

„Oh Scheiße!", rief Cynthia, hob ihre Röcke und eilte an Linets Seite. „Ist es das Kind?"

„Oh ... Cynthia ...", stöhnte Linet, „es tut mir ... leid."

Cynthia winkte ab. Weder gab es einen Grund, noch war Zeit für eine Entschuldigung. So wie es aussah, könnte Linet ihr Baby entbinden, bevor sie sie in die Burg bringen könnten.

„Duncan!", befahl sie und wurde tätig. „Legt Euren Umhang auf das Gras hier. Helft ihr sich hinzulegen."

„Auf dem Gras?"

"Aye! Es ist keine Zeit mehr! Holden und Cambria! Holt heißes Wasser aus der Küche! Und Elspeth ..."

„Ich weiß schon", rief die alte Dienerin und war schon auf dem Weg. „Ein Aufguss aus Schlüsselblume, Schafgarbe und Himbeere. Ich bringe sie alle. Roger, kommt mit und holt saubere Leinentücher!"

Cynthia rieb ihre Hände kräftig aneinander und hockte sich neben Linet, die jetzt auf dem Boden lag. Beruhigend lächelte sie die stöhnende Frau an.

„Es ist Euer zweites Kind, nicht wahr?"

Linet nickte eifrig.

„Dann beeilen wir uns besser."

Ein erstes Baby brauchte immer fast die halbe Nacht, aber bei dem Zweiten konnte man nicht sagen, wie schnell es kommen würde. Cynthia pustete eine Haarsträhne aus ihren Augen und schaute zum Himmel. Oh Gott, sie war für draußen so schlecht gerüstet und der Himmel sah aus, als würde er gleich seine Schleusen öffnen. Es war grotesk. Sie brauchte ein Kissen, Leinen, heißes Wasser ... und eine Hebamme. Man brauchte mehr als eine Person, um ein Baby ordnungsgemäß auf die Welt zu bringen.

„Ich brauche am ehesten eine Hebamme." Fragend schaute sie Garth und Duncan an.

„Ich gehe", sagte Duncan bestimmt und war bereit hoch zu springen, um sie zu holen. „Wo ist sie? In der Burg? Im Dorf?"

„Dafür ist keine Zeit mehr", antwortete Cynthia.

Garth verstand sofort. Er legte eine Hand auf den Arm seines Bruders. „Wir. Sie meint uns."

„Uns?", fragte Duncan entsetzt. „Aber wir sind keine ... wir haben noch nie ... Holden hat bei der Entbindung geholfen ..."

„Was braucht Ihr?“, fragte Garth, kniete sich vor Linet und krempelte die Ärmel hoch.

Cynthia nickte dankbar. Zwischen ihren Handflächen glühte es jetzt, während sie sie aneinander rieb. „Hebt ihre Knie und schaut unter ihre Röcke, um zu sehen ...“

„Was? Oh nay, das werdet Ihr nicht!“, widersprach Duncan und schob Garth beiseite. Schnell krempelte er die Ärmel hoch und kniete sich knurrend vor seine Frau. „Keine Angst, Linet“, knurrte er. „Wenn das hier vorbei ist, werde ich Garth für seine Frechheit verprügeln.“

Cynthia war zu sehr damit beschäftigt ihre Hand auf Linets feuchte Stirn zu legen, als dass sie den finsteren Blick gesehen hätte, den Garth seinem Bruder zuwarf. Sie schloss die Augen. Fast sofort empfing sie ein strahlend klares Bild von einem gesunden Mädchen und einer lächelnden Mutter, aber keine Kräuter. Sie runzelte die Stirn. Sie hätte zumindest Schlüsselblume sehen sollen. Sie atmete tief durch und entspannte sich. Nichts – nicht ein einziges Blatt. Frustriert schürzte sie die Lippen. Warum waren da keine ...?

„Oh Gott!“, rief sie und riss die Augen weit auf, als ihr der Grund klar wurde. „Ist der Kopf des Babys bereits zu sehen?“ Sie stieß Duncan beiseite, um selbst nach zu sehen. Tatsächlich war auch schon eine flaumige schwarze Stelle von der Größe eines Medaillons zu sehen. Es war keine Zeit mehr für Kräuter. „In Ordnung, Garth, geht hinter sie. Helft ihr, sich aufzusetzen und bei der nächsten Wehe zu pressen.“

Linet stöhnte. Der Schweiß lief ihr jetzt über die hübsche Stirn und sie verzog das Gesicht vor Entschlossenheit.

„Gut so“, ermutigte Cynthia sie und legte die Handflächen auf den Bauch der jungen Mutter. „Drückt Garths Hand. Presst so fest Ihr könnt. Duncan, was passiert?“

Sorgenfalten bildeten sich auf seinem Gesicht. „Es … es kommt. Nay, es geht wieder zurück. Ich kann nicht …"

Linet stöhnte, als die Wehe vorbei ging.

„In Ordnung, gleich versuchen wir es noch einmal", sagte Cynthia.

Sie schaute zu Garth. Er hielt Linets Hand mit echter de Ware Tapferkeit, obwohl die Knöchel in seiner Hand vom Druck weiß geworden waren.

Linet atmete einige Male tief durch und spannte dann wieder an. Die Sehnen an ihrem Nacken stachen hervor, als sie mit ganzer Kraft presste.

„Sehr gut!", sagte Duncan. „Sehr gut! Ich kann es sehen! Ich kann es sehen … verdammt! Wieder weg."

„Atmet langsam", sagte Cynthia zu Linet. „Ihr arbeitet sehr schwer. Ihr müsst Euch dazwischen ausruhen." Vorsichtig nahm sie Linet den Schleier vom Kopf und drückte ihn Garth in die Hand. „Damit könnt Ihr ihr die Stirn abtupfen."

„Aber …", schnaufte Linet. „Das ist Seide aus …"

„Und wenn es das Goldene Vlies ist", knurrte Duncan besorgt. „Garth, nehmt es und benutzt es."

Garth tupfte ihr mit dem Stoff die Stirn ab.

„Euch ist es natürlich einerlei, Duncan", beschwerte sich Linet. „Ihr musstet ja auch nicht darum handeln mit …." Ihre empörte Antwort wurde von einer weiteren Wehe unterbrochen.

„Jetzt einmal lange pressen", sagte Cynthia und legte eine heilende Handfläche auf Linets gerunzelte Stirn.

„Ich kann es sehen", sagte Duncan, während Linet vor Anstrengung stöhnte. „Es wird größer. Aye. Jetzt ist es so groß wie eine Pflaume. Und jetzt wie ein Apfel. Aye … aye … nay." Enttäuscht schaute er hoch. „Es ist wieder hineingeschlüpft."

Entmutigt schlug Linet mit einer Faust auf den Boden und ließ sich gegen Garths Brust fallen.

„Es ist gut“, erklärte ihr Cynthia. „Ruht Euch jetzt aus.“ Sie biss sich auf die Lippe. Sie hatte so etwas schon einmal gesehen, wenn der Kopf des Kindes zu groß für die Mutter war. Linet war stark. Sie presste mit mehr Kraft als die meisten Frauen. Sie würde bald davon erschöpft sein. Sie kam jedoch nicht weiter. Eine zu lange Verzögerung könnte dem Kind schaden. Ihre Sorge wurde noch verstärkt, als die ersten dicken Regentropfen auf den Boden fielen.

„Wir versuchen etwas“, beschloss sie, rieb ihre Hände aneinander und legte sie auf Linets Bauch. „Duncan, macht Euch bereit.“

„Bereit?“

„Zu fangen.“

Cynthia sah das Entsetzen in Duncans Gesicht kurz bevor Linet tief einatmete und dann fest presste. Währenddessen legte Cynthia das volle Gewicht ihrer Arme auf den Bauch und drückte nach unten.

„Aye!", jubelte Duncan. „Aye! Jetzt kommt es. Ich kann die Schultern sehen und die Nase und ... oh Gott!“ Seine Stimme brach vor Angst und plötzlich tauchte er zwischen Linets Beine. „Ich habe ihn!", rief er triumphierend, aber sein triumphierender Blick wurde schnell zu staunendem Entsetzen, als er das blutige, sich windende und schreiende bisschen Mensch in Händen hielt.

Cynthia setzte sich zurück auf ihre Fersen und zwinkerte Linet zu, die außer Atem und vor Erleichterung lächelnd an Garths Brust lag. „Männer“, sagte sie und schüttelte den Kopf. „*Ihn.*“ Dann flüsterte sie: „Es ist ein Mädchen.“

Sie riss ein ordentliches Stück von ihrem Hochzeitskleid ab, ignorierte Linets schwache Proteste, nahm Duncan das winzige Mädchen ab und wickelte es standesgemäß in Linets *feinsten blauen Stoff aus Italien*.

Bis sie die Nabelschnur durchschnitten und die Nachgeburt entbunden hatte, prasselte ein echter Wolkenbruch auf die Erde. Duncan und Garth hatten sich wieder vertragen und prahlten mit der Rolle, die sie bei der Entbindung gespielt hatten und halfen, Linet nach drinnen zu tragen. Als sie in der Burg waren, machte Elspeth einen Himbeeraufguss für die junge Mutter, während Roger den aufgewühlten Prior Thomas beruhigte.

Erst viel später, als der Prior wieder in das Kloster zurückgekehrt war und Linet bequem neben ihrem neuen Baby im Bett lag, als der Himmel wieder aufklarte und der Mond durch Cynthias Fenster auf das Hochzeitsbett schien, das sie mit Garth teilte, wurde Cynthia klar, dass sie etwas vergessen hatten.

„Garth", gurrte sie, legte ein Bein über ihn und strich mit einem Finger über seine Schulter.

„Aye, Frau?" Er drückte sich gegen ihren Oberschenkel und schnüffelte in ihrem Haar. Es fühlte sich göttlich an.

„Erinnert Ihr Euch", sagte sie leicht abgelenkt, „bei der Hochzeit ..."

Seine Lippen verzogen sich zu einem unwiderstehlichen Lächeln, sodass sie ihn natürlich küssen musste. Als sie merkte, dass er nach Maulbeerwein schmeckte, musste sie ihn noch einmal küssen.

Kichernd leckte er ihren Mund mit der Zunge, verhöhnte sie und lockte sie, bis sie nicht mehr warten konnte. Sie vergaß völlig, was sie ihm hatte sagen wollen, schlang die Arme um seinen Hals und kletterte auf seinen muskulösen Körper. Ohne Rücksicht auf ihre eigene sündige Hemmungslosigkeit küsste sie seine Stirn, seine Augenlider, seine Nase und kam dann zurück zu seinem Mund. Ihr Bauch strich gegen seinen und er streichelte sie dort zärtlich und verharrte dort ein wenig, bevor er ihre schweren Brüste umfasste. Sie keuchte. Ihre Brüste kribbelten, als seine Finger über ihre Brustwarzen strichen.

Träge badete er ihre Zunge mit seiner und machte tiefe primitive Geräusche in seinem Hals, als sie sich an seinem warmen, nackten Fleisch wiegte.

Gerade als sie dachte, sie würde vor Verlangen nach ihm platzen, hob er ihre Hüften und setzte sie auf seinen Schoß, wobei er sie zärtlich ausfüllte.

Ihr Tanz war jetzt langsamer. Ihr Körperumfang ließ nur eine sanfte Bewegung und beruhigende Rhythmen zu, aber es war unglaublich aufregend Garths süße Zurückhaltung zu spüren und die Ekstase auf seinem Gesicht zu beobachten, während er zum Höhepunkt kam. Es verlieh ihr Macht, ihn zu reiten, die Geschwindigkeit zu kontrollieren und vor Hingabe zu beben, während ihr Körper dem Abgrund näherkam.

Dieses Mal sprang sie als erste über den Rand. Sie zitterte heftig auf ihrer wunderbaren Reise nach unten. Sie rief laut seinen Namen, drückte ihn zwischen ihren Oberschenkeln und klammerte sich an seine breiten Schultern. Ihr Haar bewegte sich über ihren Brüsten, die schon fast schmerzhaft kribbelten. Dann schwebte sie.

Er folgte ihr fast sofort, schlug seinen Kopf auf das Kissen und buckelte gegen sie wie ein ungezähmter Hengst, wobei er stöhnte, als würde er unbeschreibliche Qualen leiden und dann war auch er still.

Sie blieb auf ihm sitzen, da sie zu erschöpft war sich zu bewegen, obwohl sie schon fast im Sitzen schlief.

„Also“, fragte er grinsend, „was meintet Ihr wegen der Hochzeit?“

Sie schaute ihn mit fast geschlossenen Augen an. Es war schwierig sich bei diesem fesselnden schiefen Lächeln an irgendetwas zu erinnern. „Nichts, was nicht warten kann“, sagte sie und ließ sich träge auf die Seite fallen, um sich an ihn zu kuscheln.

Sie hatten ihr ganzes Leben vor sich – milde Herbste, gemütliche Winter, pulsierende Frühjahre und träge Sommer. Ihre Liebe gedieh jetzt auf fruchtbarem Boden. Ihre Wurzeln waren stark und widerstandsfähig und der Frühling hatte gerade erst begonnen. Zufriedenheit, die Wärme von Garth neben ihr und der leise Rhythmus ihrer Atmung ließ sie einschlafen.

EPILOG

„Es wird jetzt nicht mehr lange dauern, Mylady", sagte Elspeth und tupfte Cynthias Stirn mit einem Schlüsselblumenaufguss ab.

„Atmet", sagte Jeanne, die Hebamme, mit irritierender Ruhe. „So ist es gut. Schön langsam und gleichmäßig."

„Holt", brachte Cynthia heraus, „Vater Paul."

„Wie Ihr sehen könnt", fuhr Jeanne fort, ignorierte Cynthias Stimmung und belehrte die acht jungen Frauen, die in verschiedenen Zuständen von Interesse und Widerwillen um ihren Bauch versammelt waren, „ist es hilfreich, wenn mindestens zwei Personen bei der Geburt anwesend sind. Eine steht hier", sagte sie und ging zum Fußende des Bettes, „und überwacht den Fortschritt der Geburt ..."

„Holt ... Garth her", stöhnte Cynthia.

„Und eine hier", fügte Elspeth hinzu und zeigte auf sich selbst, „um die Entbindende zu trösten ..."

„El?"

„Aye?" Plötzlich war ihr Blick liebevoll und besorgt.

Cynthia atmete vor Widerwillen aus. Sie sollte nicht ungeduldig mit der Frau sein. Elspeth war so aufgeregt, dass ein neuer Zögling auf dem Weg war. Sie konnte nichts dafür, dass ihr Enthusiasmus gelegentlich nervig war.

Cynthia lag jedoch in den Wehen. Es war schmerzhaft und obwohl sie Dutzende Babys anderer Frauen entbunden hatte, hatte sie bei ihrem eigenen seltsamerweise Angst.

„Bitte, holt sie."

Elspeth neigte sich zu ihr und flüsterte, als wenn sie mit einem Kind sprechen würde. „Mylady, ich weiß, dass die de Ware Männer einen gewissen Ruf bezüglich der Geburt ihrer Kinder genießen, aber es ist wahrlich nicht angemessen, dass ein Ehemann ..." Dann runzelte sie die Stirn. „Warum wollt Ihr Vater Paul sehen?"

Jeanne wandte sich zu den Frauen und erklärte: „An diesem Zeitpunkt der Geburt wird die Mutter manchmal verwirrt und ..."

„Hört mir zu!", fauchte Cynthia. Bevor die nächste Wehe sie außer Gefecht setzen konnte, zog sie Elspeth an der Vorderseite ihres Surcots zu sich heran. Elspeth ließ ihren Lappen fallen und die Frauen starrten überrascht, als Cynthia ihre Forderungen aufzählte. „Ich brauche Vater Paul und Garth und ich brauche sie jetzt sofort!"

Elspeths verwirrtes Gesicht schwand, als der dumpfe Schmerz in Cynthias Rücken sich verschärfte und ihre Aufmerksamkeit wieder auf die Geburt lenkte.

Elspeth tippte zwei der Mädchen an die Schulter. „Geht zur Kapelle. Garth und der Vater sind wahrscheinlich dort und beten."

Sie eilten davon, um ihren Auftrag auszuführen.

Der Schmerz erreichte seinen Höhepunkt und ließ dann langsam nach. Cynthia schloss die Augen und versuchte ihr Schicksal vorauszusehen, wobei sie bekannte Bilder heraufbeschwor, aber es war vergeblich. Die Tür, die sich für andere so einfach öffnete wie ein Gartentor, blieb bei ihrem eigenen Schicksal verschlossen.

„Geht es ihr gut?", flüsterte eine der Frauen.

„Ihr geht es gut", murmelte Elspeth, obwohl Cynthia Sorge in der Stimme der Dienerin heraushörte.

Sie öffnete die Augen und schimpfte mit sich selbst, dass sie so lange gewartet hatte. Sie hätte sich um die Angelegenheit kümmern müssen an dem Abend, als Linet ihr Baby bekam, aber zu dem Zeitpunkt war der ganze Haushalt in Aufruhr und dann hatte Garth sie mit seinem göttlichen Körper abgelenkt. Danach hatten sie drei Wochen völlige Glückseligkeit zusammen genossen – an langen Winterabenden gekuschelt, das Weihnachtsfest geplant und zusammengearbeitet, um die leeren Zimmer von Wendeville in Lehrräume für die Krankenstation umzuwandeln. Dabei hatte sie das Problem völlig vergessen.

Sie betrachtete die jungen Frauen, die sich um sie versammelt hatten. Es war kein Wunder, dass sie so sehr mit der Krankenstation beschäftigt war. Der Ort war wirklich erstaunlich und diese Frauen waren ein Zeugnis für die Wunder, die jeden Tag passierten. Dabei war keine von ihnen jemals zuvor bei einer Geburt dabei gewesen, aber mit der Hilfe der Hebamme Jeanne würden sie heute lernen, wie man ein Neugeborenes zur Welt brachte und es versorgte.

Garth und Cynthia hatten Wendeville in einen Zufluchtsort verwandelt, einen Ort der Hoffnung für Körper und Seele. Seit sie ihre Türen geöffnet hatten, hatten sie es geschafft das Vertrauen und die Gesundheit von fast jedem Patienten in ihrer Obhut wiederherzustellen.

Garth war jetzt mit zu vielen weltlichen Aufgaben

beschäftigt, als dass er sich um die Kapelle hätte kümmern können, aber mit Vater Paul hatte er einen guten Priester für Wendeville gefunden. Obwohl Garth niemals ohne sein Schwert gesehen wurde, trug er immer noch sein hölzernes Kreuz als Erinnerung an seinen Glauben.

Die nächste Wehe nahm Cynthia in Anspruch. Dieses Mal konnten ihre Atemübungen die Schmerzen nicht lindern. Sie vergrub ihre Finger im Bett, während Elspeth ihr das Haar aus dem Gesicht strich.

Aber auch diese Wehe ging vorbei und sie hörte, wie Elspeth leise zu den Frauen sprach. „Es ist hilfreich", sagte sie, „ruhig bei den Wehen zu bleiben." Dann nahm sie Cynthias Hand und beugte sich zu ihr, um ihr aufgeregt ins Ohr zu flüstern. „Heiliger Jesus, Mylady, warum ruft Ihr nach dem Priester? Habt Ihr Euren Tod vorhergesehen?"

„Nay", antwortete sie mit einem ungläubigen Lachen. Ihre Unbeschwertheit wurde durch eine weitere Wehe jäh unterbrochen. Sie drückte Elspeths Hand und hechelte. Ein unwiderstehlicher Drang zu pressen überwältigte sie, aber es war noch nicht Zeit dafür. Sie weigerte sich dieses Baby zu bekommen, bevor der Priester kam. Bevor Garth an ihrer Seite stand. Sie riss sich zusammen und atmete schneller, bis der Drang vorbei war.

Jetzt war nur noch wenig Zeit zwischen den Wehen. Kaum war eine vorbei, begann die nächste. Wenn der Priester aufgehalten wurde ...

„Ihr müsst beobachten, ob der Kopf zu sehen ist", erklärte Jeanne den Frauen.

Mit ernster Miene schauten die Frauen zwischen ihre Beine, als wenn sie die Ankunft des Heiligen Grals erwarten würden. Wenn sie nicht solche Schmerzen gehabt hätte, hätte Cynthia gelacht.

Gerade als sie dachte, dass sie dem Drang zu pressen nachgeben müsste, erschienen die beiden Mädchen mit den Gesuchten. Garth war so blass wie Pergament. Vater Paul runzelte die Stirn. „Ihr habt nach mir gerufen?"

„Warum habt Ihr nach dem Priester gerufen?", fragte Garth mit Angst in der Stimme und drängte sich an den Frauen vorbei an ihre Seite. Nacktes Entsetzen war in seinen Augen zu sehen. „Seid Ihr ... ist das Baby?"

Die nächste Wehe verhinderte, dass sie selbst sprach, aber Elspeth antwortete: „Es geht ihr gut."

„Bitte", keuchte Cynthia und umklammerte den Ärmel des Priesters. „Beeilt Euch."

Dieses Mal konnte sie dem Verlangen zu pressen nicht widerstehen. Es war stärker als alles, was sie jemals gefühlt hatte. Sie drückte nach unten, ballte die Hände zu Fäusten und hielt die Luft an.

„Ich sehe es!", rief ein Mädchen aufgeregt. „Das Baby kommt!"

Cynthia atmete schnell ein und ergriff den Priester an seiner Soutane.

„Jetzt!", stöhnte sie. „Bevor das Kind geboren ist!" Sie stöhnte wieder angesichts des Bedürfnisses zu pressen.

Garth sank auf die Knie neben ihr. Angst war in seinem Gesicht zu sehen, während er sich verzweifelt an ihren Arm klammerte. „Oh Gott, was ist los, Cynthia?"

„Bei allem, was heilig ist", keuchte sie zum Priester, „verheiratet uns! Verheiratet uns schnell!"

„Was!", explodierte Garth.

„Wir ... niemals ..."

Es war die größte Herausforderung, die sie je hatte bestehen müssen, dass sie die rituellen Worte einer Hochzeit herausbekam, während Geburtswehen die Kontrolle über ihren Körper übernahmen, aber irgendwie schaffte sie es. Und irgendwie schaffte auch Garth es seinen Teil des Textes zu keuchen.

Wie durch ein Wunder wurde ihr Baby nicht unehelich, sondern als legitimer Erbe Wendevilles geboren.

Der kleine Sir Arthur erblickte das Licht der Welt mit grau-grünen Augen und kastanienbraunem Haar. Er hatte die Gabe der Heilkunst, der Feder und den Geist eines Ritters. Außerdem erbte er die Sturheit seines Großvaters le Wyte und die Listigkeit seiner Großmutter de Ware. Er war der edle, brüllende Sohn von Lady Cynthia und Lord Garth de Ware. Er bildete den Anfang einer ganzen Reihe Kinder, welche die nächste Generation der Ritter von de Ware bilden würden.

ENDE

Vielen Dank, dass Sie mein Buch gelesen haben!

Hat es Ihnen gefallen? Wenn ja, posten Sie bitte eine Bewertung, damit Andere sie sehen können! Sie können einer Autorin kein größeres Geschenk machen, als die Liebe für ihre Bücher weiterzugeben.

Es ist wahrlich eine Freude und ein Privileg, dass ich meine Geschichten mit Ihnen teilen darf. Zu wissen, dass meine Worte sie zum Lachen oder Seufzen gebracht haben oder eine geheime Stelle in Ihrem Herzen berührt haben, ist das Salz in der Suppe und gibt mir den Mut, weiter zu machen. Ich hoffe, dass Sie unsere kurze, gemeinsame Reise genossen haben und dass ALLE Ihre Abenteuer gut ausgehen!

Wenn Sie mit mir in Kontakt bleiben wollen, können Sie sich gern für meinen monatlichen, elektronischen Newsletter unter www.Glynnis.net anmelden und dann erfahren Sie als Erste(r) alles über meine Neuerscheinungen, besondere Rabatte, Preise, verkaufsfördernde Maßnahmen und viel mehr!

Wenn Sie mich im täglichen Leben begleiten wollen ...
Freunden Sie sich mit mir auf Facebook an
Liken Sie meine Autorenseite auf Facebook
Folgen Sie mir auf Twitter
Und wenn Sie ein Super-Fan sind,
werden Sie Mitglied des Campbell – Leser Clans

Vorschau auf ...

EINE GEFÄHRLICHE BRAUT

Band 1 der Reihe

Die Kriegerinnen von Rivenloch

DIE GRENZREGION ZWISCHEN SCHOTTLAND UND ENGLAND
SOMMER 1136

„So. Wo ist denn das dritte Weib?", murmelte Sir Pagan beiläufig und fühlte sich alles andere als wohl, während er und Colin du Lac sich hinter dem schützenden Heidekraut versteckten und zwei wunderschönen Mädchen zuschauten, wie diese im Teich weiter unten badeten.

Colin erstickte fast an seiner Ungläubigkeit. „Bei Gott, Ihr seid aber ein gieriger Kerl", zischte er. „Reicht es nicht, dass Ihr Euch eine der Schönheiten da unten aussuchen dürft? Die meisten Männer würden ihren rechten Arm dafür geben –"

Die beiden Männer erstarrten, als die blonde Frau im gleißenden Sonnenlicht Wasser über ihre cremefarbene Schulter sprühte und dann so weit aus dem Wasser kam, dass sie ein Paar perfekte Brüste zeigte.

Das Blut wich aus Pagans Gesicht und lief direkt in seine Lenden, wo es einen heftigen Schmerz auslöste. Bei

Gott, er hätte es gestern Abend in der letzten Stadt mit der lüsternen Dirne treiben sollen, bevor er hierherkam, um über Dinge zu verhandeln. Das hier war so töricht, wie Proviant mit einer vollen Börse und einem leeren Magen zu kaufen.

Aber irgendwie schaffte er ein unbeteiligtes Knurren trotz des überwältigenden Verlangens, dass seine Gedanken störte und seinen Körper verformte. „Colin, ein Mann kauft niemals ein Schwert", sagte er heiser, „ohne alle Schwerter in dem Laden zu überprüfen."

„Das stimmt, aber ein Mann streicht auch niemals mit dem Daumen über die Klinge eines Schwertes, das ihm der *König* geschenkt hat."

Da hatte Colin Recht. Wer war denn schon Sir Pagan Cameliard, als dass er ein Geschenk von König David infrage stellen würde? Außerdem wählte er ja keine Waffe aus. Es ging ja nur um eine Ehefrau. „Pah!" Er strich einen irritierenden Zweig des Heidekrauts aus seinem Gesicht. „Ich nehme an, dass eine Frau im Wesentlichen wie die nächste ist", knurrte er. „Es ist einerlei, welche von ihnen ich nehme"

Colin prustete vor Lachen. „Das sagt Ihr *jetzt*", flüsterte er und warf einen lüsternen Blick auf die Badenden, „jetzt, wo Ihr einen Blick auf die reiche Auswahl geworfen habt." Er pfiff leise, als die kräftigere der beiden Frauen unter die glitzernden Wellen tauchte und sie einen Blick auf ihre nackten, geschmeidigen Pobacken werfen ließ. „Glückspilz."

Pagan hielt sich in der Tat für einen Glückspilz.

Als König David ihm zuerst einen Landsitz in Schottland und dazu eine Ehefrau angeboten hatte, hatte er fast eine Burgruine erwartet und dazu ein altes, verwelktes

Weib. Ein Blick auf die imposanten Mauern von Rivenloch hatten seine Ängste in dieser Hinsicht gelindert. Und er war erstaunt, dass die vorgesehenen Bräute köstliche Törtchen waren, die der König ihm auf einem Teller serviert hatte. Seine erregten Lenden waren der Beweis dafür.

Und doch verunsicherte ihn die Aussicht auf eine Ehe ungemein.

„Bei Gott, ich kann mich nicht entscheiden mit welcher ich es lieber treiben würde“, überlegte Colin, „die Schöne mit den sonnengebleichten Haaren oder die Kurvige mit den wilden Locken und riesigen ...“ Er seufzte schaudernd.

„Keine von beiden“, murmelte Pagan.

„Beide“, entschied Colin.

Deirdre von Rivenloch warf ihr langes blondes Haar über eine Schulter. Sie konnte die Blicke der Eindringlinge auf sich spüren und das schon seit einiger Zeit.

Es machte ihr nichts aus, dass sie beim Bad erwischt worden war. Die Schwestern litten weder unter übertriebener Sittsamkeit noch Scham. Wie könnte man sich dessen schämen, das zu haben, was *alle* Frauen hatten oder auch noch stolz darauf sein? Wenn ein verwirrter Junge sie zufällig lüstern anschaute, war das nur eine Dummheit seinerseits.

Deirdre strich sich mit den Fingern durch die nassen Locken und schaute verstohlen den Hügel hinauf in Richtung des dichten Heidekrauts und der Trauerweiden. Die Augen, die sie gerade betrachteten, gehörten wahrscheinlich zu ein paar neugierigen Jugendlichen, die noch nie eine nackte Frau gesehen hatten. Aber sie traute sich nicht, Helena von ihrer Gegenwart zu erzählen, weil ihre ungestüme Schwester wahrscheinlich zuerst das Schwert ziehen und dann erst fragen würde, was sie denn wollten. Nay, Deirdre würde sich später selbst darum kümmern.

Jetzt musste sie erst mal eine ernsthafte Angelegenheit mit Helena besprechen. Und sie hatte nicht viel Zeit.

„Hast du Miriel aufgehalten?", fragte sie und strich eine Handvoll Seife aus Schafstalg über ihren Unterarm.

„Ich habe ihre *Saigabel* versteckt", vertraute ihr Helena an, „und dann habe ich ihr erzählt, dass ich zuvor einen Stalljungen in der Nähe ihres Zimmers gesehen hätte."

Deirdre nickte. Damit würde ihre jüngste Schwester eine Zeit lang beschäftigt sein. Miriel erlaubte niemandem, ihre kostbaren Waffen aus dem Orient zu berühren.

„Hör zu, Deirdre", warnte Helena, „ich werde es nicht zulassen, dass Miriel sich opfert. Es ist mir gleich, was Vater sagt. Sie ist zu jung um zu heiraten. Zu jung und zu ..." Sie seufzte voller Verbitterung.

„Ich weiß."

Beide erwähnten nicht, dass ihre jüngste Schwester nicht aus dem gleichen Holz geschnitzt war wie sie. Deirdre und Helena kamen nach ihrem Vater. Sein Wikingerblut floss in ihren Adern. Sie waren alle groß und stark und hatten einen eisernen Willen. Sie waren im ganzen Grenzland bekannt als die Kriegerinnen von Rivenloch und führten das Schwert, als seien sie damit geboren worden. Ihr Vater hatte sie zu Kämpferinnen erzogen, damit sie vor keinem Mann Angst haben müssten.

Sehr zum Ärger des Lords war Miriel jedoch zart und nachgiebig wie ihre längst verstorbene Mutter. Ihr kriegerischer Geist war von Lady Edwina unterdrückt worden. Sie hatte darum gebeten, dass Miriel von dem, was sie die Perversion ihrer Schwestern nannte, verschont blieb.

Nachdem ihre Mutter verstorben war, hatte Miriel versucht, ihren Vater auf ihre eigene Art und Weise zu erfreuen, indem sie eine beeindruckende Sammlung an exotischen Waffen von reisenden Händlern zusammentrug; allerdings hatte sie weder das Verlangen noch die Stärke, diese zu benutzen. Kurzum, aus ihr war die demütige, milde, folgsame Tochter geworden, die ihre Mutter sich gewünscht hatte. Und so hatten Deirdre und Helena Miriel ihr ganzes Leben lang vor ihrer eigenen Hilflosigkeit und der Enttäuschung ihres Vaters beschützt.

Jetzt war es an ihnen, sie vor einer unerwünschten Ehe zu retten.

Deirdre reichte ihrer Schwester die Seife. „Nun glaube mir, ich habe nicht die Absicht, das Lamm zur Schlachtbank zu führen."

Helenas Augen funkelten streitlustig. „Also fordern wir diesen normannischen Bräutigam heraus?"

Deirdre runzelte die Stirn. Sie wusste, dass das Schlachtfeld nicht immer der beste Ort war, um einen Streit beizulegen, auch wenn dies ihrer Schwester nicht so klar war. Sie schüttelte den Kopf.

Helena fluchte leise und schlug enttäuscht auf das Wasser. „Warum nicht?"

„Dem Normannen zu trotzen ist, wie wenn man dem König trotzt."

Hel zog eine Augenbraue herausfordernd hoch. „Und?"

Deirdres Stirnrunzeln wurde noch ausgeprägter. Helenas Verwegenheit würde eines Tages ihr Niedergang sein. „Das ist Hochverrat, Hel."

Helena atmete verärgert laut aus und streckte ihren

Arm. „Es ist wohl kaum Hocherrat, wenn wir von unserem eigenen König verraten wurden. Dieser Eindringling ist ein Normanne, Deirdre ... ein *Normanne.*“ Sie sagte das Wort, als wäre es eine Krankheit. „Pah! Ich habe gehört, dass sie so weich wären, dass sie sich noch nicht mal richtige Bärte wachsen lassen könnten. Und einige sagen, dass sie sogar ihre Hunde in Lavendel baden lassen.“ Sie schauderte angewidert.

Deirdre musste der Frustration ihrer Schwester und auch ihren Behauptungen zustimmen. Tatsächlich war sie genauso erzürnt gewesen, als sie erfuhr, dass König David die Vogtei von Rivenloch nicht an einen Schotten, sondern an einen seiner normannischen Verbündeten gegeben hatte. Aye, man sagte, dass der Mann ein kühner Krieger sei, aber er wusste bestimmt nichts über Schottland.

Die Angelegenheit wurde noch komplizierter, weil ihr Vater keinen Widerspruch eingelegt hatte. Aber der Lord von Rivenloch war schon seit Monaten nicht mehr bei vollem Verstand. Deirdre ertappte ihn oft, wenn er allein vor sich hinsprach, sich mit ihrer toten Mutter unterhielt und sich dauernd in der Burg verlief. Er schien in einer idyllischen Zeit in der Vergangenheit zu leben, in der seine Herrschaft außer Frage stand und sein Land sicher war.

Aber im Laufe der unsicheren Herrschaft Stephens hatten gierige englische Barone die Grenzregion verwüstet und in dem folgenden Chaos so viel Land an sich gerissen, wie sie konnten.

Also hatten die Schwestern im vergangenen Jahr die Krankheit ihres Vaters so gut wie möglich verheimlicht, um die Illusion von Stärke zu erhalten und zu verhindern, dass Rivenloch als leichte Beute angesehen würde. Deirdre hatte die Verwaltung des Besitzes übernommen und diente auch als Hauptmann der Wache; Helena war ihre Stellvertreterin und Miriel hatte sich um den Haushalt und die Buchhaltung gekümmert.

Sie waren ganz gut zurechtgekommen. Aber Deirdre war schlau genug zu wissen, dass sie mit einer solchen List nicht ewig durchkommen könnten. Vielleicht war das der Grund für die plötzliche Ernennung durch den König. Vielleicht hatten sich die Gerüchte über die Schwachsinnigkeit ihres Vaters verbreitet.

Deirdre hatte lange über die Angelegenheit nachgedacht und sich schließlich mit der Wahrheit abgefunden. Obwohl die Ritter auf Rivenloch mutig und fähig waren, hatten sie seit ihrer Geburt in keiner richtigen Schlacht mehr gekämpft. Und jetzt wurde die Grenzregion von landgierigen Kriegstreibern bedroht. Erst vor 14 Tagen hatte ein schurkischer englischer Baron auf unverschämte Art und Weise die schottische Burg bei Mirkloan angegriffen; diese lag keine 50 Meilen entfernt. Vielleicht wäre es gut für Rivenloch, wenn sie einen kampferprobten Krieger als Berater hätte, der sie bei ihrem Kommando anleiten könnte.

Aber die Nachricht mit dem Siegel König Davids, die letzte Woche eingetroffen war, und von der sie nur Helena erzählt hatte, enthielt auch den Befehl, dass eine der Rivenloch Töchter den Vogt heiraten sollte. Offensichtlich hatte der König die Absicht, dem normannischen Ritter eine dauerhaftere Stellung zu geben.

Die Nachricht traf sie wie eine Keule in den Magen. Angesichts der Verantwortung, die Burg zu verwalten, hatte keine der Schwestern auch nur im Entferntesten an Heirat gedacht. Dass der König eine von ihnen an einen Ausländer verheiraten würde, war unvorstellbar. Zweifelte

David an Rivenlochs Loyalität? Deirdre konnte nur beten, dass diese Zwangsehe ein Versuch seinerseits war, den Landsitz zumindest zur Hälfte in den Händen ihres Clans zu belassen.

Sie wollte das glauben, musste es glauben. Ansonsten wäre sie versucht, selbst zum Schwert zu greifen und mit ihrer heißblütigen Schwester ein normannisches Blutbad zu veranstalten.

Helena war in das Wasser eingetaucht, um ihren Zorn abzukühlen. Jetzt sprang sie plötzlich prustend hoch, schüttelte ihren Kopf wie ein Hund und versprühte Tropfen in alle Richtungen. „Ich weiß es! Was, wenn wir diesen normannischen Bräutigam im Wald überfallen?“, sagte sie eifrig. „Ihn überrumpeln. In Streifen schneiden. Die Banditen für seinen Tod verantwortlich machen?“

Einen Augenblick lang konnte Deirdre ihre blutrünstige kleine Schwester nur stumm anstarren, weil sie Angst hatte, dass diese es ernst meinen könnte. „Du würdest einen Mann überrumpeln und töten und einen gemeinen Dieb für seinen Mord anklagen?“ Sie schaute böse und griff wieder nach der Seife. „Vater hat dir den richtigen Namen gegeben, Hel wie Hölle, denn du bist auf dem Weg dahin. Nay“, beschloss sie, „es wird niemand umgebracht. Eine von uns wird ihn heiraten.“

„Warum sollten wir ihn heiraten müssen?“, sagte Hel schmollend. „Ist es denn nicht widerwärtig genug, dass wir dem Mistkerl unsere Burg übergeben müssen?“

Deirdre ergriff ihre Schwester am Arm und schaute sie an. „Wir werden nichts übergeben. Außerdem, du weißt ja, wenn eine von uns ihn nicht heiratet, wird Miriel sich opfern, ob wir das wollen oder nicht. Und Vater *wird* es erlauben. Das können wir nicht zulassen.“

Deirdre schaute ihrer Schwester ernst in die Augen und sie blickten einander an und waren sich einig, ohne ein Wort zu sagen, so wie es schon in ihren Kindertagen gewesen war; der Blick, der besagte, dass sie alles tun würden, um die hilflose Miriel zu beschützen.

Helena fluchte resigniert und murmelte dann: „Dummer Normanne. Er hat noch nicht mal einen richtigen Namen. Wer würde denn ein Kind auf den Namen Pagan taufen?"

Deirdre machte sich nicht die Mühe, ihre Schwester daran zu erinnern, dass sie auf den Namen Hel hörte. Selbst Deirdre musste jedoch zustimmen, dass Pagan kein Name war, der Visionen einer verantwortungsvollen Führung aufsteigen ließ. Oder von Ehre. Oder von Gnade. Tatsächlich hörte er sich eher an wie der Name eines barbarischen Wilden.

Helena seufzte schwer, nickte dann und nahm die Seife wieder. „Dann werde ich es wohl sein. Dann werde ich diesen Möchtegern-Vogt heiraten."

Aber Deirdre konnte das mörderische Glitzern in Hels Augen sehen und wenn es nach ihr ging, würde der neue Ehemann die Hochzeitsnacht nicht überleben. Und auch wenn Deirdre nicht über das Ableben des ungebetenen Normannen trauern würde, wollte sie trotzdem nicht, dass ihre Schwester vom König für seinen Mord gestreckt und gevierteilt wurde. „Nay", sagte sie, „das ist meine Pflicht. Ich werde ihn heiraten."

„Nun sei nicht töricht", entgegnete Hel, „ich bin entbehrlicher als du. Außerdem", sagte sie mit einem gerissenen Grinsen, während sie die Seife von einer Hand in die Andere warf, „werde ich den Mistkerl in Sicherheit wiegen und in der Zwischenzeit kannst du die Truppen für einen Überraschungsangriff zusammenrufen. Wir erobern Rivenloch zurück, Deirdre."

„Bist du verrückt?" Deirdre bespritzte ihre waghalsige Schwester mit Wasser. Sie hatte kein Verständnis für Helenas blindes Draufgängertum. Manchmal prahlte Hel wie ein Highlander und glaubte, dass ganz England von nur einem Dutzend kräftiger Schotten erobert werden könnte. „Es ist König *Davids* Wille, diesen Normannen mit einer von uns zu verheiraten. Was wirst du tun, wenn *seine* Armee kommt?"

Hel dachte schweigend über ihre Worte nach.

„Nay", sagte Deirdre, bevor Hel sich den nächsten waghalsigen Plan ausdachte, „ich werden den Mist ... den Normannen heiraten", sagte sie.

Helena schmollte einen Augenblick lang und versuchte dann eine neue Taktik, wobei sie gerissen fragte: „Was, wenn er mich lieber mag? Ich habe schließlich mehr von dem, was ein Mann mag." Sie erhob sich aus dem Wasser und stellte sich provokativ hin als Beweis für das, was sie gesagt hatte. „Ich bin jünger. Meine Beine sind schöner geformt. Meine Brüste sind größer."

„Dein Mund ist größer", entgegnete Deirdre und war unbeeindruckt von Hels Versuch, sie zu reizen. „Kein Mann mag eine Frau mit einer zänkischen Zunge."

Hel runzelte die Stirn. Dann leuchteten ihre Augen wieder auf. „Also in Ordnung. Ich kämpfe mit dir um ihn."

„Mit mir kämpfen?"

„Die Gewinnerin heiratet den Normannen."

Deirdre biss sich auf ihre Lippe und dachte ernsthaft über die Herausforderung nach. Die Chancen, Hel zu besiegen waren gut, weil sie viel kontrollierter kämpfte als ihre jähzornige Schwester. Und Deirdre hatte keine Lust mehr auf Hels Torheiten und war bereit die Herausforderung sofort anzunehmen und die Sache ein für alle Mal beizulegen. Fast.

Aber auf dem Hügel waren immer noch Spione, mit denen sie sich befassen musste. Und wenn sie sich nicht irrte, eilte Miriel gerade über die Wiese direkt auf sie zu.

„Pssst", zischte Deirdre, „Miriel kommt. Wir sprechen nicht mehr darüber." Deirdre drückte das Wasser aus ihrem Haar. „Die Normannen sollten in ein oder zwei Tagen ankommen. Ich treffe meine Entscheidung bis heute Abend. In der Zwischenzeit halte Miriel hier auf. Ich muss mich um etwas kümmern."

„Die Männer auf dem Hügel?"

Deirdre blinzelte. „Du weißt es?"

Süffisant hob Hel eine Augenbraue. „Wie könnte ich das nicht? Ihr Sabbern würde die Toten zum Leben erwecken. Bist du sicher, dass du keine Hilfe brauchst?"

„Es können nicht mehr als zwei oder drei sein."

„Zwei. Und sie sind sehr abgelenkt."

„Gut. Sieh zu, dass sie so bleiben."

„Der Herr sei gelobt", sagte Colin leise, „hier kommt die dritte." Er nickte in Richtung einer zarten, dunkelhaarigen Gestalt, die über eine abschüssige Wiese zum Teich hinunterlief, wobei sie sich auf dem Weg dahin ihrer Kleidung entledigte. „Oh Gott, sie ist aber eine Hübsche: süß und klein wie eine saftige kleine Kirsche."

Pagan hatte vermutet, dass der letzten Schwester vielleicht ein Körperteil, einige Zähne oder ihr Verstand fehlen könnte. Aber obwohl sie zarter und weniger imposant als ihre kurvigen Schwestern aussah, besaß auch sie einen Körper, der eine Göttin beschämt hätte. Er konnte nur verwundert den Kopf schütteln.

„Heilige Maria, Pagan", sagte Colin mit einem Seufzer, als das dritte Mädchen in den Teich sprang und sie zusammen mit dem Wasser spritzten wie sich vergnügende Sirenen. „Welchen Arsch habt Ihr geküsst? Den des Königs persönlich?"

Pagan runzelte die Stirn und bog einen Zweig des Heidekrauts zwischen seinen Fingern. Was *hatte* er getan, dass er es verdiente, sich eine dieser Schönheiten auszusuchen? Aye, er hatte David mehrere Male in Schlachten gedient, aber er hatte den König in Schottland nur einmal bei Moray getroffen. Scheinbar konnte David ihn recht gut leiden und Pagan hatte an jenem Tag einige der Männer des Königs vor dem Hinterhalt der Rebellen gerettet. Aber das war sicherlich nicht mehr, als jeder Hauptmann getan hätte.

„Warum sollte David einen solchen Preis verschenken?", überlegte er laut. „Und warum an mich?"

Colin schmunzelte amüsiert. „Komm schon, Pagan, seid Ihr so wenig an Glück gewöhnt, dass Ihr es wegwerfen würdet, wenn es in Euren Schoß fällt?"

„Irgendetwas stimmt nicht."

„Aye, irgendetwas stimmt nicht", sagte Colin und wandte seine Aufmerksamkeit endlich weg von den drei Mädchen, um sich auf Pagan zu konzentrieren. „Du hast den Verstand verloren."

„Habe ich das? Oder habe ich Recht zu glauben, dass in diesem Garten eine Schlange sein könnte?"

Verrucht kniff Colin die Augen zusammen. „Die einzige Schlange ist die, die sich unter Eurem Schwertgurt windet, Pagan."

Vielleicht hatte Colin Recht. Es war schwer, vernünftig zu denken, wenn seine Unterhosen zum Zerreißen gespannt waren. „Erzähle mir noch einmal, was genau Boniface gesagt hat?"

Pagan ritt niemals blind auf das Schlachtfeld. Das hatte ihn in vielen Dutzend Kriegen am Leben erhalten. Zwei Tage zuvor hatte er Boniface, seinen getreuen Knappen als Jongleur verkleidet vorausgeschickt, um so viel wie möglich über Rivenloch zu erfahren. Boniface hatte ihn über die Absicht der Töchter informiert, dass sie an diesem Morgen im Teich baden wollten.

Colin rieb sich nachdenklich das Kinn und erzählte, was der Knappe berichtet hatte. „Er erzählte, dass der Lord den Verstand verloren hatte. Er habe eine Schwäche für das Würfelspiel, würde hoch wetten und oft verlieren. Und aye", schien er sich plötzlich zu erinnern, „er sagte, dass der alte Mann keinen Verwalter hat. Scheinbar hat er vor, die Burg an seine älteste Tochter zu vererben."

„Seine *Tochter*?" Das war Pagan neu.

Colin zuckte mit den Schultern. „Sie sind Schotten", sagte er, als wenn das alles erklären würde.

Pagan runzelte nachdenklich die Stirn. „Wenn Stephen Anspruch auf den englischen Thron erhebt, braucht König David starke Armeen in den Grenzgebieten", überlegte er, „und keine *Weiber*."

Colin schnippte mit den Fingern. „Das war also der Grund. Wer könnte Rivenloch besser befehligen als der berühmte Sir Pagan? Es ist weithin bekannt, dass es keine Besseren als die Cameliard Ritter gibt." Colin wandte sich um und wollte gerne wieder spionieren.

Im Teich unten schüttelte das vollbusige Weib spielerisch ihren Kopf, spritzte ihre kichernde Schwester nass und wackelte mit ihren schweren Brüsten auf eine Art und Weise, die Pagan sofort eisenhart werden ließ. Neben ihm stöhnte Colin, aber er wusste nicht, ob es vor Glück oder Schmerz war.

Als ihm die Bedeutung des Stöhnens bewusst wurde, knuffte Pagan an ihn an der Schulter.

„Wofür war das denn?", zischte Colin.

„Das ist dafür, dass Ihr nach meiner Braut gegiert habt."

„Welches ist Eure Braut?"

Sie wandten beide ihre Blicke wieder auf den Teich.

Pagan würde für immer entsetzt darüber sein, wie sein kriegerischer Instinkt in jenem Augenblick ausgesetzt hatte. Aber als er die leisen Schritte hinter sich hörte, war es schon zu spät, irgendetwas zu unternehmen. Colin hatte überhaupt nichts gehört. Er war zu sehr mit dem Fest für seine Augen beschäftigt.

„Wartet. Ich sehe jetzt nur zwei. Wo ist die Blonde?"

Hinter ihm sagte eine weibliche Stimme deutlich: „Hier."

Melden Sie sich unter www.Glynnis.net an und erfahren Sie als Erste(r) alles über Neuerscheinungen.

Über Glynnis Campbell

Ich bin eine USA Today Bestsellerautorin von verwegenen, abenteuerlichen, spannenden, historischen Liebesromanen mit über einem halben Dutzend preisgekrönter Bücher, die bereits in sechs Sprachen übersetzt wurden.

Aber bevor ich die Rolle der mittelalterlichen Heiratsvermittlerin übernahm, habe ich in der Mädchen-Band, „The Pinups", auf CBS Records gesungen und meine Stimme den MTV-Animationsserien „The Maxx", „Blizzard's Diablo" und den Starcraft-Videospielen und Star Wars-Hörbüchern geliehen.

Ich bin mit einem Rockstar verheiratet (wenn Sie wissen möchten, mit wem, kontaktieren Sie mich) und habe zwei Kinder. Ich schreibe am Liebsten auf Kreuzfahrtschiffen, in schottischen Schlössern, im Tourbus meines Mannes und zuhause in meinem sonnigen Garten in Südkalifornien.

Ich nehme meine LeserInnen gern mit an Orte, wo kühne Helden liebenswerte Fehler haben und die Frauen stärker sind als sie aussehen, wo das Land üppig und wild ist und Ritterlichkeit an der Tagesordnung ist.

Ich freue mich immer wieder, von meinen LeserInnen zu hören. Schicken Sie mir daher gern eine E-Mail an glynnis@glynnis.net. Und falls sie ein Super-Fan sind und Teil meines inneren Kreises werden wollen, melden Sie sich an, um ein Mitglied des Glynnis Campbell Leser-Clans auf Facebook zu werden. Dort können Sie hinter die Szenen blicken, erhalten Vorschauen auf noch nicht erschienene Bücher und besondere Überraschungen!

www.ingramcontent.com/pod-product-compliance
Lightning Source LLC
Chambersburg PA
CBHW010725100726
47899CB00009B/2932

* 9 7 8 1 6 3 4 8 0 1 0 8 9 *